Peter Millar

SCHWARZER WINTER

Peter Millar

SCHWARZER WINTER

Thriller

Aus dem Englischen von
Ulrike Werner-Richter

Weltbild

Die englische Originalausgabe erschien unter dem Titel
Bleak Midwinter

Besuchen Sie uns im Internet:
www.weltbild.de

Lizenzausgabe mit Genehmigung der Verlagsgruppe Lübbe GmbH & Co. KG,
Bergisch Gladbach für Verlagsgruppe Weltbild GmbH,
Steinerne Furt, 86167 Augsburg

Übersetzung: Ulrike Werner-Richter
Umschlaggestaltung: Johannes Frick, Augsburg
Umschlagmotive: AKG, Berlin und Bildarchiv Preußischer Kulturbesitz, Berlin
Gesamtherstellung: Oldenbourg Taschenbuch GmbH,
Hürderstraße 4, 85551 Kirchheim

ISBN 3-8289-7444-9

2007 2006 2005 2004
Die letzte Jahreszahl gibt die aktuelle Lizenzausgabe an.

Danksagung

Mein Dank gilt den Mitarbeitern der Bodleian Library in Oxford für die Erneuerung meines Benutzerausweises und dafür, dass sie mich wieder mit den vielfältigen Möglichkeiten dieser Bibliothek vertraut gemacht haben (die ich früher leider viel zu selten in Anspruch genommen habe); Dr. Alexander Green vom *Burnley General Hospital* für seine Hinweise zur Übertragbarkeit von Krankheiten (wobei ich betonen möchte, dass jede Abweichung von den Gesetzen der Wahrscheinlichkeit alleine von mir zu verantworten ist) sowie Ingrid von Essen für ihre wohlwollende und intelligente Textredaktion. Ebenfalls danken möchte ich den Bewohnern von Hook Norton, Oxon und meinen Kollegen vom Gemeinderat für ihren unentwegten Kampf gegen die Einbetonierung der letzten Flecken unberührter englischer Landschaft.

Für Jackie, auf ewig.

Tief im schwarzen Winter, eisig kalt der Wind,
Erde hart wie Eisen, kein Wasser, das noch rinnt.
Schnee auf Schnee fiel nieder, nichts andres weit und breit,
Tief im schwarzen Winter, vor langer, langer Zeit.

Altes englisches Weihnachtslied,
Christina Rossetti, 1872

PROLOG

Miami Beach, Florida, eine Woche vor Weihnachten

Es ist heiß. Viel zu heiß für die Jahreszeit, selbst für Florida. Neben dem Pool, auf einer Sonnenliege, aalt sich eine außergewöhnlich schöne junge Frau. Ihr Alter ist schwer zu schätzen: kaum erwachsen, doch die ersten Anzeichen dafür, dass vollkommene Schönheit nicht ewig währt, sind bereits zu erkennen.

Im Schatten des flaschengrünen Sonnensegels über einer ansonsten menschenleeren Bar sitzen vier Männer und betrachten sie, wie Männer die Körper heiratsfähiger Frauen zu betrachten pflegen: mit gierigen Blicken. Aber in ihren Blicken liegt auch Schärfe. Beißende Schärfe.

Es sind fast 28 Grad. Die junge Frau liegt schon seit Stunden in der Nachmittagssonne. Um Sonnenbrand macht sie sich keine Sorgen. Sie schützt ihre zarte Haut mit einem hohen Lichtschutzfaktor und reibt sich, ganz automatisch, nach jedem Sprung in den Pool neu ein. Der feuchte Schimmer auf ihren goldbraunen Oberschenkeln könnte Wasser oder Sonnencreme sein. Oder Schweiß. Hätte sie eine Uhr bei sich, würde sie vielleicht einen Blick darauf werfen. Um zu sehen, wie viel Zeit verstrichen ist. Doch dazu besteht kein Grund. Sie weiß, wie spät es ist.

Einer der vier Männer an der Bar schaut auf den Pilotenchronometer von Breitling, den er dezent am linken Handgelenk trägt. Es ist höchste Zeit. Er wirft seinen Kollegen einen Blick zu. Keiner von ihnen reagiert. Alle konzentrieren sich auf den Körper der jungen Frau. Sie genießen jeden Zoll der nackten, unbedeckten Haut. Für den Rest bemühen sie ihre Fantasie. Einer von ihnen, der Jüngste – doch mindestens fünf, sechs Jahre älter als das Objekt seiner offenkundigen Begierde –, leckt sich die Lippen. Es ist eine Angewohnheit. Eine schlechte Angewohnheit.

Jetzt ist es so weit. Jetzt lässt sich der Mann mit der teuren Uhr, der Harald Hammerstein heißt, vom Barhocker gleiten. Durch die Bewegung lenkt er die Aufmerksamkeit seiner Kollegen auf sich, die es ihm sofort gleichtun. Sie tun immer, was er tut. Schnell, fast lautlos treten alle vier aus dem kühlen Schatten des Sonnensegels in die heiße Nachmittagssonne hinaus; ihre auf dem Gras kaum wahrnehmbaren Schritte werden durch das gleichförmige, sanfte Zischen des Rasensprengers vollkommen verschluckt.

Der Abstand zwischen Bar und Sonnenliege beträgt höchstens zehn Meter. Dennoch scheint die junge Frau das Nahen der Männer in den dunklen Anzügen nicht zu bemerken. Innerhalb von Sekunden sind sie bei ihr.

Hätte sie in diesem Moment die Augen geöffnet, wäre ihr Blick auf die schwarzen Mündungen von vier schallgedämpften Handfeuerwaffen gefallen. Offenbar war dies nicht nur ein Freundschaftsbesuch. Aber sie öffnete die Augen nicht.

Ganz schön abgebrüht, dachte Harald Hammerstein. Oder einfach nur dumm. Nein, weggetreten, verbesserte er sich.

»Miranda«, sagte er mit einer Stimme, von der er hoffte, dass sie finster genug klang. »Zeit aufzuwachen.« Und dann, nach genau bemessener Kunstpause: »Zeit zu sterben.«

Er hatte diesen Augenblick bis ins Kleinste geplant. Im Grunde war er sich immer darüber im Klaren gewesen, dass es früher oder später so weit kommen würde. Er war auf alles vorbereitet. Der Pool war menschenleer, wie jeden Tag um diese Zeit. Miranda hatte genau das getan, was sie immer tat. Die schöne, vollkommene Miranda. Mit ihrem kastanienbraunen Haar, ihren langen Beinen, ihrem perfekten Körper und ihrer etwas weniger perfekten Vergangenheit. Aber ohne Zukunft. Der Tod wartete am Pool.

»Steh auf, du Nutte!«, herrschte er sie an. Er wollte es schnell hinter sich bringen. Trotzdem sollte sie noch etwas Zeit haben, sich ihrer Lage bewusst zu werden. Er wollte ihr in die Augen sehen, ehe vier großkalibrige Magnums, gleichzeitig abgefeuert, ihre von der Sonne golden getönten Gliedmaßen in Hackfleisch verwandelten.

Es war der reinste Overkill, dessen war sich Hammerstein bewusst. Viel würde nicht von ihr übrig bleiben. Allenfalls ein Gerichtsmediziner würde noch menschliche Überreste ausmachen können. In der Tat Verschwendung. Aber die Angelegenheit musste erledigt werden.

»Wach auf, Miranda!«

Er trat gegen die Sonnenliege. Dann noch einmal, kräftiger. Eines ihrer langen Beine glitt von der Unterlage und landete hart auf dem Betonboden, der den Pool umgab. Miranda zeigte nicht die geringste Reaktion. In diesem Augenblick wurde Harald Hammerstein klar, dass hier etwas faul war. Reichlich faul.

Der Mann, der sich die Lippen geleckt hatte, starrte seinen Boss erschrocken an, erntete aber nur einen strengen Blick, der ihn wortlos mahnte, Augen und Revolvermündung weiter auf das Ziel gerichtet zu halten. Wer konnte schon wissen, mit welch abgefeimten Trick diese verrückte Nutte sie gerade hereinzulegen versuchte.

Harald beugte sich vor, griff nach dem zierlichen, mit einem Goldkettchen geschmückten Knöchel, der sich noch auf der Liege befand, und schob ihn ebenfalls zur Seite. Brutal zur Seite. Die Beine der Frau blieben in obszöner Haltung liegen.

»Verdammt!«, zischte er leise. Er packte ihr Handgelenk, hielt es eine Weile fest und ließ den Blick an ihrem goldbraunen Arm entlanggleiten, bis er den winzigen Einstichpunkt in der Armbeuge entdeckte. »Zur Hölle mit der Nutte!« Er spie die Worte geradezu aus. »In die tiefste Hölle!«

Sie hatte ihn wieder einmal hereingelegt. Miranda von Taxenbach, geborene Amanda Workington aus Croydon im Süden Londons, war schon tot. Wilde Wut brandete in Hammerstein hoch. Er blickte auf und nickte seinen Männern zu, deren tödliche Waffen noch immer auf die Leiche gerichtet waren. Sie feuerten. Trotz allem.

ERSTER TEIL

INKUBATION

Vernehmet also, dass seit der Heil bringenden Menschwerdung des Gottessohnes bereits 1348 Jahre verstrichen waren, als über die herrliche Stadt Florenz ... die Tod bringende Pest hereinbrach. Diese – entweder durch die Einwirkung der Gestirne verursacht oder über uns Sterbliche verhängt durch den gerechten Zorn Gottes als Züchtigung für unser schändliches Treiben – war schon einige Jahre vorher im Morgenland aufgeflammt, wo sie eine unendliche Anzahl von Opfern dahingerafft hatte, um sich dann, unaufhaltsam von Ort zu Ort vordringend, gen Westen auf grauenvolle Art auszubreiten.

Umsonst war da alle Klugheit oder menschliche Vorsicht ...

Giovanni Boccaccio, *Das Dekameron*

Und am Ende war niemand mehr da, der die Toten begrub, niemand, der sie beweinte, und niemand, der für sie betete. Wir legten sie auf die Felder wie Unrat, denn der Kirchhof war voll. Wir legten sie in Gräben, wo Gräben vorhanden waren, und wo nicht, legten wir sie einfach auf die Erde, denn der Boden war gefroren und zu hart zum Graben. Der Verwesungsgestank war Furcht erregend, selbst während des strengsten Frostes. Weder die Hunde des Dorfes noch die Wölfe aus dem Wald rührten die Leichen an. Und alle, die übrig blieben, lebten in größter Furcht. Doch was soll ein Mensch noch fürchten, wenn das Ende der Welt kommt? Der, der uns schuf, zerstört uns nun.

Aus dem Testament des Edward Gray
Pfarrherr von St. Peter's Alone, Nether Ditchford,
Oxfordshire, England Januar 1349

Kapitel Eins

Magdalen College, Oxford; Freitag, 19. Dezember, 16:00 Uhr

Daniel Warren schauderte. Er zog die Kapuze seines Dufflecoats tief in die Stirn, um sich vor dem schneidenden Wind zu schützen, der über das leere Otmoor fegte und sich in den Kopfstein gepflasterten Straßen Oxfords fing. Es war ein eisiger Wind, und er ließ das Blut eines jeden, der so wahnwitzig war, sich ihm auszusetzen, schier gefrieren. Seit Jahren hatte Daniel nicht mehr so gefroren. Seine Brillengläser waren beschlagen – nein, wahrscheinlich sogar bereift. Seine Nase war blau vom Frost, dessen war er sich sicher, jedenfalls musste er fortwährend schniefen. Schnell flüchtete er über den Hof in den etwas geschützteren Toreingang, der zu dem über fünfhundert Jahre alten Kreuzgang des Magdalen College führte.

So hatten wohl auch die geistlichen Gelehrten vor mehr als einem halben Jahrtausend gelebt, als die Universität gegründet worden war: Hastig mussten sie durch zugige Gänge geeilt sein, deren Spitzbogenfenster den Elementen schutzlos preisgegeben waren, die rauen Wollgewänder fest um sich gezogen, um nicht allzu sehr zu frieren. Magdalen College war ein altehrwürdiges historisches Gebäude, so historisch, wie es sich ein junger Mann aus Kalifornien nur wünschen konnte – und mehr.

Immer noch zitternd, griff er in die Jackentasche unter dem dicken Mantel, kramte seinen Schlüssel, den Schlüssel für Fellows, hervor und öffnete die schwere Eichentür, die vom Kreuzgang über eine Steintreppe zur Alten Bibliothek hinaufführte. Oben angekommen, schloss er eine zweite Tür auf und begrüßte die Wärme, die ihn hier umfing, mit einem erleichterten Seufzer. Die Wärme kam von gusseisernen Heizkörpern, die noch aus viktorianischer Zeit stammten und unter den schmalen, hohen Fenstern angebracht waren. Sie waren braun gestrichen und recht ineffizient, denn sie erwärmten den Raum nur unwesentlich. Daniel ließ sich Zeit, ehe er den Mantel ablegte.

Die Alte Bibliothek des Magdalen war einer von Daniels Lieblingsplätzen. Für ihn war sie mehr als nur eine Ansammlung unbezahlbarer, altehrwürdiger Bücher und Pergamente, mehr als nur ein Hort der Gelehrsamkeit: Für ihn war sie eine Zeitmaschine. Die Welt mit den Augen eines anderen zu sehen – und sei es auch nur mit denen eines Zeitgenossen, der zudem noch in derselben Stadt lebte – war für Daniel eine echte Herausforderung. Und je weiter die Jahrhunderte zurücklagen, desto spannender fand er es, sich vorzustellen, wie die Menschen gelebt und gefühlt hatten. Es reichte nicht aus, die alten Texte zu verstehen. Es bedurfte der richtigen Atmosphäre. Hier, in diesem Gebäude, das die Jahrhunderte miteinander verwob, und in einer Umgebung, die seit der Thronbesteigung Heinrichs VII., des Großvaters der ersten Königin Elizabeth, fast unverändert geblieben war, hatte Daniel Warren den Eindruck, dass man ihm einen guten Teil des Zeitsprungs bereits abgenommen hatte.

Wie um alles in der Welt hatte er es nur geschafft, in Kalifornien Geschichte zu studieren? In der sterilen Atmosphäre von Berkeley, in Gebäuden aus Stahl und Glas, wo Forschung fast ausschließlich mit dem Computer betrieben wurde? Der englische Autor L. P. Hartley hatte Recht: Die Vergangenheit war wirklich ein anderes Land. Hier in der Bibliothek konnte er sich diesem Land nähern, konnte es fast sehen und hören. Und – er zitterte noch immer, obwohl sich sein Körper allmählich an die relative Wärme im Lesesaal gewöhnte – er konnte es auf jeden Fall spüren!

Endlich entledigte sich Daniel mutig seines Mantels und hängte ihn an die Sprosse eines der raumhohen Bücherregale, die von Wand zu Wand reichten. Er rieb die Hände gegeneinander, massierte seine kalten Finger und ging schließlich zum nördlichen Ende der Bibliothek, um sich am Heizkörper unter dem Fenster noch ein wenig mehr aufzuwärmen.

Dicke, tief violette, fast schwarze Kumulusberge wälzten sich über den Himmel, der noch am Morgen strahlend blau gewesen war – ganz unüblich für den Winter. Daniel sah der Schattenlinie, die diese Kumulusberge warfen, zu, wie sie sich über das frostwelke Gras des College Rasens vorwärts schob und wie ein Schmutzfleck ausbreitete. Fasziniert blickte er durch die trüben, in dickes Mauerwerk eingelassenen Glasscheiben und bekam eine Gänsehaut, als der golden schimmernde Cotswold-Stein, der Oxford seinen ganz besonderen Zauber verlieh, allmählich aschgrau wurde. Eine Strähne kastanienbraunen Haares fiel ihm in die Stirn. Er strich sie zurück. Wieder blickte er aus dem Fenster. Mit leisem Schaudern sah er zu, wie der Schatten auf die großen, neoklassizistischen Kolonnaden eines Gebäudekomplexes aus dem frühen 18. Jahrhundert zukroch, die in typisch englischer Verschrobenheit als »New Buildings« bezeichnet wurden.

Im Frühsommer, so hatte man ihm glaubhaft versichert, waren die New Buildings von einer Duftwolke eingehüllt, die von den blass-lilafarbenen Blütentrauben einer Glyzinienranke stammte, die beinahe so alt war wie das Gebäude selbst. Jetzt allerdings sah der dicke, knorrige und in sich verdrehte Stamm mit den sich rankenden Zweigen eher wie die Klaue eines unterirdischen Trolls aus, der das Haus mit sehnigen Fingern zu sich unter die Erde zu zerren versuchte. Als stelle die klassische, mediterrane Architektur des Gebäudes einen Affront dar, gegen den sich die der Gotik verhaftete Seele des englischen Mutterbodens wehrte. An einem Tag wie diesem erschien allein der Gedanke an den Sommer wie das Fantasiegespinst eines unbelehrbaren Optimisten.

Um sich an ein derartiges Klima zu gewöhnen, vermutete Daniel, musste man damit aufgewachsen sein. Er fragte sich, wie andere Studenten damit zurechtkamen; vor allen Dingen natürlich jene, die aus subtropischen Ländern stammten. Wie zum Beispiel Rajiv, ein indischer Arzt im Praktikum, der an seiner Dissertation über Tropenmedizin arbeitete und in den drei Monaten, die Daniel jetzt in Oxford studierte, sein bester Freund geworden war. Aber schnell fiel ihm wieder ein, dass Rajiv ein waschechter Engländer war: geboren und aufgewachsen in Großbritannien und rechtschaffen stolz darauf. Trotz seiner ursprünglichen Abstammung war Rajiv ebenso wenig Inder wie ... nun, wie Daniel zum Beispiel Engländer war. Allerdings, genauer betrachtet, war Daniel ja englischer Abstammung, wenn auch ein paar Generationen dazwischen lagen. Zumindest war er so sehr Engländer, wie JFK oder Ronald Reagan Iren waren. Schließlich kommt es immer auf die Wurzeln an, oder etwa nicht? Zumindest bis zu einem gewissen Grad. Das hatte ihn schon seine Mutter gelehrt. Neben vielen anderen Dingen.

Andere Dinge – in der Tat. Es war höchste Zeit, an die Arbeit zu gehen. Er musste sich mit der Sammlung alter Manuskripte beschäftigen, die er zur Bearbeitung seines speziellen Fachthemas ausgegraben hatte. Bemerkenswert fand er dabei, dass die Dokumente – Fragmente auf Pergament und brüchigem Papier und alte, in Leder gebundene Register und Kopiare – nicht aus aller Welt stammten und aufgrund eines besonderen akademischen Interesses hier in der Bibliothek zusammengetragen worden waren. Die Dokumente stammten alle aus Oxford und Umgebung. Denn es handelte sich um lokale Geschichtsschreibung, die erhalten geblieben war, weil niemand sie vernichtet hatte – und weil das Erhalten von alten Dingen etwas war, das man in Oxford bis zur Perfektion beherrschte.

Daniel setzte sich an den schweren Eichentisch, möglichst weit weg vom Fenster. Selbst die schwache englische Wintersonne konnte mittelalterlicher Tinte gefährlich werden. Vorsichtig hob er das dicke Samttuch, mit dem er die in zeitlicher Reihenfolge geordneten Dokumente bedeckt hatte. Mit den geübten Fingern eines Gelehrten fischte er das Manuskript aus dem Stapel, das ihn am meisten interessierte. Es war ein Stück altes, vergilbtes Papier, brüchig und nur noch hauchdünn. Kaum hielt er es in Händen, war er seinem besonderen Zauber schon erlegen.

Es war – wie die gesamte Handschriftensammlung – uralt. Schon gegen Ende des 16. Jahrhunderts, als die Steinmetze der Bibliothek des Magdalen College den letzten Meißelschlag taten, war es so alt gewesen wie die Vereinigten Staaten heute. Mehr noch als die anderen Manuskripte betrachtete Daniel diese spezielle Handschrift als Fahrkarte für eine kostenlose Zeitreise, viele Jahrhunderte zurück, um durch die Augen eines Menschen, der schon lange tot war, Zeuge bedeutsamer Ereignisse zu werden.

Unter all den Registern und Kopiaren mit ihren Berichten über die Aufteilung von Ländereien, ihren Rezepturen und Bemerkungen über die Ernennung und das Ausscheiden von Prälaten, war dieses besondere Dokument ein sehr persönliches: Es war das Testament eines Mannes, der in außergewöhnlichen Zeiten gelebt hatte und unter außergewöhnlichen Umständen gestorben war.

Kapitel Zwei

John Radcliffe Hospital, Oxford; Freitag,
19. Dezember, 23:40 Uhr

Tiefe Nacht. Aber keine Zeit zum Schlafen. Müde und mit schmerzenden Gliedmaßen hievte sich Rajiv Mahendra aus dem Stahlrohrsessel, in dem er zu dösen versucht hatte. Er reckte und streckte sich geradezu bühnenreif, gähnte ausgiebig und aus tiefstem Herzen. Durch die Spiegelglasscheiben warf er einen flüchtigen Blick auf die schlafende Stadt. Oder vielmehr auf die äußeren Vororte, die dort unten ausgebreitet lagen. Sieben Stockwerke unter ihm wuchsen Headington und Marston in einem Labyrinth aus gewundenen Nebenstraßen, Sackgassen und breiten Hauptstraßen zusammen. Reflexe von gelben Natriumdampflampen glitzerten auf der dünnen Schicht aus

Raureif, die sich auf Dachziegeln und Asphalt gebildet hatte. Schon lange versuchte er nicht mehr, einen Blick auf die traumhaft schönen, fernen Türme Oxfords zu erhaschen, wie er es zu Beginn seiner Arbeit im JR2 noch getan hatte. Das JR2 war ein modernes Krankenhaus, konzipiert als Ersatz für das elegante, aber marode Gebäude der Radcliffe Infirmary in der Stadtmitte, das noch aus dem 18. Jahrhundert stammte und längst viel zu klein geworden war.

Noch einmal streckte er sich und gähnte. Traumhaft schöne Türme? Träumen war ein Luxus, von dem er nicht einmal mehr zu ... träumen wagte. Was er sich wünschte, war tiefer, traumloser Schlaf. Aber seine Schicht war erst vier Stunden alt. Der Morgen und sein Bett im College befanden sich noch in weiter Ferne. Was Daniel wohl gerade tat? Wahrscheinlich packte er seine Bücher zusammen, um sich auf den Heimweg zu machen. Vielleicht gönnte er sich noch einen Whiskey vor dem Schlafengehen. Möglicherweise hatte er den Abend auch in der Bar des Colleges verbracht, englisches Ale getrunken und sich dabei als alter Kenner und Genießer ausgegeben, während er gleichzeitig die hübschen Studentinnen im Auge behielt. Allerdings war der hoch gewachsene amerikanische Bücherwurm viel zu schüchtern, sich mit einem Mädchen zu verabreden.

Rajiv seufzte. Wenn die Medizin doch nur ein wenig humanere Arbeitszeiten hätte! Eigentlich war er froh, dass nicht so viel zu tun war. Trotzdem sehnte er sich ab und zu nach einem Notfall – irgendetwas, das für einen Adrenalinstoß sorgte.

Wie fast jede Nacht war Rajivs kleines Königreich ruhig. Er beaufsichtigte die Stationen 7c und 7d (Stationen »Alexander« und »Rowney« für die, die es etwas menschlicher klingen lassen wollten). Auf keiner der beiden Stationen lag mehr als ein halbes Dutzend Patienten, und der schlimmste Fall war eine hartnäckige Gastroenteritis, wenn man einmal von Mr. Watson in Bett fünf absah, dessen Krebs in fortgeschrittenem Stadium mindestens drei lebenswichtige Organe befallen hatte. Aber selbst bei diesem Mann war keine Krisis zu erwarten, dachte Rajiv. Mr. Watsons Prognose stand außer Zweifel. Eine dramatische Wendung der Dinge würde es nicht geben, nur das stille, unabwendbare Abgleiten in den vom Morphium herbeigeführten Dämmerzustand.

»Alles in Ordnung, Schätzchen? Lust auf ein Tässchen?«

Rajiv drehte sich lächelnd zu der Stimme mit dem breiten schottischen Akzent um. Annie Craig war der liebste Mensch auf der Welt. Allerdings musste Rajiv einräumen, dass jeder, der ihm in den stillen, dunklen Nachtstunden eine heiße Tasse Tee angeboten hätte, auf seiner persönlichen Rangliste der beliebtesten Personen um ein paar Plätze gestiegen wäre.

»Danke, Schwester Annie. Mit dem größten Vergnügen!«

»Sie müssen ja todmüde sein! So, wie die euch Jungs rannehmen, wundert's mich manchmal, dass nicht die Hälfte von euch als Patienten auf der Station endet. Das wär doch was, wenn ich zur Abwechslung mal Sie ins Bett stecken könnte, was?«

Rajiv war sich nicht ganz sicher, aber er glaubte, dass sie ihm zugezwinkert hatte. Auf jeden Fall war er dankbar dafür, dass sie mit allergrößter Wahrscheinlichkeit nicht mitbekam, wie er errötete.

Annie Craig war bereits in der Besenkammer verschwunden, die euphemistisch als Schwesternküche bezeichnet wurde. Hier gossen sie und ihre Kampfgenossin

Mary Clarke literweise Beuteltee auf und tauschten dabei vertrauliche Mitteilungen über ihr Sexualleben und das anderer Leute aus. Rajiv hätte zu gerne gewusst, was sie über ihn redeten. Einmal hatte er sie dabei erwischt, wie sie sich vor Lachen bogen, sich aber sofort zusammenrissen und ein ernstes Gesicht aufsetzten, als sie ihn bemerkten. Den ganzen restlichen Tag über hatte er sich Sorgen gemacht, dass sie über ihn gelacht haben könnten, bis er den wahren Grund für ihre Heiterkeit herausfand: Einer der Fachärzte hatte seine Visite mit offenem Hosenstall absolviert.

»Hier, für Sie. Sie schielen mir schon zu sehr nach dem Bettzipfel. Das hier hilft.«

»Wie bitte?«

»Dass Sie wach bleiben, mein ich.« Sie reichte ihm einen dampfenden Becher und blieb an der Tür stehen, während sie sich beide Hände an ihrer eigenen Tasse wärmte.

»Haben Sie eigentlich gar keine Lust, mal abends loszuziehen? So wie all die anderen? Freitagabend und so? Eine von den Weihnachtspartys? O ... Verzeihung ... ich hatte nicht daran gedacht ... ich meine ...«

Rajiv lächelte. »Ist schon in Ordnung, Schwester. Auch Hindus können den Bräuchen anderer Religionen durchaus aufgeschlossen gegenüberstehen, wissen Sie. Außerdem ist Weihnachten für mich nicht gerade ein fremder Ritus. Ich bin in Leicester geboren. Aber irgendwer muss schließlich arbeiten, und ich denke, mir macht es einfach weniger aus.«

»Na ja, heutzutage sind wir doch alle mehr oder weniger Heiden.« Sie hob den Kopf.

»Einige sicher mehr als andere«, erwiderte er.

Daraufhin wurde Annie sichtlich nervös und räumte das

Feld. »Muss zurück auf die Station – meine Runde machen und nachsehen, ob alles okay ist und so.«

Rajiv blickte ihr nach und bewunderte das Spiel ihrer Wadenmuskeln unter den schwarzen Strümpfen. Dabei überlegte er, ob er Annie Craig eines Tages nicht doch einmal glücklich machen und sie zum Essen ausführen sollte. Mit anschließendem Nachtisch.

Nachdem er zu seinem eigenen Erstaunen festgestellt hatte, dass dieser Gedanke in der Tat gar nicht so abwegig war, wandte er sich der nächsten drängenden Frage dieser Nacht zu: Sollte er sich zusammenreißen und sich weiter mit der Niederschrift des ersten Teils seiner epidemiologischen Forschungsergebnisse beschäftigen, die ihm hoffentlich eines Tages zu einer Facharzt-Stelle verhelfen würden, oder doch lieber den Fernseher einschalten und sich in eine nächtliche Wiederholung von *Kampfstern Galactica* auf dem Science-Fiction-Kanal vertiefen?

Gerade war er zu dem Schluss gekommen, dass die Forschungsergebnisse vermutlich unterhaltsamer sein würden, als Annie Craig erneut den Kopf zur Tür hereinsteckte und dabei noch nervöser wirkte als ein paar Minuten zuvor.

»Doktor«, sagte sie, »kommen Sie bitte schnell!«

»Was ist los?«

Rajiv sprang sofort auf und folgte der Schwester aus dem Aufenthaltsraum und den Gang entlang zur Station 7c.

»Ich weiß nicht genau. Er hat einfach angefangen, ganz fürchterlich zu stöhnen. Als hätt er schreckliche Schmerzen.«

»Wer denn?«

»Der Mann in Bett sechs. Der Neuzugang. Er ist erst heute Nachmittag eingeliefert worden.«

Rajiv musste fast rennen, um mit ihr Schritt halten zu

können. Dabei versuchte er, sich den Mann ins Gedächtnis zu rufen. Zu Beginn seiner Wache hatte er nach jedem einzelnen Patienten geschaut. Er erinnerte sich an den Neuen. In seiner Akte war lediglich der Vermerk ›Zur Beobachtung‹ gewesen. Der Mann hatte fest geschlafen, und Rajiv hatte keine Veranlassung gesehen, ihn zu stören.

Aber jetzt war zumindest Schwester Annie der Meinung, dass irgendetwas Ernstes vorlag. Sie zog bereits den Sichtschutz aus Plastik um das Bett. Obwohl Mr. Watson in Bett fünf, wie Rajiv mit dem etwas bitteren Sinn für Realismus dachte, den man sich in seinem Beruf mit der Zeit aneignete, seinem Bettnachbarn vermutlich kaum viel Aufmerksamkeit schenken würde.

»In diesem Zustand hab ich ihn vorgefunden, als ich meine Runde drehte.« Annie war sichtlich besorgt. Rajiv überlegte kurz, ob er es vielleicht auch sein sollte. Zwar gehörte Annie nur zum Pflegepersonal, aber sie war alles andere als dumm.

Der Kopf des Mannes rollte unkontrolliert von einer Seite auf die andere. Alle paar Sekunden steigerte sich das leise Stöhnen zu angstvollem Keuchen. Rajiv legte dem Mann die Hand auf die Stirn. Er erwartete, sie heiß vorzufinden, aber sie war kalt und feucht. Dennoch zeigte der Patient alle Anzeichen von hohem Fieber. Rastlos und unruhig wälzte er sich im Bett hin und her, die Augen halb geschlossen und in den Winkeln mit Schleim verklebt. Rajiv konsultierte die Akte des Mannes, aber außer dem Namen (Atkins, C.) und der Tatsache, dass er am selben Nachmittag um 16:00 Uhr zur klinischen Beobachtung eingeliefert worden war, enthielt sie keine weiteren Hinweise. Keinerlei Andeutung, was eigentlich beobachtet werden sollte. Keine Einträge zur Medikation. Schlampig! Aber das war nun einmal die Art, wie der National Health Service heutzutage arbeitete. Und ganz besonders kurz vor Weihnachten.

Rajiv fühlte nach dem Puls des Mannes. Er raste. Annie Craig sah Rajiv mit einem Blick an, den er schon häufiger bei Krankenschwestern bemerkt hatte: Halb schienen sie zu erwarten, dass er ein Wunder vollbrachte, halb fragten sie sich, ob er auch nur die leiseste Ahnung hatte, womit er es eigentlich zu tun hatte. In diesem Fall traf Letzteres zu.

»Wissen Sie irgendetwas über seine Anamnese?«, fragte er sie, mehr hoffnungs- als erwartungsvoll.

»Mary war hier, als er eingeliefert wurde. Sie hat gesagt, dass es ihn bei der Arbeit erwischt hat.«

»Bei der Arbeit ...« Die Arme des Mannes waren stark und muskulös. Ziemlich sicher arbeitete er nicht an einem Schreibtisch. »Wissen Sie etwas über die Art seiner Tätigkeit?«

»Keine Ahnung. Oder doch – möglicherweise ist er Bauarbeiter. Mary hat erzählt, dass er nicht mit dem Krankenwagen eingeliefert wurde. Er kam im Lieferwagen eines Bauunternehmens. Riggs und sowieso, einer von den ganz Großen, die in den Dörfern 'ne Menge neuer Häuser bauen. In der Gegend von Banbury, soviel ich weiß.«

»Banbury? Wieso haben sie ihn dann nicht ins örtliche Krankenhaus gebracht?« Wie hieß es noch gleich?

»Ins *Horton*?« Sie zuckte die Schultern. »Vielleicht dachten sie, es ist was Ernstes.«

»Möglicherweise hatten sie Recht.« Rajiv zog die Bettdecke zurück. Mühsam löste er die zuckenden Gliedmaßen des Mannes aus der gestärkten Krankenhauswäsche.

»Kann ich irgendwas tun?«

»Nein. Doch.« Wenn er es sich recht überlegte. »Messen Sie erst einmal seine Temperatur.«

Annie zog ein Streifenthermometer aus der Brusttasche und hielt es dem Mann gegen die feuchtkalte Stirn. Er hatte aufgehört, sich zu winden, als hätte das Entfernen der Betttücher ihm eine gewisse Erleichterung verschafft. Rajiv schob das lockere Krankenhaushemd hoch und entblößte den Mann damit vollends. Er war kräftig gebaut und neigte zur Korpulenz. Alter: schwer zu bestimmen, vermutlich Ende dreißig. Sein Oberkörper war gleichmäßig gebräunt; zweifellos arbeitete er im Sommer draußen ohne Hemd. Früher einmal, dachte Rajiv, hatte Mr. Atkins sich möglicherweise für eine Art Adonis unter den Bauarbeitern gehalten. Und wahrscheinlich hatte er seinen damals noch an einen jungen Griechengott gemahnenden Körper vor der vorbeiflanierenden weiblichen Bevölkerung nur allzu gern zur Schau gestellt. Vielleicht tat er es noch immer. Im Augenblick jedoch besaß sein Körper nichts mehr von seiner alten Festigkeit, war weich und nachgiebig und glänzte ein wenig wie feuchtes Fensterleder.

»Fünfunddreißig Komma zwei«, verkündete Annie. Das war tatsächlich genau das Gegenteil von Fieber. Der Mann war fast unterkühlt. Ob er bei diesem Wetter draußen gearbeitet hatte? Und wenn ja, wie lange?

Rajiv streifte ein Paar dünne Einmalhandschuhe über und begann, den Körper des Mannes behutsam auf Hautrötungen zu untersuchen. Woher stammten die Fiebersymptome? Meningitis war sein erster Gedanke – seine erste Befürchtung – gewesen. Vor nicht allzu langer Zeit war in einer Schule im nahen Abingdon ein Fall aufgetreten. Zwar erkrankten hauptsächlich Kinder und Jugendliche an Hirnhautentzündung, trotzdem vergaßen viele Ärzte – insbesondere Allgemeinmediziner –, dass die Krankheit in jedem Alter ausbrechen konnte. Man konnte nie vorsichtig genug sein! Das leiseste Anzeichen von Hautrötung, vor allem in der Nähe der Lymphdrüsen, wäre ein deutliches Warnsignal. Rajiv hob den linken Arm des Mannes und betastete mit der Rechten die Achselhöhle. Er fand eine leichte Schwellung, aber keine Rötung. Das gleiche Ergebnis auf der anderen Seite, nur dass dort die Schwellung deutlicher ausgeprägt war. Fast wie Beulen unter der Haut. Aber auch dort fanden sich keine Rötungen durch subkutane Blutungen, die ein Indiz für eine besonders gefährliche Art der Meningitis hätten sein können. Trotzdem war die Hautfarbe verändert. Sie ging fast ins Violette, als hätte der Mann sich irgendwo heftig gestoßen. Aber wer bekam schon blaue Flecken unter dem Arm? Möglicherweise ein leichter Unfall auf dem Bau. Im Grunde sah es aus ... aber das war unmöglich ... Rajiv schob den Gedanken als völlig abwegig beiseite.

Trotzdem, fast wider besseres Wissen, tastete er sich in die Leistengegend des Mannes vor. Er schob den schlaffen Penis beiseite und spreizte dem Patienten die Beine. Kräftige, muskulöse Rugby-Spieler-Beine mit kurzem rötlichen Haarwuchs. Unwillkürlich hielt er den Atem an.

Die Schwester hatte ein Handtuch geholt und tupfte dem Kranken behutsam den Schweiß von der Stirn, während Rajiv mit der medizinischen Untersuchung fortfuhr. Der junge Arzt blinzelte, als könne er damit das, was seine Augen sahen und seine Finger nun vorsichtig unter dem dünnen Latex der Handschuhe ertasteten, verändern. Es waren die gleichen Schwellungen wie in den Achselhöhlen, nur viel, viel dicker. Und dunkler. Fast wie überreife Pflaumen direkt unter der Haut. Die Beulen waren hart und prall, als drohten sie zu platzen. Genau wie im medizinischen Lehrbuch. Aber wieso hier? Und wieso jetzt? Er hatte derartige Symptome schon einmal gesehen, bei einem dreimonatigen Auslandspraktikum, das er auf ausdrücklichen Wunsch seines Vaters in der ›alten Heimat‹ absolviert hatte. Der alten Heimat des alten Mannes. Dort erwartete man schon eher, auf ein derartiges Krankheitsbild zu stoßen, zumindest war man auf die Möglichkeit vorbereitet. In den überbevölkerten, schmutzigen Hügeldörfern von Uttar Pradesh, wo die hygienischen Bedingungen nach europäischem Standard geradezu mittelalterlich waren.

Aber doch nicht hier. Nicht in Oxford. Und nicht jetzt, in diesem Jahrhundert.

Der Beweis, den er vor Augen hatte und den seine Hände ertasten konnten, war allerdings unwiderlegbar. Natürlich würde man Tests machen müssen, sehr gründliche Tests, um den Verdacht hundertprozentig zu untermauern. Doch Rajiv kannte das Krankheitsbild nur zu genau.

Er hatte nicht den geringsten Zweifel, wie die Diagnose lauten würde.

Kapitel Drei

Magdalen College, Oxford; Samstag,
20. Dezember, 1:00 Uhr

Daniel Warren hob den Blick von seinen handschriftlichen Notizen und wandte sich wieder seinem Laptop zu. Verbissen bemühte er sich, die verschlungene gotische Schrift des Originals zu entziffern und ins Neuenglische zu übertragen. Zwar hatte er so etwas in der Vergangenheit schon öfter getan, aber normalerweise waren die Manuskripte von geübten Mönchshänden geschrieben. Diese Handschrift hier stammte von einem Mann, der unter Anspannung gestanden hatte. Unter großer Anspannung.

Zusätzlich wurde Daniels Aufgabe dadurch erschwert, dass er ständig bestimmen musste, in welcher Sprache der Text verfasst worden war. Einige Bemerkungen, besonders jene, die mit Religion zu tun hatten, waren in dem Küchenlatein abgefasst, das im Mittelalter die Lingua Franca innerhalb der Kirche gewesen war. Der Rest war Altenglisch, der Sprache Chaucers ähnlich, aber eben nur ähnlich. Es gab eine Menge angelsächsischer Einsprengsel und hier und da Wörter und ganze Sätze, die aus dem Normannischen übernommen waren.

Die Aufgabe, die sich ihm hier stellte, glich in ihrer Gesamtheit eher einem komplizierten Puzzle, einem historischen und literarischen Spiel, und war in intellektueller Hinsicht durchaus befriedigend. Aber für Daniel war es noch viel mehr als das. Er setzte große Hoffnungen in diese Arbeit. Auf dem Laptop versuchte er, die Worte in modernes Englisch zu übersetzen und so ihre Bedeutung über die Zeiten hinwegzuretten. Er wollte, dass ein heutiger Leser nachvollziehen könnte, wie es damals gewesen war.

Wenn ihm das gelang, wollte er die Forschungsergebnisse nicht nur für seine Dissertation verwenden, sondern sie zu einem Buch ausarbeiten, das sich mit Sicherheit besser verkaufen würde als herkömmliche wissenschaftliche Werke. Es sollte ein Buch werden, das die Leute ermunterte, Geschichte nicht als etwas Vergangenes zu betrachten, sondern als etwas, in dem sie tagtäglich lebten. Dazu bedurfte es einer gewissen Dramatik. Und die Handschrift vor ihm war mehr als dramatisch. Begraben unter Bergen alter Manuskripte, unbeachtet von Generationen von Archivaren, die sich die Mühe, dieses Kleinod zu entziffern, nicht hatten machen wollen, so hatte Daniel diese äußerst seltene Chronik mittelalterlichen Lebens vorgefunden: das Tagebuch eines Priesters aus einem kleinen Dorf in Oxfordshire.

Tagebuch war eigentlich nicht das richtige Wort, auch wenn es ursprünglich sicherlich als solches angelegt worden war – bevor die Ereignisse den Autor überrollt und der Handschrift den Charakter eines Testaments aufgeprägt hatten. Es war das Testament von Father Edward Gray, Pfarrherr der Kirche St. Peter's, später nur noch St. Peter's Alone genannt, im Sprengel Nether Ditchford in Oxfordshire. Daniel hatte einige Zeit gebraucht, ehe er das Dorf hatte lokalisieren können. Im alphabetischen Ortsverzeichnis der Grafschaft war keine Gemeinde namens Nether Ditchford aufgelistet. Auch die Suche nach ›Ditchford‹ alleine hatte sich als falsche Fährte erwiesen. Schließlich hatte er die geniale Idee gehabt, unter Upper Ditchford nachzuschlagen – und war fündig geworden. Upper Ditchford lag ein paar Meilen südwestlich von Banbury, nicht weit von Chipping Norton. Aber erst eine *Ordnance Survey Map*, eine offizielle britische Generalkarte mit großem Maßstab, hatte ihm genauere Details enthüllt.

Upper Ditchford hatte er schnell gefunden. Doch die weitaus aufregendere Entdeckung war ein kleines Kästchen mit einem Kreuz darauf gewesen, das laut Kartenlegende eine Kirche sein musste. Sie lag am Fluss, auf halbem Weg zwischen den beiden Dörfern. Um das Kästchen herum befand sich eine gestrichelte Linie, die so etwas wie längst verschwundene Straßen andeutete. Und der zugehörige Text lautete: ›Mittelalterliches Dorf Nether Ditchford (hist. Stätte)‹.

Daniel hatte diese historische Stätte natürlich sofort aufgesucht und die kleine Kirche erkundet, die völlig einsam mitten in einem Feld lag. Nein, Father Gray hatte nicht das alltägliche Leben seines Dorfes beschrieben: Er hatte den alltäglichen *Tod* beschrieben. Den Tod von Männern, Frauen und Kindern. Den Tod eines ganzen Dorfes.

Während Daniel sich bemühte, langsam die morbide Faszination abzuschütteln, die von dem Manuskript ausging, öffnete Rajiv Mahendra die Labortür im sechsten Stock des JR2 und drückte auf den Lichtschalter. Er musste blinzeln, als die grellen Neonlampen über den leeren Arbeitsplätzen und Gerätschaften aufflackerten. Tagsüber war das Labor immer voll besetzt. Medizinisch-technische Assistenten überwachten Tests für das Krankenhaus, und die Studenten der Universität arbeiteten an ihren Forschungsreihen. Um vier Uhr morgens erinnerte das Labor jedoch eher an das verlassene Deck der *Mary Celeste.*

Nun los, befahl er sich selbst. Du kannst das. Du weißt, dass es getan werden muss. Er schluckte schwer. Es war nicht das erste Mal, dass er so etwas tat. Er kannte es von seiner ersten und einzigen Reise nach Indien, dem Land seiner Vorfahren, jener Reise, die eine einmalige Erfahrung hätte werden sollen und sich in einen Albtraum verwandelt hatte. Auf eine allgegenwärtige, schreckliche Armut war er vorbereitet gewesen. Was das anging, war er allerdings angenehm enttäuscht worden. Natürlich herrschten ärmliche, was die Hygiene betraf oft sogar katastrophale Bedingungen. Aber das Leben in den Dörfern von Uttar Pradesh war von einer Tiefe und einer Ehrlichkeit, die ihn sehr beeindruckt hatte. Mehr Tiefe und Ehrlichkeit, als Rajiv sie je in den wohlsituierten Heimen Leicesters verspürt hatte. Zu seiner eigenen Überraschung hatte er sich bereits nach wenigen Wochen wie zu Hause gefühlt.

Bis diese Krankheit den Alltag in eine wahre Hölle verwandelte. Zunächst war er entsetzt gewesen, dann hatte er Mitgefühl für die ansässigen Ärzte entwickelt. Er bot ihnen seine Hilfe an. Viele versuchten, ihn davon abzubringen. Es sei zu riskant, argumentierten sie. Dies hier sei schließlich nicht seine Heimat. Im Klartext: Er gehöre nicht hierher. Das war es, was sie ihm hatten sagen wollen, und er wusste es. Als er jedoch weiter darauf bestand, gaben sie ihren Widerstand sehr schnell auf. Angesichts der Not schwinden selbst die besten Umgangsformen. Und in diesem Fall war die Not mehr als bitter gewesen.

Zu diesen Ärzten wanderten nun Rajivs Gedanken zurück, zu jenen wenigen Tapferen, die in einem notdürftig ausgestatteten Feldlazarett einen aussichtslosen Kampf geführt hatten – gegen alle Wahrscheinlichkeiten und gegen etwas, dem Rajiv für immer zu entkommen geglaubt hatte, als er zwei Monate später (und sechs Wochen später als geplant) in Neu Delhi eine Maschine der *Indian Airlines* bestieg.

Jetzt war er eine halbe Erdumrundung von Uttar Pradesh entfernt, wieder daheim in der völlig anderen Umgebung eines modernen englischen Krankenhauses – und hatte womöglich mehr Angst als damals in Indien. Er stöberte in den Regalen herum und mischte schließlich Fuchsin mit Methylenblau, Phenol, Methanol, Isopropylalkohol und Ethanol zu jenem Anfärbereagenz, das Wayson-Lösung hieß. Danach ging er auf die Station zurück. So weit, so gut. Der weitaus schwierigere Part stand ihm jedoch noch bevor.

Auf Rajivs Anordnung hin hatte Annie Craig das graue Metallschränkchen neben dem Bett des Patienten mit Klebeband verschlossen. Es enthielt die Kleidung des Mannes. Wenn Rajiv mit seiner Diagnose richtig lag, würde sie vernichtet werden müssen. Die Gestalt auf dem Bett zeigte noch immer Fiebersymptome. Ihre Beine waren weit auseinander gespreizt worden, um so wenig Druck wie möglich auf die Schwellung auszuüben. Rajiv schlug die Decke zurück und betastete die blauschwarzen Beulen, obwohl bereits die leiseste Berührung dem Mann heftige Schmerzen zu bereiten schien.

»Halten Sie ihn bitte fest, Schwester Annie«, sagte er und drückte die Nadel einer Kanüle in die abstoßende Geschwulst. Der Patient wurde ohnmächtig. Rajiv zog den Kolben zurück und fluchte. Es war kaum etwas herausgekommen. Genau das hatte er befürchtet. Er würde es herausspülen müssen.

»Annie!« Plötzlich waren alle Formalitäten vergessen. »Könnten Sie mir schnell eine Injektion Salzlösung vorbereiten?«

Ein paar Minuten später war er bereit für den zweiten Versuch. Inzwischen hatte er dem Mann ein Beruhigungsmittel gespritzt, um ihn so lange wie möglich still zu halten. Dieses Mal drang die Nadel leichter ein. Langsam drückte Rajiv den Kolben nach vorn und sah zu, wie die Salzlösung die Spritze verließ. Dann zog er den Kolben schnell zurück. Die Kanüle füllte sich mit einer üblen Brühe aus blasser Flüssigkeit und dickem Blut. Genau was er brauchte.

Im Labor brachte er einige Tropfen der Flüssigkeit auf Objektträgern auf und legte sie zum Trocknen auf ein Regal in der Nähe der Heizung. Zehn Minuten lang lief er wie ein eingesperrtes Tier im Labor auf und ab und überlegte verzweifelt, wie so etwas hatte passieren können und was er als Nächstes tun sollte. Schließlich beträufelte er die Objektträger mit der Wayson-Lösung und legte den ersten unter ein Mikroskop.

Rajiv war kein Chemiker, aber das war auch nicht nötig. Es dauerte kaum zwanzig Sekunden, bis die Chemikalien des Anfärbereagenz mit der Probe reagierten. Ein weiterer Blick durch das Mikroskop, und Rajiv hatte den eindeutigen Beweis für seine Diagnose vor Augen. Es war genau das, was er vermutet hatte. Was er befürchtet hatte. Die kleinen, blauen, eiförmigen Gebilde, ein wenig dunkler an den Enden, hoben sich klar vor dem pinkfarbenen Hintergrund ab. Das Anfärbereagenz war unfehlbar. Es war eigens zu dem Zweck entwickelt worden, diesen besonderen Bakterienstamm zu identifizieren.

Es gab keinen Zweifel mehr. Irgendwie war Charlie Atkins mit *Yersinia pestis* in Kontakt gekommen. Mit dem Bakterium, das eine der furchtbarsten Krankheiten hervorrief, die die Welt kannte: die Beulenpest.

Kapitel Vier

Magdalen College, Oxford; Samstag, 20. Dezember, 8:00 Uhr

Ist das dein Ernst?«

Rajiv nickte grimmig. »Mein voller Ernst!«

»Ich will ihn sehen!«, sagte Daniel Warren nun schon zum zweiten Mal.

»Ich verstehe nicht.«

»Das glaub ich gerne. Aber ich will ihn sehen! Wirklich!«

»Wen, um alles in der Welt?«

»Na, ihn! Deinen Mann da! Den Pestkranken, du lieber Gott!«

»*Dein* lieber Gott! Du willst einen Pestkranken sehen? Was bist du? Pervers?«

»Du hast gesagt, es sei die Pest. Du hast gesagt ...«

»Ja, aber ...«

»Kein aber! Wenn es wirklich die Pest ist, muss ich ihn sehen. Unbedingt!«

Rajiv blickte seinen Freund an, als habe der sich freiwillig als Henkersknecht gemeldet.

Um sieben Uhr morgens hatte der junge Arzt an Daniels Tür geklopft. So erschöpft wie an diesem Tag hatte Daniel ihn noch nie gesehen. Und das wollte schon einiges heißen. Denn die Art und Weise, wie die Engländer ihr medizinisches Personal ausbeuten, spottet jeder Beschreibung.

Daniel hatte sich schlaftrunken zur Tür geschleppt und sich unversehens einer noch schlaftrunkeneren Gestalt gegenübergesehen. Rajiv lehnte am Türpfosten. Er trug nur einen dünnen Regenmantel über dem Tweedjackett, mit dem er normalerweise zur Arbeit ging und über das sein Freund ununterbrochen lästerte, weil er fand, Rajiv sehe darin wie ein Landarzt aus der tiefsten Provinz aus. Offensichtlich hatte er sich noch nicht einmal die Zeit genommen, nach Dienstschluss in sein eigenes Zimmer zu gehen. Kragen und Schlips hatte er gelockert, er wirkte völlig verstört.

»He, was ist denn mit dir los? Du siehst aus, als wärst du einem Gespenst begegnet! O Mann ...«, Daniel sah auf seine Armbanduhr, »... weißt du eigentlich, wie spät es ist?«

Rajivs einzige Antwort war ein zaghaftes Kopfschütteln. Er wankte an Daniel vorbei und ließ sich in den riesigen Ledersessel fallen. Den ausgeleierten Federn schenkte er keinerlei Beachtung. Daniel machte sich nun ernsthafte Sorgen. Normalerweise steckte Rajiv die aufreibenden Stunden im Radcliffe besser weg, als Daniel es für möglich gehalten hätte.

»Ist alles in Ordnung mit dir? Kann ich irgendwas für dich tun? Eine Tasse Kaffee vielleicht? Oder Tee? Ich habe welchen da!«

»Whiskey! Und zwar möglichst einen doppelten!«

Spätestens jetzt war Daniel klar, dass etwas wirklich Ernstes vorgefallen sein musste. Er goss Rajiv einen ordentlichen Schluck Lagavulin ein. Innerhalb der nächsten halben Stunde entspannte sich Rajiv allmählich, während er von den Ereignissen der letzten Nacht berichtete und von seiner Entdeckung einer Krankheit, die man ausschließlich in der Dritten Welt vermutete – ausgerechnet hier, mitten im zivilisierten England!

Zunächst glaubte Daniel, Rajiv wolle ihn um Rat fragen; schließlich ging es sozusagen um sein Fachgebiet. Es dauerte ein paar Minuten, bis er erkannte, dass dies offensichtlich nie seine Absicht gewesen war. Nein, Rajivs Besuch beruhte wohl ausschließlich auf dem ersten Grundsatz einer jeden Freundschaft: Er brauchte einfach jemanden zum Reden. Die Tatsache, dass sein amerikanischer Freund ein handfestes Interesse an medizinischen Einzelheiten haben könnte, war Rajiv nicht nur gar nicht erst in den Sinn gekommen, sondern befremdete ihn zutiefst. Schlimmer noch: Er fand es abartig. Vor allem, als Daniel schließlich seine Bombe platzen ließ.

»Was redest du da? Du willst doch nicht allen Ernstes einen todkranken Mann besuchen, den du nicht einmal kennst!«

»Vielleicht kenne ich ihn nicht, aber ich weiß sehr wohl, wie er leidet! Womit, zum Teufel, glaubst du wohl, habe ich mich die letzten Monate wie ein Verrückter beschäftigt?«

Verblüfft hob Rajiv die Brauen. Aus seinen großen braunen Augen sprach Verwirrung. Über die genauen Studiengebiete anderer Leute – über die grobe Fachrichtung hinaus – hatte er sich nie Gedanken gemacht.

»Nun halt mal die Luft an! Was soll denn das? Du bist Historiker ...«

»Genau. Spezialgebiet Mittelalter. Und dort besonders: die Pest, *deine* Pest, die Beulenpest, auch bekannt als schwarzer Tod, die Geißel Europas! Zwei Jahre lang habe ich nichts anderes getan, als mich mit allen grausigen Details mittelalterlicher Heilkunde zu beschäftigen, um meine Doktorarbeit über die Krise der Gesellschaft des 14. Jahrhunderts angesichts dieser Krankheit zu verfassen. Und nun, da ich ein Beispiel für eben diese Krankheit direkt vor meiner Nase habe, wunderst du dich, dass es mich in allen Fingern juckt?«

»Aber so selten ist die Pest gar nicht! In Indien bricht sie mindestens einmal im Jahr aus. Ebenso wie im Nahen

Osten. Und sogar in manchen Gegenden im Westen der Vereinigten Staaten.«

Diese Bemerkung schien Daniel für kurze Zeit den Wind aus den Segeln zu nehmen. »Ich weiß, ich weiß. Glaub mir, ich weiß es wirklich! Aber nicht in Berkeley, Kalifornien. Und auch nicht in Oxford, England. Für mich ist das hier eine einmalige Chance, wenigstens ansatzweise herauszufinden, wie diese Krankheit wirklich gewesen ist. Ich kann mir vorstellen, wie makaber das klingt. Ist es aber nicht, ehrlich! Darum geht es doch bei fundierter historischer Forschung. Wie soll ich wissen, wie die Leute im 14. Jahrhundert reagiert haben, wenn ich keine Ahnung habe, wie ich selbst reagieren würde?«

»Soll das eine Art Selbstversuch werden?«

»Nein!«, protestierte Daniel, obwohl es eigentlich genau darum ging. Über etwas zu schreiben, nachdem man darüber gelesen hatte, war eine Sache; die Erfahrung selbst zu durchleben ... nun ja, so weit, das hoffte er zumindest, musste es vielleicht nicht gerade kommen ... aber wenigstens einmal Zeuge zu sein – das konnte den Blickwinkel grundlegend verändern und einer trockenen historischen Abhandlung echtes Leben einhauchen. Außerdem war da noch etwas anderes. Etwas, das Rajiv nicht zu wissen brauchte. Zumindest jetzt noch nicht.

»Du willst ihn also sehen, weil du wissen willst, wie sehr er leidet? Ich kann dir sagen, er leidet furchtbar. Schrecklich! Vielleicht muss er sterben.«

»Er muss sterben?« Daniel hatte angenommen, für den Mann bestünde keine akute Gefahr; immerhin lag er in einem modernen Krankenhaus und befand sich in medizinischer Behandlung. Das Mittelalter war schließlich längst vorbei. Selbst in England.

»Wahrscheinlich nicht. Wir wissen, woran er leidet. Es gibt Behandlungsmethoden. Medikamente. Meistens wirken sie, wenn man sie rechtzeitig verabreicht.«

»Und so ansteckend, wie man ihr nachsagt, ist die Pest nicht, stimmt's?«

»Im jetzigen Stadium nicht. Die Inkubationszeit liegt bei ungefähr zehn Tagen. Möglicherweise hat er sich irgendwo im Ausland angesteckt und ist erst seit kurzem wieder in England. Die Wahrscheinlichkeit, dass er noch Erreger mit sich herumträgt, ist ziemlich gering – aber ganz von der Hand zu weisen ist ein Risiko nicht. Im Übrigen sorgt die Krankheit nur in der pneumonischen Phase für eine direkte Ansteckung von Mensch zu Mensch. Dankenswerterweise ist das sehr selten der Fall!«

»Also gibt es keinen Grund, warum ich nicht einen Blick auf ihn werfen könnte. Es ist mir wirklich ernst damit!«

»Das habe ich bemerkt, und ich muss sagen, ich bin wirklich entsetzt! Wie auch immer: Es ist sowieso unmöglich! Er muss streng isoliert werden. Ich habe ihn bereits in ein Privatzimmer verlegen lassen.«

»Was die ganze Sache leichter machen könnte – deine Hilfe vorausgesetzt.«

»Du hörst mir nicht zu. Bereits die Vorstellung alleine ist abstoßend. Ehrlich, du musst betrunken sein! Die Antwort auf deine Frage – die ich am liebsten nie gehört hätte – lautet: Nein. N-E-I-N. Und jetzt möchte ich bitte nicht mehr darüber reden. Aber gegen einen weiteren Whiskey hätte ich nichts einzuwenden.«

»Rajiv«, sagte Daniel, griff nach der Flasche Lagavulin, goss seinem Freund großzügig ein und reichte ihm das Glas, »du bist es mir schuldig.«

Die Wirkung seiner Worte war verblüffend. Der junge

Arzt hatte kaum an seinem Whiskey genippt. Er setzte sein Glas so heftig neben sich auf dem Boden ab, dass ein paar Tropfen auf den fadenscheinigen Perserteppich spritzten. Dann atmete er tief durch, stand langsam auf, drehte sich um und verließ betont ruhig den Raum. Er machte sich nicht einmal die Mühe, die Tür hinter sich zuzuknallen.

Daniel nahm das Glas, schwenkte den restlichen Whiskey einmal herum und leerte es in einem Zug.

Kapitel Fünf

Millbank, London; Samstag, 20. Dezember, 8:30 Uhr

Neal Faversham blickte aus dem Fenster seines Büros hoch über der Themse auf die trüben Fluten, die sich träge voranwälzten. Der Nieselregen, der ununterbrochen auf die schmutzige Stadt niederging, hinterließ kaum Spuren auf dem dunklen, öligen Wasser. Wer um alles in der Welt hatte je behauptet, London sei eine schöne Stadt? Autos stauten sich entlang des Embankment, eine nicht enden wollende Schlange roter Rücklichter und weißer Scheinwerfer, die selbst am Tage vergebens gegen die winterliche Dunkelheit ankämpften. Auf dem gegenüberliegenden Flussufer bemühte sich eine kleine Pyramide aus bunten Glühbirnchen, der festlichen Jahreszeit Rechnung zu tragen – ein tapferer, aber aussichtsloser Versuch. Das Gebilde hing scheinbar schwerelos in der Luft und wirkte vor dem trüben Himmel geradezu surrealistisch. Es war ein Christbaum, auf der Spitze eines Baukrans, irgendwo in den tiefsten Tiefen von Battersea.

Das Zischen der altertümlichen Kaffeemaschine riss Faversham aus seinen Tagträumen. Er goss sich eine Tasse ein und wandte sich müde dem Stapel Akten auf seinem Schreibtisch zu. Vermisste Personen gehörten normalerweise nicht in seinen Zuständigkeitsbereich. Die Polizei teilte sie in zwei Kategorien: Bei »Kategorie eins« handelte es sich um Ausreißer aus dem Umland, die glaubten, die grellen Lichter der Großstadt hätten mehr zu bieten als die stickigen Vorstädte. Im Allgemeinen endeten sie unter den Themsebrücken, wo sie in Pappkartons schliefen. »Kategorie zwei« waren mutmaßliche Mordopfer. Manchmal überschnitten sich die beiden Kategorien. Normalerweise hatten Leute wie Neal Faversham weder mit der einen noch der anderen Kategorie zu tun, doch die vermisste Person, um die es hier ging, war etwas Besonderes.

Zunächst einmal, dachte er, während er ihre Fotografie im Lichtkegel seiner Schreibtischlampe studierte, war sie außerordentlich attraktiv. Außerdem war es kein Geheimnis, dass sie über einflussreiche Verbindungen verfügte. Einflussreichere, als letzten Endes gut für sie gewesen war. Über dieses Ende selbst bestand keinerlei Zweifel. Die junge Frau, die ihn verführerisch von einem Passfoto anlächelte, mit halb geschlossenen Augen, als hätte sie im Fotoautomaten noch schnell ein paar aufreizende Posen geprobt, war wirklich umwerfend schön. Und selbstbewusst. Völlig anders als das schüchterne, unreife Schulmädchen mit leerem Blick, dessen Fotos ihm seine Mutter an ihrer Wohnungstür im öden Londoner Süden bei strömendem Regen gezeigt hatte.

Anders auch als das Mädchen, das sie ihm beschrieb, während sie zusammen bei einer Tasse dünnem Tee auf dem Veloursofa in ihrem Wohnzimmer saßen, hinter Tüllgardinen, die die stille Trauer der Frau vor der stillen Welt verbargen, in der sie lebte. Einer Welt, die das hagere Schulmädchen fluchtartig verlassen hatte. Sie war gut in Turnen, Rechnen und Sprachen gewesen, aber eine schreckliche Tagträumerin, zumindest laut ihrer Klassenlehrerin, die sie nie wirklich gemocht, nie wirklich verstanden hatte. Aber wer hatte das schon? Was gab es da überhaupt zu verstehen? Was war schief gelaufen? Und womit hatte eine Mutter das verdient? Einfach so verlassen zu werden, ohne ein Abschiedswort, ohne einen Brief. Erst ein halbes Jahr später eine Postkarte, irgendwo aus Deutschland. Eilig hingeschmiert, nicht einmal ordentlich geschrieben – und das von einem Kind, das sich bei seinen Hausaufgaben immer so viel Mühe gegeben hatte. Schauen Sie sich das nur an! Und er hatte sich die Karte angesehen, die beiden mit grünem Filzschreiber hingeworfenen Zeilen: »Liebe Mum, mir geht es gut. Nicht böse sein.« Keine Unterschrift, als wolle sie sich sogar von ihrem Namen distanzieren. Kein Absender. Keine Telefonnummer. Nichts, was auf die Herkunft der Karte hätte schließen lassen. Selbst das Bild auf der Vorderseite half nicht weiter – es war eine alte Aufnahme des Piccadilly Circus. Die einzigen Hinweise waren die deutsche Briefmarke und ein blasser Poststempel mit dem Wort ›Hamburg‹ darin. Aber sicher war er sich da nicht.

Das war alles. Mehr könne er ihr nicht sagen, meinte er traurig, als er seinen Regenmantel überzog und sich verabschiedete. Und zumindest das war die Wahrheit. Reine Routine. Vermisstenanzeige. Nein, keine Neuigkeiten. Aber natürlich würde er sie umgehend informieren, falls sich etwas ergeben sollte. Nicht, dass er ihr große Hoffnung hätte machen können. Nein, wirklich nicht.

Nicht die geringste Hoffnung, wenn er ganz ehrlich war. Aber Ehrlichkeit stand nicht zur Debatte. Das Mädchen mit den langen Wimpern, das ihn so verführerisch anlächelte, war tot. Daran gab es nicht den geringsten Zweifel. Obwohl noch nicht einmal genug von ihr übrig geblieben war, dass sich ein Begräbnis gelohnt hätte.

Kapitel Sechs

Nachrichtenraum der Oxford Post; Samstag, 20. Dezember, 11:00 Uhr

Hallo Theresa, Liebling! Kriegen wir ein Küsschen?«

»Eher würde ich einen Frosch küssen!«

»Siehst du, Henry, ich habe dir doch gesagt, dass sie Französisch bevorzugt.«

»Meinst du, sie hat Froschschenkel oder so was?«

»Na, sie gönnt uns ja nicht mal einen winzigen Blick.«

Mit einem entnervten Seufzer knallte Theresa Moon den Hörer auf die Gabel. Sie konnte die Disco-Version des Titels ›*God Rest Ye Merry, Gentlemen*‹ einfach nicht mehr ertragen. Die Musik dudelte ununterbrochen zwischen immer gleichen Ansagen vom Band, in denen ihr eine freundliche Stimme mitteilte, dass ihr umgehend ein Mitarbeiter zur Verfügung stehen würde. Der Versuch, eine Ferienreise zu buchen, würde eben warten müssen.

»Werdet ihr eigentlich jemals erwachsen, ihr beiden?«

»Och, Theresa! Wenn ich nicht mehr Peter Pan sein dürfte, dann müsstest du auch aufhören, dich wie Tinkerbell zu benehmen.«

»Wenn du wirklich glaubst, ich sei die gute Fee dieses Büros, dann ist deine Beobachtungsgabe noch kümmerlicher, als ich bisher angenommen habe! Und außerdem heiße ich Therry, wie du sehr wohl weißt. Mit einem ›h‹! Okay?«

»Ooch, hört, hört!« Henry Comfort gab seine Julian-Clary-Nummer und wedelte schlaff mit der Hand hin und her.

»Um Himmels willen, Therry!« Jack Denton, jetzt ganz Vaterfigur, machte den kindischen Neckereien ein Ende. »Wie bist du denn heute drauf? Was ist denn los?«

»Ich langweile mich zu Tode, Jack.« Theresa stützte beide Ellbogen schwer auf den Schreibtisch und schloss entnervt die Augen. »Es muss doch etwas Interessanteres geben als ausgerechnet das hier!«

»Tut mir Leid, Therry.« Der ältere Mann seufzte. Diesem Mädchen konnte man es aber auch wirklich nicht Recht machen.

»Also, ich hätte da ein oder zwei Vorschläge«, mischte Henry sich in seiner besten anstößig-aufdringlichen Art ein. Aber dieses Mal runzelte sogar Jack die Stirn.

»Sei froh, dass du nicht in Amerika arbeitest, Junge! Die würden dich mindestens zweimal am Tag wegen sexueller Belästigung verklagen.«

»Samstags bestimmt dreimal«, warf die junge Frau am Schreibtisch gegenüber kokett ein. »Aber jetzt mal im Ernst, Jungs! Ich weiß schon, dass ihr nur herumalbert.« Henry hob erstaunt die Augenbrauen. »Aber genau da liegt das Problem. Ich bin in dieser Redaktion doch nur das

Quoten-Girlie. Ihr beiden kriegt die guten Storys. Ich darf über Hochzeiten berichten!«

»Mensch, Mädchen«, meinte Jack, »du weißt genau, dass wir hier nicht bei der *Sunday Times* sind. Meine aufregendste Reportage in den letzten Wochen war der Einbruch in Browns Konditorei, wo sie die leere Ladenkasse und ein paar altbackene Brötchen geklaut haben.«

»Weiß ich doch! Aber das ist wenigstens Berichterstattung! Guck dir doch mal meinen Dienstplan für heute Nachmittag an: St. Peter's in Hook Norton um eins, St. Michael's in Cropredy um halb drei, und um vier St. George's in Middleton Cheney. Das Aufregendste, was mir passieren kann, ist, dass eine der Bräute nicht in Weiß erscheint. Und selbst wenn, würde der alte Spinner mich wahrscheinlich daran hindern, es zu schreiben.« Sie pustete sich eine dicke blonde Locke aus der Stirn und starrte ärgerlich auf das mit Glaswänden abgeschirmte Büro in einer Ecke des Raums, wo John Harkness, der Herausgeber der *Oxford Post*, saß und gedankenverloren in der Nase bohrte.

»Igitt«, sagte Henry, der ihrem Blick gefolgt war.

»Ich verstehe dich ja«, meinte Jack, »aber der Typ ist halt ziemlich altmodisch! Vermutlich denkt er, du bist ganz wild auf Hochzeiten.«

Jetzt war es an Therry, die Augenbrauen zu heben.

»Früher war das eben so, weißt du!«

»Wann früher? Vor dem Krieg?«

»Na ja, zumindest vor dem Falkland-Krieg.«

»Und was kann ich dagegen tun?«

»Abwarten. Irgendwann kriegst du schon deine Chance.«

»Vermutlich, bevor ich meine bekomme, stimmt's?«, bemerkte Henry lachend.

»Ach, Scheiße!« Therry drehte sich auf dem Absatz um, durchquerte das Großraumbüro und verschwand in Richtung Kaffeemaschine.

Mit gespielter Verwunderung blickte Henry seinen älteren Kollegen an. »Hab ich was Falsches gesagt?«

Jack Denton seufzte. »Nein, Henry, alter Junge! Nicht im Geringsten.«

»Und trotzdem.« Henry war auf seinem Bürostuhl herumgeschwenkt und blickte der verärgerten Therry in den engen Kordhosen interessiert hinterher. »Süßer Arsch, was?«

Kurz vor Mittag blickte Theresa Moon auf ihre Armbanduhr und stellte voller Selbstmitleid fest, dass sie wohl bald würde aufbrechen müssen, wollte sie das holde Erröten der ersten Braut nicht verpassen. Die dritte Hochzeit an diesem Nachmittag war die wichtigste, drüben in Middleton Cheney; die Braut war die Tochter eines ortsansässigen Gastwirts. *Le tout* Banbury würde anwesend sein. Therry schnaubte. Der Gedanke amüsierte sie.

Theresa Moon war eine waschechte Banburine der zweiten Generation, wie sie zu sagen pflegte. Ihre Eltern hatten an der großen Völkerwanderung von London hinaus ins Grüne teilgenommen, die sich zwischen 1940 und 1980 in Wellen abgespielt hatte. Eigentlich dauerte sie noch immer an, aber jetzt waren die kleinen Marktflecken völlig übervölkert, sodass die ursprünglichen Einwohner nun ihrerseits in die umliegenden Dörfer zogen. Wahrscheinlich würde dieser Migrationsprozess nicht eher zum Stillstand kommen, bis der gesamte Süden Englands zu einer einzigen, riesigen Vorstadt degeneriert war.

Im Journalismus sah Therry eine Möglichkeit, dem Großstadtleben wieder näher zu kommen, um das ihre Eltern sie betrogen hatten. Das Einzige, was dieser Journalismus ihr bisher allerdings näher gebracht hatte, war die erdrückende Langeweile des ländlichen Lebens. Hochzeiten waren dabei das Allerschlimmste. Wie aufregend, einer Samantha und einem Jonathan oder einer Claire und einem Simon beim Knüpfen des Bundes fürs Leben zuzusehen! Hatten sie das erst einmal hinter sich, stand die erste Rate für eine Eigentumswohnung an, stets der erste Schritt zu einem der gemütlichen frei stehenden Einfamilienhäuser, die Jahr für Jahr neue Parzellen vereinnahmten. Banbury hatte das kleine Bodicote längst geschluckt. Bald war Bloxham an der Reihe, und Adderbury würde auch nicht mehr lang auf sich warten lassen. Und niemand unternahm etwas dagegen.

Natürlich gab es hier und da ein paar der üblichen Umwelt-Aktivisten im alternativen Lotter-Look, mit ihren löchrigen Pullovern und mit Stroh im Haar, die immer wieder androhten, neu erschlossene Baugelände mit Tunneln zu unterminieren oder in Hecken und auf Bäumen zu kampieren, um den Ausverkauf der unberührten Natur zu verhindern. Meistens waren es verrückte Professoren oder Anarchisten ohne Aussicht auf einen Job. Aber der größte Teil der Menschen, die sich mit der Vergewaltigung ihrer schönen alten Landschaft konfrontiert sahen, lehnte sich in bequeme Ohrensessel zurück und träumte von einem England, das zunehmend nur noch dort existierte: in ihrer Vorstellung. Das ländliche England war zum Aussterben verdammt. Die Vororte gewannen immer mehr die Oberhand. Und Therry Moon wollte da raus.

Sie hatte sich eingebildet, der Umzug nach Oxford könnte ein erster Schritt sein. Eine Sprosse höher auf der Erfolgsleiter, vielleicht auch eine Chance, etwas zu tun, das Aufmerksamkeit erregte. Aber dieser erste Schritt hatte sich als Fehltritt auf glitschigem und zudem abschüssigem Gelände erwiesen. Sie war in der Schublade ›Mädchen aus North Oxfordshire‹ gelandet und durfte sich mit so aufregenden Dingen wie Landhochzeiten und Dorftratsch beschäftigen. Sie hatte die Nase gestrichen voll! Was sie unbedingt brauchte, war eine Geschichte, an der sie sich festbeißen konnte, ein eigenes Feature, vielleicht sogar eine Enthüllungsstory – irgendetwas, womit sie die großen Zeitungen auf sich aufmerksam machen konnte. Sie wollte hier raus. Nach London.

»Theresa?« Der Klang ihres Namens riss sie aus ihren Tagträumen. John Harkness höchstpersönlich hatte sein Aquarium verlassen, was an sich schon ein seltenes Ereignis war, und kam auf sie zu. Er war einmal einer der ganz Großen in der Fleet Street gewesen – eine Legende, über die man beim Mittagessen sprach. Nur dass dieses Mittagessen in seinem Falle meist flüssiger Natur gewesen war, und das zu einer Zeit, als man ein Pint für weniger als ein Pfund bekam. Als Harkness die Leitung der *Oxford Post* übernommen hatte, war er bereits über fünfzig gewesen. Nach ein paar Monaten anfänglicher Begeisterung hatte er sich in sein Aquarium zurückgezogen und das Blatt so geführt, wie es bereits sein Vorgänger getan hatte: in Richtung Ruin.

»Mr. Harkness?«

»Hmm? Ach ja. Sie sollten mich John nennen. Das tut hier jeder.« Das tat hier niemand. »Haben Sie viel zu tun?« Als ob er das nicht wüsste. Andererseits ... »Ich habe über etwas nachgedacht.«

»Ich wollte gerade weg. Ich muss um eins in Hook Norton sein. Die Moorhouse-Hochzeit.«

»Ach ja, die Hochzeiten! Ehrlich gesagt, habe ich mich gefragt, ob Sie zur Abwechslung nicht mal was anderes machen wollen.«

»Sir? Ich meine ... äh, wie bitte?«

»Ein Feature. Etwas, wo Sie ein bisschen Recherche betreiben müssen.« Therry traute ihren Ohren nicht. »Das öffentliche Gesundheitswesen zum Beispiel.«

Eine leise Enttäuschung begann in ihr hochzusteigen, aber sie unterdrückte das Gefühl rasch. Was immer der alte Mann ausgebrütet haben mochte, sie würde bestimmt nicht die Nase darüber rümpfen.

»Woran haben Sie genau gedacht?« Sie sah sich bereits sämtliche Krankenhäuser der Umgebung anrufen, um nachzufragen, wie viel Personal während der Feiertage anwesend wäre, sah sich das übliche Gemeckere aufschreiben und schließlich einen Artikel verfassen, in dem zum hundertsten Mal »unsere wunderbaren Krankenschwestern« in den höchsten Tönen gelobt wurden. Durchaus zu Recht, wahrscheinlich, aber nichts Neues.

Aber dieses eine Mal schien der »gute alte John« nicht so unsensibel zu sein, wie man es ihm nachsagte.

»Schauen Sie mich nicht so an! Ich weiß genau, was Sie jetzt denken: der übliche vorweihnachtliche Schmus über die armen Teufel, die arbeiten müssen, während wir uns den Bauch mit Truthahn voll schlagen. Und Sie haben nicht ganz Unrecht! Allerdings schwebt mir eine etwas *dramatischere* Variante des Themas vor.« Dabei bemühte er sich redlich, auch dramatisch zu klingen. »Erscheinen Sie unangekündigt. Wie der Erzengel.« Ein idiotisches Grinsen erhellte sein Gesicht. »Gehen Sie ins Radcliffe. Ins neue. Es ist zwar schon nicht mehr ganz so neu, fürchte ich, aber Sie wissen schon, was ich meine. Wie auch immer, finden Sie raus, wie der Samstagabend vor Weihnachten dort aussieht. Wahrscheinlich hektisch. Gehen Sie einfach rum. Reden Sie mit Leuten, Patienten und Ärzten, und vermitteln Sie uns das Gefühl, wie ein großes Krankenhaus mit Krisen umgeht – oder eben nicht, je nachdem. Haben Sie keine Angst vor der Wahrheit. Wenn die bis zum Hals in der Scheiße stecken, sollten wir das auch schreiben. Mit viel Atmosphäre. Und natürlich packend. Wie auch immer. Kann ein Knüller werden, kann aber auch in die Hose gehen. Wir werden sehen. Ist das was für Sie? Oder? Vielleicht doch nicht.«

»Wie? Ich meine natürlich, ja, Sir. Äh, John. Bitte. Danke. Hört sich wirklich interessant an. Ich werde mein Bestes geben.«

»Wirklich?« Er lächelte sie an, als hätte ihre Zusage ihn zutiefst überrascht.

»Aber ...«

»Ja?«

»Was wird aus den Hochzeiten? Vor allem die in Middleton bei den Bancrofts?«

»Ach ja, die Bancrofts. Unsere örtliche Hautevolee. Machen Sie sich darüber keine Sorgen! Einer Ihrer männlichen Kollegen war ganz wild darauf, da hinzugehen. Er meinte, es würde Ihnen sicher nichts ausmachen.«

Therrys Augen glänzten. Jack war doch wirklich ein Engel. Dafür schuldete sie ihm mindestens ein Pint vom besten Bier im King's Arms. Sogar ein halbes Dutzend, wenn er mochte.

»Am besten brechen Sie gleich auf.« Harkness befand sich schon wieder auf dem Weg zurück in sein Aquarium. »Komisch. Hätte nie gedacht, dass der junge Henry der Typ für Hochzeiten wäre.«

Kapitel Sieben

Östliches Oxford; Samstag, 20. Dezember, 16:00 Uhr

Daniel kannte den Weg, den Rajiv üblicherweise zum JR2 nahm, und folgte ihm. Er schob sein Fahrrad am Pförtner vorbei aus dem College-Gebäude, bevor er sich in den Sattel schwang. Eingehüllt in seinen warmen Dufflecoat und einen Schal in den schwarz-weißen Collegefarben, radelte er über die Magdalen Bridge nach Osten, an den Angel und Greyhound Meadows vorüber und durch St. Clements.

Hier gab es keinen Cotswold-Stein mehr; rote Ziegelbauten dominierten, und die Gebäude sahen ziemlich schäbig aus. Oxford wirkte hier bestenfalls wie eine Vorstadt. Die Straßenlaternen wurden nicht mehr mit Gas betrieben wie zum Beispiel in der Merton Street, wo die Colleges sich diese exzentrische Tradition etwas kosten ließen; hier warf das gelbe Licht von Natriumdampflampen einen kränklich bleichen Schein auf ein Pflaster, das kein Tourist je zu Gesicht bekam. Daniels Weg führte ihn erst nach links, die Marston Road entlang, vorbei an den langen, geraden Reihen mit Doppelhäusern, die, wie er inzwischen zu erkennen gelernt hatte, aus den Dreißigerjahren stammten, quasi das letzte architektonische Vermächtnis des britischen Empires. Dann ging es rechts an vielen kleinen Läden vorbei, wo heftiger Verkehr von der Umgehungsstraße her einsetzte. Das letzte Stück, den Headley Hill hinauf, musste Daniel kräftig strampeln, ehe er den kleinen Kreisverkehr erreichte, an dem der Klinikeingang lag.

Im Gegensatz zur eleganten, wenn auch zu kleinen alten Radcliffe Infirmary sah das JR2 wie ein Trainingslager für Leichenbestatter oder das Hauptquartier einer stalinistischen Geheimpolizei aus. Kalt und unfreundlich breitete sich das Gebäude wie ein Geschwür auf dem oberen Drittel des Hügels aus. Daniel strampelte, was das Zeug hielt. Er war völlig außer Atem und fasste reumütig den Entschluss, so bald wie möglich wieder ins Fitness-Studio zu gehen. Auf dem ersten Parkplatz zwischen der Entbindungsstation und dem eigentlichen Krankenhaus kettete er sein Fahrrad an ein Geländer. Warum zum Teufel gab es in einer Stadt voller Fahrräder keine vernünftigen Fahrradunterstände? Nicht einmal hier am Krankenhaus. Ob man davon ausging, dass Studenten nicht krank wurden? Ein leichter Wind verfing sich in Daniels Schal. Er brachte feinen Schnee mit sich.

Auf dem Weg zum Haupteingang blickte Daniel schnell auf die Uhr: Es war 16:25 Uhr. Er hatte mit Rajiv verabredet, sich eine halbe Stunde nach Beginn von dessen Spätschicht zu treffen. Der junge Mediziner hatte ihm erklärt, dass man ihn inzwischen durchaus mit einem anderen Fall betraut haben könnte. Eine bange Minute lang hatte Daniel befürchtet, Rajiv könne das als Ausrede benutzen, um einen Rückzieher zu machen. Aber Rajiv war ein Mann, der zu seinem Wort stand. Pünktlich um 16:30 Uhr tauchte er aus Richtung der Aufzüge auf und nickte Daniel zu, der ihm unauffällig zu einem abseits gelegenen Umkleideraum für Personal folgte. Niemand hielt sich darin auf, wie Rajiv angesichts der Uhrzeit richtig vermutet hatte.

»Und jetzt?«

»Und jetzt ziehst du das hier an!« Er reichte Daniel einen Krankenhauskittel, dessen blaugrüne Farbe je nach

Gemütslage entweder an Enteneier oder an Desinfektionsmittel erinnerte. »Nicht so, du Depp! Du musst schon deinen Pulli ausziehen!«

»Muss ich? Kann ich nicht einfach einen weißen Kittel anziehen so wie du? Eigentlich dachte ich, es würde reichen, wenn ich mir ein Stethoskop um den Hals hänge.«

»Man würde sofort erkennen, dass du nicht zum Team vom siebten Stock gehörst. In dem Anzug hier siehst du aus wie ein PJ-ler von einer der anderen Stationen. Ist zwar ungewöhnlich, dass so einer bis da oben hin kommt, erregt aber bestimmt keinen Verdacht. Niemand wird dich beachten! Glaub mir, ich kenne mich da aus! Na los, mach voran! Spätestens in einer halben Stunde will ich dich hier nicht mehr sehen.«

»Okay, okay!« Daniel streifte sich Pullover und Hemd über den Kopf, zog die Hosen aus und stattdessen eine blaugrüne Hose und einen losen kurzen Klinikkittel an. Es fühlte sich merkwürdig fremd an, wie der Schlafanzug eines anderen. Daniel kam sich vor, als würde er selbst als Patient eingeliefert.

»Was soll ich damit tun?« Er zeigte auf das Bündel ›Zivilkleidung‹.

»Leg sie da rein! Da, das ist mein Spind. Zumindest der, den ich immer benutze. Die Schlüssel sind sowieso alle verschwunden. Und jetzt komm. Immer hinter mir her, und schön die Augen senken! Sieh bloß niemanden an – vor allem nicht die Schwestern!«

Während sie am Blumengeschäft und dem Zeitungskiosk vorbei zu den Aufzügen gingen, fühlte sich Daniel ungeheuer befangen. Er kam sich vor, als trüge er Frauenkleider oder ein Baströckchen: als würde jeder ihn anstarren. Vielleicht lag es daran, dass das Material von Kittel und Hose so dünn war. Doch genau wie Rajiv vorhergesagt hatte, schenkte ihm niemand auch nur die geringste Beachtung. Aufgrund seiner Verkleidung schien er geradezu mit der Umgebung zu verschmelzen. Er musste lächeln, als er an Rajiv dachte, der Daniels Wunsch als pervers und krank bezeichnet hatte. Nun, wo konnte man einen Kranken besser verstecken als in einem Krankenhaus?

Zwei andere junge Männer in genau den gleichen blaugrünen Kitteln kamen ihnen entgegen. Einer von ihnen nickte Rajiv zu, und einen unangenehmen Augenblick lang hatte Daniel den Eindruck, er würde misstrauisch gemustert. Doch der Augenblick verstrich, und nichts geschah. Sie erreichten die Aufzüge. Im Lift blieb Daniel hinten. Rajiv stand vorn. Es ging aufwärts. Zweiter, dritter, vierter Stock. Herrenoberbekleidung, Damenunterwäsche, Nordpol mit Weihnachtsmann, schwarzer Tod. Siebte Etage. Sie stiegen aus.

Rajiv stieß eine Doppeltür auf, die vom zentralen Vorraum in einen langen Flur mit rot gestrichenen Türen auf beiden Seiten führte. Das war die Privatstation, gedacht für die wachsende Anzahl der privat Krankenversicherten; der Leute, die gerne ein wenig mehr bezahlten, um im Krankheitsfall ein eigenes Zimmer und damit mehr Privatsphäre zu haben. Als ob man im Krankenhaus Privatsphäre haben könnte, wo man jedem Eingriff in den eigenen Körper schutzlos preisgegeben war! Daniel fühlte sich in Krankenhäusern nicht wohl. Zwar nötigte ihm der medizinische Berufsstand Respekt ab, Krankenhäuser selbst betrachtete er aber noch immer als einen Ort, an den man letztendlich kam, um zu sterben.

Rajiv öffnete die zweite Tür auf der linken Seite. »Schscht! Du wirst nicht einen einzigen Ton von dir geben!«

Daniel nickte gehorsam.

Da er nie zuvor in einem englischen Krankenhaus gewesen war, wusste er nicht, ob er sich in einem typischen Privatzimmer befand. Zwar war der Raum sauber, aber das war auch schon alles, was man darüber sagen konnte. Es gab nicht einmal einen Fernseher, nur zwei Stühle am Fußende des Bettes neben dem Fenster. Der Mann im Bett schlief. Er atmete schwer. Seine Lunge rasselte bei jedem Atemzug.

Daniel blickte Rajiv an, der den Kopf schüttelte. Nicht gut. Offenbar ging es Mr. Atkins – der Name stand mit blauem Marker auf einem Schild am Kopfende – schlechter als erwartet.

»Wo sind die ... du weißt schon ...?«

Rajiv seufzte und warf Daniel aus schmalen Augen einen Blick voller Abscheu zu. Daniel wusste, dass der junge Arzt seine Neugier für reinen Voyeurismus hielt. Doch er hatte wirklich gute Gründe, hierherzukommen. Was, so fragte er sich, würde ein Heilkundiger des 14. Jahrhunderts getan haben, wenn er mit einem Mann in diesem Zustand konfrontiert worden wäre? Wahrscheinlich hätte er Blutegel angesetzt und den Kranken zur Ader gelassen, um sein Blut von Unreinheiten zu befreien – und ihn damit nur noch weiter geschwächt. Oft schon hatte Daniel überlegt, welche der heutigen modernen medizinischen Praktiken in ein paar Jahrhunderten als ebenso gesundheitsschädlich erachtet werden würden.

Rajiv sah sich um, als wolle er sich vergewissern, dass er bei seinem schändlichen Treiben nicht beobachtet wurde, dann zog er die Bettdecke zurück.

»Alles in Ordnung, Mr. Atkins. Wir werfen nur einen kurzen Blick auf Sie«, sagte er, was Wahrheit und Lüge zugleich war. Mr. Atkins nahm die Worte offensichtlich nicht wahr. Rajiv hob den Saum des Nachthemdes und fühlte sich dabei wie ein ganz übler Kinderschänder.

Daniel konnte ein Keuchen nicht unterdrücken. Die beulenartigen Schwellungen an den Lenden des Mannes waren entsetzlich. Sie wirkten irgendwie obszön, wie aus einem *Alien-Film;* böse, schwarz-violette Eier, die im Innern eines leidenden Wirtskörpers heranwuchsen. Kein Wunder, dass die Krankheit früher als Werk des Leibhaftigen angesehen wurde. Selbst in einer Welt, in der Grausamkeit und ein allzu früher Tod an der Tagesordnung waren, musste ein solcher Anblick wie der schlagende Beweis dafür gewirkt haben, dass der Befallene von Dämonen besessen war.

»Sein Zustand hat sich verschlimmert.«

Vorsichtig hob Rajiv den rechten Arm des Mannes und begutachtete zwei ähnlich aussehende violette Schwellungen in der Achselhöhle.

»Tut das weh?« Daniel hoffte, sein Freund würde die ehrliche Sorge in seiner Stimme heraushören. Das hier hatte nichts mehr mit seinen wissenschaftlichen Forschungen zu tun. Er empfand tiefes Mitleid mit dem Mann dort im Bett.

»O ja. Ich glaube, es tut teuflisch weh, falls dich das befriedigt. Hast du jetzt endlich genug gesehen?«

Daniel senkte den Blick. »Ja. Es tut mir Leid. Danke. Kann ich irgendwas ...? Ich meine ...« Ihm war mit einem Mal die Sinnlosigkeit seiner Frage bewusst geworden.

Rajiv zog das Nachthemd des Mannes zurecht und deckte ihn wieder zu. Auf der Stirn des Patienten standen Schweißperlen, als ob dieser Fieber habe. Rajiv beschloss, die Schwester zu bitten, einmal stündlich die Temperatur zu messen. In diesem Stadium konnte jede plötzliche Veränderung höchst gefährlich sein. Er sollte auch Dr. Redwhistle informieren. Chefarztvisite war gegen 18:00 Uhr, und bis dahin würde der fremde Voyeur längst wieder verschwunden sein.

»Ich glaube, das Beste wäre, du ...«

Doch bevor er Daniel wegschicken konnte, begann der Mann im Bett laut zu keuchen und die Arme zu bewegen, als wolle er sich aufsetzen, obwohl seine Augen nach wie vor halb geschlossen waren.

Daniel wollte schon zur anderen Seite des Bettes stürzen, um ihm zu helfen, doch der Atem des Kranken ging immer schneller, ein furchtbares Krächzen entrang sich seiner Kehle. Und plötzlich nieste er. Ein solches Niesen hatte Daniel noch nie erlebt: eine heftige Explosion, die von einem scharfen, abgehackten, rauen Husten gefolgt wurde. Angeekelt wandte er den Blick ab, als er den Auswurf auf dem Betttuch sah. Es war ein farbloser Schleim, der an manchen Stellen mit hellem Blut durchsetzt war.

»Raus! Schnell!«, brüllte Rajiv.

»Aber was ...? Soll ich ...?«

»Mein Gott, raus hier! Sofort!«

Daniel gehorchte. Bis zu diesem Zeitpunkt hätte er es nicht für möglich gehalten, dass sein Freund derart wütend werden könnte.

Kapitel Acht

John Radcliffe Hospital, Oxford; Samstag, 20. Dezember, 17:00 Uhr

Daniel schwitzte. Seine Haut unter dem locker sitzenden Klinikkittel war mit einem dünnen, kalten Schweißfilm bedeckt. Sein Herz raste. Adrenalin, dachte er. Nicht Angst.

Nun hatte er das Entsetzen mit eigenen Augen gesehen. So war es also vor vielen Jahrhunderten gewesen. Die Ekel erregenden Schwellungen, die Tod verheißende Schwarzfärbung. Das Gefühl, der Tod grinse einem über die Schulter. Selbst in der heutigen Zeit konnte die Beulenpest noch tödlich verlaufen. Dieser Atkins allerdings würde es sicher schaffen. Die Geschwindigkeit, mit der Rajiv Daniel aus dem Krankenzimmer gestoßen hatte, war wohl nur eine Panikreaktion gewesen. Und wer hätte es ihm übel nehmen wollen? Mein Gott, wer hätte auch ahnen können, dass der Kerl auf einmal derart zu spucken anfing? Wahrscheinlich wollte Rajiv die Schwestern rufen, und die Anwesenheit eines Fremden im Zimmer wäre da schwer zu erklären gewesen. Sehr schwer. Sein Freund hatte jedenfalls etwas bei ihm gut. Einen ordentlichen Drink im *King's Arms*. Lieber Himmel, er könnte selbst einen gebrauchen. Am besten sofort.

»Vorsicht, Kumpel!« Zwei Sanitäter mit einem Patienten auf einer Trage starrten Daniel an. Er hätte sie beinahe über den Haufen gerannt. Zu sehr in Gedanken. Wo um alles in der Welt musste er hin? Am Ende des Flurs links. Mindestens ein halbes Dutzend Leute stand vor dem Aufzug. Fast alles Besucher. Ob jetzt Besuchszeit war? Er hatte keine Ahnung. Spielte das irgendeine Rolle? Vermutlich nicht. Eine hübsche junge Schwester sah ihn an und lächelte. Wollte sie flirten? Oder war sie nur neugierig? Ob er so nervös aussah, wie er sich fühlte? Jedenfalls lächelte er vorsichtshalber zurück. Sie wandte den Blick ab. Zu viel des Guten. Nicht übertreiben, Daniel. Sie wird denken, du willst sie anmachen.

Endlich kam der Lift. Eine hochgewachsene, stämmige Frau mit einer Krankenakte in der Hand stieg aus, starrte Daniel an, als habe sie einen Geist gesehen, ging aber schnurstracks an ihm vorbei. Eine Lernschwester strebte auf den Lift zu. Die dicke Frau bellte ihr eine Frage entgegen. Die Schwester erklärte irgendetwas und blickte frustriert auf den Aufzug, während Daniel und drei Besucher einstiegen. Als die Türen sich schlossen, warf Daniel ihr einen mitfühlenden Blick zu. Die Aufzugwände glänzten weiß und waren ziemlich verkratzt, wie bei einem Serviceaufzug in einem alten Hotel. Hinten war ein Schild angebracht: »Nehmen Sie Rücksicht auf Patienten. Keine Gespräche über Krankengeschichten.« Daniel stellte sich pickelige Medizinstudenten vor, die Tumore mit Golfbällen oder Pampelmusen verglichen, während die Angehörigen eines Krebspatienten sich in stillem Schmerz auf die Lippen bissen.

Sechster Stock, fünfter, vierter. Die Türen gingen auf; eine sauertöpfisch dreinblickende Frau kam herein und zerrte ein störrisches Kleinkind hinter sich her. Kinderheilkunde, fuhr es Daniel unwillkürlich durch den Kopf. Er trat einen Schritt zurück, um ihnen Platz zu machen. Drei, zwei. Zwei große Männer in weißen Kitteln betraten den Aufzug. Sie unterhielten sich ziemlich laut über Handicaps.

Es ging um einen Ort namens Oat Hill. Eine Reha-Klinik? Dann fiel der Groschen: ein Golfplatz. Chefärzte, ganz bestimmt. Daniel versuchte, sich so unsichtbar wie möglich zu machen. Ein Gehilfe. Niemand, den sie kennen oder auch nur bemerken dürften. Sein Kittel fühlte sich feucht an. Er hoffte nur, dass man den Schweiß nicht sah. Oder roch.

Erdgeschoss. Hier war der Ausgang. Mit einem Mal Gedränge und Geschubse statt der künstlichen Intimität im Aufzug. Wie ein Flughafen in der Provinz. Wo zum Teufel waren die Spinde des Personals? Alles war schief gelaufen. Er hatte nicht richtig aufgepasst. Eigentlich hätte Rajiv bei ihm sein und seinen Rückzug decken sollen. So wie jetzt hätte es jedenfalls nicht enden dürfen: Er wusste beim besten Willen nicht, wohin er sich wenden sollte. Vermutlich war es da hinten rechts, hinter dem Zeitungskiosk.

»Entschuldigen Sie.«

Was? Wer? Nein! Nicht jetzt!

»Entschuldigen Sie! Nur einen ganz kleinen Augenblick bitte!«

Es war der erste lichte Moment seit zwei Tagen. Und im gleichen Augenblick erkannte der Mann im Krankenhausbett, wo er sich befand. Und er wusste, was mit ihm geschah. Er würde sterben. Dann begann das Gurgeln tief unten in seiner Kehle wieder, wie aus einer dunklen, aufgewühlten Quelle. Schließlich sank es, sank immer tiefer bis in die Lunge, wo es wie ein grelles Feuer explodierte und ihn schüttelte. Die Schmerzen raubten ihm fast die Sinne, er würgte, hustete. Den Schleim, der an seinem Kinn herunterrann, nahm er kaum wahr. Erschöpft ließ er sich zurückfallen. Er war am Ende seiner Kräfte, in Schweiß gebadet, zitterte vor Kälte. Nicht zum ersten Mal wurde er sich des unangenehmen Gefühls in seiner Leistengegend bewusst. Er spürte die hühnereigroßen, ekelhaften Geschwülste, die sich schmerzhaft in seinen Weichteilen breit machten. Dann verlor er das Bewusstsein.

Rajiv Mahendra betrachtete ihn in stummem Entsetzen. Entgegen Daniels Vermutung hatte er keine Schwester gerufen. Noch nicht. Es hatte keinen Sinn, das Risiko zu vergrößern. Er überprüfte den Mundschutz vor seinem Gesicht, dann wischte er eilig den blutigen Auswurf vom stoppeligen Kinn des Mannes, entsorgte den Tupfer in ein Becherglas und versiegelte es. Schließlich ging er zur Gegensprechanlage an der Wand und drückte den Knopf, der ihn mit dem Schwesternzimmer verband.

»Stacey, hier ist Dr. Mahendra auf Privatstation C. Bitte stellen Sie die Station unter Quarantäne.« Er schwieg, während aus dem Hörer eine Menge Fragen auf ihn einprasselten. »Jetzt nicht, Schwester. Befolgen Sie bitte meine Anordnungen! Und benachrichtigen Sie Dr. Redwhistle. Ja. Jetzt sofort! Ja. Vollständige Quarantäne. Sicherheitsstufe zwei.«

Daniel war Therry Moon in dem Augenblick aufgefallen, als er den Aufzug verließ. Genau, was sie suchte: jung, auf eine etwas schlaksige Weise gut aussehend und augenscheinlich überarbeitet. Exakt der Typ, der das krisengeschüttelte Gesundheitssystem nur zu gern in die Pfanne hauen würde. Sie hörte bereits die klassische Litanei, die er ihr vorbeten würde, zum Dank für ein offenes Ohr und die Chance, sie nachher ins Pub auszuführen. Wenn er sich geschickt anstellte. Und wenn er es wert war.

Auf die Idee, er könne sie gar nicht erst beachten, wäre sie nie gekommen. Therry war es gewöhnt, dass junge Männer ihr Aufmerksamkeit zollten. Aber dieser junge, nervös wirkende Mediziner strafte sie nicht nur mit Missachtung, sondern tat auch noch so, als habe er sie gar nicht gehört. Verärgert versuchte sie, mit ihm Schritt zu halten.

»Ich sagte: Entschuldigung!«

Der junge Mann mit den vorgebeugten Schultern in grüner OP-Kleidung nahm weiterhin keine Notiz von ihr. Im Gegenteil: Er beschleunigte seinen Schritt. Therry schob den rutschenden Riemen ihrer Schultertasche nach oben, streckte die Hand aus und packte den Kerl am Arm. Brüsk schüttelte er sie ab. Verdammt noch mal, für wen hielt sich dieser Typ eigentlich?

»Jetzt bleiben Sie wenigstens mal kurz stehen, Doktor!«, sagte sie ärgerlich, jede einzelne Silbe betonend. Ein paar Leute wandten den Kopf zu ihr um, aber der Mann, dem die Worte galten, ignorierte sie weiterhin. Männliche Arroganz auf die Spitze getrieben! Sie rannte hinter ihm her, überholte ihn vor dem Blumenladen, blieb vor ihm stehen, stemmte die Hände in die Hüften und gab ihre beste Lois-Lane-Nummer: Sie mimte die wutentbrannte Sensationsreporterin.

Entsetzt starrte Daniel auf die Erscheinung vor ihm: Da stand eine junge Frau mit ungebändigtem, strohblondem Schopf, in einer abgetragenen Fliegerjacke, die Hände herausfordernd in die Hüften gestemmt und schleuderte ihm Blicke entgegen, als wolle sie ihm gleich an die Kehle gehen. Er hoffte inständig, dass er seine wahren Empfindungen einigermaßen verbergen konnte, denn sie kamen echter Panik gefährlich nahe.

»Ja?«, fragte er, so kurz angebunden wie möglich, und

bemühte sich, dabei nicht amerikanisch zu klingen. »Was wünschen Sie?«

»Wie meinen Sie das – was ich wünsche? Ist das eine Art, mit einem Mitglied der Öffentlichkeit in einem Krankenhaus zu sprechen? Existiert das öffentliche Gesundheitswesen noch oder nicht?«

Daniels Kehle entrang sich ein Geräusch, das man allenfalls als Grunzen bezeichnen konnte. Er war sich darüber im Klaren, dass dies eine recht unzureichende Antwort war, aber im Augenblick fehlten ihm einfach die Worte. Wer war dieses Mädchen? Was wollte sie von ihm? Zumindest gehörte sie nicht zum Krankenhauspersonal. Vielleicht musste er einfach nur hartnäckig bleiben.

»Ich bin von der Presse«, erklärte sie und schenkte ihm aus heiterem Himmel jenes sonnige Lächeln, das sie immer und immer wieder vor dem Badezimmerspiegel geübt hatte. Sie sah ihn erbleichen. »Von der *Oxford Post.* Ich würde Ihnen gerne ein paar Fragen stellen, um mir ein Bild von einem typischen Samstagabend in einem Krankenhaus zu machen. Sie sehen aus, als würde Ihnen eine Verschnaufpause ganz gut tun. Das heißt nur, wenn es Ihnen gerade passt ...«

Noch während sie lehrbuchmäßig ihr Programm abspulte, wurde ihr bewusst, dass es verlorene Liebesmühe war. Der junge Mann hörte ihr nicht einmal zu. Seine Augen irrten immer wieder durch die Eingangshalle, als würde er jemanden suchen. Oder als erwarte er, dass jemand nach ihm suchte.

»Hallo? Jemand zu Hause? Alles in Ordnung, Doktor ... äh?«

Daniel bemerkte ihren Blick, der seine Brust nach dem Zugangsausweis für die Klinik absuchte.

»Tut mir Leid, Miss, ich habe Ihnen nichts zu sagen.« Endlich hatte Daniel die Tür zum Umkleideraum der Herren ausgemacht, gleich hinter dem Blumenladen. Da drin, in Rajivs unverschlossenem Spind, waren sein Mantel, sein Pullover und seine grauen Levi's Dockers. Bevor er seine Verkleidung loswerden und sich von einem Spion wieder in einen Zivilisten zurückverwandeln konnte, musste er nur noch diese Frau loswerden. Er versuchte, sich an ihr vorbeizudrängen.

Doch da war er bei Theresa Moon an die Falsche geraten! Ob dieser Spinner nun seinem Groll gegen das öffentliche Gesundheitswesen Luft machen wollte oder nicht, rumschubsen ließ sie sich deswegen noch lange nicht! Außerdem stimmte hier etwas nicht. Es war der Akzent. Ein Amerikaner in Oxford? Na sicher! Massen sogar, und zwar überall. Aber nicht als PJ-ler in einer öffentlichen Klinik.

»Sie sind Amerikaner?«

»Ja.« Mist. Jetzt nur nicht klein beigeben! »Ist das etwa ein Verbrechen? Wenn Sie mich jetzt bitte entschuldigen würden, ich muss wirklich ...«

»Wo ist Ihr Zugangsausweis?«

Die Augen des jungen Mannes durchbohrten sie förmlich. Große Augen. Grün. Eigentlich ziemlich sexy, hinter einer kleinen, runden Nickelbrille. Aber irgendwie wild, verrückt. Das war es, jetzt begriff sie: Er ist ein Bekloppter! Schon sah sie die balkendicke Überschrift vom Montag vor sich: »IRRER IM JR[2]! Verdächtige Person im Krankenhaus gefasst. Reporterin kommt Geistesgestörtem auf die Spur.« Selbst die überregionalen Blätter würden aufmerksam werden! Na ja, vielleicht. Im Moment versuchte dieser Mann sie jedenfalls beiseite zu drängen, während sein Blick starr auf einen Punkt hinter ihr gerichtet blieb.

Sie ging zwei Schritte rückwärts und brüllte ihn an: »Halt! Bleiben Sie stehen!«

Daniel wäre fast in Ohnmacht gefallen. Ein paar Leute blieben stehen und beäugten neugierig die Szene. Wahrscheinlich würde sie als Nächstes anfangen zu schreien. Daniel sah sich schon von einem Dutzend rasch herbeigeeilter stämmiger Pfleger gewaltsam fortgeschleift. Und natürlich würden sie die Polizei rufen. Ja, er konnte es sich lebhaft vorstellen. Er würde die Nacht in einer Zelle verbringen. Rajiv würde sicher seinen Job verlieren, vielleicht sogar von der Universität verwiesen werden. Wie er selbst vermutlich auch, wenn er es genau überlegte. McClure, sein alter Professor in Berkeley, wäre sicher nicht begeistert. Er musste diese Sache hier unbedingt in den Griff bekommen.

»Wer sind Sie? Was tun Sie hier?« Das Mädchen sprach jetzt leiser. Sie stand immer noch vor ihm und blockierte seinen Fluchtweg. Ihre Augen waren zu Schlitzen verengt, wie bei einer Klapperschlange aus einem Comic.

»Ich kann alles erklären«, sagte er und bemühte sich, ruhig zu bleiben. »Können wir irgendwo hingehen, wo wir ungestört reden können?«

Therry Moon blickte über ihren Plastikbecher mit dem typischen Kantinencappuccino hinweg und versuchte den jungen Mann, der ihr gegenüber saß, einzuschätzen. Nein, gefährlich war er vermutlich nicht.

»Sie sind kein Arzt.«

Das war eine Feststellung, keine Frage.

Daniel erkannte, dass es keinen Sinn hatte, ihr etwas vorzuflunkern.

»Nein.«

»Auch kein Medizinstudent.«

»Nein.«

Sie streckte die Hand über den Tisch und zog ihm den Mundschutz weg.

»Sie brauchen sich nicht mehr dahinter zu verstecken.« Sie knüllte den Mundschutz zusammen und stopfte ihn in die Tasche ihrer Fliegerjacke.

»Aber Sie studieren? Hier in Oxford?«

»Ja. Ich promoviere hier.«

Sie zuckte die Schultern. Sein akademischer Werdegang interessierte sie nicht.

»Ihr Fach?«

»Geschichte.«

»Geschichte?« Ihre Stimme klang ungläubig. »Ich weiß ja, dass unser öffentliches Gesundheitssystem ein wenig hinter der Zeit herhinkt, aber so weit ... Na los, nun erklären Sie mir schon, warum Sie hier im Radcliffe im grünen Dress rumrennen, als wären Sie gerade auf dem Weg zum Operationssaal!«

»Sie würden es ja doch nicht verstehen.«

»Nein. Vermutlich nicht. Unsere Leser wahrscheinlich auch nicht. Hör mal, Herzchen, nenn mir wenigstens einen triftigen Grund, warum ich dich nicht hinter Schloss und Riegel bringen sollte!«

Nicht zu fassen! Warum muss ich ausgerechnet einer verflixten Journalistin in die Arme laufen!, dachte Daniel. »Ich wollte einen Freund besuchen.«

»Wie bitte? Um ihn zu operieren? Oder wolltest du etwa Doktor mit ihm spielen? Los, du musst dir schon ein bisschen mehr Mühe geben!«

Daniel sah sie an. Sie war hübsch, trotz der ungekämmten Haare und der schwarzen Lederjacke, die schon bessere Tage gesehen hatte. Ob er es ihr verraten sollte? Irgendetwas musste er sagen, sonst würde sie ihn auffliegen lassen. Und damit auch Rajiv. Vielleicht würde sie sich auf einen Handel einlassen. Und dann waren die Worte draußen, bevor er es sich richtig überlegt hatte.

»Was weißt du über den schwarzen Tod?«

Therry Moon hätte sich beinahe an ihrem Cappuccino verschluckt.

Daniel musste fast eine halbe Stunde geduldig auf seine Zuhörerin einreden. Ihre anfängliche Ungläubigkeit verwandelte sich allmählich in gesteigertes Interesse. Das Schwierigste dabei war nicht etwa, sie von der Wahrheit seiner Geschichte zu überzeugen, sondern sie daran zu hindern, sofort aufzuspringen und das Krankenhauspersonal über den Patienten mit der meldepflichtigen Tropenkrankheit auszufragen.

Sowohl Rajiv als auch er, argumentierte er, kämen in arge Bedrängnis und würden bestimmt relegiert werden, wenn sein kleiner Ausflug in der Öffentlichkeit bekannt würde. Das könne doch sicher warten, nicht wahr, wenigstens bis morgen? Therry könne doch im Krankenhaus anrufen, ohne ihre Namen zu erwähnen. Man würde eine Sache wie diese schließlich nicht ableugnen können. So etwas ließ sich nicht lange verheimlichen. Tropenkrankheiten waren in Oxford nicht gerade an der Tagesordnung. Vom schwarzen Tod ganz zu schweigen.

»Es ist nicht der schwarze Tod.« Daniel war selbst überrascht über den Nachdruck, mit dem er auf dieser Tatsache bestand. »Nicht, wenn man es genau nimmt.«

»Aber es ist die gleiche Art Krankheit?«

»Im Prinzip, ja.« Was hätte er auch anderes sagen können? Schließlich war das der Grund gewesen, warum er seinen Freund geradezu erpresst hatte, ihn in die Klinik zu schleusen. Und es war auch der Grund, warum er jetzt in der Klemme saß.

»Du sagst, der Typ ist Bauarbeiter?«

»Ja.«

»Vielleicht haben sie ihn ausgegraben!«

»Wen ausgegraben?«

»Na, den schwarzen Tod!«

Daniel seufzte. »Das glaub ich kaum.«

»War nur ein Scherz! Oder auch nicht. Wer weiß schon, wie so etwas übertragen wird.«

»Jedenfalls nicht durch Ausgraben.« Da war er sich ganz sicher. Na ja, ziemlich sicher.

»Hm!« Therry schnaufte skeptisch. »Trotzdem! Könnte doch sein. Wäre jedenfalls eine Super-Story.«

»Du hast gesagt ...«

»Ich habe gesagt, dass ich morgen Früh anrufe! Du brauchst dir keine Sorgen zu machen. Es wird ganz bestimmt keine Schlagzeile geben wie: ›Geistesgestörter Yankee-Killer bedroht JR‹. He! Hört sich beinahe an wie aus dieser alten Serie. *Dallas,* so hieß sie doch, oder?«

Daniel musste unwillkürlich lächeln. Worauf hatte er sich da eingelassen?

»Und für wen hat er nun gearbeitet?«

»Wer? JR? Ach so, der Mann!«

»Genau. Der Patient. Du hast gesagt, er ist Bauarbeiter. Also arbeitet er vermutlich für eine Baufirma. Richtig?«

»Ja. Vermutlich. Ich habe noch nicht drüber nachgedacht.« Der Beruf des Mannes hatte bisher für ihn keine Rolle gespielt. Rajiv hatte irgendeine Bemerkung fallen lassen. »Warte mal ... eine Firma: Wigshill oder Mill. Jedenfalls so ähnlich. Kann das sein?«

»Pig-Swill, Schweinefraß.« Sie spuckte die Worte mit unerwarteter Härte aus.

»Wie bitte?«

Der Abscheu auf dem Gesicht der jungen Frau war verschwunden. Inzwischen blitzte ihr der pure Schalk aus den Augen. »Eigentlich heißt der Laden Riggs-Mill. Ich wette, die sind's! ›Pig-Swill‹ ist der Spitzname. Ein Riesen-Unternehmen. Verschandelt die Landschaft mit noblen Einfamilienhäusern, wo immer es geht. Wahrscheinlich kam er also aus Nether Ditchford.«

»*Was* hast du da gesagt?«

Sie blickte ihn an, als sei er schwerhörig.

»Nether Ditchford. Die größte Neubausiedlung im nördlichen Oxfordshire. Weder erwünscht noch notwendig. Aber sehr profitabel. Wenn du mich fragst, ist es ...« Irgendetwas ließ sie innehalten. Es war der Gesichtsausdruck ihres Gesprächspartners. Die Erleichterung, die sich dort nach ihrer Übereinkunft breit gemacht hatte, seinen kleinen Ausflug in Arztkleidern zu verschweigen, war wie weggeblasen. Stattdessen saß er mit sorgenvoll gerunzelter Stirn da.

»Wie war der Name?«

»Nether Ditchford. Wieso?«

»Aber es gibt kein Dorf dieses Namens. Schon lange nicht mehr.«

»Jetzt schon. Für das Neubaugebiet haben sie den Namen irgendwo wieder ausgegraben. Was ist los?«

»Nichts. Nein. Wirklich nichts. Es ist nur ... ich habe darüber gelesen. Vor langer Zeit.«

Gestern.

Kapitel Neun

Beaconsfield, Buckinghamshire; Samstag, 20. Dezember, 18:00 Uhr

Das Besondere an einem Haus wie dem, in dem Geoffrey Martindale lebte, war eine Auffahrt, die diesen Namen wirklich verdiente und nicht nur eine nettere Bezeichnung für einen simplen Parkplatz war. Neal Faversham lenkte seinen von der ›Firma‹ gestellten Dienstwagen, einen betont unauffälligen Ford Mondeo, durch das große Eingangstor, das von zwei Steinlöwen auf Sockeln bewacht wurde. Das Knirschen von Kies unter den Rädern hatte etwas Beruhigendes. Für englische Ohren, die mit den Versen eines John Betjeman vertraut waren, war es fast ein hörbarer Beweis für materiellen Erfolg.

Denholm House selbst war ein sichtbarer Beweis dieses Erfolges. Seine hellen, roten Ziegelsteine strahlten ein geradezu arrogantes Selbstbewusstsein aus, obwohl das Haus nicht älter als ein Jahrhundert war, edwardianisch vielleicht. Was zählte, war nur, dass es nach Geld aussah, nach viel Geld. Wie Stein gewordenes Geld.

Fast befangen parkte Neal Faversham den Mondeo sehr ordentlich parallel zur Hausfront, wobei er seinen Dienstwagen aufmerksam mit den erheblich teureren Karossen verglich, die achtlos wie Bonbonpapierchen auf dem Kies zurückgelassen worden waren. Er ließ seine Blicke weniger aus Neid als vielmehr aus professionellem Interesse über den Fuhrpark schweifen. Der BMW Z3 war vermutlich das teure Spielzeug eines alternden Mannes, noch wahrscheinlicher aber das Geschenk eines nachsichtigen

Vaters an seine Yuppie-Tochter. Der glänzende Lack des Landrover-Freelander, einem an sich nützlichen Fahrzeug für Jagdausflüge, ließ darauf schließen, dass der Wagen hauptsächlich für Wochenend-Einkaufs-Touren benutzt wurde. Der Jaguar XJ6 hingegen war das gängige Statussymbol für jemanden, der auf freundschaftlichem Fuße mit Ministern verkehrte, selbst wenn sie dem letzten Kabinett angehört hatten. Dieser hier zeugte sogar von Geschmack: Es war ein älteres Modell, Serie III, in tadellosem Zustand, augenscheinlich liebevoll und kostenintensiv gepflegt. Außerdem standen, dem Ambiente nicht mehr so ganz angemessen, auch noch ein Ford Scorpio, ein uralter Volvo-Kombi und – fast so ordentlich wie sein eigener Wagen vor der Hausfront geparkt – ein nicht mehr ganz taufrischer Nissan Bluebird auf dem Kiesplatz. Bestimmt der Wagen des Gärtners. Die anderen beiden, so vermutete Faversham, während er die Wagentür abschloss und die Eingangsstufen emporstieg, waren entweder vernachlässigte Stadtautos oder, und das schien ihm wahrscheinlicher, ein Zeichen, dass noch andere Besucher im Haus weilten.

Er klingelte. Zu seiner Überraschung öffnete Martindale selbst. Was hatte er erwartet? Einen Butler?

»Mr. Faversham«, sagte Geoffrey Martindale und fügte, ohne auf die Uhr zu sehen, hinzu: »Wie überaus pünktlich. Kommen Sie herein.«

Faversham folgte ihm durch die mit dicken chinesischen Teppichen ausgelegte Eingangshalle, in der hohe Spiegel hingen. Die Halle lief auf eine breite, mit Schnitzwerk verzierte Holztreppe zu, deren Teppichläufer von Messingstangen gehalten wurde.

»Sie müssen die Unordnung entschuldigen. Meine Tochter hat ein paar Freundinnen eingeladen. Sie wissen ja, wie die jungen Leute heute so sind.«

Faversham konnte nicht die geringste Unordnung entdecken. Nein, dachte er, ich habe keine Ahnung, wie die jungen Leute heute so sind. Aber eines würde mich interessieren: Wissen Sie es?

Martindale führte ihn in einen Raum, den er wegen der dezenten, kühlen Farbgebung des Perserteppichs und dem Schreibtisch, der unter einem der Fenster stand, für ein Arbeitszimmer gehalten hätte – wären da nicht dessen riesigen Ausmaße gewesen: Der Raum war größer als der größte Salon, den er je betreten hatte. Außerdem gab es noch ein langes Sideboard aus glänzendem Mahagoni, auf dem eine lange Reihe kristallener Karaffen mit hochprozentigen Getränken stand. Vermutlich hielt Martindale hier seine Meetings ab, traf sich mit Geschäftsleuten oder seinen politischen Freunden. Gewiss gab es noch eine Menge vergleichbarer Zimmer in Denholm House. Möglicherweise hatte man aber gerade dieses hier seiner Aussicht wegen gewählt: Das Fenster, unter dem der Schreibtisch stand, bot einen weiten Blick über die Landschaft hinter dem Haus. Die Gartenanlagen, die der Mann mit dem Nissan zu pflegen hatte, lagen vor dem Haus; hinter dem Anwesen fiel das Gelände zunächst sanft ab und stieg dann in weichen Erhebungen bis zu den Chiltern Hills an. Ein spitzer Kirchturm, der in einiger Entfernung hinter einer kleinen Baumgruppe hervorlugte, war der einzige Hinweis auf die Anwesenheit von Menschen in dieser Landschaft.

»Nette Aussicht«, sagte Faversham.

»Nicht wahr? Mir ging es ganz so wie dem Mann in der Rasierapparat-Werbung von Remington: Gefiel mir so gut, dass ich es gekauft habe.«

Faversham warf ihm einen fragenden Blick zu; Martindale deutete ihn richtig.

»Natürlich gehört nicht alles dazu. Aber die Felder hinter dem Park schon. Ungefähr zweihundert Morgen alles in allem. Der Besitz erstreckt sich fast bis Windham; das ist das Dörfchen dort drüben, von dem Sie nur den Kirchturm sehen. Ursprünglich hatte ich sogar geplant, das Land eines Tages landwirtschaftlich zu nutzen. Die Felder bestellen lassen, Sie wissen schon. Aber dann habe ich mich anders entschieden. Schließlich zahlen die Hornochsen in Brüssel mir eine Menge Geld dafür, dass Brachland bleibt, was Brachland ist.« Ein Lächeln, das er offensichtlich für einnehmend hielt, huschte über sein Gesicht.

»Fühlen Sie sich nicht manchmal versucht, es als Bauland zu nutzen? Das Gelände würde bestimmt eine Menge einbringen!«

»Na, na, Mr. Faversham! Sie wollen mich wohl auf den Arm nehmen! Es gibt Dinge, die wichtiger sind als Geld, selbst für mich! Aber Sie sind doch sicher nicht hierher gekommen, um die Aussicht zu bewundern. Am Telefon klangen Sie äußerst geheimnisvoll.«

»Tatsächlich, Sir? Tut mir Leid, das war nicht meine Absicht. Aber es geht um etwas, was ich lieber mit Ihnen persönlich besprechen wollte – wenn Sie verstehen, was ich meine.«

»Leider befinden Sie sich mir gegenüber diesbezüglich zurzeit noch im Vorteil.«

»Es geht um eine junge Frau, Sir.«

»Aha. Etwa eine der Freundinnen meiner Tochter?«

»Ich glaube eher nicht. Sagt Ihnen der Name Amanda Workington etwas?«

Faversham forschte im Gesicht seines Gesprächspartners nach dem leisesten Anzeichen des Wiedererkennens. Oder dem Versuch, dieses zu verbergen. Tatsächlich aber erwartete er weder das eine noch das andere.

»Nicht, dass ich wüsste«, meinte Martindale und zog fragend eine Augenbraue hoch. Er schien eher verwundert, den Namen noch nie gehört zu haben. Diese Reaktion allerdings hatte Faversham erwartet.

»Nein, ich sehe, das sagt Ihnen nichts. Vermutlich würde es den meisten Leuten so gehen, die sie früher gekannt haben. Bevor sie aus Croydon wegging.«

Martindale lächelte und bemühte sich, noch verwirrter dreinzuschauen; ganz so, als versuche er angestrengt, sich ins Gedächtnis zu rufen, wo Croydon überhaupt lag.

»Und wie ist es mit Miranda von Taxenbach?«

Der fragende Blick blieb, aber Faversham hatte den Eindruck, er habe etwas Maskenhaftes bekommen; als entschiede sein Gegenüber gerade, welchen Ausdruck er als Nächstes aufsetzen sollte.

»Ich glaube, der Herr Minister kannte sie auch.«

»Hmm? O, ich glaube: ja. Selbstverständlich! Nettes Mädchen. Sie ist mir ein paar Mal über den Weg gelaufen. Eine Deutsche, nicht wahr? Vielleicht auch Österreicherin. Gibt es irgendeinen Zusammenhang mit dieser – wie sagten Sie noch? – dieser Workington?«

»Einen ziemlich engen sogar: Sie waren ein und dieselbe Person.«

Zum ersten Mal während ihres Gespräches wirkte Martindale ehrlich überrascht. Viel zu überrascht.

»Sie nannte sich Miranda von Taxenbach, weil es ihrer Meinung nach besser klang. Machte größeren Eindruck bei der Schickeria. Sie sind hier natürlich nicht gemeint,

Mr. Martindale, aber Sie wissen ja, wie sich manche Menschen Titelträgern gegenüber verhalten.«

Ein dünnes Lächeln. Natürlich. Manche Menschen.

»Sie haben sie ziemlich gut gekannt, nicht wahr? Sie ist Ihnen nicht nur ein paar Mal über den Weg gelaufen, habe ich Recht, Sir? Immerhin hat sie hier einige Wochenenden verbracht – lassen Sie mich nachsehen.« Faversham kramte einen kleinen Notizblock hervor und blätterte mit gewichtiger Miene darin herum. »Mindestens fünf oder sechs Mal. Der Herr Minister war jedes Mal anwesend – bis auf ein einziges Mal.«

Martindale hatte sich zu voller Höhe aufgerichtet. Jetzt überlegt er, wie viel er zugeben kann, ohne das Gesicht zu verlieren, dachte Faversham.

»Ich hatte vergessen, wie genau Leute wie Sie Buch führen. Wie es sich gehört. Sicherheitsmaßnahmen etc. Ja, Miranda war mehrmals hier. Zusammen mit einigen anderen Bekannten. Unter der Woche habe ich viel zu tun, und am Wochenende habe ich oft Besuch. Meistens hat auch das mit meiner Tätigkeit zu tun. Kontakte knüpfen etc., Sie verstehen.«

»Natürlich, Sir.«

»Aber Sie entschuldigen, Mr. ...?«

Faversham schwieg.

»Mr. ... äh? Sie haben mir noch nicht erklärt, worum es eigentlich geht.«

»Alles zu seiner Zeit, Sir. Könnten Sie mir Ihre Beziehung zu der jungen Lady vielleicht noch etwas näher beschreiben?«

»Wie meinen Sie das?«

»Haben Sie mit ihr geschlafen?«

Martindale erstarrte. Aber nur für den Bruchteil einer

Sekunde. Dann huschte ein verstohlenes Lächeln über sein Gesicht.

»So merkwürdig es klingen mag: Nein. Miranda verbrachte allerdings nicht viel Zeit mit Schlafen. Sie war recht aktiv.«

Die Antwort sollte wohl konspirativ klingen, ein vertrauliches Geständnis, von Mann zu Mann. Aber Neal Faversham lächelte nicht zurück.

Kapitel Zehn

King's Arms, Oxford; Samstag, 20. Dezember, 19:30 Uhr

Das *King's Arms* an der Ecke Park Road und Holywell Street liegt sowohl zum Wadham wie zum Hertford College ziemlich günstig. Auch die Bodleian Library ist nicht allzu weit entfernt. Man könnte das *King's Arms* als typischen Pub für Studenten bezeichnen. Der Boden besteht aus nackten Holzbrettern, und die Wände sind mit Kleinanzeigen vollgepinnt, die Stücke wie Websters *Duchess of Malfi* oder Stoppards *Rosencrantz and Guildenstern are Dead* ankündigen: das übliche Repertoire studentischer Theatergruppen. Es gibt Ale und kühles *Lager* sowie große Stücke Shepherd's Pie und die englische Form von Lasagne, die sich an den Rändern hochbiegt, weil sie zu lange warm gehalten wird.

Im Sommer bleiben die Gäste draußen auf der Straße. Im Winter bevorzugen sie die Wärme hinter den geschlossenen Doppeltüren, stehen in Grüppchen im Raum herum oder lehnen an den Wänden. Es gibt nur wenige Sitzplätze, damit ein Höchstmaß an Umsatz gewährleistet ist. »Zum Denken können Sie sich auf den Arsch setzen, zum Trinken sollen Sie auf den Beinen bleiben«, war die Maxime eines der Vorbesitzer des *King's Arms* gewesen.

Eine Ausnahme bildet die ›Hintere Bar‹, die eigentlich mit Großbuchstaben geschrieben werden müsste, weil sie eine wahre Institution in Oxford ist – oder es zumindest anstrebt. Sie wirkt leicht heruntergekommen, was gewollt ist, verfügt über mehr Sitzplätze und ist immer verräuchert. Sie wird von den Pub-Besuchern bevorzugt, die sich vom studentischen Treiben der Gegenwart ein wenig zurückziehen möchten, von denen, die sich gerne vorstellen, C. S. Lewis habe hier von Narnia geträumt und J. R. R. Tolkien seine Geschichten von Mittelerde erfunden (Tatsächlich war der Pub, den diese beiden Herren bevorzugten, das *Eagle and Child*, in Studentenkreisen gern ›Bird and Bastard‹ genannt, das ungefähr eine halbe Meile entfernt in der St. Giles Street liegt.).

In eben jener ›Hinteren Bar‹ saßen – ungefähr zwei Stunden, nachdem Therry Moon sich in Daniels Leben gedrängt hatte – die beiden jungen Leute vor einem Glas *Youngs Special Bitter* und einem Glas *Foster's Lager*. Die restlichen Tische wurden von ein paar gelehrt aussehenden Typen mit Bart und Pfeife okkupiert, einigen ernst dreinblickenden jungen Männern, die sich ebenso ernst unterhielten, und zwei hübschen jungen Damen mit außerordentlich weißer Haut und Piercings, die sie wie Flüchtlinge aus dem Borg-Kollektiv aussehen ließen. Die gelehrten Typen hätten sich offenbar liebend gern mit den Borg verbrüdert. Die Borg hingegen sahen aus, als würden sie sich auf ein solches Ansinnen nicht einmal dann einlassen, wenn die gelehrten Typen die letzten noch nicht assimilierten Lebewesen im bekannten Universum gewesen wären. Rings um die Bar stand eine Gruppe Studenten in Cordhosen und Pullover den Kellnerinnen im Weg und erging sich in Szenen aus Monty-Python-Sketchen, die schon lange vor ihrer Geburt zum ersten Mal ausgestrahlt worden waren. An einem Tisch in der Ecke, ein ganzes Stück vom Geschehen entfernt, saßen der hochgewachsene, etwas linkisch wirkende Amerikaner und die junge Frau in ihrer schäbigen Fliegerjacke; sie hätten ebenso gut ein Teil der Tapete sein können.

Seit Daniel in Oxford studierte, war sein Kontakt zum anderen Geschlecht auf wenig mehr als oberflächliches Geplänkel beschränkt geblieben. Die Engländer – und Engländerinnen – schienen in vielen Dingen anders zu denken. Der direkte Weg, der offensichtliche Annäherungsversuch, erntete hier Missbilligung. Daniels alternative Taktik – ein auffälliges Bleibenlassen derartiger Annäherungsversuche – hatte bisher nur zu ebenso auffälligem Misserfolg geführt. Obwohl er also genau wusste, dass es nicht richtig war, ja, dass ihm nichts Schlimmeres hätte passieren können, als von dieser Reporterin in der Klinik angesprochen zu werden, stellte er immer wieder fest, wie sein Blick zu ihr hinüberwanderte und er sie von oben bis unten musterte. Er konnte einfach nicht anders.

»Entschuldige, ich kenne nicht mal deinen Namen«, sagte er gerade.

Sie blickte ihn von der Seite an, als wäre sie nie auf den Gedanken gekommen, dass dies der Fall sein könnte. »Ich heiße Therry Moon«, antwortete sie. »Therry mit einem ›h‹.«

»Wirklich? Ist das eine Abkürzung für Theresa? Ein schöner Name. Sehr ... spirituell.«

»Kann schon sein. Aber ich bin keine albanische Nonne, deswegen benutze ich ihn nicht. Lass uns bei Therry bleiben, wenn es dir nichts ausmacht. Das ›h‹ klingt immer gut als Nachsatz, dann vergessen die Leute es nicht so schnell.«

Daniel nickte, peinlich berührt. Warum nur sagte er immer das Falsche?

»Und nun erzähl mir endlich alles über den schwarzen Tod«, meinte sie und ließ wieder ihr sonniges Lächeln aufblitzen.

Unwillkürlich musste Daniel grinsen. Wenn er irgendwo eingeladen war und die Leute erfuhren, mit was er sich beschäftigte, waren sie immer begierig auf Einzelheiten. Vor allem die Mädchen.

»Es ist ... äh ... schwierig, da einen Anfang zu finden.«

»Na ja, wie bist du dazu gekommen?«

»Zu was? Zur Geschichte?«

»Nein. Zum schwarzen Tod, zu der ganzen Sache. Ein bisschen grausig ist es ja schon, findest du nicht?«

»Genau genommen hat das alles mit meiner Mutter zu tun«, antwortete er und seufzte vernehmlich, als erinnere er sich nur ungern an etwas, das er tief in seiner Seele vergraben hatte.

»Ist sie auch Historikerin?«

Daniel sah von seinem Pint auf und blickte Therry tief in die Augen, um ihre Reaktion genau zu beobachten.

»Nein«, sagte er. »Sie war eine Hexe.«

Kapitel Elf

Beaconsfield, Buckinghamshire; Samstag, 20. Dezember, 19:30 Uhr

Während Daniel Warren und Therry Moon sich in der ›Hinteren Bar‹ des *King's Arms* unterhielten, klingelte in dem Holz getäfelten Salon, der in Denholm House ›Bibliothek‹ genannt wurde, das Telefon.

Normalerweise hasste Geoffrey Martindale es, abends noch gestört zu werden. Aber an diesem Abend war ihm die Unterbrechung mehr als willkommen.

»Martindale«, meldete er sich.

»Geoffrey, hier ist Trevor.« Der breite Birmingham-Akzent hatte den Anrufer sofort verraten.

»Ach, Trevor«, sagte Martindale. Das war nicht die angenehme Abwechslung, auf die er gehofft hatte. »Wieso rufen Sie mich zu Hause an?«

»Ja, also, das tut mir auch Leid. Es ist nur – also, ich finde, Sie sollten es wissen: Einer von den Männern ist ins Krankenhaus gebracht worden.«

»Einer von den Männern? Und deshalb ...«

»Nein. Wissen Sie, es ist wirklich ernst! Es ist einer von denen, die auf der Baustelle bei Banbury gearbeitet haben.«

»Bei Banbury? Ach da! Jetzt weiß ich. Ist es ...?« Er stockte. Ihm war aufgefallen, dass die Tür zur Bibliothek ein Stück offen stand.

»Ist es *was*?« Die Stimme am anderen Ende der Leitung klang scharf, anklagend.

»Ich habe gerade überlegt. Welche Beschwerden hat er denn genau?«

»Welche Beschwerden er hat? Er beschwert sich, verflucht noch mal, darüber, dass er die verfluchte Pest hat!«

Martindale wurde aschfahl. Als er den Besucher sah, der draußen in der Halle auf ihn wartete, wandte er schnell den Kopf ab.

»Die verfluchte Scheiß-Beulenpest«, fügte die Stimme aus dem Hörer in einer solchen Lautstärke hinzu, dass Martindale unwillkürlich zusammenzuckte. Er drehte sich um und lächelte seinem Besucher entschuldigend zu. Warum zum Teufel stand dieser Typ immer noch da? Es hatte Zeiten gegeben, da die Menschen in England noch Respekt vor der Privatsphäre hatten!

Der Mann in der Halle hatte ein paar Schritte in Richtung Bibliothek gemacht und studierte höflich die Bücherregale. Nicht, dass Neal Faversham keinen Respekt vor Privatsphäre gehabt hätte. Ganz im Gegenteil: Er liebte sie geradezu. Wahrscheinlich mehr als andere Menschen, dachte er oft. Das Problem war nur, dass das, was andere Leute als ihre Privatsphäre bezeichneten, einen Teil seines Berufes ausmachte.

Es war offenkundig und wunderte Faversham nicht im Geringsten, wie unangenehm es Geoffrey Martindale war, dass er einen Teil des Telefonates mithörte. Faversham war sich ziemlich sicher, um was es dabei ging. Langsam tastete er sich weiter in den Raum vor, wobei er seine Augen – nicht seine Aufmerksamkeit – weiterhin auf die Bücherregale gerichtet hielt.

»Wo ist er denn?«, fragte Martindale gerade. »Ich bin sicher, er bekommt die bestmögliche Behandlung. Das wollen wir doch zumindest hoffen.«

Pause.

»Was haben Sie Ihnen gesagt?«

Eine weitere Pause, geringfügig länger.

»Ja, ja. Durchaus.«

Faversham spürte deutlich die Anspannung in Martindales Stimme.

»Nein, nein. Ich werde ... Iran. Es muss im Iran gewesen sein.«

In diesem Augenblick war Faversham froh, dass er sein Gesicht den Büchern zugewandt hatte.

»Natürlich. Genau deshalb schließen wir ja so kostspielige Krankenversicherungen für die Arbeiter ab, die dorthin gehen. Ach, das wussten Sie vielleicht nicht: Unser Freund Mr. Atkins, ja, Charlie Atkins«, wiederholte er, als müsse er den korrekten Namen des Mannes tief aus dem Gedächtnis graben, »war auf Montage im Iran. Ein neues Krankenhaus. In der Nähe von Täbris, wie Sie feststellen werden, wenn Sie seine Papiere überprüfen.«

Nun entstand eine lange Pause, als hätte der Mann am anderen Ende der Leitung Schwierigkeiten, einen Hinweis auf Täbris zu finden.

»Ja. Charlie Atkins ist erst vor kurzem zurückgekehrt. Lassen Sie mich überlegen. Vor sechs, sieben Tagen vielleicht. Stellen Sie sicher, dass Dr. Redwhistle die Informationen erhält. Dr. Simon Redwhistle. Ich glaube, er ist mittlerweile Professor. Er soll nichts unversucht lassen. Die Firma wird alle Kosten übernehmen.«

Martindale verzog ungeduldig das Gesicht.

»Natürlich haben Sie gut daran getan, mich anzurufen. Ich danke Ihnen recht herzlich.«

Geoffrey Martindale legte auf, ging die Reihe von Kristallkaraffen auf dem glänzenden Mahagoni-Sideboard durch und goss sich einen großzügig bemessenen alten Armagnac ein. Gott allein wusste, wie nötig er ihn jetzt brauchte. Erst dann fielen ihm seine guten Manieren wieder ein, und er wandte sich seinem ungebetenen Gast zu, dem er mit fragendem Blick ein Glas hinhielt.

Neal Faversham nickte zustimmend, während er höflich sagte: »Ich hoffe, es waren keine schlechten Nachrichten.«

Kapitel Zwölf

King's Arms, Oxford; Samstag, 20. Dezember, 20:00 Uhr

Kannst du das bitte noch einmal wiederholen? Deine Mutter ist eine Hexe?«

»War. Sie ist vor drei Jahren gestorben.«

»O, das tut mir Leid. Ich meine ...«

Er winkte ab. »Schon in Ordnung. So ist nun mal das Leben. Zumindest war das immer einer ihrer Sprüche.«

»Wenn sie gerade keine Zaubersprüche murmelte?«

»So ungefähr.«

Der Rauch hing wie ein schwerer Teppich über der Bar. Die Luft war zum Schneiden dick. Therry blickte über ihr Glas hinweg den jungen Mann auf der anderen Seite des Tisches an. War das etwa die Andeutung eines Lächelns auf seinen Lippen? Es verschwand, kaum dass sie es wahrgenommen hatte.

»Entschuldige, aber ich kann dir nicht ganz folgen. Immerhin ist das hier England, und solche Dinge gehören eher zu uns: Gespenster in Verliesen, Poltergeister, plötzliche Sprünge in der Schüssel ...«

»Leichen im Keller?« Daniel lächelte dünn.

»Aber du? Lieber Himmel, du kommst doch schließlich aus Amerika! Sogar aus Kalifornien, oder?«

»Stimmt.«

»Ihr habt Hollywood und Beverly Hills, ihr habt Surfer, *L. A. Law* und Rassenkrawalle und so etwas! Aber bei euch gibt es doch keine Hexen!« Sie machte eine Pause. »Oder?«

»Ich kann dir versichern, dass es in diesem Augenblick in Kalifornien mehr Möchtegern-Hexen gibt als in der langen Geschichte Englands zusammen.«

»Du willst mich auf den Arm nehmen!«

»Kalifornien ist ein verrücktes Land. Selbst die Amerikaner sind dieser Meinung. Natürlich trug meine Mutter weder einen schwarzen Hut noch einen Umhang, und sie ritt auch nicht auf einem Besen durch die Gegend. Das heißt, wenn ich so darüber nachdenke ... Als ich klein war, haben wir Halloween immer recht ernst genommen ... Heutzutage würden die Leute meine Mutter wahrscheinlich allenfalls als exzentrisch bezeichnen, und mit kalifornischen Maßstäben gemessen, vielleicht noch nicht einmal das. Sie hatte einen recht guten Ruf als Heilerin.«

»Wie die Geistheiler? Mit Handauflegen? Hat sie Dämonen ausgetrieben? Oder war sie eher wie die religiösen Fanatiker, die bei euch im Fernsehen predigen?«

»Nicht ganz. Sie interessierte sich eigentlich ziemlich wenig für Glaubensdinge. Mehr für Irdisches. Sie war ziemlich bodenständig. Alternative Heilmethoden, chinesische Medizin zum Beispiel. Sie wusste alles über Akupunktur; oft lachte sie über die Leute hier im Westen, die so taten, als hätten sie diese Heilmethode gerade erst entdeckt. Sie behauptete, das Wissen darüber wäre viele Jahrhunderte lang bekannt gewesen, dann aber unterdrückt worden. Sie stellte auch Tinkturen aus Kräutern, Blüten und anderen Zutaten her. In manchen dieser Tinkturen waren Stoffe, die bei höherer Dosierung ziemlich giftig gewesen wären.«

»Das klingt nach Homöopathie.«

»Genau. Genau das war es.« Daniel lächelte sie an. »Es gibt einen Spruch, den meine Mutter oft zitierte. Er war bestimmt nicht von ihr, aber er war wirklich gut. ›Magie‹, pflegte sie zu sagen, ›ist nur eine Wissenschaft, die wir bisher noch nicht verstehen.‹ Denk nur mal an Penizillin: Bevor Fleming es in den Vierzigerjahren entdeckt hat, hätten dich die Leute für bescheuert erklärt, wenn du schimmeliges Brot auf Wunden gepackt hättest.«

»Wie die Kartoffel, mit der du eine Warze abreibst und die du anschließend im Garten vergräbst.«

»So ähnlich. Manche Sachen funktionieren eben nicht, andere dagegen schon. Weil diese auf handfester Wissenschaft basieren, die wir nur noch nicht verstanden haben.«

»Weiser Weiber Kunst.«

»Oder Hexengebräu. Molchesaug und Unkenzehe.«

»Eidechsbein und Flaum vom Kauz.«

»Du kennst deinen Shakespeare aber!«

»Kunststück. Stratford ist doch gleich um die Ecke. Aber was hat das alles mit dem schwarzen Tod zu tun? Jetzt erzähl mir nicht, er sei von Hexen hervorgerufen worden.«

Daniel lehnte sich nach vorn. Je mehr er erzählte, desto lebhafter wurde er.

»Wohl kaum. Genau genommen ist das Gegenteil der Fall.«

»Versteh ich nicht.«

»Meine Mutter hätte sich selbst nie als Hexe bezeichnet.

Selbst in Kalifornien wäre das nicht besonders förderlich fürs Geschäft gewesen. Aber sie nahm ihre Arbeit ernst. Und dazu gehörte auch, dass sie sich mit der Geschichte der Frauen auseinander setzte, die das alte Wissen von der Volksheilkunde über Jahrhunderte hinweg bewahrt und weitergegeben haben. Auch meine Großmutter war, wie mir meine Mutter erzählte, so eine ›weise‹ Frau. Doch das Wissen wurde nicht nur innerhalb der Familien von Generation zu Generation überliefert. Es wurde über Hunderte von Jahren auch von Frau zu gleich gesinnter Frau weitergegeben.«

»Wenn man dir zuhört, glaubt man, du sprichst von einer Geheimgesellschaft. Eine Art feministisches Gegenstück zu den Freimaurern oder so was.«

»In gewisser Weise stimmt das auch. Meine Mutter hat es, glaube ich, stets bedauert, dass sie keine Tochter hatte. Sie hat behauptet, Männer hätten im Laufe der Jahrhunderte viel zu viel Angst und Schrecken verbreitet. Das herrschende Geschlecht hätte es in seiner Eifersucht abgelehnt, das Wissen mit den Frauen zu teilen oder sie ihre Heilkunst auch nur ausüben zu lassen. Und das alles nur wegen der Bibel.«

»Der Bibel?«

»Das heilige Buch der Christenheit ordnet die Frau dem Manne unter«, erklärte Daniel, »und fordert die Menschen auf, Kraft und Glauben im Gebet zu finden. Die alten Heilmethoden gerieten in Misskredit, und als die Leute anfingen, Ärzte aufzusuchen, waren das wiederum Männer. Sie glaubten, die heilkundigen Frauen hingen heidnischen Bräuchen an. Vor allem, wenn ihre Art zu heilen von den Ärzten nicht verstanden wurde.«

»Und natürlich erst recht, wenn sie dabei geheimnisvolle Tränke brauten und die Fußsohlen ihrer Opfer mit Nadeln durchbohrten.«

»Die Fußsohlen ihrer Patienten! Opfer waren diejenigen, an denen diese so genannten Ärzte herumgedoktert haben.« Er betonte das Wort ›herumgedoktert‹ auf eine Weise, die ziemlich klar erkennen ließ, dass er in Wirklichkeit ›herumexperimentiert‹ meinte. »Aber du hast schon richtig verstanden. Das Einzige, was diese Scharlatane wirklich konnten, war, ihre Patienten mit Blutegeln zur Ader zu lassen. Was diese natürlich nur noch mehr schwächte. Und das zu einem Zeitpunkt, wo sie ihre Kräfte am nötigsten gebraucht hätten. Diese so genannten ›Ärzte‹ haben sie nur schneller in den Himmel befördert. Das ist alles.«

»Und als der schwarze Tod umging, war es ganz besonders schlimm.«

»Genau. Damals hat die Hexenhysterie ihren Höhepunkt erreicht. Die Ärzte wussten nicht mehr, was sie tun sollten. Ihre so genannte Wissenschaft hatte versagt. Trotz der hohen Honorare. Die Kirche wusste nichts anderes, als die Menschen zum Gebet aufzufordern. Mit dem gleichen Ergebnis ...«

»Hatten die Frauen denn Erfolg?«

Daniel blickte erstaunt auf. Er schien sich kurz zu fragen, ob sie sich über ihn lustig machte. Nichts lag ihr ferner. Sie wollte einfach mehr erfahren.

»Nein, natürlich nicht«, fuhr er nach kurzem Schweigen fort. »Damals hatte niemand auch nur einen blassen Schimmer, was die Krankheit hervorrief. Die meisten Leute waren davon überzeugt, sie sei der Zorn Gottes, das Jüngste Gericht. Vielleicht erinnerst du dich: Die Pest ist einer der vier apokalyptischen Reiter. Die Heilerinnen – wenn du willst, kannst du sie ruhig Hexen oder auch weise

Frauen nennen – dürften das besser fundierte Wissen gehabt haben als ihre Rivalen, die Quacksalber, aber angesichts einer Katastrophe dieses Ausmaßes waren auch sie hilflos. Viele von ihnen starben, weil sie versucht hatten, anderen zu helfen. Die Überlebenden wurden geächtet, weil sie versagt hatten. Das 14. Jahrhundert war dann auch das Jahrhundert, in dem ernsthaft mit Hexenverbrennungen begonnen wurde. Denk an die Engländer und Johanna von Orleans.«

»Das war doch, weil sie Stimmen gehört hat!«

»Quatsch! Die Engländer haben sie verbrannt, weil sie der einzige kompetente militärische Befehlshaber war, den Frankreich vorzuweisen hatte! Sie behaupteten einfach, sie sei eine Hexe. Es war der einfachste Weg, um das erklären zu können, was sie getan hatte ...«

»... nämlich die Männer in ihrer ureigensten Domäne zu schlagen!«

»Den Satz wollte ich dir überlassen.«

Therry zuckte die Schultern. »Und was fängst du mit dem ganzen Wissen an? Willst du ein Buch darüber schreiben?«

»In gewisser Weise, ja. Ich betreibe Recherchen für meine Doktorarbeit. Für den Dr. phil. Ich habe meinen Magister in Berkeley gemacht, und meine Dissertation schreibe ich jetzt hier. Später würde ich tatsächlich gern ein Buch daraus machen, um ein breiteres Publikum zu erreichen.«

»Aber in deiner Doktorarbeit geht es mehr um den schwarzen Tod als um Hexen, oder?«

»Stimmt. Obwohl es eine Menge Überschneidungen gibt. Ich versuche herauszufinden, und das ist ein ganz neuer Ansatz, wie eine Epidemie dieses Ausmaßes das soziale Gefüge der Gesellschaft beeinflusst hat. Wie hat sich zum

Beispiel die Haltung der einfachen Leute gegenüber der herrschenden Schicht, vor allem gegenüber Ärzten und der Kirche verändert?«

»Und da spielt wohl der Einfluss deiner Mutter eine Rolle.«

»Genau.«

»Jetzt musst du mir ein bisschen Nachhilfe geben. Geschichte war nie meine Stärke. Ist der schwarze Tod identisch mit der so genannten Großen Seuche, die ungefähr gleichzeitig mit dem Großen Feuer in London gewütet hat?«

»In den Jahren 1665 und 1666.«

Therry hob bedauernd die Schultern.

»Ja und nein. Die Pest, die 1665 in London wütete, war die Beulenpest, also die gleiche Krankheit wie der schwarze Tod. Das Große Feuer im Jahr danach war gewissermaßen sogar ein Glücksfall für die Stadt, denn es hat sämtliche verbliebene Infektionsherde vernichtet. Insgesamt gesehen, war die Epidemie jedoch allenfalls ein schwacher Widerhall der entsetzlichen Katastrophe, die das Land ungefähr dreihundert Jahre zuvor heimgesucht hat.«

»Das heißt, so etwas kann immer wieder passieren?«

»Im Prinzip, ja. Auch heute tritt die Krankheit noch von Zeit zu Zeit auf; meistens in der Dritten Welt. Von dort hat sie sicher auch der arme Kerl im Krankenhaus eingeschleppt. Die moderne Medizin hat sie bloß besser im Griff. Trotzdem weiß bis heute niemand, warum sich die Seuche manchmal immer noch wie ein Buschfeuer ausbreitet.«

»So wie damals.«

»Richtig. Ebenso wenig weiß man bis heute, wo genau die Pest damals ursprünglich ausgebrochen ist. Vermutlich im Fernen Osten, wahrscheinlich in China. Man weiß nur, dass sie irgendwann im Lauf des Jahres 1348 nach Europa gekommen ist. Und zwar mit venezianischen Handelsschiffen, die Seide und Gewürze aus dem Orient an Bord hatten.«

»Schiffsratten, oder? Ich meine, die Ratten übertragen die Krankheit.«

»Schon wieder: Ja und nein. Die Pest wird von Flöhen übertragen, die auf den Ratten leben. Die Ratten kamen an Land und verteilten sich über Europa, wobei sie die Krankheit verbreiteten. Heute allerdings glaubt man, dass die Flöhe auch in Kleidungsstücken und möglicherweise auch auf anderen Wirten überlebt haben könnten.«

»Igitt! Jetzt juckt's mich überall! Aber warum hat man die Pest den schwarzen Tod genannt?«

»Damals hat man sie noch nicht so genannt. Den Namen hat man ihr erst ein paar Jahrhunderte später gegeben, um diese besonders verheerende Epidemie von anderen Pestepidemien zu unterscheiden. Ganz zu schweigen von den unzähligen anderen Todesursachen, die das Mittelalter so bereit hielt.«

»Und wie hieß die Pest damals?«

»Damals nannte man die Pest in England einfach die ›Schwere Krankheit‹. Die Deutschen sahen die Seuche schon bei Ausbruch weitaus pessimistischer – sie nannten sie das ›Große Sterben‹.«

»Es muss furchtbar gewesen sein, einfach so zu sterben, ohne genau zu wissen, warum. Das muss die Leute ja fast in den Wahnsinn getrieben haben!«

»Hat es auch. Und bei vielen Menschen hat es die dunkelsten Seiten ihres Wesens zu Tage gefördert. In Teilen Spaniens und Deutschlands hat man die Juden beschuldigt ...«

»Das passt!«

»... die Brunnen vergiftet zu haben. Tausende wurden zu Tode gesteinigt.«

»Wie nett!«

»Die Zeiten waren nicht nett. Auch ohne die Pest. Und dann kamen die Flagellanten auf.«

»Das ist dieser Bondage- und SM-Kram, oder?«

»Nicht ganz. Obwohl manche Wissenschaftler vermuten, dass es dabei auch eine sexuelle Komponente gegeben hat. Wenn das der Fall sein sollte, wäre es ziemlich bizarr. Jedenfalls gab es diesen Kult im 14. Jahrhundert. Meistens zogen seine Anhänger über Land, von Dorf zu Dorf. Wenn sie einen Weiler erreichten, stellten sie sich im Kreis auf und prügelten sich selbst mit Lederriemen die Seele aus dem Leib. Und die Leute kamen und sahen zu.«

»Das wundert mich nicht. Stell dir vor, sie hätten damals schon Sensationsblättchen gehabt!«

»Das fällt mir schwer. Aber es mangelt nicht an Augenzeugenberichten. Manche davon sogar von richtig guten Schriftstellern. Boccaccio zum Beispiel.«

Therry sah ihn verständnislos an. Der Name sagte ihr anscheinend nicht viel.

»Ein Italiener. Hat das *Dekameron* geschrieben.«

»Ah, jetzt erinnere ich mich! Es gab da mal einen Film. Ist schon ein paar Jahre her.«

Daniel seufzte. Wissen aus der Pop-Kultur war immerhin besser als absolute Ignoranz. »Gut. Wie du dich vielleicht erinnerst, gab es da zehn Leute, die Geschichten erzählten.«

Therry nickte. Aber nicht besonders überzeugend.

»Na schön. Im Buch jedenfalls kommen sie zusammen, weil sie vor der Pest aus Florenz geflohen sind. Die Stadt hat, wie übrigens ganz Italien, viel zu leiden gehabt. Zigtausende sind damals gestorben. Dabei darf man nicht vergessen, dass die Bevölkerungsdichte in Europa in diesen Zeiten weitaus geringer war als heute. Kaum fünfzig Millionen auf dem gesamten Kontinent. Frankreich und Italien waren die bevölkerungsreichsten Länder. Im Vergleich dazu war England mit höchstens drei Millionen Einwohnern fast menschenleer.«

»Und warum hat die Pest damals so viel schlimmer gewütet als je zuvor oder jemals danach?«

»Warum? Das weiß niemand so genau. Es gibt ein paar Theorien. Wichtig ist jedoch nur eins: Es war die Hölle. Man kann es heute nicht mehr exakt abschätzen, aber man geht davon aus, dass ungefähr ein Drittel der Gesamtbevölkerung Europas dahingerafft wurde.«

»Großer Gott! Aber dieser Boccaccio, dein Italiener, der hat überlebt und darüber geschrieben?«

Daniel nickte. »Er beschreibt es ziemlich detailliert.«

»Und ich dachte immer, das *Dekameron* bestünde hauptsächlich aus unanständigen Geschichten. Zumindest hat der Film diesen Eindruck vermittelt, wenn ich mich recht erinnere.«

»O, das stimmt schon. Gerade in Florenz dachten die Leute, es sei nicht das Schlechteste, die verbleibende Zeit mit Essen, Trinken und Feiern zu verbringen.«

»Denn morgen sind wir tot!«

»Haargenau. Prassen in Zeiten der Pest. Viele feierten, als gäbe es kein Morgen mehr. Ein harter Schlag für die mittelalterliche Auffassung vom Leben in Keuschheit und Frömmigkeit.«

»Kann ich mir vorstellen. Mein Gott!«

Therry bemerkte, dass dieser gelehrte junge Amerikaner ihr tief in die Augen blickte, als habe sie endlich etwas

Wichtiges begriffen. Daniel zögerte kurz, denn trotz ihrer manchmal schon fast blasphemisch klingenden Äußerungen hatte er natürlich keine Ahnung, wie es um ihre Religiosität bestellt war. Mit ruhiger Stimme meinte er schließlich:

»Nur, dass Gott sie nicht retten konnte. Oder es zumindest nicht getan hat. Und für manche der Opfer war das genau der springende Punkt. Ich habe in der Bibliothek ein interessantes Dokument gefunden. Deswegen war ich auch so sprachlos, als du Nether Ditchford erwähnt hast. Es ist nämlich eine Chronik darüber, wie der schwarze Tod in diesem Dorf gewütet hat. Vom Dorfpriester aufgeschrieben. Einem Mann, der nicht im Stande war, ein derartig schreckliches Schicksal zu akzeptieren.«

»Meinst du damit, dass er seinen Glauben verloren hat?«

Daniel nickte langsam.

»Ganz bestimmt. Aber nicht nur das. Er hat alles verloren. Alles, was er auf der Welt besaß.«

Kapitel Dreizehn

John Radcliffe Hospital, Oxford; Sonntag, 21. Dezember, 1:00 Uhr

Rajiv war nervös. Der Mann, der ihm gegenüberstand, schien alles andere als zufrieden. Genau genommen war Dr. Simon Redwhistle außer sich vor Wut. Er wartete nur ab, bis die Schwester den Raum verließ, bevor er loslegte.

»Ich nehme an, ich sollte Ihnen dankbar sein«, begann er kalt. Rajiv wusste, dass Redwhistle schon immer Schwierigkeiten gehabt hatte, sich zu beherrschen. »Nun gut. Danke. Ich lobe Sie sogar dafür, dass Sie so rasch gehandelt haben. Ein anderer Arzt hätte vielleicht nicht so schnell reagiert ...« Er sprach jede Silbe mit übertriebener Deutlichkeit aus, und dann spie er Rajiv den nächsten Satz förmlich ins Gesicht: »... und vor allem nicht so anmaßend!«

Rajiv ließ den Kopf hängen. Er wusste, dass er richtig gehandelt hatte. Doch in gewisser Weise hatte Redwhistle ebenfalls Recht. Und Rajiv konnte es sich nicht leisten, ihm zu widersprechen.

»Jemand anderes hätte es vermutlich nicht gewagt, seinen beschränkten Verantwortungsbereich derart auszudehnen, dass er Quarantänemaßnahmen in einem überbelegten Krankenhaus anordnet. Und das auf der Grundlage eines einzigen und dazu noch *unbestätigten* Falles!«

»Aber es ist nicht ...«

»Fallen Sie mir nicht ins Wort, junger Mann!«, schnauzte Redwhistle. Dass er in diesem Augenblick eben genau das tat, störte ihn dabei nicht. »Ich weiß, was Sie getan haben! Sie sind einfach Ihrem Instinkt gefolgt. O, natürlich können Sie mir jetzt den ganzen Quatsch herunterbeten, über all die Bestimmungen der Weltgesundheitsorganisation bei großflächigen Epidemien in Bangladesh oder wo auch immer Sie herkommen.«

Rajiv widerstand der Versuchung, ihm zu erklären, dass er aus Leicester stamme. Er war an diese Art rassistischer Ausfälle gewöhnt.

»Ich sag Ihnen jetzt mal was, junger Mann: Sie haben das halbe Personal zu Tode geängstigt! Sie haben Panik und Gerüchte verbreitet, die binnen kürzester Zeit der lokalen Presse zu Ohren kommen werden! Und das alles, weil wir einen einzigen Kranken haben, der genau da ist, wo er hingehört, nämlich in unmittelbarer Nähe des tropenmedizinischen Instituts einer der besten Universitäten des Landes! Er hatte alles, was er brauchte, nämlich ein Privatzimmer und ein Schild an der Tür, das nur dem Pflegepersonal den Zutritt gestattet.«

»Aber ...«

»Das ist alles! Es reicht! Ist das klar?«

Rajiv nickte. Vielleicht hatte er ein wenig überreagiert, aber das war noch lange kein Grund, ihn so abzukanzeln. Wenigstens hatte der Chefarzt es nicht in aller Öffentlichkeit getan.

»Ja, Sir. Nur ...«

»Gut!« Redwhistle hob mahnend einen Zeigefinger. Mehr als ein klares Ja wollte er offensichtlich nicht hören. Innerlich kochte Rajiv.

Die Vorstellung, seinen jungen Untergebenen zur Raison gebracht zu haben, schien Redwhistle ein wenig sanftmütiger zu stimmen. Beinahe stahl sich ein Lächeln auf seine Lippen.

»Ihre Besorgnis war natürlich begründet. Vor allem, wenn man die von Ihnen beschriebene Entwicklung der Symptome berücksichtigt. Soweit ich informiert bin, waren Sie der einzige Zeuge der Vorfälle. Außer Ihnen war niemand anderes auf der Station?«

»Nein, niemand«, log Rajiv und überlegte, ob die doppelte Verneinung aus der Lüge wohl die Wahrheit machte.

»Und seit sich der Zustand des Patienten verändert hat, war niemand außer Ihnen, der Dienst habenden Schwester und mir selbst bei ihm?«

»Das ist richtig, Sir.« Rajiv überlegte, ob es irgendwann nötig werden könnte, Daniels Anwesenheit zu erwähnen. Wenn, dann hätte er sich jetzt mit dieser Lüge nur noch tiefer in den Schlamassel geritten.

Redwhistle blickte in seinen Bericht. »Sie haben Schwester Cooper über die Gegensprechanlage benachrichtigt und die Durchführung von Quarantänemaßnahmen *angeordnet* ...« Rajiv ignorierte den spitzen Tonfall. »... und sie außerdem beauftragt, mich zu informieren. Stimmt das?«

Rajiv nickte.

»Nun, wie ich bereits sagte, hoffe ich, dass wir die Dinge unter Kontrolle haben. Trotzdem möchte ich Ihnen raten, die üblichen Vorsichtsmaßnahmen zu treffen. Sicher haben Sie aufgrund Ihrer einschlägigen Erfahrungen schon selbst daran gedacht?«

Wieder nickte Rajiv. Jetzt musste es gleich kommen.

»Das sagt einem schon der gesunde Menschenverstand. Aber bevor irgendetwas unternommen wird, sollten wir die Bestätigung der Diagnose abwarten. Ich hoffe, Sie verstehen das! Ihre Diagnose muss nicht falsch gewesen sein, genauso wenig wie Ihre Einschätzung der Situation. Nun, davon werde ich mich gleich selbst überzeugen. Dennoch müssen wir uns sicher sein – absolut sicher – dass es sich wirklich um Beulenpest handelt, statt bereits über die Maßnahmen nachzudenken, die ergriffen werden müssen, wenn ein Fall von ansteckender pneumonischer Pest vorliegt. Ich vermute, in Ihren Lehrbüchern steht, dass für eine solche Diagnose einige sehr spezielle Tests durchgeführt werden müssen.«

»Das habe ich die ganze Zeit versucht, Ihnen zu sagen, Sir. Ich habe die Tests bereits durchgeführt.«

»Sie haben ...?«

»Ja. Ich bin sicher, Sie werden mir zustimmen, Sir. Die gängige Expertenmeinung lautet ...« Rajiv merkte erst, wie gefährlich dieser Satz war, als er ihn schon ausgesprochen hatte: Redwhistle war nicht der Mann, der ohne weiteres anerkannte, dass es außer ihm noch andere Experten gab. »... man solle die Tests so schnell wie möglich durchführen. Um ganz sicher zu gehen.«

Redwhistle musterte Rajiv mit einem völlig neuen Blick. Hätte der junge Arzt es nicht besser gewusst, hätte er den Ausdruck auf Redwhistles Gesicht beinahe als Respekt gedeutet.

»Und das Resultat?«, fragte dieser nur.

»Positiv, Sir. Ohne jeden Zweifel.«

Redwhistle wippte auf seinen Absätzen. Er erweckte den Eindruck, als habe er – trotz aller Symptome – ein solches Ergebnis nicht wirklich erwartet. Leise zischend, stieß er die Luft aus.

»Ich verstehe«, meinte er. »Nun gut. Soweit es Mr. Atkins betrifft, können wir nur das Beste hoffen. Wie lange versuche ich schon, den englischen Unternehmern gewisse Vorsichtsmaßnahmen einzupauken, bevor sie ihre Leute in Gegenden schicken, in denen sie mit ernsthaften Gesundheitsrisiken zu rechnen haben? Wasser auf meine Mühlen!« Er schnalzte mit der Zunge, als sei Charlie Atkins' Notlage eine direkte Folge der mangelnden Inanspruchnahme seiner teuren Seminare seitens der britischen Industrie.

»Wie lautet Ihre Prognose, Sir?«

»Hm.« Redwhistle schien mit den Gedanken bereits weit weg zu sein. Vielleicht überschlug er gerade die möglichen Auswirkungen auf sein Bankkonto, für den Fall, dass die Großfirmen ihn nun verstärkt als Berater hinzuzögen. Das hieße noch mehr Seminare in Christ Church, wo er Fellow war. »Na ja, nicht besonders rosig. Vielleicht fifty-fifty.« Er verkündete die schlechten Aussichten seines Patienten wie ein Buchmacher die Ergebnisse eines unbedeutenden Rennens.

In diesem Augenblick knackte die Gegensprechanlage auf dem Schreibtisch, und die helle Stimme von Schwester Mary Clarke tönte durch den Raum: »Dr. Redwhistle, es geht um Mr. Atkins. Bitte kommen Sie schnell.«

Kapitel Vierzehn

Jericho, Oxford; Sonntag, 21. Dezember, 1:30 Uhr

Therry Moon warf noch einen kurzen Blick auf die mit Raureif bedeckten Dächer der viktorianischen Häuser im Stadtteil Jericho, dann huschte sie schnell in ihr Bett und zog die Steppdecke bis über beide Ohren. Sie fröstelte. Vielleicht war die verflixte Heizung wieder einmal kaputt. Oder Josie, mit der sie sich die Wohnung teilte, hatte einfach vergessen, die Rechnung zu bezahlen. Therry streckte einen Arm aus dem Bett und berührte den Heizkörper. Zu ihrer größten Überraschung war er warm; eigentlich sogar heiß. Draußen musste es wirklich lausig kalt sein. Seit Jahren hatten sie keinen so strengen Winter mehr gehabt. Aber sagten das die Leute nicht immer, wenn es einmal einen Kälteeinbruch gab? Immerhin war es mitten im Dezember, was konnte man da schon erwarten? Grauen Himmel und Nieselregen – eben das, was Engländer zu jeder Jahreszeit erwarteten. Ziemlich gewöhnungsbedürftig für einen, der aus Kalifornien stammt, dachte sie. Obwohl Daniel merkwürdig unkalifornisch wirkte. Genau genommen war er insgesamt ziemlich merkwürdig.

Allerdings längst nicht so merkwürdig wie sein Lieblingsthema. Therry griff nach dem Ordner, der auf ihrem Nachttisch lag. Sie hatte keine Ahnung, ob sie nach einem halben Dutzend Pints *Lager* noch ernsthaft in der Lage war, sich in einen akademischen Text zu vertiefen. Auch wenn Daniel Stein und Bein geschworen hatte, dass er den Text so volksnah wie nur eben vertretbar abgefasst habe. Schlimmstenfalls würde sie darüber einschlafen. Sie schlug das Manuskript auf und fühlte sich sofort von dem dicken Stoß eng beschriebener Seiten eingeschüchtert. Mit gelben Haftzetteln hatte Daniel die Seiten markiert, die sie seiner Ansicht nach am meisten interessieren könnten. Ihn selbst hatte vor allem die Möglichkeit interessiert, sie in sein Zimmer zu locken; da war sie ganz sicher. Natürlich hatte ihr das geschmeichelt, und er war ja auch nicht unattraktiv. Aber Typen, die es nur auf ein Abenteuer abgesehen hatten, gab es wie Sand am Meer. Seine Geschichte hingegen war wirklich interessant gewesen. Er war ein Gegner der Baulanderschließung in Ditchford, und die Sache mit dem schwarzen Tod wies sämtliche Merkmale eines wirklich guten Feature-Stoffes auf. Der alte John Harkness würde Augen und Ohren aufsperren. Man würde es allerdings geschickt anstellen müssen, um die Zusammenhänge klar herauszuarbeiten. Dann aber ... Sie sah ihren Namen schon in den überregionalen Zeitungen. Die Tatsache, dass ihr der kleine Kalifornier – aus welchen Gründen auch immer – seine kostbaren Aufzeichnungen zur Verfügung gestellt hatte, war ein zusätzlicher Glücksfall. Dem schulde ich wirklich was, dachte sie grinsend.

Das Licht im Schlafzimmer flackerte. Ein Stromausfall hätte ihr jetzt gerade noch gefehlt.

»Komm her, Tigger«, sagte sie und nahm eine schildpattfarbene Katze auf den Arm, die kläglich maunzend um ihr Bett gestrichen war. Sie streichelte das Tier, bis es zufrieden schnurrte und sich auf der Steppdecke zusammenrollte. Therry gähnte und fröstelte erneut. Wie sehr mussten die armen Schweine damals im Mittelalter gefroren haben! Sie blätterte bis zu den gelben Haftzetteln, dabei fiel ihr Blick auf eine Passage ein paar Seiten davor, die Daniel mit einem Marker hervorgehoben hatte. In der Fußnote stand, der Autor sei Boccaccio, also dieser Italiener. Er beschrieb die körperlichen Auswirkungen der Pest bei der florentinischen Bevölkerung. Als sie das Zitat durchlas, wurde ihr plötzlich bewusst, dass es sich um eine echte Reportage handelte. Der Mann war wirklich dabei gewesen. Therry bekam eine Gänsehaut.

»... sondern es entstanden bei ihrem Beginne, gleicherweise bei Mann und Weib, entweder an den Leisten oder unter den Achseln Geschwülste, die, bei dem einen in größerer, bei dem andern in geringerer Anzahl, zum Teile die Größe eines gewöhnlichen Apfels, zum Teile die eines Eies erreichten und vom Volke Pestbeulen genannt wurden. Von diesen beiden Körperteilen aus begannen die todbringenden Pestbeulen in Kürze auf alle anderen überzugreifen und sich auszubreiten. Später zeigte die Krankheit veränderte Anzeichen; es erschienen schwarze und blauschwarze Flecken, die bei vielen an den Armen, auf den Rippen und an verschiedenen anderen Körperteilen auftraten, bei dem einen größer und in geringer Zahl, bei dem anderen kleiner und zahlreich. Und wie anfänglich nur die Pestbeulen ein unfehlbares Zeichen des sicheren Todes gewesen waren und es auch weiterhin blieben, so waren es nunmehr auch die kleinen Flecken für jeden, den sie befielen.«

Ein unfehlbares Zeichen des sicheren Todes. Eines unabwendbaren und schmerzhaften Todes. Therrys Augen flogen über die Seiten zur nächsten markierten Passage. Der Text stammte von einem Menschen namens Villani, der ungefähr zur selben Zeit aus der norditalienischen Hafenstadt Genua geflohen war. Sein Bericht war nicht weniger grausig.

»Alle, die nach Genua kamen, starben und vergifteten die Luft in einem solchen Maße, dass jeder, der sich den Leichen näherte, ebenfalls binnen kürzester Zeit starb. Es war eine Krankheit, die mit Schwellungen an den Lenden und unter den Achseln begann. Später spuckten die Kranken Blut ...«

Unwillkürlich zuckte Therry zusammen. Sie erinnerte sich nur zu genau an Daniels Bericht darüber, was am Nachmittag im Radcliffe passiert war.

»... und starben binnen weniger Tage. Der Priester, der den Erkrankten die Beichte abnahm, und diejenigen, die sie pflegten, infizierten sich so unweigerlich, dass schließlich die Opfer sich selbst überlassen wurden und sie Beichte, Sterbesakramente, Medizin und Pflege entbehren mussten. Viele Landstriche wurden entvölkert. Und die Pest dauerte an, bis ...«

Kein Datum. Zwei Zeilen weiter hatte Daniel mit eigenen Worten den Grund dafür angemerkt: Villani hatte den großen Fehler begangen, zu glauben, Florenz – also genau jene Stadt, aus der Boccaccio seine Freunde hatte fliehen lassen – sei sicherer als Genua. Sie war es nicht. Er war im Jahr 1348 gestorben, als die Pest in Europa ihren Höhepunkt erreichte.

Grausig, grausig, grausig, dachte Therry. Sie war jetzt nicht mehr so sicher, ob das Manuskript die geeignete Bettlektüre war. Sie hüllte sich fest in ihre Decke und ertappte sich plötzlich dabei, wie sie ihre Achselhöhlen nach Schwellungen abtastete.

Keine Panik, Mädchen, rief sie sich zur Ordnung und blätterte weiter. Sie kam an die erste Stelle, die Daniel mit einem gelben Klebezettel markiert hatte. Es war, so hatte er ihr mit einer Art schüchternem Stolz erklärt, eine absolute Neuentdeckung, die er für seine Doktorarbeit wissenschaftlich aufbereitet habe. Er habe das Manuskript in der Bibliothek des Magdalen gefunden, wo es unter Niederschriften von Registern und Kopiaren, unter Rechnungsbüchern aus dem 14. Jahrhundert und anderen staubigen, seit Jahrzehnten unberührten Wälzern geschlummert hatte. Weil er es allgemein verständlich machen wolle, habe er sich bemüht, es in eine moderne Sprache zu übertragen. Es sei ein bemerkenswerter Bericht, hatte Daniel gesagt, denn es sei die einzige Niederschrift eines Überlebenden der Pest in England und käme, bei allem Respekt, recht nah an die Erinnerungen der beiden Italiener heran. Das Manuskript stamme aus Oxfordshire. Aus Nether Ditchford.

»Mein Name ist Edward Gray, Sohn des John of Bicester, und ich wurde von Hochwürden Bischof William von

Lincoln [Komisch, wunderte sich Therry, es war ein weiter Weg nach Lincoln, vor allem im Mittelalter, aber sie las einfach weiter] zum Pfarrherrn dieses Sprengels berufen. Seit dem plötzlichen Tod meines Amtsvorgängers vor wenigen Monaten habe ich das Amt inne. Die Krankheit war zu diesem Zeitpunkt in der Pfarrei bereits ausgebrochen, und der Mann Gottes war ihr erstes Opfer, was vielen mittlerweile nicht mehr so befremdlich erscheint, wie es zunächst den Anschein hatte. Von der Dorfbevölkerung wurde ich zunächst freundlich aufgenommen, denn niemand ahnte, dass der plötzliche Tod meines Vorgängers ein Vorbote des Verderbens war, das über uns alle kommen sollte. Ich war dazu ausersehen, ihnen die Botschaft zu übermitteln, obwohl ich es selbst noch nicht wusste, als sie mir meine bescheidene Unterkunft zeigten. Das Pfarrhaus liegt direkt neben der Kirche St. Peter's, die sich nach zwei Generationen harter Arbeit allmählich der Vollendung nähert. Die Ausmalung des Kirchenschiffs ist bereits fast fertig gestellt. Nicholas der Vogt, der im Dorf die Steuern für Peter of Castelnaud, Lehnsherr über viele Besitzungen in der Umgebung, eintreibt, war mir am Ende meiner zweitägigen Reise von Oxford entgegengekommen und hatte mich im Namen der Dorfbevölkerung begrüßt. [Therry musste lächeln: Ditchford lag kaum zwanzig Meilen vor Oxford, also so, wie sie fuhr, höchstens eine halbe Autostunde entfernt, selbst auf einer Landstraße.] Sie schienen mir gute Leute zu sein. Ihre Anzahl betrug insgesamt etwa zwölf Dutzend, die in ungefähr sechzehn Familien lebten. Einige waren freie Bauern und bewohnten große Holzhäuser, aber die meisten waren Leibeigene des Lehnsherrn und wohnten in Lehmhütten, wie sie

für die Dörfer üblich sind. Dennoch freute ich mich, bei ihnen zu sein. Auch für meine Haushälterin Annie, die ich ihnen sofort vorstellte, schien sich das Leben freundlich zu gestalten. Welch böse Ironie liegt heute in diesen Worten!
Nach dem plötzlichen Tod von Father Nicholas war eine gewisse Unruhe unter der Dorfbevölkerung entstanden, denn Gerüchte kündeten von einer schweren Krankheit, die auf dem Festland ihr Unwesen treibe. Auch von einem Übergreifen auf England war bereits die Rede, allerdings nur in weit entfernten Landesteilen wie Dorset oder dem Hafen von Bristol. Daher betrat ich die Stufen zur kleinen Kanzel der Kirche unter einem schlechten Vorzeichen. Meine erste Amtshandlung war die Verlesung eines Hirtenwortes der Bischöfe. Mein Herz sank tief, als ich den Gläubigen die ersten, verhängnisvollen Worte ihrer Oberhirten zu Gehör brachte: ›Eine Stimme ward gehört zu Rama ...‹«

Therry fröstelte. Sie hatte keine Ahnung, was die ›Stimme zu Rama‹ bedeuten mochte; noch nicht einmal, wo Rama lag. Aber der Satz erinnerte sie an einen Science-Fiction-Roman von Arthur C. Clarke, den sie in beklemmender Erinnerung hatte. Die Worte hatten etwas Beängstigendes, vielleicht, weil sie so wenig Sinn machten wie die Weissagungen des Orakels von Delphi, die in ihrer Doppeldeutigkeit auch immer unheilvoll und dunkel geklungen hatten. Sie wandte sich wieder der Seite zu. Vielleicht konnte Father Gray sie ja aufklären.

Er tat es nicht. Während der nächsten halben Stunde saß Therry wie erstarrt und las den düsteren Bericht des Priesters über die Dezimierung – nein, die Vernichtung –

der Pfarrei von Ditchford. Von Matthew dem Fuhrmann und seinen sieben Kindern, unter ihnen zwei starke Söhne, die eines Tages sein Gewerbe hätten übernehmen sollen; er sah die Kinder elendiglich dahinsiechen, eines nach dem anderen, bevor er selbst den schwarzen Pestbeulen erlag. Die Frau des Fuhrmanns, so erfuhr Therry, entkam der Seuche nur deshalb, weil sie »gnädigerweise« acht Monate zuvor im Kindbett gestorben war.

Die Pest missachtete in ihrem Wüten auch sämtliche Standesunterschiede:

> »Auch Nicholas der Vogt, der mich in der Pfarrei willkommen geheißen hatte, fiel vor den Kirchentüren zu Boden, hustete und spuckte Blut, obwohl er zuvor nicht das geringste Anzeichen der Krankheit gezeigt hatte. Er starb vor Einbruch der Nacht.«

Father Gray berichtete von seinem Streit mit dem Totengräber, der sich plötzlich weigerte, die Pestopfer zu begraben, nachdem sein Kollege zusammengebrochen und in eines der Gräber gefallen war, das sie gerade ausgehoben hatten. Von diesem Zeitpunkt an blieb den Dorfbewohnern nichts anderes übrig, als ihre Toten selbst zu beerdigen. Falls sie das dem überlebenden Totengräber nachtrugen, blieb ihnen dazu wenig Zeit, denn dieser starb nur eine Woche nach seinem Kollegen.

> »In kürzester Zeit, nämlich innerhalb dreier Monate nach meiner Ankunft im Sprengel von Nether Ditchford, war der Kirchhof, der die Gräber vieler Generationen hätte aufnehmen sollen, überfüllt. Wahrlich, mehr als überfüllt, denn ganze Familien wurden innerhalb

weniger Monate dahingerafft. Es schien, als hätten meine verhängnisvollen Worte, gesprochen von der Kanzel unseres Herrn und Gottes, seinen Zorn nur noch beschleunigt. Oder war es der Zorn des Todesengels? Ein Viertel der Dorfbevölkerung tot, und das vor Beginn der Weihnachtszeit! Ich fürchte, es waren der Seelen nicht wenige, die angesichts solchen Elends bereits Frevel begangen hatten. War dies eine Probe für unseren Glauben? Oder stand das Jüngste Gericht unmittelbar bevor und war die schreckliche Pest nur seine Künderin? Oder gab es eine noch grausamere Antwort auf all unsere verzweifelten Fragen? Sprich: gar keine?

Ein Chirurg, oder zumindest ein Mann, der sich so nannte, kam wenige Tage vor dem Christfest ins Dorf und nahm sich der mageren Überreste der Dorfbevölkerung an. Er arbeitete für wenige Pennys oder das Versprechen, zum Abendessen eingeladen zu werden. (Es fällt mir schwer, zu berichten, dass die ansonsten recht knappen Vorräte für den Winter in diesem Jahr weiter reichten als sonst, denn jeden Tag gab es weniger Menschen, die ihrer bedurften.) Doch auch die Wissenschaft des Heilkundigen zeigte nur wenig Wirkung. Selbst die Gesundheit derjenigen, die am meisten bezahlten und auf denen er seine Blutegel wahre Festgelage abhalten ließ, besserte sich nicht erkennbar. Tatsächlich schien es so, als sei der Fluch dazu auserkoren, selbst die stolzesten Errungenschaften unserer Wissenschaft Lügen zu strafen. Denn oftmals starben diese Kranken schneller, obwohl sie ausführlich zur Ader gelassen und damit von ihrem schlechten Blut gereinigt wurden.

Das Fest der Geburt unseres Herrn im Jahr 1348 stand in der Tat unter einem unseligen Stern. Es war, als hätte jener Zeremonienmeister, der ansonsten so viel Freude daran fand, unsren strengen Alltag aufzulockern und unsrem Feiern Stimmung zu verleihen, sich in ein ganz und gar schwarzes Gewand gehüllt. (Hier war eine Anmerkung von Daniel angebracht: »Im Original: LORD (bzw. ABBOT oder MASTER) OF MISRULE (veralteter, historischer Begriff); bezeichnete eine Art Zeremonienmeister zur Weihnachtszeit, der in großen Herrenhäusern dazu abgestellt wurde, die Weihnachtsspiele und sonstigen Festtagsveranstaltungen zu leiten und zu überwachen.«) Der Chirurg starb am Tag des Heiligen Stephan und wurde nur von wenigen beweint. Vielleicht lebte er Dank seiner Wissenschaft länger als die meisten anderen; die schwarzen Beulen brauchten eine ganze Woche, um seinen Körper zu zerstören. Er ist der erste Tote in diesem neuen Jahre 1349, das wie das alte unter einem Fluche steht und von dem jetzt viele glauben, dass es das Ende der Welt bringen wird. Das Geld, das der Chirurg genommen hatte, wurde unter den Überlebenden verteilt.

In ihrer Verzweiflung wandten sich viele Schäflein meiner Herde wieder den alten Riten zu, die ihr Leben vor der Erleuchtung durch den heiligen Glauben und die Wohltaten der Wissenschaft bestimmt hatten. Im Dorfe lebte eine alte Frau mit Namen May. Manche sagten, ihr Name sei eine Kurzform des Namens unserer Heiligen Jungfrau, doch es gab auch Gerüchte, May sei ihr ganzer Name und sie sei nach dem fruchtbaren Monat der Frühlingsblüten benannt. Einen solchen Namen würde sicher nur ein Heide seinem Kinde geben. Auf keinen Fall hätte sie so getauft werden dürfen. Das alte Weib lebte in einer armseligen Lehmhütte, von der viele behaupteten, sie sei schmutzig wie ein Schweinestall; die wenigen Dorfbewohner allerdings, die zuzugeben wagten, dass sie die Alte aufgesucht hatten, erzählten das genaue Gegenteil. Ihre Hütte liegt am Rand des Dorfes in der Nähe des Baches Rop und ist stets mit merkwürdigen Girlanden aus Pflanzen behangen, welche die Alte in den Wäldern zu sammeln pflegte. Man munkelte, dass sie aus den Pflanzen Tränke braue, indem sie sie in Töpfen koche und Gott weiß welch teuflischen Zauber über sie flüstere.

Doch auch ihre Magie versagte, welchen Ursprungs sie auch gewesen sein mochte. Die Dorfbewohner, die ihre letzte Hoffnung und ihren Glauben in sie gesetzt hatten, wurden bitter enttäuscht. Auch sie wurden dahingerafft. Die anderen, die den Geboten der Heiligen Mutter Kirche treu geblieben waren, sahen in ihrem Tod einen Beweis dafür, dass die Alte Scharlatanerie betrieben und gewiss mit dem Teufel im Bunde gewesen sei, weil, wie sie sagten, ihr Zauber gegen andere Krankheiten durchaus gewirkt habe. Ich hatte Mühe, diesen Stimmen Glauben zu schenken, und war nicht bereit, ihren Wunsch nach einer Hexenverbrennung zu dulden. Sie forderten diese Strafe, weil das Vergehen der Alten, nämlich an der Gnade Gottes zu zweifeln, der Sühne bedürfe. Früher hätte ich gesagt, die Gnade Gottes fordere keine solchen Grausamkeiten. Jetzt bin ich mir dessen nicht mehr so sicher. Da aber niemand wusste, wann und wo noch einmal eine Gerichtsverhandlung stattfinden würde, wurde nichts unternommen. Überdies wäre die menschliche Gerichtsbarkeit sowieso zu spät gekommen. Auch das alte Weib May überlebte die Krankheit nicht. Sie starb unter großen Schmerzen.

Doch auch nach ihrem Tode forderte die Krankheit weiter ihren schrecklichen Tribut. Selbst dem verstorbenen Chirurgen lastete man nun eine Mitschuld an, denn seit seinem Auftauchen in unserem Dorf war die Anzahl der Toten rasch angestiegen. Es war, als ob er frische Saat des Bösen in sich getragen habe. Und am Ende war niemand mehr da, der die Toten begrub, niemand, der sie beweinte, und niemand, der für sie betete. Wir legten sie auf die Felder wie Unrat, denn der Kirchhof war voll. Wir legten sie in Gräben, wo Gräben vorhanden waren, und wo nicht, legten wir sie einfach auf die Erde, denn der Boden war gefroren und zu hart zum Graben. Der Verwesungsgestank war Furcht erregend, selbst während des strengsten Frostes. Weder die Hunde des Dorfes noch die Wölfe aus dem Wald rührten die Leichen an. Und alle, die übrig blieben, lebten in größter Furcht. Doch was soll ein Mensch noch fürchten, wenn das Ende der Welt kommt? Der, der uns schuf, zerstört uns nun. Und dennoch bleibt die Angst. Ich weiß es genau. Wer immer dies hier lesen mag, möge auf der Hut sein; wer weiß, ob überhaupt noch eine Menschenseele am Leben bleibt. Denn auch ich habe das verloren, was mir das Liebste war. Die Bibel verkündet, der Lohn der Sünde sei der Tod. Ich habe meine Schuld abgegolten, aber ich habe viel zu viel bezahlen müssen. Erst sechs Tage ist es her, dass meine Annie krank wurde, aber es kommt mir wie viele Jahre vor. Als sie in der Sakristei ohnmächtig wurde, war mir, als zerdrücke ein Amboss mir das Herz. Die entsetzlichen Beulen auf ihrem zarten Kinderkörper erschienen mir wie die Entweihung eines Tempels: Es sind die sichtbaren Zeichen Satans, der Hohn über Gottes Schöpfung ausschüttet. Sie war noch ein Kind; kaum

dreizehn Jahre alt. Und obwohl ich für sie sorgte wie damals, als sie noch ein kleines Mädchen war, nach dem grausamen Tode ihrer Mutter, war alles anders und so viel schrecklicher. Ich wurde Zeuge, wie sich die Geschwüre der Ekel erregenden Pest über ihre intimsten Körperteile verbreiteten. Ihre Weiblichkeit begann gerade erst zu erblühen. Sie war wie ein unerfülltes Versprechen. Nein: wie ein gebrochenes Versprechen. Ein Versprechen, das Gott gegeben hatte. Wenn er es je gegeben hat. Bis dahin war ich der festen Überzeugung gewesen, bereits Zeuge des schlimmsten Entsetzens geworden zu sein, hatte ich doch so viele Unschuldige sterben sehen. Jetzt weiß ich, dass ich ihr Leiden nur verschwommen wahrgenommen hatte, wie durch ein Glas hindurch; so nämlich erlebt man den Schmerz der anderen, obwohl man sich einbildet, ihn zu teilen. In Wirklichkeit aber, so sehr wir auch fromm für unseren Bruder im Herrn sorgen mögen, freuen wir uns im tiefsten Grunde unserer sündigen Seele, dass das Übel den anderen und nicht uns selbst getroffen hat.
Über Annies Ende kann ich nur mit Blut und Tränen berichten; beides gibt es jetzt im Überfluss, mehr als die teuerste Tinte. Ich bettete sie neben die anderen Toten in einem Graben hinter dem Kirchhof zur Ruhe. Selbst um ihretwillen konnte ich nicht die Kraft aufbringen, den hart gefrorenen Boden aufzubrechen. Da liegt sie nun, verfaultes Fleisch wie die anderen auch, und wartet auf das Frühjahr, das vielleicht niemals kommen wird.
Ich bekenne freimütig, dass mich in dem Augenblick, als ich ihren starren, von der Krankheit verunstalteten Körper in ein raues Wolltuch wickelte und dort ablegte, die Wut packte. Ich ging zurück zur Kirche St. Peter's. Viel-

leicht hätte ich beten sollen, hätte auf die Knie fallen und den Lebendigen Gott um Vergebung bitten sollen. Aber als ich zum Kreuz emporblickte und rings um mich die unvollendeten Bilder der Verdammnis gewahrte, da fühlte ich nur noch eine schmerzliche Leere. Ich griff nach dem weißen Altartuch, das mit seiner Stickerei und den Bändern hübsch anzusehen war, und riss es fort; indem ich so handelte, fielen die Gefäße zur Vorbereitung der Heiligen Kommunion laut scheppernd auf den steinernen Fußboden und rollten davon, nur noch wertloser Plunder. Und ich nahm das Altartuch und stahl mich zum Begräbnisplatz, wo ich es über Annies kalten Körper legte.

Denn dieses Kind war meine Tochter: Sie war Fleisch von meinem Fleische und ein klarer Beweis für dessen Schwäche. Ich habe meinen Eid gebrochen, indem ich sie zeugte. Dennoch war ich der Meinung, der Verlust ihrer Mutter sei mir bereits Strafe genug gewesen. Doch wie es scheint, ist unser Herr im Himmel wirklich ein eifersüchtiger Gott. Und weil es so ist, kann ich ihn nicht mehr lieben.

So sehr hat Gott die Welt geliebt, dass er seinen eingeborenen Sohn für sie hingab. Doch er erweckte ihn von den Toten. Selbst wenn ich meinen ganzen Glauben zusammennähme, sähe ich meine Annie nicht auferstehen; genauso wenig wie die anderen verfaulten Leichen, die auf dem Felde liegen, das einst dem Kesselflicker gehörte. Und würden sie von den Toten auferweckt, brächten sie dann nicht das Übel wieder zurück? Augenscheinlich ist das Übel unbezwingbar; unsterblicher als unsere armen Seelen.

Dies soll meine Beichte sein, obwohl kein berufenes Ohr da ist, sie zu vernehmen. Wenig mehr als ein Dutzend Seelen leben noch in der verfluchten Pfarrei von Nether

Ditchford, sofern man dieses Wort überhaupt benutzen kann, um ihren Zustand zu beschreiben. Ein dumpfer Kopfschmerz plagt mich, und ich fühle die ersten Schwellungen an meinen Lenden. Ich bin sicher, meine letzte Folter steht kurz bevor.

Daher soll dies hier auch mein Testament sein, obwohl ich niemanden habe, dem ich es hinterlassen kann, und auch nichts, das ich hinterlassen könnte.

Nicht einmal Hoffnung.

Therry ließ das Manuskript langsam auf die Steppdecke sinken, etwa so, wie ein Patient einen Brief vom Krankenhaus mit einer Besorgnis erregenden Diagnose hätte sinken lassen. Einen Augenblick lang ruhte ihr Blick auf dem roten Plastikordner und den säuberlich gedruckten Seiten, die so gar nicht zu ihrem Inhalt zu passen schienen. Schließlich klappte sie den Ordner gedankenverloren zu, legte ihn auf den Nachttisch, zog ihre dicke Decke bis zur Nasenspitze, streckte seufzend den Arm aus und löschte das Licht.

Kapitel Fünfzehn

Flughafen Heathrow; Sonntag, 21. Dezember, 9:40 Uhr

Aus der Luft sehen alle großen Städte gleich aus. Selbst in Europa. Gelegentlich erlaubt ein markantes Bauwerk – wie der Eiffelturm oder Sacré Coeur in Paris, das Parlamentsgebäude oder St. Paul's Cathedral in London, die Sagrada Familia in Barcelona oder das Brandenburger Tor in Berlin – auf den ersten Blick eine geografische Zuordnung. Aber im Grunde sehen Ballungsräume alle gleich aus. Dieselbe ungeregelte Ausbreitung des Stadtgebietes entlang der lebenswichtigen Verkehrsadern. Dahinter das Gewirr kleiner, sich windender Straßen. Eng zusammenstehende Gruppen von Häusern, die auf kleine Geschäftszentren hindeuten: Überbleibsel von ehemaligen Dörfern und Weilern, die in einem früheren Stadium der Stadt-Evolution von der Metropole verschluckt, verdaut und dadurch zu etwas gewandelt wurden, das kaum noch mehr als ein Verkehrsknotenpunkt ist. Wie Verwachsungen im Holz.

Ab und zu erlauben auch Besonderheiten der Landschaft einem Fluggast, der vielleicht kurz eingeschlafen ist und die Orientierung verloren hat, das Wiedererkennen: in Barcelona und Kopenhagen beispielsweise die prekäre Nähe der Landebahn zum Meer, in Moskau der dichte Wald rings um den Flughafen Scheremetjewo. Jeder aufmerksame Reisende bemerkt vor der Landung in London Heathrow große kreisförmige Gebilde am Rand des Flughafengeländes, die wie die berühmten Kornkreise aussehen. Bei näherem Betrachten, wenn die Boeing 747 an Höhe verliert und sich der Landebahn nähert, sieht man, dass es sich um Wasserflächen handelt – exakt kreisrunde, von Menschen geschaffene Teiche. Sie ziehen alle Arten von Wasservögeln an, vor allem Reiher und Kanadagänse, die den Fluglotsen und Piloten das Leben so schwer machen, dass fortwährend Bestrebungen unternommen werden, die Vögel am Nisten in diesem Gebiet zu hindern.

Es ist kein Naturschutzgebiet, zumindest ist es nicht als solches gedacht. Eigentlich handelt es sich nur um eine aus guten Gründen weit von jeglicher menschlichen Behausung gelegene Ansammlung von Klärbecken, der größten Ansammlung von Klärbecken in ganz London. Denn, so überlegte Harald Hammerstein an Bord der *United-Airlines-Maschine* von Miami nach London, während die silbernen Tragflächen einen weiten Bogen über den glitzernden Wasseroberflächen beschrieben, in einer großen Stadt fällt eine Menge Scheiße an.

Wie schon viele Male zuvor, dachte er während der Landung darüber nach, wie viele Passagiere wohl wussten, über was sie da hinwegglitten, aber auch, wie (bedingt) vorteilhaft dieses Becken im Fall einer Bruchlandung sein könnte. Was für eine großartige Möglichkeit, einen Crash abzumildern! Unwillkürlich musste er lächeln – was die Frau auf dem Nebensitz zu einem fragenden Blick veranlasste. Wieso grinste der Fremde neben ihr so unvermittelt, wo er doch während des gesamten achtstündigen Transatlantikfluges kaum ein Wort mit ihr gewechselt hatte?

»Sie gestatten?«, fragte er höflich, nachdem das Flugzeug zum Stehen gekommen war, erhob sich und hievte ihre Tasche aus dem Gepäckfach über dem Sitz. Dabei lächelte er noch immer. Wie groß wären wohl seine Chancen gewesen, wenn das Flugzeug ein wenig schneller als beabsichtigt gesunken und in eines der Klärbecken gefallen wäre, dort unversehrt und wohlduftend wieder herauszukommen?

Kot und Tod. Das gehörte nun mal zu seinem Job.

Kapitel Sechzehn

Upper Ditchford, Oxfordshire; Sonntag, 21. Dezember, 11:00 Uhr

Bist du ganz sicher?«, wollte Therry wissen, während ihr zerbeulter Range Rover in das nächste Schlagloch holperte.

»Ich bin mir überhaupt nicht sicher! Ich habe dir von Anfang an gesagt, dass ich das Ganze für eine Schnapsidee halte! Ehrlich gesagt, habe ich nicht die geringste Ahnung, was du mit dem Ausflug bezwecken willst«, antwortete Daniel und klammerte sich an den Handgriff über der Tür, um nicht aus dem Sitz geschleudert zu werden.

»Und warum bist du dann mitgekommen, na?« Sie grinste breit, während sie mit dem Lenkrad rang.

»Weil ... ja, weil ...«

»Weil ich dich gebeten habe. Und ich finde es richtig nett von dir, dass du mitgefahren bist, um mich ein wenig an die Hand zu nehmen. Was den historischen Hintergrund betrifft, meine ich. Und das alte Manuskript.«

Daniel beäugte sie von der Seite. Wollte sie ihn aufziehen, oder flirtete sie mit ihm? Er seufzte innerlich und knüpfte an ihre ursprüngliche Frage an: »Klar bin ich sicher! Schließlich beschäftige ich mich jeden Tag damit.«

In Wahrheit wusste er nicht einmal genau, wovon sie sprach. Am Abend zuvor hatte er Therry dazu überreden können, nach dem *King's Arms* noch mit ihm ins Magdalen-College zu gehen. Dabei hatte ihm sein Manuskript, das er ihr zu lesen geben wollte, als guter Vorwand für einen romantischen Spaziergang durch die stimmungsvollen, von Gaslaternen beleuchteten Gässchen Oxfords gedient. Wäre er noch nüchtern gewesen, hätte er allerdings vorhersagen können, dass sie darauf bestehen würde, am Fuß der Treppe zu warten. Weil sie, wie sie behauptete, den Range Rover im Halteverbot hatte stehen lassen. Er wandte zwar ein, sie habe zu viel getrunken, um noch zu fahren, und die Parkverbote seien nachts nicht gültig, aber sie meinte nur: »Wenn wir unser Gesprächsthema jetzt noch vertiefen, sind die Politessen bestimmt schon wieder unterwegs, bevor ich zum Wagen zurückkomme.« Er fand diese Bemerkung derart ermutigend, dass er ihr leichten Herzens das Manuskript überließ – den einzigen Ausdruck, den er besaß, wie ihm später siedend heiß einfiel. Natürlich war alles auf seiner Festplatte gespeichert, allerdings ohne Kommentare. Und um dem Ganzen die Krone aufzusetzen, willigte er auch noch ein, sie am nächsten Tag auf diesen idiotischen Ausflug zu begleiten.

Als er am nächsten Morgen aufwachte und sich fragte, ob er auch alle Zutaten für den magischen Trunk seiner Mutter gegen einen ausgewachsenen Kater im Haus hatte, hoffte er im Stillen, Therry habe ihre Verabredung vergessen. Trotzdem wälzte er sich rechtzeitig aus dem Bett. Therry holte ihn dann auch tatsächlich pünktlich nach dem Frühstück vor dem Magdalen ab. Ihr Range Rover sah aus, als stamme er noch aus der Zeit, bevor die Marke sich zu einem reinen Statussymbol entwickelt hatte: Eingetrockneter Matsch kaschierte die meisten Beulen in den Türen, und als sie den Zündschlüssel drehte, röhrte der Motor auf wie ein verärgertes Walross.

»Nettes Teil«, bemerkte er trocken.

Sie lächelte kühl. »Man nennt es ›Rover‹. Und ich fahre damit bestimmt nicht zu *Sainsbury's*.«

»Okay«, meinte Daniel. Das sagte er in England immer, wenn jemand gegen ihn punktete und er den Grund dafür nur dunkel erahnte.

Auch den Grund für Therrys Begeisterung konnte er nur dunkel erahnen. Es konnte einfach keinen direkten Zusammenhang geben zwischen der Pest, die Nether Ditchford ausgelöscht hatte, und dem Mann, der mehr als sechs Jahrhunderte später an demselben Leiden erkrankt war, auch wenn er zufällig auf einer Baustelle in der Nähe des Ortes beschäftigt gewesen war. Oder vielleicht doch? Nein. Das war einfach lächerlich! Rajiv zufolge hatte sich der Mann irgendwo im Ausland angesteckt, wahrscheinlich im Nahen Osten, wo die Pest immer noch sporadisch auftrat, und war noch während der Inkubationszeit nach England zurückgekehrt. Solche Dinge geschahen eben im Zeitalter der internationalen Arbeitsverträge und des regen Flugverkehrs. Die meisten Menschen glaubten, die Beulenpest gehöre der Vergangenheit an. Dabei vergaßen sie, dass das Jahrhundert, *in* dem man lebt, oft von dem Kontinent abhängt, *auf* dem man lebt. Zum letzten Mal war die Pest in England im Jahr 1910 ausgebrochen, und zwar in Suffolk. Sie hatte allerdings nur sehr wenige Opfer gefordert – alles in allem vielleicht ein Dutzend. Niemand wusste genau, warum es zu diesem Aufflackern der Seuche gekommen war. Ebenso wenig, warum sie so schnell wieder erloschen war. So etwas passierte eben hin und wieder.

Andererseits musste er zugeben, dass es wirklich ein merkwürdiger Zufall war: Da machte er seinen Rang als Wissenschaftler zu großen Teilen von einem Manuskript abhängig, das über ein ganz bestimmtes, im Dunkel der Geschichte verschwundenes Dorf zu Zeiten der großen Pest berichtete, und ein Mann, der viele Jahrhunderte später an eben diesem verdammten Ort arbeitete, erkrankte an einer Form derselben Seuche. Dafür gab es wirklich nur ein Wort: sonderbar! Der Historiker in ihm neigte zwar in keiner Weise zum Aberglauben, trotzdem hatte Daniel Mühe, alles für reinen Zufall zu halten.

Therry dagegen schien nicht den geringsten Zweifel zu hegen, dass das Schicksal ihr gerade eine Bombenstory auf dem Silbertablett servierte. Die Vorstellung, es gebe vielleicht einen uralten Fluch, einen, der möglicherweise aus der Zeit des schwarzen Todes stammte, ließ ihr geradezu das Wasser im Munde zusammenlaufen. Daniel fand ihre Begeisterung regelrecht beunruhigend. Instinktiv spürte er, dass sie Zusammenhänge suchte, wo wahrscheinlich keine waren. Er sah bereits seinen wissenschaftlichen Ruf gefährdet. Sein Name durfte auf keinen Fall mit einem abstrusen Artikel in der britischen Sensationspresse in Verbindung gebracht werden. Und genau deswegen musste er Therry auch begleiten – das redete er sich zumindest ein. Schließlich hatte er den Stein ins Rollen gebracht; nun galt es, die Dinge auch im Auge zu behalten.

Natürlich hatte ihm ihr überschwängliches Lob bezüglich der gelungenen Übertragung geschmeichelt. Die Übersetzung des mittelalterlichen Lateins von Father Gray hatte ihm Sorgen bereitet – bereitete ihm, genau genommen, noch immer Sorge. Es war schwer, allen Ansprüchen zu genügen, und so fürchtete er, dass sie einerseits für akademische Ansprüche nicht exakt genug, andererseits für einen heutigen Leser noch zu nah am Original sein könnte. Immerhin konnte er den Priester kaum wie Clint Eastwood klingen lassen.

Ein spezieller Satz hatte Therrys Fantasie besonders angeregt.

»Wo liegt eigentlich Rama?«, hatte sie im Kreisverkehr von Wolvercote gefragt, wo sie vom Straßengürtel, der Oxford umgab, nach Norden abbogen.

»Wo liegt was?«

»Rama. ›*Eine Stimme ward gehört zu Rama*‹, so steht es da hinten drin.« Sie deutete mit dem Kopf auf den rot eingebundenen Ordner, der auf dem Rücksitz lag.

»Ach so! Das ist irgendwo in Judäa; dort gibt es eine Synagoge. Das Zitat stammt aus der Bibel. In Rama soll sich Rachels Grab befinden.«

»Was für eine Rachel? Das verstehe ich nicht.«

»Es ist aus dem Matthäusevangelium. Genau genommen, zitiert Matthäus dort den Propheten Jeremias, der Zerstörung und Verderben vorhersagt: ›Eine Stimme ward gehört zu Rama, viel Weinen und Klagen; Rachel beweint ihre Kinder und will sich nicht trösten lassen, da sie nicht mehr sind.‹ Rachel war Jakobs Frau und ist daher für die Juden traditionellerweise die Mutterfigur schlechthin. Das Zitat hat man für alles Mögliche herangezogen, angefangen von der Babylonischen Gefangenschaft bis zu den modernen Gräueltaten auf der West Bank – wo das Grab übrigens liegen soll.«

Therry starrte ihn skeptisch an.

»Die Christen legen das Zitat üblicherweise so aus, wie Matthäus es gebrauchte: Danach bezieht es sich auf die Kinder, die Herodes töten ließ, nachdem ihn die Weisen über die ›Geburt des Königs der Könige‹ in Kenntnis gesetzt hatten. Vielleicht erinnerst du dich, dass Herodes nicht gerade scharf auf die Konkurrenz war.«

»Ich könnte mir vorstellen, dass du bei *Trivial Pursuit* der absolute Überflieger bist. Aber mal im Ernst. Dann bezieht sich die Textstelle also ...«

»Auf den Tod der Unschuldigen. Der ›Tag der unschuldigen Kindlein‹ ist ein katholisches Kirchenfest. Soweit ich mich erinnere, geht es bei Jeremias in etwa so weiter, dass er den Leuten erklärt, sie sollten »nicht weinen und wehklagen«. Der Bischof warnte mit diesem Zitat seine Gemeinde in der eindringlichsten Form, die ihm möglich war – und damals kannten die Leute ihre Bibel noch! Sie wussten sofort, dass irgendetwas Schreckliches auf sie zukam. – Pass auf!«

Für den Bruchteil einer Sekunde dachte auch Daniel, dass etwas Schreckliches auf sie zukam. Ohne Vorwarnung bog ein Traktor auf die Landstraße ein und kroch mit höchstens 15 Meilen pro Stunde vor ihnen her – und sie fuhren schätzungsweise 50. Instinktiv duckte Daniel sich und riss einen Arm hoch, als könne er damit seinen Kopf bei einem Zusammenprall schützen. Aber ohne auch nur abzubremsen, lenkte Therry den Range Rover auf den unbefestigten Randstreifen, überholte den Traktor auf der falschen Seite und fand sogar noch Zeit, eine Hand vom Lenkrad zu nehmen und dem Traktorfahrer freundlich zuzuwinken.

»Kennst du diesen Verrückten etwa?«, fragte Daniel erstaunt, nachdem er sich ein wenig erholt hatte und der Range Rover wieder zurück auf die Schotterstraße geschlingert war.

»Klar. Das war Dan Austin. Vor zwei Jahren ist er mit dem Traktor die High Street in Oxford auf und ab gefahren, um gegen die EU-Agrarreform zu protestieren. Er und sechsundzwanzig andere. Sie haben den Verkehr stundenlang aufgehalten. Die Busse aus London stauten sich bis weit hinter die Magdalen Bridge. Eine fantastische Story.«

»Fantastisch!«

Die kleine, gepflegte Stadt Woodstock – Namensgeberin ihres Gegenstücks in den Staaten – und ein lang gezogenes Dorf namens Enstone flogen an ihnen vorüber, während sie weiter nach Norden fuhren. Daniel ertappte sich dabei, dass er wieder einmal die Widersprüchlichkeit der englischen Landschaft bewunderte: Da war auf der einen Seite der warme Stein alter Häuser, deren unterschiedliche Giebeldächer immer irgendwie unordentlich wirkten; da war die Ehrfurcht gebietende Pracht eines Blenheim Palace mit seinem großen Park und seiner beeindruckenden Geschichte. Und dann, auf der anderen Seite, die Reihenhaussiedlungen aus den 60er und 70er Jahren: mit der Landschaft unvereinbare, kleine Straßenzüge, deren Häuser einander ähnelten wie ein Ei dem anderen. Aber, verflixt, irgendwo mussten die Leute ja wohnen!

»Ist das die Art Häuser, die in Ditchford gebaut werden?«

»Nicht nur da. Du wirst schon sehen.«

Unmittelbar hinter Chipping Norton bog Therry links in eine winzige Landstraße ein. Anschließend ging es auf eine noch kleinere, einspurige Straße, die kaum besser als ein Feldweg war. Die niedrigen Hügel wirkten kalt und öde; der morgendliche Raureif war noch immer nicht ganz von den braunen Feldern und dürren Hecken verschwunden. Wie mochte es vor sechshundert Jahren hier gewesen sein, als die Leute bloß das zum Heizen hatten, was sie in den Wäldern fanden? Selbst ein Pferd war ein Luxus gewesen, den sich nur wenige leisten konnten. Lasten wurden zu Fuß transportiert. Die Füße kalt und mit Lumpen umwickelt. Dennoch hatten sie den Tod durch das ganze Land getragen.

Der Range Rover kroch einen Hügel empor, dann senkte sich das Gelände in das breite Flusstal des Swere. Hier sah es wirklich noch wie im Mittelalter aus. Ein vierschrötiger Turm reckte sich trotzig aus der braunen Erde. Genau wie vor sechshundertfünfzig Jahren, als Edward Gray im Pestjahr 1348 zum Pfarrer des Sprengels Nether Ditchford bestellt wurde.

»St. Peter's Alone.«

»Tatsächlich?«

»Die Kirche da. So hat man sie getauft. Danach. Weil das ganze Dorf fortgezogen ist. Man wollte nicht zu nahe am Kirchhof bleiben. Für alle Fälle. Seitdem steht er alleine da, der Kirchturm von St. Peter's.«

»Interessant. Na ja, jetzt ist er jedenfalls nicht mehr allein.«

»Du lieber Himmel, jetzt weiß ich, was du meinst!«

In den wenigen Monaten, seit Daniel das erste Mal in Ditchford gewesen war, hatte sich viel verändert. Das braune Erdreich hinter der Kirche rührte nicht von frisch gepflügten Feldern her, sondern von einer mächtigen Baugrube, in der es nur so von gelben Baggern wimmelte. Die alten Schutzhecken waren ausgerissen und ein riesiges Gelände plattgewalzt und eingeebnet worden.

»Wollen die etwa das alles da bebauen?«

»So sieht's aus.«

»Aber das Areal ist unglaublich groß! Wie viele Häuser sollen es denn werden?«

»Mindestens hundert, vielleicht hundertfünfzig.«

»Das nenn ich Baulanderschließung! Durch das Neubaugebiet wird Upper Ditchford bestimmt doppelt so groß!«

»Es wird das Dorf zerstören, verdammt noch mal! Der Ort wird sich in eine weitere, absolut langweilige Vorstadt für Pendler verwandeln. Wie viele Arbeitsplätze, glaubst du, gibt es in Ditchford?«

»Na ja ... nicht gerade viele, vermute ich.«

»Es gibt ein paar Bauernhöfe, die meisten beschäftigen jedoch keine Lohnarbeiter. Eine kleine Druckerei. Die Post – aber die wird vielleicht geschlossen – und der Dorfladen, wo hauptsächlich Schüler samstags ihr Taschengeld aufbessern können. Früher gab's mal eine Brauerei, aber die hat schon vor ein paar Jahren dicht gemacht. Aufgekauft von Whitbread oder einem der anderen großen Konzerne, und anschließend wegen Unrentabilität geschlossen. Die scheren sich doch einen feuchten Kehricht um alteingesessene Betriebe.«

»Aber vermutlich werden sie doch gebraucht. Ich meine die Häuser.«

»Gebraucht? Die werden so nötig gebraucht wie ein Historiker im Operationssaal. Hier wird doch nur gebuddelt, weil vor zehn Jahren irgendein Arschloch in Whitehall, vermutlich mit einem dicken Scheck von einer Baugesellschaft in der Tasche, beschlossen hat, in England herrsche plötzlich Wohnungsnot!«

»Ich dachte immer, in den meisten europäischen Staaten sei die Bevölkerungszahl zurückgegangen.«

»Ist sie auch. Die Aufgabe der Regierung ist es, sich um Alleinerziehende und Geschiedene zu kümmern. Und dem kommen sie schön pflichtgetreu nach: Nun machen sie auch noch die Landschaft kaputt, um die Tatsache zu vertuschen, dass sie zuvor die Gesellschaft kaputtgemacht haben. Und was bauen sie? Etwa bescheidene, für Kleinverdiener erschwingliche Häuschen? Oder billige Mietwohnungen, draußen auf dem Lande? Nicht, dass das besser aussehen würde, aber es wäre wenigstens zu etwas nütze.«

»Und tun sie das denn nicht?«

»Nein, das tun sie nicht! Man steckt doch kein Geld in Häuser für Arme! Freistehende Einfamilienhäuser für leitende Angestellte, damit kann man Profit machen! Beschissene Häuser für Angeber, mit georgianischen Säulen aus Plastik, Doppelgaragen und Gärten vom Ausmaß einer Briefmarke.«

»Gibt es denn wenigstens genügend leitende Angestellte, die dort einziehen können?«

»In solchen Häusern wohnen Leute wie ich. Oder meine Eltern«, antwortete Therry verbittert. »Leute, die irgendwann aus London geflüchtet sind, aber ihre Probleme mitgenommen haben. In der nächsten Generation werden sie aus den gleichen Gründen die Kleinstädte verlassen.«

»*Suburbs in rure.*«

»Wie bitte?«

»Sollte ein Witz sein ... jedenfalls so was Ähnliches. *Rus in urbe,* was so viel heißt wie: ländliches Gebiet in die Stadt bringen. Das war früher eines der erklärten Ziele der Stadtplaner. Und jetzt ist es genau umgekehrt. Zumindest beinahe.«

»Aha. Du bist mir einer! Ein Amerikaner, der Witze auf Latein reißt.«

»Halt! Du fährst ja an der Kirche vorbei!«

»Ich wusste gar nicht, dass du geistlichen Beistand brauchst. Das Pig-Swill-Büro ist da oben auf dem Berg.«

»Ich dachte, wir sind hier, um noch etwas mehr über die Historie dieses Ortes zu erfahren. Nun, da wären wir!«

»Okay, Professor, du bist der Boss!«

Therry parkte den Range Rover am Straßenrand und stieg aus. Sie sah zum Kirchturm hinüber. Auf der Spitze saßen ein paar Krähen und krächzten unmelodisch.

»Gemütliches Plätzchen.«

»Wundert dich das?«

»Du willst mir doch nicht etwa weismachen, dass das alles hier aus dem 14. Jahrhundert stammt?«

»Nicht alles, aber das meiste schon. Zu Queen Victorias Zeiten haben sie die Kirche ein bisschen aufgemöbelt, nachdem sie Jahrhunderte lang vernachlässigt worden war. Sieh dir mal die Fenster an.«

Therry betrachtete die einfachen Glasscheiben, die in das Rosettenfenster eingelassen waren. »Nicht gerade spektakulär.«

»Sie sind relativ modern. Vermutlich stammen sie aus der zweiten Hälfte des 19. Jahrhunderts. Zu der Zeit hat sich der Aberglaube, ein Fluch läge über dem Ort, offensichtlich verflüchtigt, und angesichts des Verfalls regte sich wahrscheinlich das Gewissen eines wohlhabenden Christen. Ursprünglich bestanden die Scheiben sicher aus Buntglas. Man stelle sich mal vor: Da hat ein ganzes Dorf mindestens ein halbes Jahrhundert hart gearbeitet, um die Kirche zu bauen, und dann gab es nicht genügend Geldmittel, um die Fenster zu ersetzen. Über die Jahre kamen die Gemeindemitglieder allmählich zur Messe wieder hierher zurück. Aber zurück ins Dorf sind sie nicht gezogen.«

»Bis jetzt.«

Daniel sah sie an. »Ja.«

Die Kirchtür stand offen, und sie traten ein. Nachdem sich Daniels Augen an das Dämmerlicht im Innern gewöhnt hatten, das ihm selbst im Kontrast zu der nur bleichen Wintersonne draußen finster vorkam, ging er voran und führte Therry an eine ganz bestimmte Stelle. Über alle Wandflächen des spartanisch weiß getünchten Hauptschiffs und der Seitenschiffe zogen sich dunkle, teils rötliche, teils ockerfarbene und grüne Felder. Die Farbe war längst verblasst; von der ursprünglichen Brillanz, die die Bilder trotz der düsteren Motive zweifellos gehabt hatten, war nichts mehr zu erkennen. Schließlich blieb Daniel stehen, drehte sich um und blickte zurück zum Portal.

»Was schaust du dir da an?«

»Komm und sieh selbst.« Er deutete hoch nach oben, wo sich blasse Sonnenstrahlen durch ein paar kleine Fenster in die Dunkelheit vortasteten und die Wandfläche über dem Eingang in ein düsteres Licht hüllten.

»Es sieht aus, als hätte jemand seine Kinder die Wände bemalen lassen.«

Daniel warf ihr einen verärgerten Blick zu. Das war genau der Spruch, den er von einer Sensations-Reporterin erwartet hatte. Er fragte sich, ob sie den Satz wirklich ernst gemeint hatte. Therry kam näher und blinzelte nach oben in das matte Licht.

»Was ist das?«

»Das ist eine Darstellung des Jüngsten Gerichts.«

Genau das war es. Noch nie hatte Therry so etwas in einer christlichen, geschweige denn in einer anglikanischen Kirche gesehen. Was sie da sah, gehörte einer anderen Epoche an, einer früheren Religion, die man heute beinahe nicht mehr kannte. Wie gebannt starrte Therry auf die zweidimensionalen Gestalten, die trotz ihres Alters und nach Jahrhunderten der Vernachlässigung in ihrer Ausdruckskraft noch immer Grauen zu wecken wussten: lange, dünne Körper, bleich und nackt, die aus den bluttriefenden Schnäbeln zweibeiniger, blutig roter Kreaturen mit Adlerköpfen hingen. Andere fielen in Gefäße, die bauchigen Kochtöpfen glichen und über großen, von menschlichen Gliedmaßen genährten Feuern hingen. Mit einem

Mal wurde ihr bewusst, was sie da sah. Es waren die »unvollendeten Bilder der Verdammnis«. Der Anblick, der sechseinhalb Jahrhunderte zuvor Edward Gray zu seiner letzten Verzweiflungstat getrieben hatte. Religiöse Ikonografie, die auf schierem Entsetzen beruhte. Einem Entsetzen, von dem die Gemeindemitglieder von Nether Ditchford in jenem kalten, schwarzen Winter geglaubt haben mussten, dass es geradewegs zu ihnen auf die Erde hinaufgestiegen war. Die Hölle auf Erden. Therry erschauderte.

»Wusstest du, dass das hier ist?«

»Was dachtest du denn? Seit ich den Text gefunden habe, beschäftige ich mich kaum noch mit etwas anderem. Ich habe sogar versucht, es zu fotografieren; leider klappt es nicht richtig.«

»Ist diese Bemalung einzigartig?«

»So gut wie. Es gibt ein paar andere mit Fresken ausgemalte Kirchen. Wandgemälde waren in England früher genauso verbreitet wie in Italien, aber nach der Reformation änderte sich das. Das hier ist ein ziemlich seltenes Zeugnis einer schrecklichen Zeit. Eigentlich sollte es viel mehr Beachtung finden.«

Wie viele Leute mochten es überhaupt gesehen haben, fragte sich Therry. Die Dorfbewohner vermutlich. Wahrscheinlich hatten sie sich am Ende so sehr daran gewöhnt, dass sie es gar nicht mehr wahrnahmen. Falls man sich überhaupt an so etwas gewöhnen konnte. Ansonsten waren die verblassten Fresken sicher wenig bekannt. Nether Ditchford war auf den Touristikkarten nicht verzeichnet. Wenn die Philister von Riggs-Mill allerdings Wind von der Sache bekamen, würden sie bestimmt eine Passage in ihre Werbebroschüre einfügen. Ungefähr so: ›Zu den Sehenswürdigkeiten dieses hinreißenden Dörfchens gehört ein äußerst originelles und unterhaltsames Gemälde in der örtlichen Kirche‹. Vermutlich würden sie jemanden dafür bezahlen, es zu vervollständigen. Und vielleicht noch ein paar Bilder dazu zu malen, damit so etwas wie ein Happy End erkennbar würde. Genau dieser Punkt war es nämlich, der Therry am meisten schockierte: das Fehlen eines gütigen Gottes – und wenn er nur im Hintergrund erkennbar gewesen wäre. Das ganze Gemälde schien darauf ausgelegt, die Menschen das Fürchten zu lehren, ohne allerdings den zentralen Punkt des christlichen Glaubens zu berücksichtigen. Hier gab es keinen Erlöser!

Erst nach geraumer Zeit wandte sie sich wieder zu Daniel um, der bereits weitergegangen war und am anderen Ende der Kirche unter dem Glockenturm stand.

»Hier ist noch etwas.« Sie ging zu ihm hinüber und blickte auf ein verwittertes Taufbecken aus Stein, in das etwas eingraviert war, das Therry auf den ersten Blick an heidnische Bildnisse erinnerte. Aber Daniel sah zu einer großen Eichenholztafel empor, auf der in geschwungener Handschrift mit schwarzer Tinte eine sorgfältig datierte Namensliste eingetragen war, die viele hundert Jahre alt sein musste. Daniel deutete auf eine Reihe, die interessanterweise im frühen 13. Jahrhundert begann.

»Warum steht da Lincoln?«

»Das war die Diözese. Oxford bekam seine Kathedrale erst im 16. Jahrhundert unter Kardinal Wolsey. Bis dahin unterstanden sämtliche Pfarreien der Umgebung dem Bischof von Lincoln. Die Priester hier wurden von ihm bezahlt. Sieh einmal genau hin. Kannst du Father Gray finden?«

Therry versuchte, die alte Schrift zu entziffern.

»Wo denn? Ich sehe keinen Gray.«

»Kannst du auch nicht.«

»Wieso?«

»Darum geht's ja gerade. Schau dir die Daten an!«

»Welche Daten?«

»Wie wäre es, wenn du nicht nur deine Augen, sondern auch dein Gehirn benutzen würdest? Ich dachte immer, Journalisten seien gute Beobachter.«

Therry zuckte entnervt mit den Schultern, suchte aber dennoch die Einträge für das 14. Jahrhundert ab:

John de Godefroy 1320–1324
Simon de Castell 1324–1339
John Gasson 1339–1345
Edward Delaunay 1345–1348
Nicholas Ford 1348
John Franscombe 1360–1369
Simon Venab...

»O! Jetzt begreife ich! Da ist eine Lücke.«

»Ganz genau! Ab 1348 verbreitete sich die Pest in ganz Mittelengland. Nicholas Ford ist mit ziemlicher Sicherheit daran gestorben. Aber wo ist sein Nachfolger geblieben?«

»Kein Eintrag mehr bis 1360. Zwölf Jahre später.«

»Du hättest eine Eins in Mathe verdient! Kein einziger Hinweis auf Father Edward Gray.«

»Also haben sie ihn entweder vergessen, oder dein Manuskript ist gefälscht. Vielleicht hat es ihn nie gegeben.«

»O doch, es hat ihn gegeben! Wenn er nicht existiert hätte, warum fehlen dann da oben zwölf Jahre?«

»Meinst du etwa, man hätte ihn absichtlich ausgelassen?«

»So sieht es aus, findest du nicht? Natürlich kam es um 1350 relativ häufig vor, dass freie Priester-Stellen jahrelang nicht besetzt wurden. Es gab einfach nicht mehr genügend Seelen, für deren Heil man hätte sorgen müssen. Aber ein Priester, der aus dem Verzeichnis entfernt wurde? Das ist wirklich außergewöhnlich. Als wäre er ausgelöscht worden.«

»Wie zu Zeiten Stalins, als man Fotos retuschierte, um Trotzki und Konsorten daraus zu entfernen.«

»So ähnlich. Komisch ist nur, dass man ihn nie wieder auf die Liste geschrieben hat. Nach so vielen Jahren!«

»Kann ich Ihnen weiterhelfen?«

Eine hoch gewachsene Gestalt in einem weißen Chorhemd war unbemerkt hinter Therry aufgetaucht. Erschrocken fuhr sie zusammen.

»O, Entschuldigung, ich wollte Sie nicht erschrecken. Mein Name ist Father Grey.«

Therry starrte Daniel an, als erwarte sie, in seinem Gesicht die gleiche Verblüffung zu lesen, die sie selbst gerade verspürte. Doch Daniel grinste den großen, kahlköpfigen Priester nur mit seinem typisch amerikanischen Lächeln an.

»David Grey. Ich bin der Vikar von St. Peter's. Ich wollte Sie nicht stören, aber ich biete Besuchern gern meine Dienste an. Ich nehme an, Sie sind keine Mitglieder dieser Gemeinde, oder?«

»Nein, wir sind nur auf der Durchreise. Wir interessieren uns für die historischen Besonderheiten dieses Ortes.«

Der Vikar folgte Daniels Blick zur Liste, auf der seine Vorgänger verzeichnet waren. »Ah, der amerikanische Gentleman«, sagte er zu Daniel.

Daniel setzte erneut sein typisches Grinsen auf. Zwar ärgerte es ihn immer wieder zutiefst, dass die Engländer ihn, sobald sie auch nur den kleinsten Akzent bei ihm feststellten, wie ein zurückgebliebenes Kind behandelten (obwohl es die meisten seiner Landsleute wirklich verdienten!), manchmal jedoch konnte man auch Profit daraus schlagen. Der Vikar schien der geborene Kandidat dafür zu sein.

»Schön, Sie wieder einmal hier zu sehen! Aus den guten alten Staaten kommen oft Leute her. Vor allem ›in the summertime when the weather is fine‹.« Den zweiten Satz skandierte er wie den bekannten Popsong. Therry stöhnte innerlich auf.

Doch Daniel achtete nicht darauf. »Ich freue mich auch«, sagte er, »aber was ich Sie die ganze Zeit schon einmal fragen wollte: Sie sind nicht zufällig verwandt?«

»Wie bitte?«

»Ich meine, mit dem Mann, der hier auf der Liste fehlt.«

Father Grey wandte seine Aufmerksamkeit wieder der beschrifteten Holztafel zu. »Ich fürchte, ich kann nicht ganz folgen.«

»Nicht? Nun, die Liste ist leider nicht ganz vollständig. Ziemlich genau in der Mitte des 14. Jahrhunderts klafft eine Lücke, wie Sie vermutlich wissen.«

Father Grey verriet mit keiner Regung, ob dies der Fall war. Nach wie vor zierte ein unerschütterliches Lächeln sein Gesicht, auch wenn es jetzt mit der Andeutung eines Stirnrunzelns gepaart war.

»Ah, ja, ich verstehe, was Sie meinen. Wahrscheinlich existieren aus dieser Zeit keine Aufzeichnungen. So etwas gibt es sogar in England!«

»Wirklich?«

»Natürlich. Wie überall auf der Welt.«

Therry war überzeugt, dass der moderne Father Grey

wirklich keine Ahnung hatte. Sie verstand nicht ganz, welches Spiel Daniel mit ihm trieb.

»Sie wollen mir doch nicht erzählen, Father Grey, dass Sie nicht wissen, welcher Name da fehlt?«

»Ehrlich gesagt ...« Die Unterhaltung verlief nicht ganz so, wie der Vikar erwartet hatte. Das Pärchen schien auf jeden Fall keineswegs daran interessiert, ein paar Scheine in die Sammelbüchse für die Restaurierung der Kirche zu stecken oder Postkarten mit Motiven vom Taufbecken und dem Hauptschiff zu kaufen.

»Es war ein Namensvetter von Ihnen. Er hieß Father Gray und hat seine Vorgesetzten und die Gemeindemitglieder ein wenig verprellt – zumindest die, die nach der Pest wieder zurückkamen.«

»Nach der Pest? Du liebe Zeit! Jetzt weiß ich, was Sie meinen! Sie reden vom schwarzen Tod! Ein schreckliches Kapitel in unserer Geschichte! Er hieß Father Gray, sagen Sie? Wie interessant! Leider weiß ich gar nichts über ihn. Ich bin in diesen Dingen nicht so bewandert, wie ich es eigentlich sein sollte. Darf ich wissen, wie Sie an die Information gekommen sind?«

»Ich bin Historiker.«

»Ach ja? In Amerika? Faszinierend!«

Nicht wahr, das ist faszinierend? Ein Historiker aus einem Land ohne Geschichte. Einen Augenblick lang fühlte Daniel sich versucht, dem Typen seine blasierte englische Vikarsfresse zu polieren. »Ich arbeite zurzeit in Oxford.«

»Ach ja?« Das Gesicht des Geistlichen hellte sich sichtbar auf. »Und wo, wenn ich fragen darf?«

»Magdalen.«

»So, so. Mein Bischof war in Balliol«, lautete die Antwort, als würde dies eine Art akademischer Verbrüderung zwischen ihnen herbeiführen. »Ich selbst war in Bristol. Wie die meisten, die Oxbridge nicht geschafft haben.« Dabei huschte ein dünnes Lächeln über seine Lippen. Daniel hielt es für besser, nicht darauf zu antworten.

»Haben Sie Theologie studiert?«, wollte Therry wissen. Es steckte kein echtes Interesse hinter dieser Frage. Sie entstand viel eher aus der typisch englischen Scheu vor Sprechpausen.

»Nein, Mathematik. Ich bin erst später in den Dienst der Kirche getreten.«

»Nun, dann dürften Sie in naher Zukunft doch zumindest mit einer steigenden Anzahl Ihrer Kirchenmitglieder rechnen. Wo hier doch so viel gebaut wird.«

»Ist das nicht herrlich?«

»Finden Sie?« Daniel zuckte angesichts der Aggressivität in Therrys Stimme regelrecht zusammen und fragte sich, ob es dem Vikar ähnlich erging. Wenn dem so war, zeigte er es nicht.

»Aber ja doch! Man muss mit der Zeit gehen, wissen Sie! Natürlich erwarte ich nicht, dass viele der neuen Mitbürger eifrige Kirchgänger sein werden. Nicht in diesem leider allzu weltlichen Jahrhundert. Aber trotzdem sollte man die Hoffnung nicht verlieren, nicht wahr? Auf jeden Fall ist es schön, wenn die Kirche wieder mitten in einem Dorf steht statt allein auf weiter Flur. Vielleicht werden wir dann auch diesen albernen Namen endlich los. St. Peter's Alone. Also wirklich! Allein! Das klingt so traurig. Ich habe dem Bischof bereits eine diesbezügliche Andeutung gemacht, und ich glaube, er wird mir zustimmen. Wahrscheinlich wird die Gemeinde einfach wieder St. Peter's heißen. Obwohl ich, wenn ich ehrlich bin, das Adjektiv gern durch etwas anderes ersetzen würde. Etwas, das den

Geist der Gemeinsamkeit betont. Statt ›allein‹ vielleicht ›im Kreis seiner Freunde‹. ›St. Peter's Among Friends‹ – nein, das klingt nicht gut. Es ist wirklich schwierig, genau den richtigen Ton zu treffen.«

»St. Peter's an der Kreuzung«, schlug Daniel mit einem Seitenblick auf Therry vor, die nur mit Mühe ein Kichern unterdrücken konnte. »Wenn demnächst die Schnellstraße hier durch geführt wird.«

»Sehr witzig«, antwortete der Geistliche. Man merkte ihm an, wie unbehaglich er sich fühlte. »Sie müssen mich jetzt bitte entschuldigen, ich habe noch zu tun. Obwohl viele vielleicht anderer Meinung sind, beschränkt sich meine Arbeit nicht nur auf einen einzigen Wochentag. Ich wünsche Ihnen einen angenehmen Tag.«

»Ja, und Ihnen viel Spaß noch, Herr Vikar«, sagte Therry. Daniel runzelte die Stirn.

»Du brauchst ihn dir doch nicht gleich zum Feind zu machen. Ich dachte immer, ihr Journalisten verstündet euch perfekt auf Heuchelei.«

»Tun wir auch. In der Regel. Nur mir geht das leider ab. Ich bin dazu nicht in der Lage, beim besten Willen nicht. Außerdem warst du derjenige, der ›St. Peter's an der Kreuzung‹ vorgeschlagen hat.«

»Ich konnte einfach nicht widerstehen. Es ärgert mich, wenn die Leute glauben, sie könnten die Geschichte sozusagen aufpolieren.«

»Blöder Wichser! Ich meine den Vikar. Nicht dich!« Sie warf Daniel ein neckisches Kusshändchen zu und ging zur Tür. »Komm! Ich möchte noch ein bisschen mehr sehen, bevor es dunkel wird.«

Draußen sah es aus, als dämmere es bereits, obwohl die Mittagszeit gerade erst vorüber war. Eine dicke, schwarz-violette Wolke hing über den aufgerissenen Feldern und dämpfte selbst das leuchtende Gelb der Bagger. Ohne ihre grelle Spielzeugfarbe wirkten sie beinahe bedrohlich. Daniel musste sich bewusst ins Gedächtnis rufen, dass es sich nur um Maschinen handelte, die im Dienste ihrer Besitzer Arbeit verrichteten. Wie segensreich – oder nicht – diese Arbeit auch sein mochte. Er warf einen prüfenden Blick in den düsteren Himmel. Es sah nach Regen aus. Um eine sichere Prognose handelte es sich dabei allerdings nicht. Die Unberechenbarkeit des englischen Wetters frustrierte ihn immer wieder.

Daniel ging ein paar Schritte den schmalen Pfad entlang, der sich zwischen den Grabsteinen des gut gepflegten kleinen Friedhofs hindurchschlängelte. Therry sah ihm nach und wippte ungeduldig auf einem Fuß; von Zeit zu Zeit blickte sie prüfend in den dräuenden Himmel. »Was machst du da?«, rief sie ihm nach.

»Ich halte Ausschau nach Überresten.«

»Wie bitte?« Im Handumdrehen war sie an seiner Seite. »Im Ernst?«

»Natürlich nicht nach menschlichen. Überall hier ...«, er machte eine Armbewegung, die nicht nur den Kirchhof, sondern auch das angrenzende Feld einschloss, das noch nicht ganz von den Baggern zerwühlt worden war, »... gibt es Spuren mittelalterlicher Bauten.«

»Darüber habe ich auch schon nachgedacht. Schließlich hast du erzählt, dass früher mal ein Dorf um die Kirche herum gestanden hat. Und dass alle weggezogen sind. Wenn sie schon so versessen darauf waren, abzuhauen, werden sie wohl kaum alles mitgenommen haben, oder? Schließlich konnte man damals nicht ganze Häuser auf einen LKW verladen und mitnehmen.«

»Nein.« Bei der Vorstellung musste Daniel unwillkürlich lächeln. Einmal hatte er in Texas einen ganzen Convoy mit Häusern gesehen. Sechs oder sieben Tieflader, die eine komplette kleine Gemeinde transportiert hatten. »Nein, du hast schon Recht. Obwohl die Häuser meistens aus Holz waren. Leider ist genau das auch der Grund, warum es nur so wenig Spuren gibt. Aber erinnere dich, die Leute sind nicht einfach so weggezogen.«

»Nicht? Ich dachte ...«

»Sie sind gestorben! Das neue Dorf da hinten wurde von einer Hand voll Überlebender gegründet, zu denen vermutlich Leute stießen, die aus anderen sterbenden Gemeinden geflüchtet waren. Es hat oft Jahrzehnte gedauert, ehe sich Dörfer wieder richtig erholt hatten; manchmal fast ein Jahrhundert.«

»Und wonach suchst du dann genau?«

»Nach Kammlinien. Und Furchen. Ich bin kein Archäologe, aber meistens hinterlassen nur die Fundamente größerer Gebäude Spuren – sofern es welche gegeben hat. Die Holzhäuser sind mit Sicherheit zerfallen. Es muss jedoch auch ein paar größere Bauten gegeben haben. Ein Gemeindehaus zum Beispiel. Oder einen Kornspeicher. Auf jeden Fall sollten wir nach geraden Linien im Gras Ausschau halten.«

»Meinst du so etwas wie da drüben?«

Daniel blickte in die Richtung, in die sie wies, jenseits einer ziemlich alt aussehenden Eibe und genau neben der niedrigen Steinmauer, die den Friedhof begrenzte. Da war eine sehr gerade, fast fünf Meter lange Linie. Das Gras dort sah aus, als bedecke es einen umgestürzten Baumstamm.

»Komm. Das müssen wir untersuchen.«

Aus der Nähe besehen, war die Linie längst nicht mehr so eindeutig zu erkennen. So wird es uns eines Tages allen ergehen, dachte Daniel. Am Ende hinterlassen wir kaum Spuren.

»Wie mag es hier ausgesehen haben? Damals, meine ich«, fragte Therry. »Ob die Straße an der gleichen Stelle verlief?«

»Die Straße? Wohl kaum.« Daniel strengte seine Fantasie an. Wie mochte es hier ausgesehen haben, damals, in jenem schicksalhaften Frühling des Jahres 1348, als noch niemand die bevorstehenden Schrecken vorausahnen konnte? »Wahrscheinlich hatten sie gar keine Straße im engeren Sinn. Vermutlich hat es in der ganzen Gegend keine mehr gegeben, seit die Römer ein Jahrtausend zuvor das Land verließen. Leute, die vom ›Fortschritt‹ sprechen, haben in aller Regel ein kurzes Gedächtnis. Wahrscheinlich gab es eine Art Feldweg, von Menschenfüßen platt getreten. Und von Ochsenfuhrwerken. Deren Holzräder haben vermutlich tiefe Furchen in der feuchten, weichen Erde hinterlassen. Pferde dagegen wird es seltener gegeben haben, zumindest bei der Dorfbevölkerung. Sie waren ein Privileg des Adels. Vielleicht hatte der Dorfvogt eines.«

Therry erinnerte sich an die entsprechende Passage in Daniels Manuskript und versuchte sich vorzustellen, wie es an jenem Dezembertag vor mehr als sechs Jahrhunderten gewesen sein mochte, als der Vogt, der Steuereintreiber des Dorfes, der sich wahrscheinlich stets als über dem gewöhnlichen Volk stehend erachtet hatte, plötzlich würgend und hustend auf dem hart gefrorenen Boden zusammengebrochen und innerhalb eines Tages gestorben war.

Doch sie zwang sich, sich auf die Fakten zu konzentrieren. Immerhin war sie Journalistin.

»Wie viele Menschen sind hier gestorben? Gibt es eine einigermaßen sichere Angabe?«

»Mehr oder weniger. Über das einfache Volk wurden keine genauen Aufzeichnungen gemacht. Die meisten Angaben über die Anzahl von Pesttoten beruhen auf Schätzungen, die Priester oder örtliche Beamte bei Amtswechseln vornahmen.«

»Wie der Vogt?«, fragte Therry, nicht zuletzt, um gleich die neueste Bereicherung ihres Wortschatzes zu demonstrieren.

»Genau. Wie auch immer: Das meiste sind, wie gesagt, Schätzwerte. Hinzu kommt, dass wir eine ungefähre Vorstellung davon haben, wie viele Menschen ein Acker ernähren konnte. Und dass aus dem frühen Mittelalter eine ziemlich genaue Aufzeichnung über die Landverteilung existiert: das ›Domesday Book‹.«

»Ich habe mich immer schon gefragt, warum ein Reichsgrundbuch so heißt. Das war vor der Pest, richtig? In der Zeit von Wilhelm dem Eroberer, wenn ich mich nicht irre.«

»Fast richtig. Genau genommen, wurde es etwa um 1086 für seinen Sohn William Rufus erstellt. Damit datiert es aber immer noch ungefähr zweihundertsechzig Jahre vor der Epidemie. Nein, der Name, das ›Buch des Jüngsten Gerichts‹, hat nichts mit der Pest zu tun. Es war so etwas wie ein Scherz: Die Leute glaubten damals, in dem Buch sei so viel Information enthalten, dass sogar Gott es am Tag des Jüngsten Gerichts würde benutzen können. Daher der Name, auch wenn er dem Buch wahrscheinlich erst sehr viel später gegeben wurde.«

»Wie beim schwarzen Tod.«

»Richtig.«

»Das heißt mit anderen Worten, es gibt keine Möglichkeit, die Aufzeichnungen von Father Gray anhand gesicherter historischer Erkenntnisse zu überprüfen.«

»Nein. Aber das ist auch gar nicht nötig.« Daniel hätte eine solche Frage vielleicht von einem anderen Historiker erwartet, nicht aber von einer Lohnschreiberin aus der Provinz. »Warum hätte er lügen sollen? Außerdem stimmt im Prinzip alles, was er schreibt, mit dem überein, was wir an gesicherten Angaben über den Epidemieverlauf in Dörfern wie diesem hier haben. Aufgrund der Daten aus dem ›Domesday Book‹ und dem geschätzten Bevölkerungszuwachs zwischen dem 11. und dem 14. Jahrhundert können wir davon ausgehen, dass ein Dorf wie Nether Ditchford ungefähr hundertfünfzig Einwohner gehabt haben dürfte.«

»Und die sind fast alle gestorben. Von jetzt auf gleich? Das ist nicht einfach nur so eine Geschichte! Das ist alles wirklich passiert. Genau hier!«

»Genau darum geht es der Geschichtsforschung im Grunde. Unsere Vergangenheit ist nicht tot, nicht bloß eine Geschichte in irgendeinem Buch. Ich hätte gedacht, dass eine Journalistin das eher verstehen würde.«

Therry überhörte den Kommentar geflissentlich und zog sich die Jacke enger um die Schultern. Alleine der Gedanke an all die Pestopfer jagte ihr einen Schauder den Rücken hinunter. Ohne ein weiteres Wort zu verlieren, ging sie zur sorgfältig in Stand gehaltenen Kirchhofsmauer und blickte auf die dunklen Schatten auf der anderen Seite. Für einen zufälligen Beobachter sahen sie einfach wie kleine Grashügel aus; vielleicht aber war einer davon vor langer Zeit das Zuhause von Matthew dem Fuhrmann, seinen strammen Söhnen und seines Babys gewesen. Oder das des alten Ned. Oder der verrückten May. Irgendwo hier unter dem Gras lagen die Knochen, die von ihnen übrig geblieben waren. Ob die Wiese das Feld des Kesselflickers gewesen war?

Oder hatte es auf der anderen Straßenseite gelegen, wo die gelben Bulldozer und Bagger standen? Therry stellte sich die unerbittlichen Eisenzähne vor, die sich tief in die Erde gruben und sie aushoben – und mit ihr die pulverisierten Knochen der kleinen Annie, vielleicht noch immer eingehüllt in die längst verrotteten Fasern des Altartuchs.

Kapitel Siebzehn

Zugstrecke von London nach Oxford; Sonntag, 21. Dezember, 11:40 Uhr

Vor seinem inneren Auge kann er sie noch immer klar und deutlich sehen. Es läuft ab wie ein Film, sein ganz privates Kino, während ein eisiger, englischer Regen die Zugfenster peitscht. Aber er selbst ist weit weg. An einem anderen Ort. In einer anderen Zeit.

Die Kinder laufen. Einen Hügel hinab. Im strahlenden Sonnenschein. Durch hohes Gras und wilden Koriander, der mit seinem Duft die Luft schwängert. Er sieht ihnen beim Laufen zu. Denkt, während er zusieht. Düstere Gedanken.

Am Ufer des kleinen Bächleins, das klar und frisch durch die Wiese plätschert, bleibt das älteste (oder zumindest das größte) Kind plötzlich stehen. Es ist ein großes, schlankes Mädchen von zwölf oder dreizehn Jahren, mit langen Beinen und glattem, schwarzem Haar, das in der Sonne glänzt. Einer der kleineren Jungen kann nicht mehr bremsen und platscht direkt neben ihr ins Wasser. Sie lacht. Es ist ein hohes, helles Lachen. Ein Lachen wie Glasmurmeln, die in einem Sack geschüttelt werden. Der kleine Junge schimpft, weil sie ihn hereingelegt und seinen Stolz verletzt hat. Er bespritzt sie mit Wasser. Da quietscht sie auf. Es ist ein entzückendes Quietschen, eine Mischung aus mädchenhaftem Unmut und gespieltem Erschrecken. Ein Quietschen, das ihn selbst jetzt noch ungemein an das Quieken eines Schweines erinnert, dem man die Kehle durchschneidet.

Diese abstoßende Ähnlichkeit bleibt den Kindern verborgen. Sie lachen jetzt alle. Platschen mit den Füßen im Bach herum. Stoßen fröhliche Schreie aus, wenn das kühle Wasser ihnen auf die sonnengebräunten Arme und Beinen spritzt. Für einen Moment – *diesen besonderen Moment* – ist ihre Welt perfekt. Eine Seifenblase voller Glückseligkeit, die in der Sonne funkelt. Die aber nichts mit der wirklichen Welt zu tun hat. Der Welt, in der sie leben. Besonders nicht mit ihrer eigenen, kleinen Welt.

Während er den Kindern zusieht, seufzt er tief und schüttelt den Kopf. Dann dreht er den Zündschlüssel des Toyota Landcruiser. Das Aufheulen des Motors stört die Kinder kurz in ihrem Spiel. Sie schauen sich um, um zu sehen, woher der Lärm kommt. Als sie ihn oben auf dem Hügelrücken entdecken, winken sie. Fröhlich. Beinahe winkt er zurück.

»Ihr Unschuldigen«, murmelt er vor sich hin. »Selig sind die Unschuldigen.« Instinktiv bekreuzigt er sich. Seine Erziehung war streng katholisch. So kommt es, dass Harald Hammersteins dunkle, korrumpierte Seele eine religiöse

Seite hat. Und dann, ganz so, wie jeder strenggläubige Katholik seine Lebensführung mit der Kirchenlehre in Übereinstimmung zu bringen sucht, tröstet er sich mit der Idee von der Erbsünde. Sind wir nicht alle Sünder?

In diesem Augenblick dringt ein anderes Quietschen in seine Gedanken. Ein lautes, metallisches, ohrenbetäubendes Kreischen. Das schrille Kreischen abgenutzter Bremsen und stählerner Radreifen, die auf Schienen aus Eisen langsam zum Stehen kommen. Mit einem Ruck schreckt er aus seinen Tagträumen hoch, setzt sich auf und öffnet die Augen. Er ist in Oxford angekommen.

Kapitel Achtzehn

Nether Ditchford, Neubaugebiet, Oxfordshire;
Sonntag, 21. Dezember, 13:15 Uhr

Die dreieckigen Flaggen, lang und schmal, flatterten an ihren Fahnenstangen wie die Kriegsbanner einer Armee. Oder einer dieser kleinen Laientruppen, die historische Schlachtszenen nachstellen, dachte Daniel. Er stellte sich grinsend vor, wie die Mitglieder der Gruppe ihre Kettenhemden aus Lycra ablegten und vor dem Regen in ihre Wohncontainer flüchteten.

Ein roter Honda Civic stand auf der Kiesspur, die von der Schotterstraße durch ein zerwühltes Feld führte. Die gefrorene Erde taute unter dem jetzt stetig herabströmenden Regen schnell auf und verwandelte alles in einen matschigen Sumpf. Ein großes Schild verkündete den Schlachtruf der Invasoren: »Hier baut Riggs-Mill für Sie. NEUE EIGENHEIME für ein NEUES JAHRTAUSEND.« Als sei das alte Jahrtausend und mit ihm ein großer Teil der menschlichen Geschichte einfach in Vergessenheit geraten. Doch nichts ist schwerer, als sich der Arroganz des Neuen zu entziehen. Oder seiner Banalität. Das Logo aus den beiden verschlungenen Buchstaben ›R‹ und ›M‹ in Rot und Türkis, das auch die Flaggen zierte, erinnerte Daniel an die pompöse Dramatik eines altmodischen Filmvorspanns: »Cecil B. De Mille proudly presents: *Die Zehn Gebote*«. Er wies Therry darauf hin, und sie antwortete mit dem kurzen, bitteren Lachen, das er mittlerweile schon kannte.

»Genau. Und das erste Gebot lautet: Du sollst keinen Schindluder mit der Natur treiben.«

»Okay«, meinte Daniel. Es war das Einzige, was ihm dazu einfiel. Und er lächelte. Weil er wollte, dass sie zurücklächelte. Sie tat es.

Therry stieß die Tür zum Container auf und drängte sich und Daniel hinein. Mit einem Mal hatten sie Wind und Regen und düster dräuende Wolken hinter sich gelassen und standen nun in einer hell erleuchteten, seltsam behaglich anmutenden Welt, die von einer Frau in einem grünen Kostüm bewohnt wurde. Ihr platinblondes Haar war streichholzkurz geschnitten, und sie trug die Art minimalistischer Brille, die Therry bisher nur in Werbespots für finnische Handys gesehen hatte.

»Hi«, verkündete sie, »ich heiße Melissa. Kann ich Ihnen weiterhelfen?« Dabei lächelte sie, als gäbe es nichts auf der Welt, was sie nicht tun könnte. Zum wiederholten Male überlegte Daniel, woher es kam, dass die eine Hälfte der Engländer jede Eigenart der Amerikaner so verachtete, während die andere Hälfte geradezu besessen davon schien, ausgerechnet deren schlimmste Auswüchse zu übernehmen.

»Wir interessieren uns für die Häuser, die Sie bauen«, sagte Therry.

»Eigenheime«, korrigierte die Dame und kam hinter ihrem Schreibtisch hervor. »Wir legen großen Wert darauf: Ein Haus von Riggs-Mill ist ein Heim vom Augenblick der Grundsteinlegung an. Und erst recht an dem Tag, an dem eine glückliche Familie es zum ersten Mal betritt.«

Therry fühlte sich versucht, zu sagen: ›Grundstein? Sie meinen wohl Leichtbaustein‹, hielt sich aber zurück. Sie war neugierig darauf, was Melissa sonst noch an eingeübtem Text abspulen würde.

»Ich kann Ihnen versichern«, fuhr Melissa fort, und es war deutlich zu hören, wie sie sich zusehends für ihr Thema erwärmte, »dass hier eine echte Dorfgemeinschaft des 21. Jahrhunderts entsteht, in Eigenheimen, die samt und sonders modernsten Komfort bieten, sich jedoch harmonisch in eine gewachsene Gemeinde mit alter Tradition einfügen, die Jahrhunderte zurückreicht.«

Daniel hätte brennend interessiert, wie viel Melissa wirklich von der Geschichte Nether Ditchfords wusste.

»Nett«, meinte Therry.

Das Lächeln der Verkäuferin erstarrte für den Bruchteil einer Sekunde. Nun muss sie sich wohl entscheiden, wen von uns beiden sie ansprechen soll, um ihr Geschäft unter Dach und Fach zu bringen, dachte Therry.

»Wann werden die ersten Häuser in etwa bezugsfertig sein?«

Daniels Akzent entschied die Sache. Melissa wandte ihm ihre gesamte Aufmerksamkeit zu.

»Gegen Ende des Sommers, Sir. Hätten Sie etwas dagegen, mir Ihre Vornamen zu verraten?« Sie strahlte Daniel an und bedachte Therry mit einem flehenden Lächeln. »Wir von Riggs-Mill bemühen uns um ein freundschaftliches Verhältnis zu unseren Kunden.«

»Ich heiße Da...«

»Jeff«, unterbrach Therry. »Jeff und Mandy.« Den Namen Mandy hatte sie immer schon abscheulich gefunden. Um dem Ganzen noch größere Glaubwürdigkeit zu verleihen, fügte sie hinzu: »Jeff und Mandy Somerville. Wir haben gerade geheiratet.« Sie bemühte sich redlich, Daniels bohrendem Blick auszuweichen. Stattdessen nahm sie seine Hand und drückte sie fest. »Er hat sich noch immer nicht so richtig daran gewöhnt. Nicht wahr, Liebster?«

»Wie schön!« Melissa war ganz in ihrem Element. »Sie hätten sich keinen besseren Ort aussuchen können, um eine Familie zu gründen. In einem für das neue Jahrtausend konzipierten Eigenheim. Hier in Lodestone Hollow.«

»Wo?«

»Lodestone Hollow. So wird die neue Gemeinde ...« Therry fiel auf, dass Melissa bewusst die Worte ›Siedlung‹ und ›Neubaugebiet‹ vermied, »... in Zukunft heißen.«

»Aber warum?«, wollte Therry wissen, der sich der Zusammenhang zu ›Magneteisenstein‹ überhaupt nicht aufdrängen wollte. Sie hätte sich keine Sorgen zu machen brauchen. Melissa lieferte umgehend eine Erklärung:

»Schön, dass Sie fragen.« Die Antwort war offensichtlich gründlich einstudiert. »Früher wurde hier in der Umgebung viel Erz, auch Magnetit gefunden. Und Magnetit war unerlässlich für die Astrologie. Magneteisensteine wiesen den Weg zu den Sternen. Wir hoffen nun, dass junge Familien wie Sie ...« Melissa errötete bühnenreif und lächelte, »... mit uns ihren Weg zu den Sternen finden.«

Therry lächelte zurück. Du kannst deinem Glücksstern danken, dass ich dir nicht den Schädel einschlage, du blöde Kuh. Wie wäre es mit ›Schwarzer-Tod-Siedlung‹ oder ›Beulen-Pest-Park‹? Wieder drückte sie beruhigend ›Jeffs‹ Hand. »Ist das nicht herrlich romantisch?«

Verwirrt irrte Daniels Blick zwischen den beiden strahlenden Engländerinnen hin und her.

»Wenn Sie möchten, zeige ich Ihnen gern, wie es eines Tages aussehen wird.« Schon griff Melissa in eine Schublade ihres Schreibtischs und zog einen Hochglanzprospekt hervor. »Wahrscheinlich erkennen Sie sofort den hohen Standard, bis hin zur Innenausstattung. Wir von Riggs-Mill sind stolz darauf, nur bestes Material zu verwenden. Leider spielt heute das Wetter nicht so recht mit, aber Sie haben sicher Fantasie.«

Daniel benutzte die seine und sah nun, was Therry die ganze Zeit gemeint hatte: Ja, hier war es, ein weiteres Beispiel für das organisch gewachsene, oft schon geschändete Vermächtnis zahlreicher Jahrhunderte, zugekleistert mit einer sterilen Bausubstanz, die weder Stadt noch Dorf war.

Eine halbe Stunde später entkamen Daniel und Therry aus dem anheimelnd erleuchteten Kokon des Riggs-Mill-Containers in die Kälte und den Matsch einer Landschaft, in die die Farbe Grün erst wieder in Form ordentlich getrimmter und manikürter Rasenflächen zurückkehren würde. Ihre Gesichter waren wie erstarrt vom angestrengten Lächeln. Sie hatten sich von der überschwänglichen Melissa mit dem Versprechen verabschiedet, sich so bald wie möglich wieder zu melden. Nur ein einziger Wermutstropfen hatte Melissas Hochgefühl getrübt: Keiner der beiden hatte ihr eine Adresse hinterlassen. »Im Augenblick sind wir mal hier, mal dort«, hatte Therry ihre hartnäckigen Fragen pariert, ihr dann aber doch in einem unbedachten Moment die Telefonnummer des Nachrichtenraums der *Oxford Post* gegeben.

»Hoffentlich ruft sie da nicht so bald an. Ich kann mir schon lebhaft Henrys Gemeinheiten vorstellen, wenn er erfährt, dass mein ›Gatte‹ und ich nach einem ›Eigenheim‹ suchen. Und dann auch noch ausgerechnet eine der Bruchbuden von Riggs-Mill.«

»So schlimm waren sie doch gar nicht.« Daniel spielte den *advocatus diaboli*. Irgendwie hatten die geplanten Häuser einen merkwürdig amerikanischen Charakter.

»Du meine Güte, das sind doch keine Häuser! Das sind bestenfalls Verpackungen für Menschen.«

»Okay«, antwortete er.

Daniel stieg in den Range Rover. Therry schwang sich auf den Fahrersitz und erweckte das mürrische Walross unter der Motorhaube zum Leben. »Jetzt brauche ich einen Drink«, meinte sie.

Zwei Minuten später entdeckten sie zwischen schulterhohen Hecken, die nur darauf warteten, einer ordentlich gepflasterten Straße mit Beleuchtung zu weichen, die Umrisse einiger alter Landhäuser. Bei anderem Licht hätte der Cotswold-Stein einen honigfarbenen Schimmer gehabt. Heute war er einfach nur grau. Im Innern der Häuser brannte kein Licht. Wie mochte es hier ausgesehen haben, als die Häuser gebaut wurden, überlegte Daniel, damals, vermutlich im 17. Jahrhundert? Zur Zeit des Bürgerkriegs, als Cromwell Protektor der Vereinigten Republiken von England, Schottland und Irland war, galt England als das demokratischste Land Europas; allerdings auch als das armseligste. Und dreihundert Jahre früher? Sich das auszumalen, überstieg auch Daniels Fantasie.

»Wir sind da.«

Ein Wirtshausschild schaukelte leise im strömenden Regen. Es war bemalt – und zwar miserabel, wie Daniel auch bei äußerst wohlwollender Betrachtung feststellen musste – mit einer Art puschelschwänziger Ratte, die zwei Hunde-Karikaturen angrinste. Das Schild signalisierte, dass sie soeben das *Fox and Hounds* erreicht hatten. Therry lenkte den Range Rover durch ein Tor in einen kleinen, ummauerten Hof, der als Parkplatz diente und wo bereits fünf, sechs Autos abgestellt waren. Vermutlich gab es hier einen warmen Mittagstisch. Plötzlich fiel Daniel auf, dass er riesigen Hunger hatte. Er sah auf die Uhr. Viertel nach zwei. Bestimmt zu spät. Seinen Erfahrungen mit englischen Land-Pubs zufolge, war die Küche sicher schon längst geschlossen. Vermutlich blieb ihnen nichts anderes übrig, als sich eine Tüte salziger Kartoffelchips zu teilen. Oder – schlimmer noch – diese knubbeligen, harten Teile aus geballtem Cholesterin, die man hier als Speckkrusten verkaufte.

Das Innere des Pubs mit seinen dunklen Deckenbalken und einem riesigen Kamin, in dem dicke Holzscheite langsam verglühten, war netter, als Daniel erwartet hatte. Ein paar Männer unterhielten sich lautstark an der auf Hochglanz polierten, mit Kupfer beschlagenen Theke. Als Therry und Daniel eintraten, drehten sie sich zwar kurz um, wandten sich aber sofort wieder ihrem Gespräch zu und vermieden die von Daniel gefürchtete, oft beängstigende Stille, die Ortsfremde nur allzu oft in englischen Landgasthäusern zu begrüßen pflegte. An den Tischen in der Mitte des Lokals beendeten gerade zwei Familien ihr Mittagessen. Zu der einen Familie gehörte ein Kind von etwa drei Jahren, das in seinem Stuhl herumhampelte, das Gesicht über und über mit Sauce verschmiert. Der Wirt, ein dicker Mensch mit rotem Gesicht und einem beeindruckenden, fast viktorianisch anmutenden Backenbart, sah Daniel und Therry hereinkommen und blickte sofort auf seine Uhr.

»Sie möchten nicht mehr essen, oder?«

Daniel schüttelte den Kopf. Dabei versteckte er seine Enttäuschung schicksalsergeben hinter einem Lächeln.

»Also, ehrlich gesagt«, meinte Therry, »könnte ich schon ein Sandwich vertragen! Natürlich nur, wenn es Ihnen keine Unannehmlichkeiten bereitet.«

Der Wirt strahlte sie an. »Nun, ich denke, Mary könnte da noch etwas organisieren. Was hätten Sie denn gern, Miss? Salat? Käse? Oder vielleicht Schinken? Ich habe wirklich guten *Gloucester Old Spot* da. Selbst eingepökelt. Außer natürlich Sie sind Vegetarierin.«

»Sehr unwahrscheinlich! *Old Spot* klingt gut! Und mit Senf bitte!«

»Kein Problem, Miss! Und ...?« Er warf einen Blick in Daniels Richtung, als wolle er sich darüber klar werden, ob Therry zu der Sorte Frauen gehörte, denen das leibliche Wohl ihrer männlichen Begleiter am Herzen lag. Daniel nickte stumm.

»Also zwei Gloucester-Sandwichs.« Er verschwand in einem Durchgang, vermutlich um Mary dazu zu bewegen, Gnade vor Recht ergehen zu lassen.

»Und was trinkst du?« Therry sah Daniel fragend an, als der Wirt zurückkam.

»Wie? O, ein *Hook Norton,* bitte.« Entzückt registrierte

er den Namen eines der besten Biere aus Oxfordshire auf den Zapfhähnen an den Fässern.

»Gut. Ein *Hook Norton*. Und für mich bitte ein *Foster's*.« (Therry war ein Lagerbier-Fan. Das hatte sie ihm am Vorabend im *King's Arms* gestanden. ›Ein bisschen laff, ich weiß, aber ich mag's spritzig. Außerdem müsste das ja auch euch Amerikanern schmecken. Wir sind schon ein komisches Paar, findest du nicht?‹ Er hatte wohl oder übel zustimmen müssen und sich dabei gefragt, ob sie mit dem Wort ›Paar‹ wohl etwas andeuten wollte.)

»Sie sind auf der Durchreise?«, fragte der Wirt, während er das Bier zapfte.

»Wir haben uns das Baugrundstück für die neuen Häuser angesehen.«

»Ach, die. Verstehe.«

»Scheint Ihnen nicht zu gefallen.«

»Nicht besonders. Aber das geht mich vermutlich nichts an. Möchten Sie dort hinziehen?«

»Auf keinen Fall.« Überrascht registrierte Daniel Therrys unverblümte Antwort. »Ehrlich gesagt, finde ich die Häuser schrecklich. Aber mich würde interessieren, wie die Leute hier im Dorf darüber denken.«

Der dicke Mann hinter der Bar warf seinen anderen Gästen einen Blick zu. »Dann fragen Sie sie doch. Warum erzählst du es ihr nicht, Harry?«

Ein eher kleiner, ziemlich blasser Mann drehte sich auf seinem Barhocker herum und starrte den Wirt an.

»Willst du mich auf die Palme bringen, Frank? Du weißt sehr genau, wie ich drüber denke! Meiner Meinung nach schadet das nichts und niemandem! Und wenn's in diesem Dorf Leute gibt, die dagegen sind, dann behaupte ich, die sind verrückt! Schlimmer noch: Die sind niederträchtig und verrückt. Neidisch, das seid ihr! Nix weiter. Dabei würd jeder von euch dasselbe tun. Vielen Dank auch, Kumpel.«

Er kippte den letzten Rest Bier hinunter, schob seinen Hocker zurück, griff nach einer Jeansjacke, die am Haken an der Tür zum Hof hing und stürmte hinaus auf den Parkplatz.

»Hab ich was Falsches gesagt?« Therry sah den Wirt an und sah ihn verschlagen grinsen.

»Keine Sorge, Miss.« Ein hochgewachsener Mann in karierter Sportjacke, der sich zuvor mit Harry unterhalten hatte, stellte sein Glas auf der Theke ab und wandte sich an den Wirt. »Ich finde, bist ein bisschen zu weit gegangen, Frank. Du weißt doch, wie er reagiert.«

»Schon möglich. Aber er musste einfach mal einen auf die Mütze kriegen. Du weißt sehr genau, wie die Leute hier über die verflixten Häuser denken.«

»Ist er denn dafür?« Therry blickte fragend in die Gesichter beiderseits der Bar. Es hatte nicht in ihrer Absicht gelegen, einen Streit heraufzubeschwören, aber ein handfester Krach in der Dorfgemeinschaft wäre ein gefundenes Fressen für die *Post*.

»Könnte man so sagen.«

»Natürlich ist er das. Sehen Sie, Miss«, sagte der Mann in der karierten Jacke, »es ist sein Land, auf dem jetzt gebaut wird! Er hat ein ordentliches Sümmchen dabei herausgeschlagen, unser Harry. Und so, wie es aussieht, kommt noch mal was dabei rum. Wenn die nächste Phase anläuft.« Er wandte sich an Frank auf der anderen Seite der Bar: »Er möchte denen, wenn's irgend geht, auch noch Lone Meadow verkaufen. Und es scheint zu funktionieren. Sie kaufen, was sie können, jetzt, wo der Plan vorankommt, die beiden Dörfer zu verbinden.«

»O ja. Milton hier und Scheiß-Keynes da, so wird's an jeder Ecke heißen. Kreisverkehre und Einbahnstraßen. Wordsworth-Weg und Coleridge-Kornmarkt und all so'n Scheiß, wo Börsenmakler und solche Leute wohnen. Samt ihren Hooligan-Kindern.«

»Vielleicht. Vielleicht. Du weißt, wie ich dazu stehe. Bin ganz deiner Meinung. Aber Harry hat 'ne Menge Geld dabei gemacht. Und das ist 'ne ziemliche Versuchung. Wär's für jeden. Klarer Fall.«

»Wie viel kriegt er denn dafür?«, fragte Daniel und beteiligte sich damit zum ersten Mal am Gespräch.

»Wie viel? Was meinst du, Frank? Es waren ungefähr zehn Morgen. Ich hab gehört, er hat letztes Jahr ungefähr 50.000 Pfund pro Morgen bekommen. Das macht fast 'ne halbe Million.«

»Jawohl. Und voll machen kann er selbige, wenn er die Meadow auch noch verscheuert. Vermutlich ist die jetzt noch 'nen ganzen Batzen mehr wert. Damit müsste Harry dann 'ne gute halbe Million schwer sein, vielleicht sogar 'ne Million, wenn er den Deal durchkriegt. Und zwar Pfund, wohlgemerkt!«

Daniel registrierte die Bemerkung als Hinweis darauf, dass sein Akzent erkannt worden war. Er pfiff leise durch die Zähne. Wie viel war das in Dollar? Anderthalb Millionen. O ja, er konnte sich schon vorstellen, dass Harry nichts gegen das Bauvorhaben hatte. Und dass der ein oder andere Dorfbewohner sich tatsächlich der Todsünde des Neides schuldig gemacht hatte.

»Und was kann er sich dafür kaufen? Glück vielleicht?« Ein dritter Mann, etwas älteren Semesters, mit flacher Tweedkappe und schmuddeliger Wachsjacke, mischte sich in das Gespräch ein.

»Auf jeden Fall nicht das Recht, sich in meinem Pub daneben zu benehmen«, erwiderte Frank.

Daniel fragte sich, ob er wirklich der Einzige war, der Harrys heftige Reaktion nicht für den Auslöser des Streites hielt, der das Dorf offensichtlich beschäftigte.

»Darauf pfeift er ja vielleicht, Frank. Er könnte dich doch einfach aufkaufen, und raus bist du, denk dran«, sagte der große Mann.

»Aufkaufen? Nur über meine Leiche!«

»Wer weiß, Frank, wer weiß!«

Therry wechselte das Thema. »Gibt es viel Kontakt zwischen den Leuten aus dem Dorf und den Bauarbeitern?«

»Denen aus dem Neubaugebiet?« Frank lehnte sich über den Tresen und schien ernsthaft über die Frage nachzudenken. Therry nickte. »Nicht besonders. Eigentlich nicht. Oder, was würdest du sagen, Ted?«

Ted, der Mann in der Sportjacke, schüttelte den Kopf.

»Der ein oder andere geht von Zeit zu Zeit mal einkaufen. Ein Päckchen Kippen oder die *Sun*. Hier kommen sie nicht hin, aber ich hab ja auch den Aufkleber da. An der Tür ist auch einer.« Er deutete mit dem Kopf auf einen der Balken. Therry las: »Bitte keine Arbeitskleidung und keine schmutzigen Schuhe in der Bar.«

»Ich hab's nicht eigens ihretwegen aufgehängt, aber ich wollt sie auch nicht ermutigen. Und es hat auch nix mit den neuen Häusern zu tun, obwohl die mir auch nicht passen, das kann ich Ihnen verraten. Eigentlich macht's mir auch nix aus, wenn Wanderer mit schmutzigen Wanderstiefeln kommen, wenn sie sich die Schuhe ordentlich abtreten. Auf dem Land ist das eben so. Aber ich wollt einfach nicht, dass mein Pub zu 'ner Arbeiterkneipe verkommt. Jedenfalls nicht, wenn's nicht sein muss.«

»Kennen Sie vielleicht einen gewissen Charlie Atkins?«

Einträchtiges Köpfeschütteln.

»Wer ist das?«

»Er hat auf der Baustelle gearbeitet. Aber jetzt ist er im Krankenhaus.«

»Ein Unfall?« Das klang eher nach Schadenfreude als nach Besorgnis. Wahrscheinlich hätte Frank sich nur dann Sorgen gemacht, wenn dieser Atkins sich auf dem Parkplatz des Pubs den Knöchel verstaucht und mit Schadenersatzklage gedroht hätte.

»Nicht ganz. Er ist ziemlich krank.«

»Das tut mir Leid. Ich mag's nicht, wenn's jemandem schlecht geht.«

»Es geht ihm schlechter als schlecht. Er hat die Beulenpest.« Therry ließ den Ausdruck ganz bewusst fallen, wie einen Stein in einen Goldfischteich. Sie wollte die Wellen sehen, die er schlug, und wissen, ob sich einer der Goldfische in Sicherheit brachte.

»Verdammte Kacke!«, sagte Frank. »Die Pest? Wie in der Bibel? Er hat doch hoffentlich niemanden hier angesteckt, oder? Ich dachte immer, die Krankheit wär schon seit ewigen Zeiten ausgerottet!«

»In manchen Ländern gibt es sie noch. Vermutlich hat er sie irgendwo im Nahen Osten aufgegabelt. Und es ist ziemlich unwahrscheinlich, dass er hier jemanden angesteckt hat. Angeblich war er seit seiner Rückkehr nur einen Tag lang auf der Baustelle.«

»Na, wenigstens etwas. Ich bin noch nie weiter weg als Spanien gewesen. Doch, letztes Jahr in Griechenland! Ach, der arme Kerl. Gott schütze uns!«

»Das haben sie letztes Mal auch gesagt.«

»Wie war das, Schätzchen?«

»Na, letztes Mal, als hier die Pest wütete. Damals nannten sie es den schwarzen Tod.«

Beinahe hätte Daniel laut aufgelacht. Therry hatte eindeutig eine Bombe platzen lassen wollen, und es war ihr mehr als gelungen. Die Männer an der Theke hingen geradezu an ihren Lippen. Frank starrte sie an.

»Ist das nicht ein bisschen melodramatisch, Miss?« Der ältere Mann in Tweedkappe und Wachsjacke warf ihr einen verschmitzten Blick zu. »Oder sind Sie etwa deswegen hergekommen?«

»Wovon redest du, Bob?« Frank war offenbar in lokaler Geschichte nicht besonders bewandert. Ganz anders als offensichtlich Bob.

»Sie waren unten in der Kirche. Der Range Rover hat heute Mittag dort geparkt. Sie haben sich dort ein wenig umgesehen, nicht wahr?«, fragte er, an Daniel gewandt. »Dort, wo das alte Dorf gewesen ist. *Nether* Ditchford, so hieß es doch. Aber das ist viele hundert Jahre her, Frank. War lange vor deiner Zeit.«

Die anderen lachten.

»Nun mal raus mit der Sprache!«, meinte Bob und konzentrierte seinen durchdringenden Blick nun ganz auf Daniel. »Sie wollen doch sicher keins von diesen neuen Häusern kaufen! Wofür interessieren Sie sich wirklich?«

Therry hielt die Zeit für gekommen, Farbe zu bekennen. »Ich bin eigentlich von der Zeitung. Von der *Oxford Post*.«

Kaum hatte sie es ausgesprochen, blickte sie nur noch in verschlossene Gesichter. Nur Bob bedachte sie mit einem – durchaus nicht unfreundlichen – Lächeln, das zu sagen schien: »Hab ich mir's doch gedacht!« Wie schon oft zuvor, fühlte Therry sich verpflichtet, sich näher zu erklären, um den Männern ihre Befangenheit wieder zu nehmen: »Keine Sorge, ich werde niemanden zitieren – es sei denn, Sie sind damit einverstanden! Ich bin noch nicht einmal hinter einer Story her. Ich fand einfach nur, dass es ein merkwürdiger Zufall ist. Und wegen der neuen Häuser hat es hier doch einigen Widerstand gegeben, oder?«

Doch es war zu spät. Sie spürte, dass sie zu weit gegangen war. Wie eigentlich jedes Mal. Noch nie war es ihr gelungen, sich das Vertrauen der Leute zu erschleichen, so wie die Reporter im Film und offenbar auch einige ihrer Kollegen bei der *Post*. Aber das waren auch alles Männer. Vielleicht ging so etwas nur unter Männern.

Die Männer an der Bar jedenfalls blickten Therry noch immer an und lächelten höflich. Doch es war ein unechtes Lächeln.

Und dann, völlig unerwartet, trat der Mann mit der Tweedkappe vor und nahm sie am Arm. »Sie haben völlig Recht. Wirklich. Manche Leute hier sind ein wenig schüchtern, wenn es um die Presse geht, aber ich werde mit Ihnen reden.« Er trat einen Schritt zurück und streckte die Hand aus. »Bob Thatcher. Und ich sage Ihnen gleich, dass ich mit *ihr* weder verwandt noch verschwägert bin. Nicht mehr als mit der Königin jedenfalls. Obwohl – wer weiß das schon? Vor sehr, sehr langer Zeit vielleicht ...«

Kapitel Neunzehn

Fox and Hounds, Upper Ditchford, Oxfordshire; Sonntag, 21. Dezember, 14:40 Uhr

»Warum setzen wir uns nicht rüber ans Feuer? Oder das, was davon übrig ist.« Ein fragender Blick in Richtung des Wirtes überzeugte Bob schnell, dass er vergeblich auf Holznachschub für den Kamin hoffte. »Sie erklären mir, was Sie wissen möchten, und ich versuche, Ihnen so gut wie möglich zu helfen. Allerdings fürchte ich, dass wir hier inzwischen auf verlorenem Posten kämpfen. Trotzdem hat es noch nie geschadet, wenn die Presse ein gutes Wort für einen einlegt, stimmt's?«

»O ja, da haben Sie Recht.« Therry lächelte. Ziemlich nervös, wie Daniel fand. Vielleicht war sie nicht an ein solch freundliches Entgegenkommen gewöhnt.

Sie setzten sich an einen runden Tisch neben dem Kamin. An dem dicken Eichenbalken über der Feuerstelle hingen alte Trensen und Steigbügel aus hochglanzpoliertem Messing; eben die übliche Dekoration in englischen Land-Pubs. Daniel ging die Frage nicht aus dem Kopf, wie es wohl hier ausgesehen haben mochte, damals, im 17. Jahrhundert, als das Haus gebaut worden war. Als der riesige Kamin die einzige Wärmequelle für das ganze Gebäude gewesen war. Anstelle der paar glimmenden Scheite hätte vermutlich ein ordentliches Feuer Funken versprüht und Rauch in alle Richtungen verteilt, die dicken Balken geschwärzt und die geröteten Gesichter der Menschen zum Glühen gebracht, die sich um den Kamin zusammendrängten. Die geröteten Gesichter, dachte er, waren wahrscheinlich gar nicht einmal so verschieden von denen der Männer, die sie jetzt über ihre Pints hinweg von der Theke her anstarrten.

Keiner der anderen hatte sich ihnen angeschlossen, als sei es ein gefährliches Unterfangen, von Bob in die Geheimnisse der Anti-Baulanderschließungs-Bewegung von Ditchford eingeführt zu werden. Vielleicht scheuten sie nur die Öffentlichkeit. Oder sie hatten das alles einfach schon viel zu oft gehört.

»Nach allem, was Sie erzählt haben, steht wohl noch nicht fest, wie viele Häuser genau gebaut werden sollen.«

»Sie werden so viele bauen, wie irgend möglich, denke ich.« Der Ton, in dem Bob dies sagte, kam Daniel wie eine Mischung aus Bitterkeit, Verärgerung, Zynismus und Resignation vor.

Therry zuckte die Schultern. Natürlich werden sie das, dachte sie; die Scheißkerle sind doch nur auf ihren Profit aus. Aber ich will, dass du das aussprichst. »Die Leute aus dem Dorf sind also nicht so sehr dafür?«, fragte sie.

Bob hob fragend die Augenbrauen. »Wofür?«

»Na, für die Häuser!«, mischte Daniel sich zu Therrys Überraschung ein. »Ich dachte eigentlich, dass man sich im Dorf über neuen Wohnraum freut. Wenn zum Beispiel die Kinder groß werden und sich eine eigene Wohnung suchen wollen, brauchen sie nicht so weit weg in die Stadt zu ziehen.«

Bob schnaubte laut. »Bullshit!«, entfuhr es ihm.

»Wie bitte?«

»Bullshit, habe ich gesagt. Und Ihre junge Lady hier« – Daniel überhörte das Possessivpronomen geflissentlich – »möge mir diesen Ausdruck verzeihen. Aber was die hier bauen, ist bestimmt nicht für die einheimische Bevölkerung gedacht. Häuser mit drei, vier oder sogar fünf Schlafzimmern, gehobene Luxusklasse mit Doppelgaragen. Gott allein weiß, was für vornehme Kundschaft die hier erwarten! Ha!« Er lachte über seinen eigenen Galgenhumor. »Für diese Vögel ist der Strick noch zu schade!

Hören Sie, es gibt da ein paar Dinge, die Sie wissen müssen. Zunächst einmal ziehen die jungen Leute sowieso weg. Manche, weil es hier zu wenig Arbeit gibt, die anderen, weil es einfach das Normalste auf der Welt ist, dass Kinder flügge werden und sich etwas Eigenes aufbauen wollen. Natürlich gibt es auch welche, vor allem Mädchen, die würden gern in der Gegend bleiben. Sie tun's aber nicht, weil der Wohnraum hier einfach zu teuer ist. Als wir das dem Planungskomitee vorgebracht haben, wissen Sie, was man uns da gesagt hat?«

Daniel und Therry schüttelten gleichzeitig den Kopf.

»Dass in den Bebauungsplänen tatsächlich preiswerte Wohnungen für Ortsansässige vorgesehen sind. Natürlich haben wir gefragt, wie viele. Glauben Sie, die hätten uns eine genaue Zahl genannt? Einen Scheiß haben die. Einen Prozentsatz haben sie rausgerückt. Dreizehn Prozent, um genau zu sein. Und wissen Sie, wie viele Wohnungen sie dann tatsächlich gebaut haben? Nicht eine einzige! Wissen Sie auch, warum? Weil da kein Geld mit zu verdienen ist! Jedenfalls nicht das große Geld, an dem die interessiert sind!

Ist Ihnen bekannt, wie viele Wohnungen die Regierung im nächsten Jahrzehnt oder so im Südwesten Englands zu bauen gedenkt?«

Therry nickte. Das wusste sie nur allzu gut. Daniel allerdings hatte nicht die geringste Vorstellung.

»Eine Million! Eine gottverdammte Million Wohnungen! Denken Sie mal drüber nach!«

Daniel dachte darüber nach. Er war sich nicht ganz sicher, worauf dieses ganze Gespräch eigentlich hinauslief.

»Wie viele Leute leben in einem Haus? Zwei? Drei? Vier? Also? Nach Adam Riese bedeutet das, dass die Bevölkerung von Südengland mindestens um zwei Millionen anwachsen muss.«

»Aber wenn die Bevölkerung schnell anwächst, braucht sie doch Wohnraum, oder?«, sagte Daniel und stellte überrascht fest, dass er schon wieder des Teufels Anwalt spielte.

»Aber sie wächst doch nicht, mein Junge! Kein bisschen! Nehmen Sie sich selbst als Beispiel. Ihr beide, habt ihr etwa Kinder?«

»Nein ... nein«, stammelte Daniel. Die Annahme, sie wären ein Paar, machte ihn ausgesprochen nervös. Er warf Therry einen schnellen Blick zu, aber sie schenkte ihm keine Beachtung. Sie hing förmlich an Bobs Lippen. »Wir sind nicht – äh ...«, fing er an.

Mit einer Handbewegung wischte Bob den Einwand einfach beiseite. »Ist doch egal. Viele Leute haben Kinder und sind nicht verheiratet. Das hat es immer gegeben. Aber darum geht's auch gar nicht. Wie alt sind Sie? Fünfundzwanzig, vielleicht dreißig, weiß ich nicht. Aber eines weiß ich: Vor dreißig Jahren hätten Sie in diesem Alter Kinder gehabt.«

Therry lächelte höflich.

»Sehen Sie sich die Leute doch mal an! Frauen machen Karriere – wohlgemerkt: Ich will gar nicht beurteilen, ob das richtig oder verkehrt ist –, und bevor sie dreißig oder sogar fünfunddreißig sind, denken sie doch gar nicht erst an Kinder. Und wie viele kriegen sie dann, in dem Alter? Eins! Höchstens zwei. Hab ich Recht? Überlegen Sie mal,

Miss! Wie viele von Ihren Freundinnen haben Kinder? Wie viele wollen welche? Und wie viele Leute kennen Sie, die heutzutage drei oder mehr Kinder haben?«

Therry hatte keine Ahnung, wo die Unterhaltung hinführen sollte, dennoch rechnete sie unwillkürlich nach. Da war Louise, die letztes Jahr abgetrieben hatte; aber das zählte wohl nicht. Komisch, jetzt, wo sie darüber nachdachte, fiel Therry nicht eine einzige Altersgenossin ein, die ein Kind hatte. Kinder gehörten in Peter Pans Nimmerland oder waren etwas für »irgendwann in der Zukunft«. Eine Zukunft, für die man in einem ewigen Heute keine Zeit fand. Was der alte Knabe da sagte, hatte Hand und Fuß, obwohl sie nicht verstehen konnte, was es mit ihrem Thema zu tun hatte. Auch in der Generation ihrer Mutter, seit den 60er Jahren, hatte es schon weniger kinderreiche Familien gegeben als in der Generation davor. Eine Folge der Pille.

»Ich verstehe den Zusammenhang nicht ...«, tastete sich Daniel vor. Aber Bob ignorierte ihn einfach.

»Der Punkt ist doch, dass die Bevölkerung nicht wächst, sondern schrumpft, herrgottnochmal! Wir reproduzieren nicht mal mehr uns selbst. Nicht unbedingt eine nationale Katastrophe, wohlgemerkt. Auf Dauer vielleicht sogar 'ne ganz gute Sache. Es gibt sowieso zu viele Menschen auf der Welt. Vor allen Dingen aber brauchen wir keine neuen Häuser, die unsere sowieso schon rar gewordene unberührte Natur verschandeln, wenn nicht genügend Leute da sind ...«

»Aber das ist wohl doch der Fall«, sagte Daniel. »Ich meine, die frisieren doch die Zahlen nicht, oder?«

»Nicht? Dann erzählen Sie mir doch mal, wo diese Leute alle herkommen sollen? Hier geboren sind sie jedenfalls nicht.«

Hoppla, dachte Daniel, darum geht's also! Jeden Augenblick wird Bob uns sein Leid klagen und alles Elend Englands den Immigranten in die Schuhe schieben.

Doch er irrte sich. »Sie kommen nämlich aus dem Norden.« Dabei äffte Bob den Akzent der Nordengländer nach. »Gibt keine Arbeit da oben. Noch schlimmer als hier. Die mit der besseren Ausbildung, dem höheren Abschluss oder so, kommen hier runter, kriegen einen Job in Oxford oder Banbury in einem von diesen High-Tech-Läden, die Computerzubehör oder Handys herstellen ...« Verlegen steckte Therry ihr Motorola-Handy ein, das auf dem Tisch gelegen hatte.

»... und dann kaufen sie ein Luxuseigenheim, fahren in ihren dicken Autos durch die Gegend, verstopfen die Straßen, machen Eingaben wegen Bürgersteigen und Straßenbeleuchtung, beklagen sich über Pferdeäpfel und Kirchenglocken, und im Handumdrehen ist aus dem Dorf eine Vorstadt geworden«, schloss Bob triumphierend und ließ seine Hand auf den Tisch krachen, dass ihre Biergläser tanzten. »Und so sind nicht nur die aus dem Norden, oder liege ich da falsch?«

Daniel hatte mittlerweile gelernt, dass er Bobs rhetorische Fragen besser unbeantwortet ließ. Wie viele Versammlungen im Rathaus und wie viele Planungskomitees hatten Bob Thatchers Ergüsse wohl schon über sich ergehen lassen müssen?

»Die Regierung behauptet, wir bräuchten mehr Wohnungen, weil die Anzahl der Haushalte ansteigen würde, und denkt dabei an all die Geschiedenen und die alleinerziehenden Eltern. Dass zum Beispiel ledige Mütter nicht gerade die richtige Klientel für Luxushäuser mit vier Schlafzimmern sind, interessiert dabei niemanden. Das wirklich Tragische an der Sache ist, dass wir auf dem besten Weg sind, ein Land voller trauriger, selbstsüchtiger, einsamer Einzelgänger zu werden. Und was tut die Regierung? Sie leistet dem auch noch Vorschub! Die Familie als solche ist nicht mehr ›modern‹, und die Knilche in der Downing Street interessieren sich nur für ›moderne‹ Dinge. Als ob das Neuste immer das Beste wäre! In den 30er Jahren war's auf dem Kontinent verdammt modern, ein Nazi zu sein; Winston Churchill hingegen war ein alter Sonderling, der noch dem alten englischen Imperium nachhing. Dennoch wissen wir, wen wir lieber an der Spitze einer Regierung sehen würden, oder?«

Unwillkürlich musste Daniel nicken. So intensiv hatte er nicht darüber nachgedacht. Aber im Prinzip war ihm genau das durch den Kopf gegangen, als er die nachgemachten, pompösen Wappenbanner am Beratungscontainer auf der Baustelle gesehen hatte: die Arroganz des Neuen.

»Und dass sie das nicht einsehen, ist nicht einmal das Schlimmste. Nein, sie glauben im Ernst, sie wissen es besser! Luxus ist für sie die Antwort auf alles: Mit Zentralheizung und zwei Autos schert man sich einen feuchten Kehricht darum, dass man nirgendwo mehr hingehen kann, weil alles gleich aussieht!

Wir werden demnächst in einer Landschaft leben, die ungefähr so aufregend ist wie ein Besuch im Supermarkt. Es geht ja auch keiner mehr zu einem richtigen Metzger und kauft richtiges Fleisch. Weil das nämlich tatsächlich so aussieht wie ein Stück von einem toten Tier – und nicht viereckig, rosa und ordentlich eingeschweißt. Und genauso wenig wollen wir noch, dass die Landschaft wirklich wie Landschaft aussieht; noch nicht einmal unsere hochgelobte englische Landschaft! Nein, wir bevorzugen eine hygienisch verpackte, bearbeitete Landschaft mit der Schönheit und dem Charme von Scheibletten-Käse.«

Bob lehnte sich zurück. Sein Gesicht glühte geradezu. Ob der Grund dafür das Kaminfeuer oder seine offenkundige Erregung war, war nicht festzustellen. Entgegen allen Erwartungen, hatte Frank schließlich doch noch einen Holzklotz nachgelegt – möglicherweise nur, um besser lauschen zu können. Jedenfalls züngelte jetzt ein fröhliches Feuer im Kamin.

»Aber es gibt noch immer Land, das zum Verkauf ansteht?«, fragte Therry, bemüht, das Gespräch wenigstens halbwegs wieder unter Kontrolle zu bringen.

»O ja.« Bob nickte traurig. »Lone Meadow. Auch in Harry Turners Besitz.«

»Komischer Name, Lone Meadow. Einsame Wiese.«

»Stimmt. Ist komisch. Lone Meadow liegt in der Nähe der Kirche.« Als ob das alles erklären würde.

»St. Peter's Alone.«

»Genau.« Bob fasste sie scharf ins Auge. »Aber wenn Sie schon da unten waren, nehme ich an, Sie kennen sich ein wenig in unserer Geschichte aus.«

»Sie meinen: der Grund, warum das Dorf umgezogen ist?«

Bob nickte.

»Die Pest? Der schwarze Tod?«

Er nickte wieder. »Deswegen wollte ich eigentlich mit Ihnen reden. Was Sie da über den Mann gesagt haben, den Bauarbeiter, der im Krankenhaus ist. Stimmt das wirklich?«

»Es stimmt!«, sagte Daniel. »Der Mann ist wirklich ernsthaft krank.«

»Das meine ich nicht. Ist es wirklich ... Sie wissen schon ... wirklich die Pest?«

Daniel nickte langsam und beobachtete ganz genau, wie diese Bestätigung auf sein Gegenüber wirkte. Bob Thatcher lehnte sich zurück und schloss die Augen, als schicke er ein Stoßgebet zum Himmel. Ob er allerdings vor Entsetzen oder aus Dankbarkeit betete, war schwer zu sagen.

Einen Augenblick später öffnete er die Augen wieder und starrte ins Feuer. Dann nahm er, immer noch wortlos, einen schmiedeeisernen Feuerhaken in die Hand und stocherte zwischen den glühenden Scheiten herum. Er drehte den neuen Holzklotz mit der angebrannten Unterseite nach oben. Über die schwarze Oberfläche zogen sich rote und orangefarbene Glutfinger, die Daniel an Bilder von Lavaströmen erinnerten. Und an Fresken, auf denen Künstler ihren Vorstellungen vom Höllenfeuer Ausdruck gegeben hatten. Bob starrte unverwandt in die Glut.

»Wissen Sie, was die sind? Teufel sind die!«

»Wen meinen Sie?«, wollte Therry wissen.

Bob drehte sich um und richtete eine Frage an seine beiden Zuhörer: »Wie gut kennen Sie sich in russischer Literatur aus?«

Was das anging, war Therry ein völlig unbeschriebenes Blatt, aber Daniel nickte zögernd, als hätte er eine leise Ahnung, worauf der alte Knabe hinauswollte. Das führte dazu, dass Bob sich nun ausschließlich an ihn wandte:

»Haben Sie mal Gogol gelesen?«

»Die toten Seelen«, antwortete Daniel.

»Genau. Das beste Buch der Welt! Zumindest eines der besten. Können Sie sich erinnern, worum es da geht?«

»Um Betrug. Hat etwas zu tun mit dem Steuersystem im alten Russland, als sie noch Leibeigene hatten und ihren

Reichtum danach bemaßen. Wenn die Hörigen zwischen zwei Volkszählungen starben, standen sie noch immer in den Büchern.«

»Richtig. Und was macht unser Held?«

Daniel kramte in seinen Erinnerungen. Seine Mutter hatte ihn mit Nikolai Gogols Werk vertraut gemacht, denn, so sagte sie, Gogol sei nicht nur ein großer Schriftsteller gewesen, sondern habe auch eine geradezu visionären Einsicht in die wahre Natur der Dinge gehabt.

»Er hat sie gekauft.«

»Genau. Die reichen Leute hielten ihn für verrückt, weil er gutes Geld für eine Namensliste von Toten ausgab. Nur, dass diese Toten den Unterlagen der Regierung nach alles andere als tot waren. Und so wurde er sehr reich, weil er allein auf diese Liste imaginären menschlichen Kapitals hin ein riesiges Darlehen einstreichen konnte. Eine absurde Geschichte, mit den Seelen Verstorbener zu handeln! Ebenso absurd, wie Häuser für nicht existierende Menschen zu bauen und eine imaginäre Bevölkerungsexplosion herbeizureden, nur um Profit zu machen. Der schlichte Wahnsinn! Genau wie der Wahnsinn, der zum Schluss über den guten alten Gogol kam. Erinnern Sie sich, wie er seinen Helden nennt; also, ich meine, wie er ihn beschreibt?«

Daniel nickte. »›Der Teufel im Gehrock‹.«

Bob lächelte triumphierend, als hätte er eine unerwartete Bestätigung erhalten. »Haargenau. Und was ist das moderne Äquivalent zum Gehrock? Na? Natürlich der Nadelstreifenanzug! So einer, wie ihn der verdammte Geoffrey Martindale trägt.«

»Wer?«, fragte Therry.

»Der Vorstandsvorsitzende von Riggs-Mill. Ein Teufel in

Menschengestalt – nur weil er weder Hörner noch Pferdefuß hat, sollte man sich nicht täuschen lassen! Eigentlich hatte ich gedacht, er würde sich damit zufrieden geben, Gottes wunderbare Natur zu vergewaltigen und guten Ackerboden unter Tonnen von Beton zu begraben. Ich hätte es besser wissen müssen. Nun hat er also auch eine der größten Geißeln der Menschheit zu uns zurückgebracht. Die Pest, wie in der Offenbarung des Johannes prophezeit. Vielleicht ein bisschen spät, aber der Teufel hat sich noch nie an Zeitvorgaben gehalten. Es wird sicher noch mehr Tote geben. Viel mehr. Sie werden schon sehen!

Und denken Sie immer daran: Ich habe Ihnen als Erster davon erzählt! Sie wissen, wo Sie mich finden können. Einen schönen Tag noch.«

Daniel und Therry saßen wie vom Donner gerührt, während Bob Thatcher mit steifen Gelenken aufstand, sich umdrehte und grußlos den Pub verließ. Selbst für seine Trinkkumpane an der Theke hatte er nicht einmal ein Nicken übrig. Daniel glaubte zu sehen, wie der ein oder andere der Männer leise den Kopf schüttelte.

Kapitel Zwanzig

Oxford; Sonntag, 21. Dezember, 15:30 Uhr

Dem Geruch von Latex haftet etwas eigentümlich Unangenehmes an. Vor allem, wenn es mit einem Gleitmittel behandelt wird; selbst dann, wenn es sich bei diesem Gleitmittel um die trockene, kreidige Variante auf

Kohlenstoffbasis handelt und nicht um die üblichere, ölhaltige Alternative.

Solche Überlegungen gingen dem Mieter von Zimmer Nr. 12 des *Royal Oxford Motel* – einem langweiligen, aber gutbürgerlichen Hotelleriebetrieb in der Nähe des Bahnhofs – durch den Kopf, während er einen Chirurgenhandschuh über die linke Hand streifte und anschließend die Prozedur fast ebenso mühelos für die rechte Hand wiederholte.

Er trat einen Schritt zurück und musterte sich in einem mannshohen Spiegel. Dabei konnte er ein amüsiertes Lächeln nicht unterdrücken, das so gar nicht zu seinem ansonsten eher mürrischen Wesen passen wollte. Was er im Spiegel sah, wirkte irgendwie lächerlich absurd und düster elegant zugleich: ein gut gekleideter Geschäftsmann in neuestem Designer-Outfit und eleganten Abendhandschuhen. Aus einer gewissen Entfernung betrachtet, schmiegten sich die Latexhandschuhe wie eine zweite Haut um seine Finger und ließen seine Hände wie die eines Albinos erscheinen.

Er hätte vielleicht gelacht, wäre er daran gewöhnt gewesen, sich auf seine eigenen Kosten zu amüsieren. Die meisten anderen dagegen hätten eine Gänsehaut bekommen. Vor allem, als er den weißen Mundschutz über Nase und Mund zog, um herauszufinden, wie es sich anfühlte. Unter anderen Umständen hätte dieser Mundschutz den Eindruck, einem Chirurgen gegenüberzustehen, nur noch verstärkt. Aber dieser spezielle Mundschutz war kein weiches Tuch, sondern bestand aus fester, geriffelter Zellulose, und deshalb wirkte er in der Kombination mit dem dunklen Armani-Anzug ausgesprochen irritierend. Niemand, der die Erscheinung im Spiegel des Hotelzimmers gesehen hätte, wäre auf die Idee gekommen, ihr Vertrauen zu schenken. Doch Vertrauen zu erwecken gehörte auch nicht unbedingt zu den Aufgaben Harald Hammersteins.

Der Mundschutz war das Beste, was derzeit auf dem Markt zu bekommen war. Das hatte man ihm glaubwürdig versichert. Eine einfachere Version wurde gern von Fahrradfahrern in Smog verseuchten Innenstädten getragen; ähnliche Modelle wurden von Menschen verwendet, die mit Grastrimmern arbeiteten; dann gab es noch eine Ausführung mit stärkeren Filtern, die Feuerwehrleute nutzten, wenn sie chemischen Dämpfen ausgesetzt waren. Im Gegensatz zu dem Mundschutz, der von Chirurgen getragen wird, sollte dieser hier nicht verhindern, dass Keime den Mund des Benutzers verließen, sondern dass Keime eingeatmet wurden. Oder an die Hautpartien gerieten, die er bedeckte.

Diese spezielle Variante, so hatte man ihm versichert, war für den Gebrauch in außergewöhnlichen Notfällen entwickelt worden. Hauptabnehmer des Produkts sei die aktive Einsatztruppe der U. S.-amerikanischen Bundesbehörde zur Seuchenbekämpfung mit Sitz in Atlanta, Georgia. Der Mundschutz war zuletzt in der Nähe der liberianischen Stadt Vaijima eingesetzt worden, als dort kurzfristig der tödliche Ebola-Virus ausgebrochen war, und er habe sich zu 99 Prozent sicher erwiesen. Die Eindämmung des Virus war damals so erfolgreich verlaufen, dass weder die Medien noch der Großteil der einheimischen Bevölkerung etwas von dem Ausbruch mitbekommen hatten. Der Tod eines ganzen Dorfes war mit einem der häufigen Zusammenstöße zwischen Regierungseinheiten und Rebellen erklärt worden. Die Politik und der gesunde Menschenverstand hatten dafür gesorgt, dass Fragen nach der schnellen Einäscherung der Opfer nur selten gestellt wurden.

Natürlich gab ein Sicherheitsfaktor von 99 Prozent Grund zu einer gewissen Besorgnis. Alles, was unter 100 Prozent lag, war – besonders unter den gegebenen Umständen – weit davon entfernt, ideal zu sein. Andererseits: Nichts auf dieser Welt war ideal. Das war schon immer so gewesen. Und würde auch immer so sein. Miranda hatte es bewiesen.

Er trat einen Schritt zurück und betrachtete sich erneut im Spiegel. Der eindeutige Vorteil dieses Aufzuges lag darin, dass niemand ihn erkennen würde. Erst recht nicht, wenn er noch die fest schließende Schutzbrille aufsetzte. Einem besonderen Fach seines Aktenkoffers aus Krokoleder entnahm er eine Kopfbedeckung aus Latex, die er bei derselben Firma wie die Handschuhe erworben hatte und die dazu gedacht war, den verbleibenden Rest seines Gesichts und seines Kopfes zu schützen; sie vervollständigte den Rundumschutz, den man ihm dringend angeraten hatte. Für den Augenblick verzichtete er jedoch darauf, sie anzuprobieren. Das Ding sah äußerst wirksam aus, war aber zweifellos ziemlich schwer auf- und abzusetzen und sicher schon nach ein paar Sekunden äußerst unbequem. Nun, mehr als ein paar Sekunden würde er, wenn es so weit war, auch hoffentlich nicht brauchen!

Pflicht war Pflicht, und sie brachte eben ein paar Unannehmlichkeiten mit sich. Der Gedanke daran ließ ihn dann doch das Gesicht verziehen. Wenn er wirklich alle Schutzmaßnahmen ergriffen hätte, so fuhr es ihm plötzlich durch den Kopf, würde er aussehen, als trüge er ein Ganzkörper-Kondom. Eine obszöne, aber durchaus belustigende Vorstellung. Harald Hammerstein hatte noch nie im Leben ein Kondom benutzt. Unter anderem, weil seine Religion es verbot.

Kapitel Einundzwanzig

Upper Ditchford, Oxfordshire; Sonntag, 21. Dezember, 16:00 Uhr

Ich fasse es einfach nicht«, sagte Therry, während sie auf den Fahrersitz des Range Rover kletterte. »Eine Lektion über russische Literatur im heimeligen *Fox and Hounds*. Was stellst du mit den Leuten an, Dan?«

Er warf ihr einen fragenden Blick zu. »Meinst du das mit den ›Toten Seelen‹? Es ist schon Jahre her, dass ich es gelesen habe.«

Therry blickte ihn von der Seite an. »Jetzt mach mal halblang. Immerhin hast du es gelesen. Weißt du was, Dan? Du stammst anscheinend irgendwie aus einer anderen Zeit.«

»Ich heiße Daniel«, murmelte er, obwohl er genau wusste, dass sie ihn nur aufziehen wollte.

»Aber was hat er mit dem ›Teufel im Gehrock‹ gemeint?«

»Wie? Ach so ... nur, dass ein Übel nicht immer das ist, was es zu sein scheint. Statt groß und beängstigend, kann es genauso gut klein und gemein sein und einem das Leben langsam, aber stetig zur Hölle machen. Wie Gier zum Beispiel.«

»Zum Beispiel«, wiederholte sie und blickte aus dem Fenster, hinüber auf den Fuhrpark an Baggern auf den zerstörten Feldern.

»Meinst du, er hatte Recht?«, fragte Daniel. »Ich meine, mit all diesen Häusern, die nur aus Profitgier gebaut werden?«

»Ich fürchte, ja. Jedenfalls bauen sie keine Unterkünfte

für Obdachlose. Regierung und Entwicklungsgesellschaften warten zwar mit Statistiken auf – sie nennen es ›Vorhersehen und vorsorgen‹ – aber alles, was du sicher sagen kannst, ist, dass das Land für alle Zeiten verhunzt ist. Und eine Menge Leute dabei irre reich werden.«

»Wie reich?«

»Keine Ahnung. Aber das kann ich rauskriegen. Seit der Agrarkrise ist Ackerland kaum noch etwas wert, dafür steigen die Immobilienpreise in Südostengland immer weiter. Leute, die in die Baulanderschließung investiert haben, können ein Vermögen machen. Und zwar ein ordentliches.«

»So ordentlich, dass man nicht bereit ist, sich Knüppel zwischen die Beine werfen zu lassen?«

»Und zum Beispiel zu vertuschen versucht, dass man versehentlich ein sechshundert Jahre altes Pestbakterium ausgegraben hat? Genau das, mein Freund, ist in diesem Fall die Eine-Million-Dollar-Frage, wie man so schön sagt.«

Therry ließ den Motor an.

»Wo fahren wir hin?«

»Ich bringe dich jetzt nach Hause, mein Kleiner. Aber zuerst halten wir noch einmal an und werfen einen letzten Blick auf das Gelände, wo demnächst unser Traumhaus gebaut wird.«

Daniel seufzte.

»Okay«, sagte er. Weil es wieder einmal das Einzige war, was ihm zu sagen übrig blieb.

Die Wappenwimpel-Imitationen flatterten noch immer in der zunehmenden Dämmerung. Die Seile, die sie hielten, klimperten im Wind gegen die Fahnenstangen. Der Container war jetzt dunkel; nur das Logo wurde noch angeleuchtet. Feiner Sprühregen tanzte in den Strahlen der Scheinwerfer. Wie das Dornröschenschloss in Disneyland, dachte Daniel. Reklamewände als Symbol für vorfabrizierte Träume.

Therry interessierte sich allerdings mehr für den Rest des Baugeländes; für den Anblick einer Verwüstung, die sich weit über die Felder bis fast zu der Stelle erstreckte, wo der Turm von St. Peter's Alone wie ein abgebrochener Zahn in den düsteren Nachmittagshimmel ragte.

»Verdammte Scheiße! Ich glaub es einfach nicht!«

»Was ist denn?«

»Da ist ein Elektrozaun. Ein gottverdammter Elektrozaun.«

Therry war ein paar Schritte entfernt stehen geblieben. Daniel konnte gerade noch den Draht erkennen, der sich ungefähr in Höhe ihrer Taille befand.

»Was? Dann fass ihn um Gottes willen nicht an!«

»Zu spät. Schon passiert. Woher, glaubst du, weiß ich, dass er elektrisch ist? Keine Sorge, man wird nicht gleich gebraten. Der hat höchstens die Spannung, die die Kuhzäune hier in der Gegend haben. Trotzdem eine Unverschämtheit, so etwas in einem Gelände aufzuspannen, in dem Leute spazieren gehen.«

»Vielleicht wollen sie ja nur verhindern, dass Tiere aufs Baugelände streunen. Außerdem befinden wir uns, genau genommen, bereits auf ihrem Grund und Boden. Der Eingang ist nämlich da hinten. Und da steht ...«

»Hör mal, Herzchen, ich weiß, was da steht. Zumindest kann ich es mir lebhaft vorstellen. Aber bis sie hier die ganze Landschaft zubetoniert haben, habe ich die Absicht, mich frei und ungehindert in ihr zu bewegen! Schon mal was vom englischen Wegerecht gehört?«

Das hatte Daniel, wenn auch nur flüchtig. Allerdings vermutete er, dass auch unbefugtes Betreten noch immer unter Strafe stand. Erschrocken beobachtete er daher, wie Therry eine kleine Taschenlampe und eine Kneifzange mit ummantelten Griffen aus der Tasche ihres knallgelben Regenmantels zog.

»He, Augenblick mal! Hast du immer Einbruchswerkzeug bei dir?«

»Gehört zu meinem Job. Nun aber los. Es ist schon fast dunkel, und wir müssen noch zurück nach Oxford.«

»Ganz genau. Warum also machen wir ...« Aber es war bereits zu spät. Sie war durch den Zaun geschlüpft und winkte ihm, ihr zu folgen, was er zögernd tat.

»Um Himmels willen, Therry! Wir haben kein Recht, uns auf privatem Gelände aufzuhalten. Was ist, wenn ...«

Sie legte ihm einen Finger auf die Lippen und brachte ihn damit zum Schweigen. »Wir wollen doch nichts stehlen«, flüsterte sie. »Nun komm endlich. Ich will doch nur wissen, ob man irgendwo erkennen kann ...«

»Was denn erkennen?«

»... ob diese vermaledeiten Bagger einen mittelalterlichen Friedhof ausgebuddelt haben.«

Na toll, dachte Daniel. Es ist eiskalt und dunkel, und sie hält Ausschau nach einem Pestgrab. Es gab sicher einfachere Wege, jemanden in die Kiste zu kriegen.

»Psst«, flüsterte Therry. »Nicht bewegen! Hörst du das?« Ihre Stimme klang plötzlich angespannt.

Daniel lauschte, konnte aber nichts hören – außer vielleicht den Wind, der durch das trockene Laub raschelte. Therry knipste die kleine Taschenlampe aus. Als der schmale, weiße Lichtstrahl verlosch, waren sie zunächst völlig blind. Nach und nach gewöhnten sich ihre Augen an die Dunkelheit. Und erkannten andere Augen, die sie anstarrten. Nicht nur ein Paar, es waren mindestens vier oder fünf, nein, ein Dutzend und mehr. Winzige rote Augen, die in der Dunkelheit zu glühen schienen. Daniel rutschte das Herz in die Hose, als ihm klar wurde, was er da anstierte.

»Halte ihnen die Taschenlampe direkt entgegen. Und schalte sie an. Jetzt!«

Augenblicklich entstand ein heilloses Durcheinander, begleitet von einem hohen Fiepen, das nur noch von Therrys spitzem Schrei übertroffen wurde, als der Strahl ihrer Taschenlampe auf eine verschreckt davonhuschende, grau-braune Pelzmasse fiel. Genau davor hatte Therry sich am meisten gefürchtet, auch wenn es, im Grunde genommen, genau das war, wonach sie gesucht hatte: eine Horde Ratten.

»Was machen Sie da?« Eine männliche Stimme, laut, aggressiv und befehlsgewohnt, tönte aus der Dunkelheit. Daniel und Therry fuhren herum. Die quiekenden Nager, die vor ihren Füßen herumhuschten, hatten sie einen Moment lang unvorsichtig werden lassen.

Dunkle Gestalten schälten sich aus der Nacht und kamen langsam und zielsicher auf sie zu wie Pest-Zombies, die aus der Grube gestiegen waren. Und dann ein Licht. Hell. Blendend hell. Keine gewöhnliche Taschenlampe, vielmehr schon Suchscheinwerfer, der ihnen genau ins Gesicht gerichtet wurde. »Halt! Keinen Schritt weiter!«

Therry beschattete ihre Augen mit einer Hand und erkannte hinter dem blendenden Licht den Umriss zweier Männer, die eine Art Uniform trugen. Sie hatten einen ungeheuer großen Hund bei sich, der an seiner Leine riss und die Zähne fletschte.

»Was haben Sie hier zu suchen?«

Zornig entgegnete Therry: »Dasselbe könnte ich Sie fragen!«

Vorüber der Augenblick blinder Panik, als sie um Haaresbreite Opfer eines dummen Aberglaubens geworden wäre. Vorüber auch der Moment der – sehr viel begründeteren – Furcht, urplötzlich zwei Schlägertypen gegenüberzustehen, die nach einem blutrünstigen Zeitvertreib Ausschau hielten. Therry war wieder sie selbst. Sie kannte solche Leute, die mit Kötern an der Leine herumspazierten und sich ungeheuer wichtig vorkamen: Es waren Männer eines privaten Wachdienstes. Aber Wachmänner und ein Elektrozaun? Riggs-Mill ging eindeutig zu weit. Und ebenso eindeutig war, dass sie etwas zu verbergen hatten.

»Wir stellen hier die Fragen!«

Therry kicherte.

»Was gibt's da zu lachen, Miss?«

»Tut mir Leid. Ich kann nur nicht glauben, dass Sie das wirklich gesagt haben.«

Das Zittern der Scheinwerfer verriet, dass sie wohl eine Schwachstelle im Macho-Panzer getroffen hatte.

»Wie auch immer, richten Sie endlich Ihre verdammten Scheinwerfer woanders hin! Wie soll ich mich mit jemandem vernünftig unterhalten, den ich nicht mal richtig sehen kann?«

Sofort wurden die Lampen gesenkt. Therry blickte in die nun gespenstisch von unten beleuchteten Gesichter zweier Muskelprotze, die in irgendwelche Fantasieuniformen gezwängt waren. Ein tierähnliches Logo zierte die dunkelblauen Anzüge. Auf den Ärmeln, in Schulterhöhe, waren mit Goldfäden die Worte »Cerberus Security« aufgestickt.

»Was machen Sie hier?«

»Wir gehen spazieren.«

»Sehr witzig, Miss. Wirklich!« Therry wusste sofort, dass der Mann ein Ex-Bulle war, der sich den Berufsjargon nicht abgewöhnen konnte. Sie kannte solche Typen. Als Teenager war sie oft genug samstagabends nach irgendeinem Geplänkel vor der Disco auf eine Wache verfrachtet worden; sie kannte diese unechte Höflichkeit und falsche Freundlichkeit: Je freundlicher diese Bastarde wurden, desto größer die Gefahr, dass sie einem eins reinwürgen wollten. Sie schenkte den beiden Wachmännern das giftigste Lächeln, das sie bei Regen und im Lichtkegel der Scheinwerfer zu Stande brachte.

»Ich meinte, was haben Sie hier zu suchen?«, wiederholte der Mann.

»Und ich meinte genau das, was ich sagte«, antwortete Therry. Ihr aufgesetztes Lächeln geriet ins Wanken. »Wir sind spazieren gegangen. Wollten uns einmal umsehen. Das stört doch wohl niemanden, oder?« Sie spürte Daniels Hand auf ihrem Arm und milderte die Aggressivität in ihrer Stimme.

»Das habe ich auch nicht behauptet, Miss. Aber es ist schon ziemlich dunkel. Da laufen nicht allzu viele Leute hier rum. Schon gar nicht bei so einem Wetter. Außerdem ist das hier Privatgelände, wissen Sie?«

Der abschätzige Blick, mit dem der jüngere der beiden Männer Therry musterte, wurde plötzlich geradezu lüstern. Seine Augen glitten an ihrem Körper entlang und blieben an ihrer eng sitzenden Hose hängen. Daniel zerrte an ihrem Ärmel. Es war höchste Zeit zu verschwinden.

»Wozu haben Sie hier eigentlich einen Elektrozaun?« Therry wollte verdammt sein, wenn die beiden Bastarde glaubten, sie könnten so einfach davonkommen und Daniel und sie wie Rechtsbrecher dastehen lassen. »Sie wissen sicher, dass das ungesetzlich ist.« War es das? »Einfach so, ohne Warnung, einen Zaun hinzusetzen! Das ist verdammt gefährlich.«

»Es gibt eine Warnung, Miss. Wenn Sie einmal dort hinüberschauen wollen.« Er deutete mit dem Kopf nach links. Daniel sah in die Richtung und entdeckte im düsteren Nieselregen ein Metallschild mit einer Aufschrift und dem Konterfei eines besonders bösartig aussehenden Hundes.

»Wir hatten hier und da schon mal Ärger, verstehen Sie, Miss? Vandalismus, Werkzeugdiebstahl und so. Sie wissen schon.«

Daniel nickte. Ganz der verantwortungsbewusste Bürger. »Ich verstehe, Officer.«

Therry wirbelte herum und glotzte ihn an. Wie konnte er diesen Blödmann ›Officer‹ nennen? Nur, weil er diese Karnevalsuniform trug? Aber sie spürte den festen Griff seiner Hand auf ihrem Arm. Er wollte einen Zwischenfall vermeiden. Unbehelligt aus der Situation herauskommen. Den Schwanz einziehen, würde sie es nennen. Verdammter Akademiker. Keinen Mumm in den Knochen.

»Wir gehen dann jetzt, nicht wahr?«, sagte er und zog sie – beinahe mit physischer Gewalt – rückwärts aus dem Lichtkegel der Lampen heraus.

»Tun Sie das, Sir. Wir wollen doch nicht, dass Sie und die junge Lady sich hier den Tod holen. Und achten Sie darauf, wo Sie hintreten.«

Schäumend vor Wut und zitternd vor Kälte ließ Therry sich von Daniel zur Straßenböschung führen, wo sie den Range Rover geparkt hatte. Die Lichtkegel der Scheinwerfer folgten ihnen und wiesen ihnen den Weg. Dann erloschen sie. Die Besitzer der Lampen schienen es vorzuziehen, ihren Rundgang im Dunkeln fortzusetzen.

Kapitel Zweiundzwanzig

Magdalen College, Oxford; Sonntag,
21. Dezember, 19:00 Uhr

Trotz der eisigen Graupeln, die ihm beim Aussteigen aus dem Range Rover ins Gesicht peitschten, war Daniel bemerkenswert guter Laune, als er Therry zum Abschied nachwinkte und dann schleunigst im Torhaus des Magdalen College Schutz suchte. Seine Hochstimmung wurde nicht einmal vom säuerlichen Blick des Portiers beeinträchtigt, der offenbar jeden, der das College betrat oder verließ, als unzumutbare Störung bei seiner winterlichen Hauptbeschäftigung empfand, nämlich dem Toasten seiner Zehen vor einem kleinen Elektroheizer.

Sollte sie doch nur ihren Artikel schreiben! Sie hatte versprochen, ihn und Rajiv nicht zu erwähnen. Sie wollte selbst im Radcliffe anrufen und um einen offiziellen Kommentar bitten. Wie er bereits früher gemutmaßt hatte, würde die Klinik sicher nicht versuchen, eine derart ernste Erkrankung zu vertuschen, auch wenn sie sich sträuben würde, die persönlichen Daten eines einzelnen Patienten herauszurücken. Therrys etwas weit hergeholte Theorie, es gebe eine Verbindung zu den Aushubarbeiten, gehörte für ihn in die Rubrik billiger Sensationsjournalismus, würde aber sicher niemandem schaden – noch nicht einmal der Baugesellschaft. Außerdem hatte sie ihm erklärt, dass wahrscheinlich sowieso kaum noch prekäres Material übrig bleiben würde, wenn die Rechtsanwälte der Zeitung den Artikel erst einmal in die Finger bekommen hatten. Sie wollte lediglich das merkwürdige Zusammentreffen der Ereignisse als Aufhänger benutzen, um ihren Lesern eine dringend notwendige Geschichtsstunde zu erteilen; wenn allerdings einer der Redakteure ihre Ausführungen aufgreifen und zu einem allgemeinen Angriff gegen die Einbetonierung der Landschaft blasen würde – na ja, das wäre doch eine prima Sache, oder?

Daniel war das vollkommen egal. Seine Eskapade im Radcliffe war besser ausgegangen, als er es sich hätte träumen lassen: Er hatte nicht nur einen Blick auf den Patienten werfen können – bei der Erinnerung daran schauderte es ihn noch immer –, nein, er hatte auch eine neue Freundschaft geschlossen. Und mit ein bisschen Glück würde vielleicht sogar mehr als Freundschaft daraus werden. Zugegeben, es war ein kühner Gedanke, aber nicht ganz hoffnungslos. Ohne das Bauwerk wirklich wahrzunehmen, blickte er zu den Zinnen des Founder's Tower hinauf, der in den Nachthimmel emporstrebte, dann rannte er so schnell er konnte aus dem Schutz des Torhauses durch den Regen hinüber in den Kreuzgang. Diese Tageszeit mochte er am liebsten, trotz des Regens. Oder nein: gerade wegen des Regens. Im Dunkeln durch den nur schwach erleuchteten Kreuzgang zu gehen, während Regenschauer die kahle Glyzinie jenseits der offenen Fensterbögen zu seiner Linken schüttelten, erlaubte ihm eine sehr konkrete Vorstellung davon, wie es im Mittelalter gewesen sein musste. In seiner Fantasie sah er sich in eine enge Kammer zurückeilen, die er vermutlich mit drei oder vier anderen teilte und wo im Kamin ein paar Stückchen Holzkohle oder ein Holzscheit glommen.

Es war fast ein *déjà vu,* als er die Treppe zu seinem Zimmer im ersten Stock hinaufstolperte und beinahe über jemanden gefallen wäre, der im Finstern auf seiner Türschwelle schlief.

»Was zum ...«

Der unsanft geweckte Schläfer sprang auf und schrie dabei ebenso erschrocken auf wie Daniel. Überrascht erkannte Daniel seinen Freund Rajiv Mahendra, der ihn aus großen Augen anstarrte.

»Na endlich! Wo zum Teufel bist du gewesen?«, schnauzte Rajiv ihn an.

»Wie bitte? Nun mal sachte! Hast du deine Mensa-Marken nicht bezahlt? Hat der Quästor dich an die frische Luft gesetzt? Moment mal – du bist doch nicht etwa bekifft?«

»Schön wär's! Eigentlich 'ne gute Idee«, brummte Rajiv fast ärgerlich, während Daniel seine Schlüssel aus der Tasche fischte und die Tür öffnete. Der junge Arzt schubste ihn fast ins Zimmer.

»Zieh bitte deinen Mantel aus und lass die Hosen runter.«

»Was soll ich? Also Rajiv, ein Küsschen in Ehren ist eine Sache, aber das geht mir nun doch ein bisschen zu weit. Ich wusste gar nicht, dass du auf mich stehst.«

Aber irgendetwas im Blick seines Freundes – du lieber Himmel, war das etwa eine Träne? – veranlasste Daniel, seinen Ton zu ändern.

»Was ist los? Bist du immer noch sauer auf mich? Hör mal, das mit gestern tut mir wirklich Leid. Es war blöd von mir, und ich weiß, wie es ausgesehen haben muss, aber ich musste mir den Mann einfach ansehen! Verstehst du? Aber das haben wir ja jetzt hinter uns. Wieder gut? Sind wir wieder Freunde?« Dabei überlegte er krampfhaft, wie er Rajiv beibringen konnte, dass er morgen möglicherweise den Namen seines Patienten in der Zeitung würde lesen können.

»Okay! Ja, okay. Wir haben jetzt keine Zeit, uns zu streiten. Zieh endlich deine Hose aus!« Zu Daniels größtem Erstaunen und nicht geringem Entsetzen zog der Arzt eine grüne Plastikschachtel aus seiner Tasche, der er eine mit einer farblosen Flüssigkeit gefüllte Ampulle und eine Spritze entnahm. »Du hörst mir nicht zu! Tu bitte, was ich dir sage, und zwar jetzt sofort!«

Etwas in Rajivs Tonfall ließ Daniel lieber gehorchen. Allerdings zog er vorerst nur den Mantel aus. Als es ans Herunterlassen der Hose ging, streikte sein Autopilot. Wenn es etwas gab, was er bei ärztlichen Untersuchungen besonders verabscheute – und er verabscheute ziemlich viel daran – dann waren es Spritzen.

»Was ist los, Rajiv? Du siehst aus, als wolltest du allen Ernstes hier den Doktor spielen. Und auch noch ausgerechnet mit mir!«

»Ich spiele nicht! Das hier ist vermutlich ein Notfall. Nun tu endlich, was ich sage, oder du lebst nicht mal mehr lange genug, um es zu bereuen.«

»Ich glaube, ich verstehe nicht ganz. Was ist das für ein Zeug?«

»Streptomycin. Wie viel wiegst du?«

»Streptowas? Und was meinst du mit ›wie viel wiegst du‹?«

»Ich will wissen, wie schwer du bist! Das ist keine allzu komplizierte Frage, selbst für jemanden wie dich. Nun mach schon voran!« Rajiv trat einen Schritt zurück und musterte ihn abschätzend, fast wie ein Metzger oder ein Totengräber. »Du musst es doch wenigstens ungefähr wissen. Siebzig? Fünfundsiebzig?«

»Bitte? Was soll das? Ich weiß es wirklich nicht genau ... vielleicht hundertsiebzig oder so.«

»Wie?«

»Etwa hundertsiebzig Pfund. Was soll das Ganze?«

»Pfund? Ach, ihr Amerikaner! Du meine Güte!« Für den Bruchteil einer Sekunde kniff er die Augen zusammen. »Nicht schlecht geschätzt. Hundertsiebzig amerikanische Pfund machen etwa 77,2 Kilo. Mann, bist du fett.« Skeptisch beäugte er die Spritze. »Nun ja, das muss reichen.«

»Reichen? Wofür? Verdammt noch mal, was ist das denn für ein Zeug? Und was willst du damit?«

»Das habe ich dir bereits gesagt. Es ist Streptomycin, und ich werde es dir intramuskulär injizieren. Und am besten geht das nun mal in die Pobacke. Und jetzt runter mit der Hose.«

»Du meinst das wirklich ernst, oder? Würde es dir vielleicht etwas ausmachen, mir wenigstens zu verraten, warum?«

Der Arzt seufzte. »Eine Vorsichtsmaßnahme. Allerdings eine bitter notwendige. Streptomycin ist eines der wenigen uns bekannten Medikamente, die sowohl einigermaßen ungefährlich, als auch bekanntermaßen wirksam gegen die Lungenpest sind. Es ist möglich, allerdings äußerst unwahrscheinlich, dass dein Hörvermögen leicht beeinträchtigt wird.«

»WAAAS?«

»Ruhig Blut, Mann! Die Nebenwirkung stellt sich nicht unmittelbar ein. Außerdem ist die Wahrscheinlichkeit so gering, dass man sie ruhig vernachlässigen kann. Streptomycin ist besser als alle Alternativen. Es gibt natürlich noch andere Medikamente. Sulfonamide. Die wirken zwar besser, können aber die Nieren nachhaltig schädigen. Außerdem ist es ziemlich schwierig, da ranzukommen. Glaub mir, das hier zu kriegen war schon kompliziert genug. Du könntest mir einen Gefallen tun und wenigstens ein bisschen Dankbarkeit zeigen. Du wirst dich vielleicht erinnern, dass uns nur deine Dummheiten in diese Situation gebracht haben.«

Daniel hätte gerne protestiert, aber die Fakten waren unwiderlegbar.

»Außerdem musst du die hier mindestens eine Woche lang einnehmen. Ich tue das auch.«

Rajiv hielt Daniel eine kleine braune Plastikflasche voller Tabletten hin. »Das ist Tetracyclin. Ein völlig ungefährliches Antibiotikum. Wird unter anderem gegen Akne eingesetzt, dann allerdings in bedeutend geringeren Dosen. Du musst zwei Mal am Tag vier Pillen nehmen, und zwar zehn Tage lang. Kapiert?«

»Kapiert. Aber ich dachte, die Ansteckungsgefahr wäre minimal? Moment mal, hast du eben von Lungen – ... o, Scheiße, verdammte Scheiße!«

»Exkremente, genau, du hast es erfasst! Endlich ist der Groschen gefallen! Ich war der Meinung, du wüsstest zumindest einigermaßen über die Krankheit Bescheid.«

»Dachte ich auch. So viel ich weiß, tritt so etwas nur ganz selten ...«

»Stimmt. Die meisten Fälle von Beulenpest erreichen dieses Stadium nicht. Das kommt wirklich nur sehr selten vor. Aber du hast es ja verdammt noch mal selber gesehen!«

»Der Husten ...«

»Der Husten, ganz genau. Dabei haben wir noch Glück gehabt. Wir sind weder mit Speichel noch mit Auswurf in Kontakt gekommen. Wie dem auch sei, das Bakterium kam dadurch in die Luft. Wir könnten es eingeatmet haben.«

Daniel hielt die Luft an.

»Es ist unwahrscheinlich. Sehr unwahrscheinlich. Aber dass sich überhaupt Lungenpest entwickelte, war auch sehr unwahrscheinlich. Glaub mir, das hier ist das Beste.«

Daniel nickte schweigend. Die Reichweite dessen, was Rajiv gesagt hatte, wurde ihm erst langsam bewusst. Kaum vorstellbar, dass er sich angesteckt haben könnte oder selbst ansteckend war! Langsam löste er seinen Gürtel.

»Könnten wir es weitergegeben haben?«

»Mhh?« Rajiv zog die Spritze auf. »Unwahrscheinlich. Wirklich. Es ist sehr unwahrscheinlich, dass wir uns etwas geholt haben, und noch viel unwahrscheinlicher, dass wir eine Gefahr für andere darstellen. Trotzdem ist es besser, ganz sicher zu gehen. Findest du nicht?«

»Absolut«, sagte Daniel und zuckte, als Rajiv die Nadel in den Muskel seiner linken Pobacke stieß. Und dann – mit leisem Schuldbewusstsein, weil der Gedanke ihm jetzt erst kam – fragte er: »Wie geht es denn unserem Freund im Krankenhaus?«

Rajiv presste einen kleinen Wattebausch auf die Einstichstelle in Daniels Kehrseite und bat ihn, diesen einen Augenblick lang festzuhalten, während er die Nadel in ein besonderes Behältnis entsorgte und die Spritze in ihr grünes Kästchen zurücklegte. Dann drehte er sich um und sah Daniel an. Zum ersten Mal fiel Daniel auf, wie müde und erschöpft sein Freund aussah. Als hätte er tagelang nicht mehr richtig geschlafen. Und plötzlich durchfuhr ihn die Erkenntnis, dass vielleicht genau dies der Fall war.

»Mr. Atkins ist heute Mittag gegen zwei gestorben. Und von da an habe ich hier auf dich gewartet.«

Kapitel Dreiundzwanzig

Oxford; Sonntag, 21. Dezember, 21:32 Uhr

Daniel musste gut zehn Minuten im eiskalten Wind vor der Telefonzelle an der Ecke Longwall Street warten, ehe zwei offensichtlich angetrunkene Mädchen ihr langes und ziemlich lautes Gespräch beendeten. Die wenigen Wortfetzen, die sie zwischen schrillem Gelächter hervorbrachten, waren selbst für den Lauscher vor der Tür nicht interessant.

»Niemals ... Ooo ... Hahahaha ... Neiiin!«

Endlich kamen die beiden heraus, in nichts als ein paar Meter Flitterband gewickelt. Daniel floh in die relative Wärme der Zelle, wo der Gestank von abgestandenem Zigarettenrauch ihm Brechreiz verursachte. Er zog ein bereits zerknittertes Pappkärtchen aus der Tasche. Therrys Visitenkarte. Auf der Rückseite hatte sie mit Bleistift ihre Privatnummer notiert. Daniel beschloss, es zunächst einmal dort zu versuchen.

»Hei, wenn du die Nummer hier kennst, weißt du auch, was du tun musst«, sagte Therrys Tonbandstimme, bevor ein elektronisches Piepsen erklang. Als Nächstes probierte er ihre Durchwahl bei der Zeitung. Wieder ein Anrufbeantworter. Dieses Mal klang die Ansage geschäftsmäßiger. Und nannte eine Handynummer.

Daniel zählte seine Münzen und dachte zum wiederholten Male darüber nach, dass es sicher sinnvoll wäre, mit einem britischen Mobilfunkbetreiber einen Handyvertrag abzuschließen, wenn er die nächsten ein oder zwei Jahre in diesem Land verbringen wollte. Dann wählte er die Nummer. Es klingelte sechs Mal, ehe Therry sich ein wenig unwirsch meldete.

»Therry hier.« Im Hintergrund konnte Daniel Stimmen und Musik hören. Typisch, dachte er. Das hätte er sich auch denken können. Vor allem in der Woche vor Weihnachten. Sie war in einem Pub.

»Hallo, Therry. Daniel Warren hier.«

Ihr Tonfall wurde etwas sanfter. »Ach, du bist es. Wie geht's?«

»Ziemlich gut. Und dir?«

»Na ja, ich fühl mich richtig krank.«

»Krank?« Daniel spürte plötzlich eine Eiseskälte seinen Rücken hinunterkriechen.

»Was? Ach ... doch nicht so! Sei nicht albern: Ich bin nicht wirklich krank. Ich habe einfach nur die Nase gestrichen voll von diesen ganzen Weihnachtsfeiern. Die machen mich krank.«

Daniel seufzte vor Erleichterung. Einen Augenblick lang hatte er gedacht ...

»Ich muss dir etwas erzählen. Es gibt Neuigkeiten. Ziemlich ernste ...«

»Von wegen!«, unterbrach sie ihn. »Alles nur Humbug und hohles Geschwätz. Sagt jedenfalls John Harkness. Und der muss es wissen.«

»Was? John wer? Was redest du da eigentlich? Hör mal ...«

»Ich würde dir liebend gern zuhören, Darling, aber jetzt ist nicht der richtige Zeitpunkt.« Sie sagte ›Tscheitpunkt‹. Die Verbindung wurde ganz schlecht, baute sich dann aber plötzlich klar und deutlich wieder auf. Daniel musste unangenehm berührt feststellen, dass es ihn brennend interessierte, wem die männliche Stimme im Hintergrund gehörte. »Alles alte Kamellen, was das kleine Dummchen da ausgegraben hat. Es war nicht mal in der Lage, die erste echte Titelstory hinzukriegen, die man ihm gnädigerweise zugestanden hat. Völliger Bockmist. Alles nur sensationslüsterner Quatsch. Das waren die Worte seiner Heiligkeit Sir John Harkness, dem Fleet Street Emeritus, leibhaftiger Herausgeber der Scheiß-*Oxford-Post*. Er hat die Story gekippt. Komplett in den Orkus geschossen.«

»Hör mal zu«, sagte Daniel. Ein Blick auf das Display am Telefon, das sein schnell schwindendes Guthaben anzeigte, bestärkte ihn in dem Entschluss, den Unsinn, den sie verzapfte, abzuwürgen. »Charlie Atkins, der Patient, der Mann mit der Pest. Er ist tot.«

Es gab eine winzige Pause. Als müsse sie die Nachricht erst verdauen. »Echt?«

»Ja doch!«

Und dann seufzte sie. Es war ein langer, schwerer Seufzer, der von Resignation, Enttäuschung und zu viel *Foster's Lager* kündete.

Gerne hätte Daniel ihr Mut gemacht. Ihr gesagt, sie solle nicht so verzagt sein. Beinahe hätte er erklärt, die Story würde mit einem Toten doch nur besser werden, bis ihm klar wurde, was er da um Haaresbreite von sich gegeben hätte. Er wusste nur, dass er Therry gerne wieder sehen würde. Egal aus welchem Grund.

Stattdessen sagte sie: »Das war's dann wohl.«

»Okay«, brachte Daniel hervor. »Sieht ganz so aus. Wahrscheinlich. Vielleicht könnten wir ...« Sie ließ ihm keine Chance, weiterzureden, aber er hätte sowieso nicht gewusst, was er noch sagen sollte.

»Okay, Kleiner, das war's. Vorbei. Tot und begraben.«

Therry Moon war dabei, aus seinem Leben zu verschwinden. Für immer.

»Wir sollten uns wieder sehen«, stammelte er.

»Ja. Irgendwann. Vielleicht.«

»Wie wär's mit morgen?«

»Morgen?« Sie klang eindeutig betrunken. »Meinetwegen.«

»Ich hol dich morgen Früh ab«, sagte er schnell und hängte den Hörer ein, bevor sie es sich anders überlegen konnte.

Kapitel Vierundzwanzig

Old School House Bar, Oxford; Sonntag, 21. Dezember, 21:38 Uhr

Therry Moon klappte ihr Handy zu; dann stand sie einfach nur da und starrte es an. Sie war sich nicht ganz sicher, was da eigentlich vor sich ging und worauf sie sich gerade eingelassen hatte. Hatte sie sich überhaupt auf etwas eingelassen?

»Lasst uns froh und munter sein, und uns recht von Herzen freu'n ...« Eine Gruppe rotgesichtiger Geschäftsmänner in billigen Anzügen und mit rot-weißen Zipfelmützen, die sie für 99 Pence auf dem Weihnachtsmarkt erstanden hatten, steigerte sich in vorweihnachtlichen Frohsinn.

»He, Therry, mein Mädchen! Was ist los? Hör auf zu grübeln! Vergiss den alten Knacker und die Story doch einfach. Was hältst du davon?«

Henry war zwar eine Nervensäge, aber harmlos. Und er hatte ihr die Chance verschafft, von den ewigen Hochzeitsberichten wegzukommen. Obwohl sie diese Chance gründlich vermasselt hatte. Nächste Woche würde sie wieder ihre Runden ziehen. Die ewige Brautjungfer auf der Hochzeit wildfremder Leute. Sie schenkte Henry ein müdes Lächeln und trank noch einen ordentlichen Schluck Lager.

Zwei Stunden später, und damit dreißig Minuten nach der offiziellen Sperrstunde, knipste der Wirt helles, unbarmherziges Licht an, das dazu gedacht war, auch die letzten noch übrig gebliebenen Gäste der Weihnachtsfeier zu verscheuchen. Die betrunkenen Geschäftsmänner waren längst fort; sie waren durch die bitterkalten Straßen in alle Himmelsrichtungen zu Bushaltestellen und Taxiständen davongewankt, einem ernüchternden Morgen entgegen, der ihnen aus anderen Gründen die Röte ins Gesicht treiben würde.

Inzwischen saß Therry mit Henry alleine da. Selbst die langjährigen Belegschaftsmitglieder der *Oxford Post* hatten sich verkrümelt, Jack allerdings erst vor ein paar Minuten. Davor hatte er eine mühselige halbe Stunde lang versucht, mehr oder minder raffiniert herauszufinden, ob er Therry seinen Schutz anbieten durfte oder ob sie lieber alleine bleiben wollte. Zum Schluss hatte er den Faden verloren und war schließlich mit einem rückwärts gewandten Winken verschwunden, das ebenso gut ›Viel Glück‹ wie ›Auf Wiedersehen‹, aber durchaus auch ›Fahr zur Hölle‹ hätte bedeuten können. Therry war es vollkommen egal. Sie würde nirgendwo hingehen. Auch nicht mit dem aufgegeilten Henry.

»Na, Therry? Was ist, Schätzchen?«

War es das? Würde er wirklich mit der Tür ins Haus fallen? Wie wär's mit einem kleinen Fick, Schätzchen?

»Soll ich dich heimbringen? Ja?«

Beinah hätte sie laut aufgelacht. Henry schwankte zur Garderobe, pflückte Therrys Jacke vom Haken und hielt sie ihr vor die Nase, um ihr hineinzuhelfen. Allerdings mit der Innenseite nach außen.

»Uups. Sorry.«

»Gib sie mir einfach, Henry. Ich schaff das schon allein.«

Sie nahm ihm die gelbe Regenjacke ab, schlüpfte hinein und ging zur Tür. Ganz so sicher war sie nicht mehr auf den Beinen. An der Tür drehte sie sich um und warf ihm eine Kusshand zu. Dann war sie draußen; sie zog sich die Kapuze tief in die Stirn und beeilte sich, wegzukommen. Henry blieb allein zurück. Auf seinem Gesicht spiegelte sich die Enttäuschung eines Kindes, das eben aus einem Traum hochgeschreckt ist und feststellen muss, dass heute doch nicht sein Geburtstag ist.

Später konnte Therry weder den Zeitpunkt noch den Ort bestimmen, an dem sie den Entschluss fasste, so vorzugehen, wie sie es dann tat. Zunächst hatte sie überlegt, ins Büro zurückzukehren und ihren Artikel von der Festplatte zu löschen, um nur ja keine Spur von ihrer Demütigung zu hinterlassen. Vielleicht würde sie sogar ihren Schreibtisch räumen. Ihnen eine Nachricht hinterlassen, wo sie sich ihren Job hinstecken konnten – die mit ihren spießbürgerlichen Manieren und ihrer spießbürgerlichen Moral! Vielleicht hätte sie es tatsächlich getan, hätte sie nicht plötzlich die Umrisse ihres Range Rovers gesehen, der im Schatten der Sicherheitsbeleuchtung auf dem Parkplatz abgestellt war. Vielleicht hatte die Idee aber auch schon die ganze Zeit über in ihrem Hinterkopf gegärt und nur auf den richtigen Zeitpunkt gelauert.

Sie hatte den Wagen mit Absicht auf dem Parkplatz abgestellt. Wegen der Weihnachtsfeier im Pub. Wegen des Bieres, das sie bereits am Mittag getrunken hatte. Wegen der Polizei, die um diese Jahreszeit nur allzu gern Autofahrer herauswinkte und die allerempfindlichsten Teströhrchen benutzte. Therry brauchte das Auto nicht, um heim in ihre kleine Wohnung in der Cardigan Street in Jericho zu kommen. Sie konnte ebenso gut ein Taxi nehmen. Sie könnte sogar laufen. Und auf dem Parkplatz stand der Wagen gut, sollte sie ihn am nächsten Tag brauchen. Um zur nächsten Hochzeit zu fahren.

Aber er stand eben auch schon an diesem Abend da und lockte sie wider besseren Wissens. Er schien sie willkommen zu heißen, nachdem die Welt sie so schnöde hatte fallen lassen. Er versprach Wärme und Trockenheit, während die Welt nur Kälte und Regen bot. Natürlich, die Möglichkeit, vor der ihr Verstand sie gewarnt hatte, als er noch ordentlich funktionierte, bestand noch immer: dass sie selbst auf ihrem kurzen Heimweg von der Polizei angehalten werden konnte. Und dann wäre der Führerschein weg. Sie konnte kaum noch geradeaus gehen, geschweige denn fahren. Aber fahren ist viel einfacher als gehen, sagte sie sich. Sie schloss die Fahrertür auf und kletterte hinter das Lenkrad.

Selbst zu diesem Zeitpunkt hatte sie noch – oder doch nicht? – einzig und allein die Absicht, nach Hause zu fahren. Nachdem sie den Range Rover aus der Parkbucht manövriert und gerade noch rechtzeitig daran gedacht hatte, das Licht einzuschalten, lenkte sie den Wagen allerdings nach rechts statt nach links. Irgendwo tief in ihr war diese Entscheidung gefällt worden, auf einer Ebene, die weit unterhalb der Bewusstseinsgrenze lag. Jedenfalls war sie, wie sie hinterher behauptete, selbst völlig überrascht, sich plötzlich auf der Woodstock Road wiederzufinden. Wirbelnder Schneeregen tanzte im Licht der Straßenlaternen und später, als sie über dunkle, menschenleere Landstraßen fuhr, im Scheinwerferlicht ihres Rovers, der sie in die schöne neue Welt von Nether Ditchford brachte.

Als der Range Rover über eine Hügelkuppe fuhr, tauchte unvermittelt der gedrungene Turm von St. Peter's Alone aus der Dunkelheit vor ihr auf. Therry zuckte überrascht zusammen, wurde langsamer und hielt schließlich an, um sich in den Anblick zu vertiefen. Im Hintergrund schlief das Dorf tief und fest. Die Straßenbeleuchtung war um Mitternacht abgeschaltet worden. Therry stellte den Motor ab und schaltete das Licht aus. Die Welt um sie herum versank in tiefer Dunkelheit; nur dann und wann brach ein blasser Mondstrahl zwischen den dicken Wolken hindurch. »Stille Nacht, heilige Nacht, alles schläft, einsam wacht ...« Aus irgendeinem Grund kam ihr das Weihnachtslied in den Sinn, und die Melodie ging ihr durch den Kopf, glücklicherweise nicht so, wie die betrunkenen Geschäftsleute es vorhin im Pub gesungen hatten, sondern eher wie früher in der Kirche mit ihren Eltern, vor langer, langer Zeit, als Weihnachten noch Weihnachten gewesen war.

Ein Gefühl unendlicher Einsamkeit beschlich sie, als sie durch die Windschutzscheibe auf Ditchford hinabblickte. Ein künstliches Bethlehem in einer heidnischen Welt. Und rundherum in den verwüsteten Feldern, zwischen ausgerissenen Grenzhecken, befand sich das Lager der Philister. Bereit anzugreifen. Oder die Apokalypse auszulösen.

Therry drehte den Schlüssel im Zündschloss und wurde sich schmerzlich der Gewalt bewusst, die das Röhren des Motors der stillen Winternacht antat. Sie legte den zweiten Gang ein und ließ den Range Rover den Hügel hinunter auf die Kirche und das dahinter gelegene Baulager zu rollen. Sie wusste selbst nicht, was sie dort zu finden hoffte: Felder voller Leichen vielleicht? Grausige Armeen von Zombies? Von den Toten Auferstandene, die durch den Schlamm marschierten, mit ausgestreckten Händen und schwarzen Geschwüren unter den verwesenden Armen? Oder würde sie eher dunkle Machenschaften aufdecken? Würde sie Männern in weißen Schutzanzügen begegnen, die den imperialen Sturmtruppen aus *Krieg der Sterne* ähnelten? Die im gleißenden Licht von Scheinwerferkegeln Kuppelzelte aufstellten und sich über den Rotorenlärm kreisender Hubschrauber hinweg megafonverstärkte Befehle zuschrien?

Was sie schließlich tatsächlich sah, war ein einsames, sehr helles Licht, das mit hoher Geschwindigkeit genau auf sie zuraste. Unaufhaltsam. Geblendet schloss sie die Augen, riss das Lenkrad herum und raste mit dem Range Rover schräg die Böschung hinauf. In diesem Winkel hing sie mehr in ihrem Sitz, als dass sie saß. Erschrocken steuerte sie gegen und machte alles nur noch schlimmer. Wie ein Rallyefahrer in einer Schikane legte sie sich in die nicht existierende Kurve, hörte einen kreischenden Laut und sah für einen Sekundenbruchteil das verzerrte Gesicht des Lieferwagenfahrers, dessen Fahrzeug nur einen funktionierenden Scheinwerfer hatte und der sie voll erwischt hätte, wäre sie nicht so schnell ausgewichen. Sie war ganz sicher, das Logo von Riggs-Mill zu erkennen, drehte sich um und schimpfte den beiden funktionierenden Rücklichtern des Lieferwagens hinterher, der an der Kirche vorbeiraste und hinter der Hügelkuppe verschwand.

Plötzlich erwachte das Lenkrad unter ihren Händen zum Leben, schlug in die entgegengesetzte Richtung aus und hätte ihr beinahe die Daumen gebrochen. Halb geblendet und immer noch geschockt, mühte Therry sich, den Blick wieder auf die Straße zu richten; entsetzt stellte sie fest, dass sie sich nicht mehr auf der Fahrbahn befand. Der Range Rover schwankte, ruckte dann heftig und senkte die Schnauze steil nach unten. Therry kippte nach vorne, riss die Hände hoch, als wolle sie die Finsternis abwehren, die mit einem Male auf sie zusprang. Und tauchte tief in sie hinein.

Zweiter Teil

INFEKTION

Wer hat Angst vorm schwarzen Mann?
Niemand!
Und wenn er kommt?
Dann laufen wir!

Kinderspiel

Kapitel Fünfundzwanzig

High Street, Oxford; Montag, 22. Dezember, 6:30 Uhr

Der Mann taumelte von Eingang zu Eingang. Wankte vom Schaufenster von *Shepherd and Woodward's* mit Schals in allen College-Farben und Fan-Zubehör für die Ruderclubs zum *Campus-Shop,* wo ganze Reihen von weihnachtlich geschmückten Teddybären mit winzigen Doktorhüten und schwarzen Umhängen auf Käufer warteten.

Die Geschäfte waren noch geschlossen, die High Street fast menschenleer, und die hohen Steinmauern der Colleges erfüllten ihre seit dem Mittelalter unveränderte Funktion: nämlich die Welt auszuschließen. Wer nicht hier drinnen ist, schienen sie zu sagen, wer sich nicht hinter unseren alten Mauern und Eichentüren aufhält, der gehört nicht zu uns. Welche Sorgen du auch immer haben magst, du musst sie an einen anderen Ort tragen. Und dieser Mann hier hatte Sorgen, weiß Gott! Das Problem war nur, dass Gott sich nicht einen Deut darum scherte.

Trotzdem berührte George Pirewski, der sich seiner halb polnischen Herkunft kaum noch bewusst war, vorsichtshalber das Kruzifix, das er an einer Kette um den Hals trug. Es hatte eher die Funktion eines heidnischen Talismans als die eines christlichen Symbols. Nicht, dass es ihm darauf ankam. Er hätte jede Hilfe angenommen, egal woher. Auch wenn er keine erwartete.

Aus dem Krankenhaus zu entkommen war einfach gewesen. Fast zu leicht. Hätte er nicht unter besonderer Bewachung stehen müssen? War denen überhaupt bewusst, dass ihrer aller Leben auf dem Spiel stand? Dabei kannten sie höchstens die halbe Wahrheit. Er selbst war sich nicht sicher, wie viel er wirklich wusste. Er musste einfach Vertrauen haben. Vertrauen? Wie schwer das war!

Ein Zufall hatte ihm geholfen, und es stand nicht zu erwarten, dass sich eine solche Gelegenheit ein zweites Mal ergeben würde. Die Schwester, eine kleine Schottin, war ziemlich zerstreut gewesen. Ihre Augen waren rot und verheult, und vermutlich hatte sie große Angst. Nicht, dass er ihr das vorwerfen konnte. Er selbst fürchtete sich zum Gotterbarmen. Schließlich wusste er erheblich besser als alle anderen, was da auf sie zu kam. Einer der Ärzte war bereits tot. Und es würde mit Sicherheit nicht der letzte Tote sein.

Vielleicht war das auch der Schwester klar geworden. Die Kollegin, die sie ablösen sollte, hatte ihren Kopf ins Zimmer gesteckt und sie hinausgerufen. Wahrscheinlich wollten die beiden sich irgendwo mit einer Tasse Tee trösten. Oder dem pakistanischen Doktor eine Träne nachweinen. Nun, er würde auf keinen Fall zulassen, dass sie auch um ihn weinen mussten. Zum ersten Mal, seit sie ihn eingeliefert hatten, seit sie ihn wie einen Müllsack aus dem verdammten Lieferwagen gehievt hatten, war er allein.

Er war aus dem Bett gekrochen, wobei ihm jeder Knochen schmerzte, und hatte einen Krankenhausbademantel über den nackten Oberkörper und die weite, ausgewaschene Schlafanzughose gezogen, die ebenfalls dem Krankenhaus gehörte. Seine Schuhe fand er ganz weit hinten unter dem Bett; nur die Socken blieben verschwunden. Seine Straßenkleidung wähnte er im Nachttisch neben dem Bett, aber das Schränkchen war leer. Vermutlich hatte man seine Kleider wegen der Infektionsgefahr entsorgt. Er würde sich irgendwie behelfen müssen. Warum sie seine Schuhe vergessen hatten, wusste er nicht, aber er packte die Gelegenheit beim Schopf. Die Leute hier waren nicht in der Lage, sein Leben zu retten. Sie wussten nicht einmal, womit sie es zu tun hatten!

Zu seinem größten Erstaunen war der Flur leer. Dabei hatte er bislang den Eindruck gehabt, man hätte einen Posten vor der Tür aufgestellt, rein als Vorsichtsmaßnahme. Während er den Korridor entlangging, meinte er, irgendwo den Glasgower Akzent der Schwester zu hören. Offenbar telefonierte sie, auch wenn sie ganz leise sprach, als hätte sie etwas zu verbergen. Ihre Stimme klang besorgt. Allerdings nicht so besorgt, wie sie sein würde, wenn sie in sein Zimmer zurückkehrte. An den anderen Türen verschwendete er keine Zeit. Er wusste nicht, hinter welcher sein Kollege lag und ob er überhaupt noch lebte. Wahrscheinlich nicht. Aber das war im Augenblick nicht sein Problem. Wut kochte in ihm hoch. Diese Schweine! Ob sie es gewusst hatten? Wie hätten sie es nicht wissen können?

Die Tür am Ende des Flurs war nicht verschlossen. Er stieß sie auf, achtete aber darauf, dass sie keinen Lärm machte, als sie hinter ihm ins Schloss fiel. Auf der anderen Seite klebte ein Schild. ›Vorsicht, Ansteckungsgefahr! Zutritt nur für autorisiertes Klinikpersonal. Auskünfte ausschließlich bei Dr. S. Redwhistle, Tel. 3548‹. Das war alles. Merkwürdige Vorstellung von Sicherheit. Er versuchte zu lachen, aber sein Sinn für Humor hatte ihn verlassen.

Zielstrebig ging er zum Treppenhaus, immer in der Hoffnung, nicht entdeckt zu werden. Er musste sich nur so normal wie möglich benehmen, das war der ganze Trick. Schließlich war es selbst zu so früher Stunde nichts Ungewöhnliches, einem Patienten auf dem Weg zur Toilette oder zu einem der Aufenthaltsräume zu begegnen. Erst zwei Stockwerke tiefer fiel ihm auf, dass es viel ›normaler‹ aussah, wenn er den Aufzug benutzte, statt sich im Treppenhaus herumzutreiben. Erleichtert erreichte er den dritten Stock. Auch hier beachtete ihn niemand. Plötzlich bekam er keine Luft mehr, und der Geschmack von Magensäure brannte ihm derart auf der Zunge, dass ihm fast schwarz vor Augen wurde. Er hielt sich an einem Heizkörper fest, hielt sich aufrecht, bis das Schlimmste vorbei war. Zu seiner Rechten entdeckte er einen Umkleideraum. Schon erwog er die Möglichkeit, hineinzugehen und sich nach einem unverschlossenen Spind umzusehen, in dem er vielleicht Straßenkleidung finden würde. Doch in diesem Augenblick erschien die Dienst habende Schwester an der Tür und blickte ihn an, als wolle sie ihm jeden Moment eine Frage stellen.

Er drückte den Aufzugknopf und registrierte erleichtert, dass der Lift fast ohne Verzögerung kam und überdies leer war. Drei Stockwerke abwärts. Zwar war es draußen noch völlig dunkel, dennoch herrschte im Erdgeschoss bereits geschäftiges Treiben: Schwestern und Ärzte, deren Nachtschicht vorüber war, Reinigungspersonal, das sich lautstark unterhielt, und Krankenpfleger, die Karren mit schmutziger Wäsche vor sich herschoben. Links, am Ende des Hauptganges, standen die Leute vor der Cafeteria Schlange.

Auf einem Ständer, nahe einer der Wände, hingen mehrere Mäntel, direkt unter einem unübersehbar großen Schild, das unmissverständlich erklärte: ›Für Garderobe wird keine Haftung übernommen. Ihre John-Radcliffe-Krankenhausgesellschaft.‹ Hastig sah er die Mäntel durch. Ein grau karierter schien in etwa seine Größe zu haben. Er nahm ihn so unbefangen vom Haken, wie es einem Mann in einem Krankenhausbademantel möglich war, tauschte ihn gegen den Bademantel und wandte sich dann so schnell er konnte in Richtung Ausgang. Es schien ewig zu dauern, und jeden Moment erwartete er, eine Hand auf der Schulter zu spüren. Doch nichts dergleichen geschah. Niemand beachtete ihn, auch nicht, als er einige Minuten später eng in den Mantel gehüllt in die eiskalte Luft hinaustorkelte.

Der Mantel war ihm ein wenig zu groß. Aber das störte ihn kaum. Er zog ihn noch fester um seine nackte Brust und stöhnte auf, als der raue, ungefütterte Stoff mit der angeschwollenen, empfindlichen Haut unter seinen Achseln in Berührung kam, die sowieso schon unerträglich schmerzte. Seine nackten Füße rieben sich widerlich am Innenleder der Schuhe. Trotz seiner viel zu dünnen Kleidung brach ihm der Schweiß aus allen Poren. Es war kein kalter Angstschweiß, sondern der klebrige, heiße Schweiß von hohem Fieber. Ohne großen Erfolg bemühte er sich, nicht darüber nachzudenken.

Jetzt erst wurde ihm bewusst, dass er kein Geld bei sich hatte. In den Taschen des gestohlenen Mantels klimperte nicht die kleinste Münze. Ein Umstand, den er bitterlich verwünschte, als einer der roten Stadtbusse von Oxford in einer Sprühfontäne aus Schmutzwasser an ihm vorbeirauschte.

Er kannte sich in der Stadt kaum aus. Bushaltestellen

dienten ihm als Anhaltspunkte, so wie Körnerfutter Gänse in den Kochtopf lockt. Er humpelte die Marston Road entlang, ohne die düsteren Vorstadt-Mietskasernen auch nur eines Blickes zu würdigen. Die Schmerzen in seiner Brust wurden schlimmer. Ob er es schaffen würde? Immer wieder stellte er sich diese Frage. Und dann erst wurde ihm bewusst, dass er nicht die geringste Ahnung hatte, wohin er sich eigentlich wenden sollte. Er musste eine Telefonzelle finden. Und Geld, damit er anrufen konnte. Danach blieb nur noch die Hoffnung auf ein Wunder.

Auf der Magdalen Bridge bekam er wieder einen heftigen Krampf. Hier würde man sicher auf ihn aufmerksam, dachte er, während er sich im trüben Licht der altertümlich anmutenden Gaslaternen an die Steinbrüstung klammerte. Aber die wenigen Passanten zeigten keinerlei Neigung, barmherziger Samariter zu spielen; die Mantelkrägen gegen die Unbilden der Witterung hochgeschlagen, hasteten sie eilig an ihm vorbei. Kaum zehn Meter von ihm entfernt beugte sich ein Landstreicher ebenfalls über das Brückengeländer und erbrach den dünnflüssigen, alkoholischen Inhalt seines Magens in die dunkle Strömung des Cherwell.

Mit geradezu übermenschlicher Willensanstrengung, die er selbst kaum noch für möglich gehalten hätte, schleppte George Pirewski sich weiter voran, die fast menschenleere High Street hinauf.

Jetzt oder nie:

»Hätten Sie mal zehn Pence für mich, Meister? Zum Telefonieren. Es ist wirklich dringend.«

Der Mann im Regenmantel wich unwillkürlich einen Schritt zurück, als er die zerzauste Gestalt mit den brennenden Augen aus dem Türeingang des *Campus-Shops* auf sich zutreten sah. Der Mantel des Bittstellers klaffte auf und ließ darunter nackte Haut erkennen. Und das bei einem solchen Wetter! Beinahe wäre der Geist des geläuterten Mr. Scrooge auf den Passanten niedergekommen, und um Haaresbreite hätte dieser mit einer lebenslänglichen Angewohnheit gebrochen und dem armen Schlucker ein paar Münzen zugesteckt. Doch er hatte nur Scheine bei sich.

Pirewski fluchte innerlich, als der Mann den Rückzug antrat. Herrgottnochmal, dass es aber auch so weit kommen musste!

Auf der gegenüberliegenden Straßenseite tauchte ein junges Pärchen auf. Die beiden waren vermutlich auf dem Heimweg von irgendeiner Weihnachtsfeier, die bis in die frühen Morgenstunden gedauert hatte. Kichernd wankten sie Arm in Arm von der New College Lane in die High Street. Pirewski nahm noch einmal seine ganze Willenskraft zusammen und zwang sich, den entsetzlichen Schmerz zu beherrschen. Er humpelte über die Straße und wiederholte seine Frage. Die Worte kamen ihm mittlerweile kaum noch über die Lippen. Seine Brust fühlte sich an, als brenne sie lichterloh. Das Mädchen zog die Hand aus der Armbeuge ihres Begleiters. Sie blickte Pirewski mit einem Ausdruck echten Mitleids an und griff nach ihrem Portemonnaie.

»Lass!«, mischte sich der junge Mann an ihrer Seite ein. Er schwankte leicht. »Der lässt sich nur voll laufen und pennt dann in irgendeiner Toreinfahrt ein. Bei dem Wetter überlebt er das nicht.«

Verdammt, dachte Pirewski, wenn du wüsstest! Er wollte etwas sagen, damit dieser geschniegelte kleine Bastard kapierte, wie dreckig es ihm ging. Aber plötzlich wurde seine Kehle von einer Woge bitterer Galle verstopft. Er stolperte vorwärts, packte die Aufschläge seines Mantels und zerrte sie fest um seine nackte, brennende Brust.

»Da siehst du, was ich meine«, platzte der junge Mann heraus und zerrte seine Freundin weg von der würgenden Erscheinung.

»Mensch, Harry, der Mann ist krank. Gib ihm doch was. Schließlich ist Weihnachten.«

»Krank? Der ist sturzbesoffen, sonst nichts.« Trotzdem wandte er sich noch ein Mal an Pirewski. Auf seinem Gesicht lag ein maliziöses Lächeln. »Sie wollten telefonieren, nicht wahr? Na gut ...« Mit seiner freien Hand zog er eine Brieftasche hervor. »... das hier dürfte Ihnen weiterhelfen. Ich bin sicher, es sind noch mindestens dreißig Pence Guthaben drauf.« Mit diesen Worten reichte er Pirewski eine Telefonkarte der British Telecom. Sein geziertes Lächeln erlosch sofort, als Pirewski gierig danach griff.

Danke, Kumpel. Das werde ich dir nicht vergessen, und wenn es das Letzte ist, was ich tue. Das wollte Pirewski sagen, und zwar so sarkastisch wie nur möglich. Doch er spürte nur einen Feuerbrand hinter seinen Augen. Heftige Übelkeit überkam ihn. Seine Lungen schienen explodieren zu wollen. Instinktiv öffnete er den Mund, zum Husten, Niesen oder Erbrechen. Er wusste nicht, was er tun würde, es war egal, er konnte nicht mehr denken. Entsetzt stolperte das Pärchen rückwärts. Das Mädchen schrie laut auf, als das menschliche Wrack vor ihr mit einem Geräusch, als bremse ein Zug auf rostigen Nägeln, einen ganzen Regenschauer von Auswurf in der Luft versprühte.

»Mein Gott, das ist ja ekelhaft!« Harry klammerte sich an seine Freundin, die er dieses Mal nicht zurückzuziehen brauchte. Hastig wischten sie ihre Mäntel ab und verschwanden so schnell sie konnten im romantischen Lichtschein der Catte Street. Nur weg von dem Horror, der immer noch zitternd unter den hellen Lampen der High Street stand. Erst Stunden später entdeckte die junge Frau mit einem Abscheu, der ihr latent schlechtes Gewissen sofort zum Schweigen brachte, die kleinen Flecken auf dem Polarfuchs-Imitat ihres Mantelkragens: eingetrocknete graue Spritzer mit roten Einsprengseln.

Nachdem seine Retter die Flucht ergriffen hatten, sank George Pirewski auf dem harten Pflaster der High Street in sich zusammen. Er schaffte es gerade noch, bis zu einer Nische im alten Mauerwerk zu kriechen, ehe ein gnädiger Schlaf ihn übermannte. Seine eiskalte Hand umklammerte die Telefonkarte.

Kapitel Sechsundzwanzig

Cornmarket, Oxford; Montag, 22. Dezember, 10:00 Uhr

Bittere Kälte biss in die Gesichter der Käuferscharen, die sich in das weihnachtliche Getümmel von Cornmarket gewagt hatten. Wärme spendeten nur die Auspuffgase der Busse, die sich langsam durch die Fußgängerzone schlängelten. Hier schlug das kommerzielle Herz Oxfords. Und es war genau der Ort, wo Oxford, wie Daniel fand, am wenigsten es selbst war.

Im Schreibwarenladen stauten sich die Menschenmassen, obwohl es längst zu spät für Weihnachtskarten war.

Leute mit Paketen unter den Armen rempelten sich gegenseitig an. Sie stierten auf billigen Schmuck und Uhren im Schaufenster von *H. Samuel* und drängten sich vor den Auslagen von *Boots* und *W. H. Smith,* den großen Ladenketten, die jeder Einkaufsstraße in der Provinz den letzten Rest Individualität raubten. Hier in Oxford schienen sie noch weniger ins Stadtbild zu passen und wirkten wie ein Krebsgeschwür des Gewöhnlichen in einer Stadt, die zur Vervollkommnung des Besonderen berufen war.

Jetzt, in der Woche vor Weihnachten, wo die meisten Studenten in die Ferien gefahren waren, gab es einen der vorübergehenden Waffenstillstände im uralten Konflikt zwischen Stadt und Studentenschaft. Die Oxforder hatten die Straßen zurückerobert, und zugleich hatte Oxford aufgehört, eine Stadt zu sein.

Auf den Steinstufen der Pfarrkirche St. Michael's lungerten drei alte Männer in schäbigen Mänteln herum und teilten sich eine Dose starken Apfelwein. In einem Hut auf dem Pflaster lagen zwar ein paar Silbermünzen, aber es hatte nicht den Anschein, als zahlte sich die vorweihnachtliche Zeit der Mildtätigkeit für die Männer aus. Die Menschenmenge, die gleich nebenan *Boswell's,* einem großen Kaufhaus, zustrebte, beachtete sie kaum. Die Landstreicher von St. Michael's galten ihnen vielleicht nur als eine weitere der zahllosen Traditionen Oxfords. Auf jeden Fall wirkten sie recht mittelalterlich mit ihren wettergegerbten, schlecht rasierten Gesichtern, eingefallenen Wangen und Augen, die tief in den Höhlen lagen.

Eines Tages hatte Daniel wissen wollen, wie lange die Männer schon dort herumsaßen. So lange wir zurückdenken können, lautete die Antwort. Vielleicht schon immer. Der Gedanke verwirrte ihn: Vielleicht schon immer! Konnte das sein? Nicht andere, die ihnen ähnlich sahen, sondern genau diese Männer: seit sechshundert Jahren Wächter der Treppe von St. Michael's.

Daniel überquerte die Straße, wich im letzten Augenblick einem Doppeldeckerbus aus, der zwischen der Stadt und den Parkplätzen des Park-and-ride-Systems pendelte, und warf den ›uralten Wächtern‹ eine Zwanzig-Pence-Münze in den Hut.

Einer der Männer blickte auf und musterte Daniel mit Triefaugen und einem Ausdruck, der vielleicht so etwas wie Dankbarkeit ausdrücken sollte. Sein Kumpel zog die Nase hoch und spuckte Daniel einen dicken, gelblichen Klumpen Rotz genau vor die Füße. Der Dritte im Bunde drehte sich um und begutachtete die Bescherung. Daniel schluckte und ging schnell weiter. Vorbei an *Boswell's* mit seinem weihnachtlichen Schnickschnack, vorbei am *ABC Cinema* und der Ankündigung der neuesten unglaublichen Abenteuer von Agent 007, zurück in eine Welt aus gemeißeltem Stein und würdevollen Gebäuden. Irgendwo dahinter lag der Stadtteil, in den er wollte: Jericho.

Daniel hatte sich noch nie nach Jericho verirrt. Der Name klang romantisch, beschwor biblische Bilder herauf, Bilder von einem mit Mauern umgebenen Viertel orientalischer Prägung. Daniel hatte im Stadtplan nachgesehen. Jericho lag im Westen, noch hinter der breiten Durchgangsstraße St. Giles und nördlich der Beaumont Street, ganz in der Nähe der Büros der *Oxford University Press*. Während er durch ein Gewirr von grauen, viktorianischen Straßenzügen wanderte, ging Daniel auf, dass eben diese *Oxford University Press* wohl der Ursprung des Stadtviertels gewesen sein musste; die Häuser waren im frühen 19. Jahrhundert für die dort beschäftigten Arbeiter erbaut worden. Die niedrigen Reihenhäuser wirkten ordentlich und reinlich, grau und hoffnungslos, zumindest nach außen hin. Als er begann, Ausschau nach der Cardigan Street zu halten – die, wie Therry ihm unbedingt hatte erklären müssen, nicht nach der Wolljacke, sondern nach einem Brigadegeneral benannt war, der vermutlich überhaupt nichts mit dem Kleidungsstück zu tun gehabt hatte – konnte Daniel von den Ziegelmauern die komplette Sozialgeschichte des Viertels ablesen. Die Druckereiarbeiter waren längst weggezogen. Sie lebten heute zusammengepfercht in den Hochhäusern und städtischen Wohnsiedlungen der Vorstädte Oxfords. Jericho war seither ein wenig vornehmer geworden. Studenten hatten es übernommen. Früher einmal mochten die Häuser vermietet worden sein, aber im Zuge seiner Beobachtungen der britischen Gesellschaft hatte Daniel feststellen können, dass sie in zunehmendem Maße von reichen Eltern als Unterkunft für ihre Sprösslinge und gleichzeitig als solide Investition gekauft wurden. Die Folge war, dass die Pubs der Arbeiter von früher heute Bistro-Restaurants und Weinlokale waren. Jericho hatte sich verwandelt: Aus der Coronation Street war Oxford's Notting Hill geworden. Mittlerweile hatten sich auch Yuppies im studentischen Milieu breit gemacht. Eine von ihnen war Therry Moon.

Daniel wanderte fast eine halbe Stunde von einer kleinen Straße in die nächste und hoffte jedes Mal, Cardigan Street läge vielleicht gleich an der nächsten Ecke. Dabei war er so dankbar wie nie zuvor für seinen dicken Mantel, der ihn vor dem schneidenden Wind schützte. Als er endlich den Namen ›Cardigan Street‹ auf einem Straßenschild entdeckte, verfiel er regelrecht in einen Laufschritt. Er freute sich mindestens ebenso auf ein warmes Zimmer wie darauf, Therry wieder zu sehen.

Er klingelte. Da er nicht hören konnte, ob die Schelle funktionierte, klopfte er mit seinen rot gefrorenen Knöcheln an die Tür. Gerade wollte er es zum zweiten Mal probieren, als geöffnet wurde.

»Ach, du bist es.«

»Das ist nicht gerade die Begrüßung, die ich erhofft hatte – du lieber Himmel, was ist denn mit dir passiert?«

»Nichts Besonderes. Nur ein zweitklassiger Mordversuch. Vielleicht kommst du besser rein.«

»Ein zweitklassiger ... Was sagst du da?«

Therry zuckte vor Schmerz zusammen, hauptsächlich, weil sie zu lächeln versucht hatte. Doch selbst das Denken schien ihr Kopfschmerzen zu bereiten. Die kalte Kompresse über ihrem linken Auge fühlte sich an wie ein aufgeweichtes Taschentuch und war nicht in der Lage, die Ausbreitung eines riesigen Veilchens zu verhindern. Ihr Kopf brummte, als würde sie schon wochenlang ausschließlich von *Tequila Slammers* leben.

»Na ja, ich weiß nicht recht. Was meinst du? Wie sieht es aus?«

»Als seist du heftig geknutscht worden. Allerdings von einem Lastwagen.«

»Das kommt der Sache schon ziemlich nah, wenn du es genau wissen willst. Und die Nacht auf der Unfallstation des Horton hat auch nicht viel geholfen. Ganz abgesehen davon, dass ich einen dieser Kurpfuscher mit den zerschundenen Überresten meines Körpers regelrecht bestechen musste, mich nicht wegen Trunkenheit am Steuer anzuzeigen.«

»Du hast also einen Unfall gebaut? Und auch noch betrunken?«

»Nein, natürlich hatte ich bis zur Unterkante Oberlippe

Kokain und Morphium eingeworfen! Mein Gott, was denkst du eigentlich von mir? Obwohl, so ein kleines bisschen Morphium würde mir jetzt, glaube ich, ganz gut tun. Morphium oder Enthauptung. Du hast nicht zufällig eine kleine Guillotine bei dir, oder?«

»Was? Um Himmels willen, du solltest wirklich etwas vorsichtiger sein!«

»Hör mal, Kumpel, ich war vielleicht sternhagelvoll, aber ich habe das nicht zum Spaß gemacht. Und ein Unfall war es auch nicht. Die Scheißkerle haben mich in vollster Absicht von der Straße gedrängt. Wollten mir vielleicht Angst machen, was weiß ich! Aber da haben sie sich geschnitten, stimmt's, Tigger?« Sie nahm eine merkwürdig aussehende Katze auf den Arm und küsste sie auf die Nase.

»Angst machen? Was für Scheißkerle? Willst du mir vielleicht weismachen, jemand hat das absichtlich getan?«

Therry setzte die Katze auf den Boden. »Lies es von meinen L-i-p-p-e-n ab: Genau das habe ich doch gerade gesagt!«

»Ich verstehe noch immer nicht. Wer denn?«

»Die verdammten Schweine-Fraß-Leute. Pigs-Swill Riggs-Mill. Ich war letzte Nacht in Ditchford.«

»*Wo* warst du? Spinnst du eigentlich? Den ganzen Weg da rauf zu fahren, bis oben hin abgefüllt? Warum überhaupt?«

»Wegen gar nix. Keine Ahnung. Echt nicht. Stimmt, ich war betrunken. Und ich war stinksauer, weil dieser Arsch von Harkness meine Geschichte gekippt hat. Irgendwie dachte ich, ich könnte noch was finden. Nein, dachte ich eigentlich nicht. Wie gesagt: In Wirklichkeit habe ich keine Ahnung, warum ich gefahren bin. In dem Moment fand ich es einfach richtig, es zu tun. Vielleicht habe ich geglaubt, ich könnte einen Beweis finden, dass sie wirklich den schwarzen Tod ausgegraben haben. Aber mit einem Lieferwagen von Riggs-Mill, der mitten in der Nacht wie ein Besessener in mich reinrast, habe ich bestimmt nicht gerechnet.«

Daniel schwieg.

»Weißt du«, fuhr sie fort, »ich stand mitten auf der Straße. Ich weiß, das war vielleicht nicht besonders schlau, aber das ist immerhin eine stille Landstraße dort, und mein Rover ist ein ziemlich großer Junge. Und dann kommt dieses Ding in voller Fahrt auf mich zu! Absichtlich! Sie meinten es Ernst. Wenn ich nicht das Lenkrad herumgerissen hätte, hätten sie mich voll erwischt. Frontal. War Gott sei Dank nur halb so wild, und der Rover hat's auch überlebt. Konnte sogar zurückfahren. Hallo, Dannyboy? Ist da jemand? Hörst du überhaupt zu?«

»Klar doch. Tut mir Leid. Aber ... was hast du gesagt? Um wie viel Uhr war das?«

»Ich weiß nicht genau. Spät. Nach Mitternacht auf jeden Fall. Vielleicht um eins oder so. Warum?«

»Also, wenn es wirklich ein Lieferwagen von Riggs-Mill war, wie du behauptest ...«

»Das kannst du mir ruhig glauben. Ich weiß es genau! Schließlich hat er mich fast umgebracht!«

»Schon gut, schon gut! Ich kann mir nur vorstellen – nun ja, sie hatten vielleicht einen triftigen Grund, so schnell zu fahren. Weißt du, ich habe gestern Abend versucht, Rajiv anzurufen, weil ich ihm einen ausgeben wollte. Ich schulde ihm weiß Gott einen. Aber er war noch im Krankenhaus. Also habe ich es im JR2 versucht. Es hat endlos gedauert. Sie mussten ihn mit dem Piepser rufen. Ich war schon drauf und dran, aufzulegen, als er endlich ran ging und mir erzählte, was passiert war. In der Nacht, gegen zwei, ist ein Lieferwagen von Riggs-Mill eingetroffen. Sie hätten nicht auf einen Krankenwagen warten können, sagten sie. Sie haben noch einen von ihren Arbeitern gebracht.«

»Was?« Therry merkte, dass ihr der Mund offen stand.

Daniel nickte. »Wieder das Gleiche. Beulenpest. Und der neue Patient war nicht im Ausland gewesen.«

»Glaubst du etwa ... glaubst du wirklich ...«

Daniel sah ihr in die Augen, hielt ihren Blick fest.

»Ich weiß nicht, was ich glauben soll«, sagte er, »ich weiß es wirklich nicht.« Denn die einzige Erklärung war einfach zu unglaubwürdig. Viel zu unglaubwürdig.

Kapitel Siebenundzwanzig

Broad Street, Oxford; Montag, 22. Dezember, 11:30 Uhr

Es ist unmöglich. Zumindest sollte es unmöglich sein.« Daniel Warren und Therry Moon gingen die Broad Street entlang, vorbei an der massiven, langgestreckten Steinfassade des Balliol. Zum ersten Mal verhielt sich Daniel wie die anderen Fußgänger, die durch den peitschenden Regen hasteten, und schenkte dem kleinen, flachen Eisenkreuz keine Beachtung, das mitten auf der Straße an der Stelle eingelassen war, wo Mary Tudor, Königin von England, 1556 die drei protestantischen Bischöfe Cranmer, Latimer und Ridley auf dem Scheiterhaufen hatte verbrennen lassen. Schon am Tag nach seiner Ankunft in Oxford hatte Daniel auf diesem Kreuz gestanden und versucht, sich all die Jahrhunderte zurückzuversetzen, weil er ein Gefühl für die Schmerzen von Menschen bekommen wollte, die um ihres Glaubens willen zu Märtyrern geworden waren. Ein Verkehrspolizist hatte ihn angebrüllt, weil er beinahe einen Unfall verursacht hätte.

Heute benutzten sie den Bürgersteig.

»Woher willst du das wissen?«, fragte Therry. Sie zog die Kapuze ihrer gelben Regenjacke weiter nach vorn, um die Kompresse über ihrem Auge zu schützen. »Schließlich bist du doch kein Naturwissenschaftler, oder?«

»Nein, bin ich nicht. Zumindest nicht im herkömmlichen Sinn. Ich will damit nur sagen, dass es, so viel ich weiß, unmöglich ist.«

»Dann müssen wir jemanden fragen, der mehr Ahnung hat, okay?«

»Ich dachte, genau das hätten wir vor.«

»Sicher, aber glaubst du ernsthaft, Redwhistle wird mit uns reden? Ich bin jedenfalls nicht weiter als bis zu seiner Sekretärin vorgedrungen. In dem Moment, wo ich die *Oxford Post* erwähnt habe, hat sie mich sofort abblitzen lassen. Dabei sind diese Typen unter normalen Umständen total versessen darauf, mit der Presse zu sprechen.«

Daniel sah sie schief an.

»Na ja, du weißt schon, was ich meine.«

»Vermutlich hat der Professor eine Menge zu tun. Falls da drin wirklich Pestkranke liegen ...«

»Wieso ›falls‹?«

Daniel wollte sich nicht streiten und fuhr fort: »Man kann sich doch denken, dass er keine Panik verbreiten möchte. Wenn er mit der Presse redet, muss er doch am nächsten Tag mit der balkendicken Schlagzeile rechnen: ›Schwarzer Tod in Oxford‹.«

»Habe ich etwa behauptet, dass ich so etwas vorhabe?«

»Du hast aber nicht gesagt, dass du es nicht vorhast.«

»Darum geht es doch gar nicht.«

»Wahrscheinlich doch. Versteh doch, die wollen einfach nicht, dass eine Panik unter den Leuten ausbricht.«

»Die Leute wollen aber auch nicht sterben, Herzchen. Wir machen das hier doch nicht einfach so zum Spaß. Was ist denn mit deinem Kumpel Rajiv? Der ist doch Arzt. Könnte der uns nicht helfen?«

»Vielleicht schon. Ich müsste ihn aber ausrufen lassen, und ehrlich gesagt, ich finde es ganz schön selbstsüchtig, einen Mann von der Arbeit abzuhalten, der gerade versucht, Leben zu retten. Und alles nur wegen einer Story, die, wie du selbst sagst, vielleicht ein Schuss in den Ofen wird. Bakterien überleben keine sechshundert Jahre.«

»Aber du hast selbst gesagt, dass die Pest immer wieder zurückgekommen ist. Die ganze Menschheitsgeschichte hindurch.«

»Ich habe gesagt, dass sie immer wieder auftaucht. Der springende Punkt ist der: Es ist nie die gleiche Krankheit. Sie hat nicht einfach nur geruht. Es ist immer eine neue Variante, die von irgendwoher eingeschleppt wird. Aus Gegenden, wo schlechte hygienische Bedingungen herrschen. Deswegen ist die Krankheit in der westlichen Welt auch so gut wie ausgestorben. Du kannst höchstens das Pech haben, sie dir irgendwo in der Dritten Welt einzufangen. Was ja vermutlich auch unserem Freund passiert ist.«

»Und dann hat er sie nach England eingeschleppt.«

»Genau.«

»Und der andere hat sich bei ihm angesteckt?«

»Das ist sehr wahrscheinlich. Es ist zumindest die einzig logische Erklärung.«

»Na klar, Mr. Spock. Außer, es gibt noch eine andere. Zwar sind wir schrecklich stolz auf unsere modernen medizinischen Errungenschaften, aber es könnte sich ja auch herausstellen, dass wir in den letzten paar hundert Jahren nur in einem Zeitfenster der Geschichte gelebt haben, das die Pest zufällig übersehen hat.«

»Wie meinst du das?«

»Na, du weißt schon. So wie jeder dachte, der Kalte Krieg würde ewig weitergehen. Und plötzlich war er vorbei.«

»Ja.« Daniel fühlte sich plötzlich ein wenig unwohl. Therry konnte es nicht wissen, aber zufällig war sie gerade über eine seiner Lieblingstheorien bezüglich der Menschheit und ihrem Verhältnis zu ihrer Geschichte gestolpert. Eine Theorie, die er in den letzten Tagen nur allzu bereitwillig verdrängt hatte. Entgegen der allgemein herrschenden Ansicht wiederholte Geschichte sich nämlich nie. Jedenfalls nicht genau.

»Genau«, sagte Therry, als hätte sie seine Gedanken gelesen, und beendete damit das Gespräch. Sie überließ es Daniel, sich zu fragen, warum sie sich eigentlich gestritten hatten - falls überhaupt. Sie gingen schnell über die Straße, vorüber an den eindrucksvollen, finster blickenden Steinbüsten der römischen Kaiser, die Sir Christopher Wrens elegantes Sheldonian Theatre bewachen, und hasteten in den Schutz des großen, neoklassizistischen Clarendon Building.

Das Clarendon, benannt nach einem Minister König Charles des II., betrachten die meisten, die es durchqueren, allenfalls als Eingangshalle jenes wunderbaren Gebäudes aus dem 15. Jahrhundert, das dahinter gesetzt ist und nur aus vertikalen Linien und aufstrebenden Zinnen zu bestehen scheint: des Lesesaals der Bodleian Library, der auch Therrys und Daniels Ziel war. Um ›*The Bod*‹ allerdings nutzen zu dürfen, ist beim ersten Mal ein Besuch im Clarendon unerlässlich. Dort ist die Verwaltung untergebracht, die Ausweise für die zugelassenen Benutzer ausstellt: für ordnungsgemäß immatrikulierte Studenten, ehemalige Studenten, die ihr Examen gemacht haben, sowie für ganz normale Bürger, die einen guten Leumund und ein berechtigtes Interesse an der Nutzung der Bibliothek nachweisen können. Je nach Umständen kann eine Gebühr erhoben werden. Therry bezweifelte, dass die *Post* ihr die Ausgaben ersetzen würde, zumal der Herausgeber gerade ihre Geschichte gekippt hatte. Und so gab Daniel sie als seine Assistentin aus. Obwohl, und das wurde ihm in zunehmendem Maße und ziemlich unangenehm bewusst, es eigentlich eher umgekehrt war.

Nachdem Therry ihren Benutzerausweis erhalten und den alten Schwur abgelegt hatte, in Sir Thomas Bodleys Bibliothek keinerlei ›Feuer zu entfachen‹, gingen sie durch den zinnengekrönten Innenhof, vorbei an Bodley höchstpersönlich, der als stur dreinblickendes Bronzestandbild in lächerlich grotesken, elisabethanischen Beinkleidern unmittelbar vor dem Eingang stand, und betraten schließlich die gewölbeartigen Leseräume. Während Therry noch in stummer Bewunderung der hohen Decken verharrte und die endlos langen Reihen mit dicken Folianten bestaunte, die, wie ihr allmählich dämmerte, nur den Katalog darstellten, ging Daniel schnurstracks auf eines der Computerterminals zu, die höchst anachronistisch auf den zehn Meter langen Lesetischen aufgereiht waren, und loggte sich ins Internet ein.

»Das ist eigentlich nicht, was ich erwartet hatte.«

»Nicht? Hast du gedacht, wir brüten über Büchern in alten Archiven und pusten Staub von schimmligen Wälzern? Um ehrlich zu sein, die Arbeit in manchen College-Bibliotheken sieht tatsächlich immer noch so aus. Aber die ›Bod‹ ist eine nationale Institution. Selbst ihr Engländer habt es geschafft, gegen Ende des letzten Jahrtausends das Computerzeitalter einzuläuten.«

Therry schenkte ihm ihr sarkastischstes Lächeln.

»Einen Computer gestützten Katalog würde ich ja noch verstehen. Aber warum Internet?«

»Weil da der Katalog ist. Irgendwo draußen im Cyberspace. Im Internet findest du das Portal. Es heißt OLIS, *Oxford Libraries Information Service.* Dort ist nicht nur der Katalog der ›Bod‹, sondern der aller Bibliotheken in Oxford, auch wenn längst nicht alle so groß sind wie die Bodleiana. Natürlich ist nur ein Bruchteil aller Bücher in diesem Gebäude hier untergebracht.«

»Das heißt, wir können nicht einfach losgehen und uns was aus dem Regal nehmen?«

»Kaum. Jedenfalls meistens nicht. Es gibt ein paar Geschichtsbücher in einem Handapparat in der Radcliffe Camera.« Er deutete mit dem Kopf in Richtung des großen Fensters – fast wie in einer Kathedrale, dachte Therry, nur dass das Glas nicht bunt ist –, wo sich die majestätische Kuppel der wichtigsten Geschichtsbibliothek der Universität erhob und einen Platz dominierte, der als Einziger unter allen Plätzen Europas neben dem Markusplatz in Venedig bestehen konnte.

»Alles, was kein Fach- oder Sachbuch ist«, fuhr Daniel fort, »wird auf Meilen langen unterirdischen Regalen draußen in Nuneham Courtenay aufbewahrt. Selbst auf die meisten Bücher aus dem Hauptarchiv der Bodleiana muss man mehrere Stunden warten. Aber ich rechne damit, dass das, was wir suchen, zum größten Teil in der Radcliffe Science Library zu finden sein wird.«

»Wo ist das?«

»Ein Stück die Straße entlang, hinter Wadham. Aber hier ist die Katalogsuche einfacher.«

Therry blickte auf den Bildschirm. Daniel benutzte den *Internet Explorer*, um die Homepage von OLIS aufzurufen.

»Du scheinst dich ja gut damit auszukennen.«

»Das hoffe ich doch! Ich kenne OLIS schon seit Berkeley. Der einzige Unterschied zu damals besteht darin, dass die Bücher hier nicht sechstausend Meilen weit weg sind. Da haben wir es schon. Schau!«

Kapitel Achtundzwanzig

Radcliffe Science Library, Oxford; Montag, 22. Dezember, 13:30 Uhr

Eine gute Stunde später saßen Daniel Warren und Therry Moon über eines der niedrigen Lesepulte im zweiten Stock der Radcliffe Science Library gebeugt. Um diese frühe Nachmittagsstunde, dazu noch am Ende des Herbst-Trimesters, war die Bibliothek fast leer. Zwei Reihen weiter, in der Freihandbibliothek, war ein hübsches junges Mädchen, deren langes, goldenes Haar zu einem Zopf geflochten war, über einem dicken Wälzer eingeschlafen, der unschwer als *Gray's Anatomy* zu erkennen war. Wollte sie wirklich freiwillig Ärztin werden?, fragte sich Daniel. Rajivs unmenschliche Arbeitszeiten fielen ihm ein. All die Falten, die endlose, schlaflose Nächte jetzt schon auf seiner Stirn hinterlassen hatten. Noch ein paar Reihen weiter saß ein asiatisch aussehender junger Mann, sehr wahrscheinlich ein Medizinstudent, über seiner wissenschaftlichen Arbeit. Er kämpfte sich durch einen Stapel dünner broschierter Drucke, die sehr nach frisch veröffentlichten Doktorarbeiten aussahen. Ansonsten hatten Daniel und Therry den Raum für sich.

Daniel hatte im Hauptgebäude über das Internet eine Bücherliste zusammengestellt, deren wichtigste Titel er geordert hatte. Er war zutiefst beeindruckt gewesen, dass die bedeutendsten historischen Abhandlungen über die Pestepidemie im 14. Jahrhundert in der Science Library zu finden waren, nicht zuletzt, weil Therry es kaum erwarten konnte, die Lücken in ihrem Wissen zu schließen, und alle Bücher innerhalb von vierzig Minuten verfügbar waren. Geärgert, aber auch ein wenig verwundert hatte ihn hingegen, dass fast alle neueren Werke über die Pest für einen anderen Benutzer zurückgelegt worden waren. Das konnte jedoch durchaus ein Zufall sein: Die ausgeliehenen Bücher waren fast sämtlich epidemiologische Studien, die auch andere seltene und höchst ansteckende Krankheiten behandelten; es war keineswegs sicher, dass derjenige, der sich die Bücher hatte zurücklegen lassen, ausgerechnet an der Pest interessiert war. Der hochwissenschaftliche Inhalt dieser Werke wäre vermutlich ohnehin weder Therry noch Daniel mit ihren begrenzten medizinischen und pharmazeutischen Kenntnissen verständlich gewesen.

»Du lieber Himmel, was ist das denn?« Therry deutete auf eine Seite, auf der sich eines der Bücher über die Geschichte der Pest wie von selbst aufgeschlagen hatte. Die schlafende Medizinstudentin ließ sich nicht stören, aber der Asiate am anderen Ende des Lesesaals sah verärgert auf. »Psst«, machte Daniel und blickte auf die Buchseite, die Therry meinte. Es handelte sich um die groteske Abbildung eines in Lumpen gehüllten Skeletts, das eine Krone auf dem Schädel trug. Seine Gliedmaßen waren merkwürdig verdreht, als ob sie in einem wilden Tanz eingefroren wären. Der lippenlose Mund bleckte in einem grauenhaften Grinsen die Zähne.

»Das ist der ›Tanzende Tod‹«, flüsterte Daniel so unberührt, als hätte er schon Hunderte Male solch grimmige Schreckensdarstellungen gesehen. Was auch zutraf. »Ein Memento Mori – eine Erinnerung an die Vergänglichkeit des Menschen«, fügte er hinzu, als er sich ihres fragenden Blicks bewusst wurde. »Während und nach den Pestepidemien fand man derartige Darstellungen überall. Tatsächlich entspringen sie eher einer heidnischen als einer christlichen Haltung. Der Klerus lehnte sie ab, aber der Klerus hatte zu diesem Zeitpunkt längst nicht mehr so viel Einfluss.«

Zwei Stunden lang arbeiteten sie sich durch zwei unterschiedliche Stapel, während das Licht, das durch die Fenster fiel, immer blasser und schwächer wurde, sodass sie ihre Leselampen anknipsen mussten. Therry überflog Einleitungen und suchte nur bestimmte Kapitel heraus, die sie dann intensiver durchlas. Ab und zu schrieb sie Notizen in ihr Ringbuch. Ein oder zwei Mal pfiff sie leise durch die Zähne und handelte sich damit jeweils einen finsteren Blick des Asiaten ein, der offenkundig ein Mann der alten Schule war, was die Einhaltung von Regeln in Bibliotheken anging.

Der »Tanzende Tod« war die finsterste der seltenen Illustrationen, aber nicht die einzige und bei weitem nicht die schrecklichste. Dieses Prädikat kam wohl einem fein gearbeiteten Holzschnitt zu, der Flagellanten darstellte; Grüppchen sowohl männlicher als auch weiblicher Möchtegern-Heiliger, die über Land zogen und sich geißelten, um Buße zu tun. Die Darstellung zeigte in allen Details die Angst in ihren Gesichtern, die blutigen Striemen auf ihren nackten Oberkörpern und die abscheulichen Knoten an den Lederriemen, mit denen sie sich selbst und einander peitschten. Laut Bildunterschrift war der Künstler unbekannt. Der Holzschnitt stammte aus Nürnberg in Deutschland und war auf die Mitte des 14. Jahrhunderts datiert. Es sprang dem Betrachter sofort ins Auge, dass der Künstler die Szene selbst miterlebt haben musste, bevor er sie in Holz schnitt. Sehr viel später würde es Fotos, Videos und CD-ROMs geben, um mit ihnen die Schrecken nachfolgender Generationen festzuhalten. Damals, im 14. Jahrhundert, war diese Methode hier jene gewesen, die einem Aufmacher für eine Titelseite am nächsten kam.

Allmählich begann Therry zu verstehen, was Daniel mit seiner Arbeit zu erreichen versuchte. Von einigen wenigen Ausnahmen abgesehen, waren die historischen Abhandlungen über die Pest trocken und für Laien schwer verdaulich; es waren Versuche, Jahrhunderte nach den Ereignissen, anhand von Aufzeichnungen über herrschaftlichen Grundbesitz und den Präbendialregistern der Kirchen Sterberaten zu errechnen. In einer Zeit, in der über den kleinen Mann nicht Buch geführt wurde, war dies fast die einzige Möglichkeit, überhaupt Aussagen zur Bevölkerungsentwicklung zu machen.

Doch selbst in den nüchternen Statistiken blieb das Entsetzen spürbar, und sei es nur, weil deren Zahlenkolonnen im wahrsten Sinne des Wortes bewiesen, wie unberechenbar das ganze Ausmaß der Katastrophe gewesen war. Fest stand, dass die Auswirkungen auf die Gesellschaft immens gewesen sein mussten und dass sich die Haltung dem Glauben und der Kirche gegenüber grundlegend änderte – als ob der Schrecken der Pest und die Zufälligkeit, mit der sie ihre Opfer suchte, die Furcht der Menschen derart steigerte, dass ihre Furcht vor Gott immer geringer wurde. Selbst der Lebenswandel eines Heiligen war, wie sich herausstellte, kein Schutz gegen die Krankheit.

Daniels Stapel war mindestens ebenso trocken und nicht weniger morbid. Er las die Berichte des Bombay Plague Research Council, die das belegten, was er bereits von Rajiv wusste, nämlich dass die Beulenpest auf dem indischen Subkontinent mehr als ein historisches Kuriosum war. Ebenso aufrüttelnd war die Lektüre des bereits 1976 von der WHO in Genf veröffentlichten *Plague Manual,* eines dünnen Handbuchs für den Notfall, verfasst von M. Bahmanyar, Mitarbeiter des iranischen Pasteur-Instituts, und D. C. Cavanaugh von der Abteilung für mikroorganische Gefahrstoffe im Walter Reed Army Medical Centre, Washington D. C. Daniel musste lächeln. In gewisser Weise stammte auch dieses Handbuch aus einer ganz anderen Welt.

Eine angenehme Lektüre war es nicht. »Die Infektion mit dem Pesterreger ist für Familienmitglieder, Besucher und jeden anderen, der bei Kontakt mit dem Erkrankten keine Schutzmaßnahmen ergreift, fast unausweichlich.« Die Autoren rieten zu einem *cordon sanitaire,* um ein infiziertes Gebiet von der Außenwelt abzuschneiden, unter Umständen sogar mit Unterstützung durch »bewaffnete Polizei und Militär«.

»Alles in Ordnung?«

»Hm? O, ja. Entschuldige. Ist nur ziemlich starker Tobak, findest du nicht?«

»Du sagst es.« Sie senkte die Stimme, weil der Asiate wieder finster dreinblickte. Gleich darauf richtete sich dessen Missbilligung jedoch gegen das laut schabende Geräusch, das die junge Medizinstudentin verursachte, als sie plötzlich hochschreckte, mit einem Ruck ihren Stuhl über den Holzboden zurückschob und mit einem Gesichtsausdruck aufstand, der Daniel an die Haselmaus aus *Alice im Wunderland* erinnerte. Das Mädchen sah sich verlegen um, sammelte ihre Unterlagen ein, schob den schweren *Gray's* zur Seite, schüttelte ihren langen Zopf, warf einen Mantel über die Schultern und ging. Daniel sah auf die Uhr. Gerade drei Uhr vorbei. Sie waren länger geblieben, als sie vorgehabt hatten.

»Also, ich gebe auf.«

Therry klappte das Buch zu, in dem sie gelesen hatte, und drehte sich zu dem offensichtlich begriffsstutzigen Amerikaner an ihrer Seite um. Denn Daniel starrte sie nur völlig verblüfft an.

»Und? Was hast du gefunden?«, wollte sie wissen. »Also, mir hat das mehr Ekelschauer über den Rücken gejagt, als ich mir jemals hätte vorstellen können. Allmählich habe ich den Eindruck, wir haben verdammt viel Glück gehabt, dass überhaupt jemand diese widerliche Seuche überlebt hat. Trotzdem habe ich noch immer keine Ahnung, ob diese Bakterien mehr als sechshundert Jahre im Schlamm von Nether Ditchford überdauert haben könnten.«

»Du glaubst wirklich daran, oder?«

»Ja klar, verdammt noch mal! Jemand hätte mich letzte Nacht beinah umgebracht! In der Nähe der Baustelle! Ich bin sicher, es gibt da etwas, von dem die Leute nichts wissen sollen. Und ich will wissen, warum.«

»Wir müssen auf jeden Fall noch eine weitere Meinung einholen. Und ich glaube, ich weiß auch, wen wir fragen können. Nämlich den Mann, der denkt, Redwhistle hätte ihm den Job gestohlen.«

Kapitel Neunundzwanzig

Oxford; Montag, 22. Dezember, 16:00 Uhr

Das Haus, in dem Dr. Erwin Gover lebte, war wie jene Häuser, von denen Daniel immer angenommen hatte, sie existierten allenfalls im Märchen: alt, aus gelbem Stein, mit altersschwachen Giebeln, einem Moos bedeckten Schieferdach und einem Mühlrad, das unter dem Druck eines trägen Wasserlaufs – einem Seitenarm des Cherwell – leise ächzte. Das Haus stand am Ende einer langen Allee ein Stück hinter der Parks Road. Die Straße führte zwischen einer Mauer an der Rückseite eines Colleges und einer Baumreihe entlang, die überzeugend vorgab, ein kleiner Wald zu sein. Ein paar Dutzend Meter hinter den Bäumen erhob der universitätseigene Gebäudekomplex für Naturwissenschaften sein in den 60er Jahren erbautes Hydra-Haupt aus kantigem Stahl und Beton. Aber das alte Haus am Ende der Straße schien einem anderen Universum anzugehören.

»Nett, findest du nicht?«, meinte Therry.

»Das kann man wohl sagen.« ›Nett‹ war genau die Art

von englischem Understatement, an die Daniel sich erst hatte gewöhnen müssen. Er fand das Haus einfach fabelhaft.

»C. S. Lewis hat hier mal gelebt. Weißt du, der Typ, der diese Kinderbücher über den Zauberlöwen geschrieben hat. War das bei euch auch im Fernsehen?«

Daniel hatte nie eine Fernsehversion der Geschichte gesehen, aber er hatte die Narnia-Romane schon als Kind verschlungen und sich ihrem Zauber nie wieder entziehen können, selbst dann nicht, als seine Mutter ihm erklärte, dass es sich dabei um nichts anderes als verbrämte religiöse Propaganda handele. Zwar hatte er daraufhin die Bücher beiseite gelegt, wie von seiner Mutter zweifellos beabsichtigt, aber die Magie, die von den Erzählungen ausging, hatte sie damit nicht ganz zerstören können. Und plötzlich entdeckte er den viktorianischen Laternenpfahl. Er stand direkt daneben. Der magische Laternenpfahl aus *Der Löwe, die Hexe und der Kleiderschrank,* das Tor zu einer anderen Welt. Und ihn fröstelte. Die Welt, in der »immer Winter, aber niemals Weihnachten« war. Wirklich passend.

Er überlegte, was Dr. Erwin Gover über den früheren Bewohner seines Hauses denken mochte, entschloss sich aber rasch, lieber nicht zu fragen. Wenn es etwas gab, was er während seiner Zeit in Oxford gelernt hatte, dann war es, dass jede Generation mehr Stolz auf die eigene Leistung als auf die ihrer Vorgänger verspürte. Außerdem war Gover Naturwissenschaftler.

Der Mann, der ihnen die Tür öffnete, sah allerdings eher wie ein von Dickens ersonnener exzentrischer Besitzer eines Kuriositätenladens aus. Er trug eine verblichene, ehemals rote Steppjacke, die Therry zunächst für einen Bademantel hielt, Daniel jedoch als das identifizierte, was man früher ›Hausjacke‹ nannte.

»Ja bitte?«, fragte er kurz angebunden und mit einem kaum erkennbaren deutschen Akzent. »Sie wünschen?«

»Dr. Gover, mein Name ist Moon. Wir haben telefoniert. Ich komme von der Zeitung.«

»Ach, natürlich.« Plötzlich war seine schroffe Art wie weggeblasen und machte einem gekünstelten Lächeln Platz. Die Erscheinung in dem vermeintlichen Bademantel schlurfte ein Stück rückwärts, um sie einzulassen. Therrys Anruf hatte Wunder gewirkt. Kein Spezialist konnte der Aussicht widerstehen, in der Presse als ausgewiesene Kapazität auf einem bestimmten Gebiet zitiert zu werden. Das traf erst recht auf Spezialisten zu, die glaubten, bei einer Beförderung übergangen worden zu sein.

Sie folgten Gover durch einen dunklen, mahagonigetäfelten Flur, in dem Drucke mit den Darstellungen verschiedener Oxforder Colleges hingen und von denen Daniel vermutete, dass sie zum Haus gehörten. Dann quetschten sie sich an einem gefährlich durchhängenden Kleiderständer vorbei, an dem vermutlich Govers komplette Garderobe hing.

»Wenn es Ihnen nichts ausmacht, gehen wir am besten ins Arbeitszimmer. Dort ist die wenigste Unordnung.«

Eine größere Unordnung, als in dem Zimmer, in das er sie führte, war kaum noch vorstellbar. Zwei Wände verschwanden hinter überquellenden Bücherregalen. Den Fußboden erkannte man nur hier und da zwischen Inseln aus Papierstapeln. Es wirkte, als wäre Gover entweder soeben erst eingezogen oder gerade im Begriff, auszuziehen. Daniel nahm jedoch zu Recht an, dass weder das eine noch das andere der Fall war. Gover setzte sich an einen völlig überladenen Schreibtisch. Ein Computertisch am anderen Ende des Zimmers stand so, dass man von dort aus einen wunderbaren Ausblick auf das sich langsam drehende Mühlrad hatte. Der Bildschirmschoner auf dem PC zeigte eine DNA-Doppelhelix, deren Farbe zwischen fahlem Orange und Lindgrün changierte. Gover hatte anscheinend übersehen, dass es weder für Therry noch für Daniel eine Sitzgelegenheit gab. Also blieben sie stehen.

»Ich kann Ihnen leider keinen Tee anbieten«, sagte Gover. Es klang eher nach einer Feststellung als nach einer Entschuldigung. »Nun«, wandte er sich an Therry und schenkte Daniel dabei einen Seitenblick, der vermuten ließ, dass er dessen Anwesenheit eben erst registriert hatte, »vielleicht erzählen Sie mir erst einmal, worüber Sie mit mir sprechen wollen. Am Telefon haben Sie sich nicht besonders klar ausgedrückt.«

So präzise wie möglich – immerhin musste man bedenken, dass sie einen Großteil der Geschichte improvisierte –, skizzierte Therry einen angeblich geplanten Artikel über archäologisch interessante Gebiete, die durch Bebauungspläne bedroht seien. Sie erklärte, sie sei bei ihren Recherchen auf den schwarzen Tod gestoßen und überlege, ob sie in ihrem Artikel einen besonderen Infokasten über die Krankheit beifügen solle. Natürlich habe sie in diesem Zusammenhang sofort an Dr. Gover gedacht, der allgemein als der führende Experte auf diesem Gebiet gelte.

Gover nahm ihre Schmeichelei mit einem unüberhörbaren, aber durchaus nicht unzufriedenen Räuspern entgegen. Daniel fragte sich, wie er wohl auf den Namen Redwhistle reagieren würde. Intern war Dr. Gover an der Universität als der Mann gehandelt worden, dem der Lehrstuhl für Epidemiologie zustand. Doch dann war Redwhistle, der ›Mann von außerhalb‹, auf dem Plan erschienen.

»Ist es richtig, Dr. Gover, dass der letzte Ausbruch in Großbritannien die Große Pest von London im Jahr 1665 war? Ein Jahr vor dem Großen Feuer?« Therry hielt diese Frage für einen guten Einstieg. Sie war allgemein gehalten, zeigte aber, dass sie sich mit dem Thema durchaus bereits beschäftigt hatte.

Gover lächelte, als hätte er genau diese Frage erwartet. Die Antwort kam wie aus der Pistole geschossen. »Nein, nein, meine Liebe. Ich fürchte, so lang ist das noch nicht her. Der letzte registrierte Ausbruch der Beulenpest in diesem Land ereignete sich in Suffolk, und zwar 1913.«

»Ist das Ihr Ernst?«

Gover war deutlich anzusehen, wie zufrieden er mit der Wirkung war, die seine kleine Überraschung verursacht hatte. Therry hingegen war einerseits verblüfft, andererseits erregt. 1913 war noch nicht einmal hundert Jahre her. Wenn die Pest also bis dahin überlebt hatte ...

»Was ist damals passiert? Warum hat man nichts davon gehört? Wie viele Menschen starben?«

»Kaum ein Dutzend, wenn ich mich recht entsinne. Zwar gilt die Pest als äußerst gefährlich, aber sie erreicht nicht jedes Mal epidemische Ausmaße. In diesem Fall glaubt man, dass Ratten aus der Karibik die Überträger waren. Sie kamen an Land und infizierten ein relativ kleines Dorf. Danach erlosch die Krankheit wieder. Manchmal passiert so etwas, verstehen Sie? Und zwar, wenn entweder keine Zwischenwirte mehr da sind oder das Bakterium auf eine immune Gruppe stößt.«

»Es sind also Ratten, die es verbreiten.«

»In den meisten Fällen, aber durchaus nicht immer. Die

Ratte ist bloß das am weitesten gereiste aller kleinen Monster. Auch die Erdhörnchen und Präriehunde Nordamerikas und sogar die süßen, niedlichen Streifenhörnchen, die wir alle aus den Zeichentrickfilmen kennen, können Pestüberträger sein. Selbst das sibirische Murmeltier. Dschingis Khan hatte seinen Männern verboten, diese Tiere zu erlegen und zu essen, weil das Infektionsrisiko zu groß war. Glauben Sie aber bloß nicht, die Tiere selbst seien die Überträger. Leider wird das in den Medien allzu häufig verbreitet. Sie transportieren bloß die Flöhe.«

Daniel nickte ungeduldig und war drauf und dran, Gover zu unterbrechen. Er war nicht hierher gekommen, um sich einer simplen Einführungsvorlesung zu unterziehen. Aber Therry hatte schon vor langer Zeit gelernt, dass man Interviewpartner am besten an der ganz langen Leine führt und sie erst nach und nach in die richtige Richtung lenkt, um das Gewünschte aus ihnen herauszubekommen.

»Und die Flöhe übertragen das Virus, richtig?«

»Falsch. Mit einem Virus hat es nichts zu tun. Sie dürfen niemals Viren und Bakterien verwechseln. Sie sind nämlich sehr verschieden. Ein Virus ist – wie soll ich Ihnen das erklären? – ein DNA-Strang. Wissen Sie, was DNA ist?«

Therry und Daniel nickten schnell. Obwohl ihr Wissen nicht gerade umfassend war, hatten sie keine Lust auf eine Biologiestunde für Anfänger.

»Bakterien sind anders. Sie sind, wenn Sie so wollen, die einfachsten Tiere, die es gibt. Mikroskopisch klein. Bakterien waren vermutlich die ersten Lebensformen, die sich auf der Erde in der Ursuppe der Ozeane entwickelten. Sozusagen der erste Pflasterstein auf der Straße der Evolution. Die Bakterien, die die Pest hervorrufen, haben sich mit ziemlicher Wahrscheinlichkeit gleichzeitig mit denen entwickelt, aus denen in Jahrmillionen höhere Lebensformen hervorgingen, uns eingeschlossen. Es ist vielleicht ein etwas ausgefallener Gedanke, aber durchaus nicht von der Hand zu weisen, dass das Pestbakterium der erste Bewohner der Erde war und sich noch heute Schlachten mit den Eroberern liefert.«

»So, wie Sie es beschreiben, könnte man fast meinen, es sei intelligent.«

Der Gelehrte lachte dünn. »Wir sollten Intelligenz nicht unbedingt mit dem Erfolg einer Spezies gleichsetzen.«

»Wie meinen Sie das?«

»Nun, wir halten uns Menschen für die Herrscher der Erde. In gewisser Weise stimmt das sogar, aber wir fügen ihr, und damit auch uns selbst, mehr als genug Schaden zu. Von einem gänzlich anderen Standpunkt aus, wie ihn, sagen wir zum Beispiel, ein Außerirdischer einnehmen könnte, wäre die weitest verbreitete, erfolgreichste und am besten gedeihende Spezies wahrscheinlich eine der vielen Ameisenarten, vielleicht auch der Weizen. Intelligenz ist nur eines von vielen Mitteln zum Überleben. Seit Millionen von Jahren führen wir einen Krieg gegen das Pestbakterium, aber bis ins letzte Jahrhundert hinein war der Erfolg eher mäßig. Im Verlauf der Geschichte hat diese eine Bakterienart mehr Menschen umgebracht, als alle anderen Krankheiten und alle Kriege zusammengenommen.«

Therry dachte an die Bilder in der Bibliothek, an den Tanzenden Tod, die Flagellanten und die vergeblichen Gebete einer Bevölkerung, die nichts, aber auch gar nichts über ihren wahren Feind wusste, noch nicht einmal, dass er überhaupt existierte.

»Die Pest ist also ein Bakterium«, fuhr Gover fort. »*Yer-*

sinia pestis. Es wurde nach einem Russen aus dem 19. Jahrhundert benannt, Alexander Yersin, der 1894, während der letzten großen Pandemie, nach Hongkong reiste. Gott sei Dank erreichte die Krankheit Europa damals nicht, wohl aber Kalifornien. Yersin war der Erste, der den Bazillus isolieren konnte. Das Pestbakterium lebt im Verdauungstrakt von Flöhen, und zwar besonders des Rattenflohs *Xenopsylla cheopsis*. Es kommt aber ebenfalls im Menschenfloh *Pulex irritans* vor ...«

»Lateinisch für ›lästiger Floh‹«, warf Daniel ein und bekam einen Blick zugeworfen, mit dem ihm Gover klar zu erkennen gab, dass er soeben die beste Beschreibung für sich selbst geliefert hatte.

»In der Tat«, sagte er, stand auf und kämpfte sich zu dem Bücherregal neben dem Fenster durch. »Dies hier, wenn ich Ihnen das eben zeigen darf, ist der kleine Kerl, der für alles verantwortlich ist.«

Er holte ein Buch aus dem Regal, das so großformatig wie die Arbeitsmappe eines Kunststudenten war. Es enthielt eine Reihe äußerst detaillierter anatomischer Zeichnungen von Insekten. Gover schob die Papierstapel auf seinem Schreibtisch zur Seite und klappte eine Bildtafel aus. Auf Therry wirkte die Darstellung wie die Projektskizze eines Designstudios für den nächsten *Alien-Film*. Vielleicht auch wie die Zutat für eine ganz besonders ambitionierte Sushi-Variante.

»Igitt! Was ist das denn?«

»Ein Floh. Erstaunlich, wie der Maßstab die Dinge verändern kann, nicht wahr?«

»Erstaunlich«, sagte Therry. Sie klang nicht sehr beeindruckt.

»Dieser Floh ist der Wirt unseres Bakteriums. Es vermehrt sich in seinem Magen und blockiert ihn so, dass der Floh zu verhungern droht. Um zu überleben, würgt er die Bakterien aus und spuckt sie beim Blutsaugen in sein Opfer.«

»Ich glaube, mir wird schlecht«, sagte Therry.

»Dabei kann einem wirklich speiübel werden«, echote Daniel.

»Nicht sehr angenehm, nicht wahr?« Gover lächelte nachsichtig. »Der Floh erbricht sich, wenn Sie so wollen, in den Blutkreislauf.«

»Aber ein Flohbiss ist nicht die einzige Art, wie man die Pest bekommen kann, oder?«

»O nein, ganz und gar nicht. Die Flöhe stehen nur am Anfang der Infektion. Die ansteckendste Form der Krankheit ist die pneumonische Variante. Erst wenn das Bakterium in die Lunge eindringt und das Lungengewebe zerstört, entsteht die Möglichkeit einer Masseninfektion. Die Lunge des Patienten zersetzt sich, und das Bakterium sucht sich einen Weg, in den Blutstrom zurückzukehren. Der Patient bekommt Hustenanfälle, bei denen kleine Tröpfchen Speichel, oft mit Blut durchsetzt, in die Luft gelangen. In den Tröpfchen befinden sich natürlich Pestbakterien. Jeder, der damit in Kontakt kommt, wird mit großer Sicherheit angesteckt. Erst wenn die Pest in die Luft gelangt, ähm – hebt sie sozusagen ab.«

Daniel achtete nicht auf den etwas unglücklich gewählten Vergleich. In Gedanken durchlebte er noch einmal das Grauen, das ihn gepackt hatte, als der Mann auf Station Sieben, dessen Lungen zu explodieren schienen, sich plötzlich vornüber gebeugt und gehustet hatte. Kein Wunder, dass Rajiv ihn quasi aus dem Zimmer geworfen hatte. Scheiße! Hoffentlich wirkten die Medikamente, die sein

Freund ihm gegeben hatte, tatsächlich so gut wie behauptet!

»Der Lungenpest haben wir mit Abstand die meisten Toten zu verdanken. Im Extremfall kann sie geradezu unglaublich ansteckend sein. Leute, die das Bakterium am Morgen einatmen, können mittags bereits krank werden und schon abends daran sterben, entweder weil die Pest ihre Lunge zerstört oder ihr Blut vergiftet hat. Septische Pest nennen wir das. Kein Wunder, dass die Leute damals dachten, die Krankheit sei ein Zeichen der nahenden Apokalypse.«

»Wie ... wie behandelt man sie denn? Mit Antibiotika? Penizillin?«

Gover räusperte sich erneut. »Penizillin? Schön wär's. Leider nutzt dieses Medikament absolut gar nichts gegen die Pest. Natürlich gibt es Medikamente, aber die meisten haben Nebenwirkungen, die fast ebenso gefährlich sind. Alle Sulfonamide zum Beispiel.«

Daniel und Therry starrten ihn verständnislos an.

»Sulfadiazin zum Beispiel kann die Sterberate bei Pest erheblich reduzieren. Allerdings ...«

»Allerdings?«

»Es führt zu irreparablen Nierenschäden. Bisher scheint intramuskulär injiziertes Streptomycin die besten Erfolge aufzuweisen, obwohl es bei Überdosierung zu Taubheit führen kann.«

»Was ist mit Tetracyclin?«, wollte Daniel wissen

Therry und Gover sahen ihn gleichermaßen erstaunt an.

»Hm, ja. In richtigen Mengen verabreicht, wirkt es vorbeugend. Die Dosierung muss sehr genau anhand des Körpergewichtes errechnet werden, und es muss mindestens eine Woche lang eingenommen werden.«

Daniel nickte. Er hatte verstanden. Gut gemacht, Rajiv!, dachte er.

Therry interessierte sich allerdings für ganz andere Fragen. Sie wollte wissen, ob die Erreger in Nether Ditchford hatten überleben können.

»Aber was ist mit den, äh ...« Sie suchte nach dem richtigen Wort, »... den Überträgern? Den Nagetieren? Wie entdeckt man mögliche Infektionsherde?«

»Als Erstes muss man natürlich eine Ratte fangen und sie auf infizierte Flöhe untersuchen.«

»Könnte es einer infizierten Rattenkolonie möglich sein, sehr lange zu überleben, ohne die Krankheit auf Menschen zu übertragen?«

Daniel sah Therry fragend an. Worauf wollte sie hinaus?

Gover folgte seinem Blick. »Eher nicht. Wissen Sie, auch die Ratten sterben an der Pest. Und wenn es keine Wirtstiere mehr gibt, erlischt die Krankheit. Gott sei Dank! Deshalb enden selbst die schrecklichsten Epidemien irgendwann einmal. Kleinere Gemeinschaften werden häufig völlig ausgelöscht. Auch heute noch besteht die einzige Möglichkeit, einen Ausbruch unter Kontrolle zu bekommen, darin, die infizierte Gemeinschaft zu isolieren, notfalls mit Gewalt, bis die Krankheit ihren Gipfel überschritten hat, so grausam das auch erscheinen mag. Wenigstens können wir heute die Menschen im Infektionsgebiet behandeln – wenn wir es rechtzeitig erreichen.«

»Könnte das Bakterium denn ohne einen Zwischenwirt überleben? Ganz auf sich gestellt? Vielleicht mit eingeschränkten Lebensfunktionen oder so? So wie Hefe: Das ist doch auch ein lebender Organismus, nicht wahr? Man kann sie im Trockenzustand aufbewahren und später wieder lebendig machen. Indem man einfach Wasser hinzufügt.«

»Nun ja, so einfach ist das nun auch wieder nicht. Aber ...«

»Aber?«

Gover seufzte, als würde er ihr nur widerwillig Recht geben. »Aber es ist schon passiert. Zum Beispiel im Iran, wo die Krankheit mehr oder minder endemisch ist. Vor ein oder zwei Jahren habe ich etwas gelesen ...«, seine Augen flogen über das Regal, als wolle er dem Buch, von dem er sprach, befehlen, herauszuspringen, »... das diesem Szenario ziemlich nahe kommt.«

»Erzählen Sie weiter, Dr. Gover!«

»Nun, in einigen Fällen scheint es vorgekommen zu sein, dass selbst nach monatelanger Versiegelung aller Rattenlöcher und nicht dem geringsten Hinweis auf Flöhe dennoch wieder Bakterien aufgetaucht sind. Als ob sie im Boden überwintert hätten, um dann mit Hilfe von Sauerstoff und Insekten wieder einen neuen Wirt zu finden.«

»Und wie lange wäre das Überleben ohne Wirt möglich?«

»Die Fakten sind dünn und nicht gerade eindeutig. Es gibt Berichte von Zeiträumen zwischen sechs und neun Monaten, die gesichert erscheinen. In einem Fall scheint ein Rattenbau ein ganzes Jahr lang unberührt geblieben zu sein. Und ein anderer Bericht ...«

»Ja, ja?« Das kam drängend.

»Der Bericht stammt aus der Nähe von Täbris im Iran. Man vermutet, dass die Erreger fast zehn Jahre lang in Rattenlöchern eingesperrt gewesen waren.«

»Und dennoch lebte das Bakterium noch?«

»Und dennoch kam es zu einem Ausbruch der Pest, kurz nachdem die Löcher geöffnet wurden«, verbesserte Gover. »Es gibt keinen eindeutigen Beweis für einen Zusammenhang. Aber ich wüsste nicht, wie ...«

»Und sechshundert Jahre? Wäre das möglich?«

Das muss man ihr lassen, dachte Daniel, das Mädchen kann knallhart zuschlagen.

»Wie bitte? Ach so, jetzt geht mir auf, worauf Sie hinauswollen, junge Frau. Nun, die Antwort lautet: nein. Auf keinen Fall! Und wenn Sie tatsächlich vorhaben, in die Niederungen des Sensationsjournalismus hinabzusteigen, dann brauchen Sie mit meiner Hilfe nicht zu rechnen. Abstruses Zeugs! So etwas ist unmöglich, hören Sie? Einfach unmöglich!«

Therry war rot geworden; ob vor Ärger oder vor Verlegenheit, war schwer zu sagen.

»Ich glaube nicht, dass Sie das mit Sicherheit sagen können, Dr. Gover. Sechs Jahre oder sechs Jahrhunderte – spielt das letzten Endes wirklich eine Rolle? Es geht doch ums Prinzip. Wollen Sie mir wirklich erklären, aus wissenschaftlicher Sicht sei ein solcher Fall unmöglich, obwohl es ähnlich gelagerte Fälle bereits gab? Und was würden Sie sagen, wenn ich Ihnen erzähle ...« Sie führte den Satz nicht zu Ende. Die Zeit, ihre Trumpfkarte auszuspielen, war noch nicht gekommen.

Gover fuhr sich mit den Fingern durch sein schütteres weißes Haar; eine Geste, die sowohl auf Verwirrung als auch Wut hindeuten konnte. »Und *ich* sage *Ihnen,* so etwas ist noch nie passiert!«

»Bei allem Respekt, Dr. Gover, aber das ist nicht dasselbe.«

»Natürlich nicht. Und ...«

»... und deshalb besteht durchaus die Möglichkeit, vielleicht nur entfernt, aber nicht ganz von der Hand zu weisen. Wenn etwas nicht unmöglich ist, dann kann es passieren, oder? So funktioniert doch die wissenschaftliche

Logik, nicht wahr? Mathematik, wenn ich nicht irre. Das ist wie ein Hauptgewinn beim Lotto. Die Chancen stehen eins zu ein paar Millionen. So schlecht, dass einem der gesunde Menschenverstand sagt, es sei sinnlos, mitzuspielen. Und doch gibt es genügend Jackpot-Gewinner, die froh sind, es getan zu haben.«

»Verehrte junge Dame«. Daniel konnte an der Stimme des alten Mannes erkennen, wie frustriert er war. »Alles, was Sie da sagen, ist natürlich völlig richtig. Aber angewandte Wissenschaft ist bedauerlicherweise nicht immer so klar umrissen, wie Sie sich das vorstellen, und ganz bestimmt nicht so simpel wie Mathematik. Die Medizin am allerwenigsten. Außerdem wird Ihnen jeder Mathematiker erklären, dass man auch die astronomischste aller Wahrscheinlichkeiten nicht errechnen kann, wenn die Gleichung Unbekannte enthält. Und genau das ist in Ihrem Beispiel der Fall: Es gibt zu viele Unbekannte. Viel zu viele. Eine davon ist, was genau Sie eigentlich beweisen wollen. Es gehört schließlich nicht zu meinen Aufgaben, Journalisten auf Anfrage zitierfähiges Material zu liefern.«

Doch, genau das ist deine Aufgabe, dachte Therry, sagte aber nichts. Es stimmte schon, sie wollte von ihm hören, dass ihre Theorie möglich sei. Nicht nur für die Zeitung – obwohl sie auf diese Weise dem alten Harkness ordentlich eins würde auswischen können. Nein, vor allem, weil sie selbst daran glaubte. War es nicht Sherlock Holmes, der einmal gesagt hatte: Wenn alle anderen Erklärungen ausgeschlossen wurden, muss das, was übrig bleibt, die Wahrheit sein, so unwahrscheinlich sie auch klingen mag? Therry wusste allerdings auch, dass Wissenschaftler, sobald man infrage stellte, woran sie glaubten, ebenso blind und verbissen sein konnten wie religiöse Fundamentalisten.

»Sie haben mir noch immer nicht erklärt«, sagte Gover gerade, »warum Sie eigentlich hier sind. Keiner von Ihnen ist Naturwissenschaftler, das liegt auf der Hand. Also warum, um alles in der Welt, ergehen Sie sich in absurden Spekulationen über eine vergleichsweise selten auftretende Seuche, die in Europa seit Jahrhunderten so gut wie ausgestorben ist?«

»Was würden Sie sagen, Dr. Gover ...« Jetzt war der Augenblick gekommen; einen besseren Zeitpunkt konnte es nicht geben! » ... wenn wir Ihnen erzählten, dass gestern Früh im JR2 ein Mann am schwarzen Tod gestorben ist?«

Gover tat sein Bestes, nicht allzu bestürzt zu wirken.

»Ich würde zunächst vermuten, dass er an der Beulenpest gestorben ist und nicht an dem speziellen Krankheitsbild, das im 14. Jahrhundert England heimgesucht hat. Als Nächstes würde ich Sie fragen, welche Reisen der Mann in der letzten Zeit gemacht hat, denn mit ziemlicher Sicherheit wird er sich irgendwo im Ausland angesteckt haben.«

»Durchaus möglich. Aber wenn wir hinzufügten«, fuhr Therry fort und benutzte den Plural nur, wie Daniel hoffte, um ein wenig moralischen Druck auszuüben, weniger, weil sie glaubte, Daniel würde sich an ihren Spekulationen beteiligen, »dass der Mann an Ausschachtungsarbeiten beteiligt war, und zwar an einer Stelle, an der es einmal ein Dorf gegeben hat, das von der Pest ausgelöscht wurde ...«

»Dann würde ich sagen, Ihre Fantasie geht mit Ihnen durch.«

»... und dass der Unternehmer alles getan hat, um die Sache zu vertuschen. Und dass Professor Redwhistle ihm dabei geholfen hat.«

Gover saß mit zusammengekniffenen Augen am Schreibtisch und schüttelte den Kopf. Als der Name seines Erzrivalen fiel, fuhr er auf.

»Redwhistle? Ist er in die Sache verwickelt?«

Therry und Daniel nickten gleichzeitig.

»Wie viel wissen Sie über Professor Redwhistle?«

Die beiden sahen sich an, weil sie nicht wussten, wie sie weiter vorgehen sollten. »Er war ... oder ist ... so eine Art Rivale von Ihnen, nicht wahr?«, platzte Therry schließlich heraus. Daniel schloss die Augen.

Gover faltete die Hände vor seinem Gesicht, als wolle er beten. Seine Augen blickten starr geradeaus, irgendwo in den leeren Raum zwischen ihnen.

»Ich denke, ich habe Ihnen genug gesagt. Sie sollten jetzt besser gehen.«

»Aber Dr. Gover ...«, begann Therry.

»Ich sagte, Sie gehen jetzt besser.« Umständlich blickte er auf seine Armbanduhr. »Ich habe eine Verabredung. Bitte sehr«, sagte er und machte eine Handbewegung Richtung Flur und Ausgang.

»Nur noch eins«, sagte er, als er sie aus der Haustür in die Eiseskälte der hereinbrechenden Dämmerung schob. »Seien Sie vorsichtig. Sehr vorsichtig. Ich weiß, was ich eben gesagt habe, aber Sie sollten verstehen, dass hier draußen, in der wirklichen Welt, alles möglich ist. Einfach alles.«

Kapitel Dreißig

Oxford; Montag, 22. Dezember, 16:25 Uhr

Die schmale Magpie Lane, die Oxfords High Street mit der ruhigen, kopfsteingepflasterten Merton Street verbindet, hat eine lange und recht zweifelhafte Geschichte. Früher zogen sich die ›Schönen der Nacht‹ dorthin zurück, um ihrer Profession nachzugehen. Sie galt aber auch als Treffpunkt für die heimlichen, hastigen Begegnungen von Studenten und jungen Oxforderinnen. Der Volksmund nannte sie nur ›Mösengrapschergasse‹. In den letzten Jahren hat sich ihr Ruf nicht wesentlich verbessert. Nur nennt man die Gestalten, die in ihrem Schatten lauern, heute Straßenräuber.

Glücklicherweise wusste George Pirewski davon nichts. Es hatte Stunden gedauert, ehe der rote, von schwarzen Streifen durchzogene Film vor seinen Augen allmählich verschwunden war. Als er langsam wieder zu sich kam, brannte seine Lunge, als wäre sie mit Lava angefüllt. Er brauchte einige Minuten, ehe er sich erinnerte, wo er sich befand: Er lag in einer kalten Mauernische in einem schmalen Gässchen. Ein Pappkarton, den jemand neben ihm abgestellt hatte, und ein paar Pennys zeugten von der festtäglichen Mildtätigkeit einiger Passanten.

Doch seine vor Kälte starren Finger hielten noch immer die Telefonkarte umklammert. Ein paar Dutzend Meter weiter stand eine der hässlichen neuen Telefonzellen der *British Telecom,* die nur wenig Schutz vor den Elementen des englischen Winters bieten. Während Pirewski sich mühsam aufrappelte, fragte er sich, ob er es überhaupt bis dorthin schaffen würde. Doch als er sich bewegte, ließ das Brennen in seiner Lunge ein wenig nach; wenn auch nur für kurze Zeit. Er erreichte die Telefonzelle und steckte die Karte in den Apparat. Das Guthaben betrug genau dreißig Pence. Dann wählte er die Nummer. Die Nummer, die sich seinem Gedächtnis eingebrannt hatte. Die Nummer, an die sich seine letzte Hoffnung klammerte, sein Leben könne noch gerettet werden.

Es war die Nummer eines Pagers. Während das Display gnadenlos anzeigte, wie ihm die kostbaren Pennys auf seiner Telefonkarte abgezogen wurden, lauschte er einer Stimme vom Band, die ihn aufforderte, die Telefonnummer einzugeben, von der aus er anrief. Er wollte schon in Panik geraten, bevor er sah, dass die Telefonzelle tatsächlich eine von denen war, in der man zurückgerufen werden konnte. Er tippte die Nummer der Zelle ein, und die Stimme verlangte von ihm, den Hörer aufzulegen und fünf Minuten zu warten. Wenn er während dieser Zeit keinen Rückruf erhielte, solle er sich dreißig Minuten gedulden und es dann erneut probieren. Ich hatte dreißig Pence, dachte er, während er auflegte. Ob ich dreißig Minuten habe, weiß ich nicht.

Doch er brauchte nur zwei Minuten zu warten.

Dieses Mal war die Stimme nicht mechanisch. Ein Mann. Es sei ein Notfall, erklärte Pirowski ihm. Er brauche Hilfe. Ja. Genau diese Art Hilfe. Und zwar schnell. Wo er sei, wollte der Anrufer wissen. In Oxford. Aber das wusste der Mann schon. Wo ungefähr? Im Stadtzentrum. Nahe der High Street. Gut. Ob er die Magpie Lane kenne? Nie davon gehört. Auf der Südseite der High Street. Ja, wahrscheinlich auf der gegenüberliegenden Seite. Auf der gleichen Seite wie University College, aber ein Stück weiter unten. Dort solle er hingehen. In zwanzig Minuten. Aber natürlich würde er das finden. Sicher könne er das. Alles würde in Ordnung kommen, bestimmt. Er wusste, dass so etwas normalerweise nicht passierte, aber es war ein Unfall. Sie würden sich um ihn kümmern, nicht wahr? Wie versprochen? Aber natürlich würden sie das, beruhigte ihn die Stimme am anderen Ende der Leitung. Sie würden ihre Versprechen halten! Im Gegensatz zu manch anderen.

Er brauchte fast die gesamten zwanzig Minuten, um die Magpie Lane zu finden. Sie war nur ein paar hundert Meter entfernt, nicht weit weg von der Südseite der High Street. Es war bereits spät am Nachmittag, und im Dezember dämmerte es jetzt früh. Die Hauptstraße war voller Passanten, die noch in letzter Minute einkauften. Sie waren viel zu beschäftigt, um das menschliche Wrack zu registrieren, das am Rande ihres Gesichtsfeldes entlangschlich. In dem dunklen, ruhigen Gässchen angekommen, schien es Pirewski plötzlich, als wäre die Zeit stehen geblieben. Er hing mehr, als er stand, auf ein Geländer gestützt. Er traute sich nicht, loszulassen, weil er fürchtete, zusammenzubrechen und nie wieder aufstehen zu können. Die Minuten verrannen. Irgendwo, doch scheinbar nicht hier. Zwar hatte seine Uhr ein beleuchtetes LCD-Display, aber er aktivierte es nicht. Er hätte es nicht ertragen, den Beweis dafür zu sehen, dass die Zeit tatsächlich stillstand. Er fühlte sich gefangen in einer Hölle auf Erden, kaum noch ein Funken Leben in ihm und Schmerzen an der Grenze des Unerträglichen. Für alle Ewigkeit.

Das Ende der Ewigkeit überraschte ihn.

Es war nur eine Stimme im Dunkeln. Die drei Worte: »Was ist passiert?«

Es war die Telefonstimme. Er war ganz sicher. Aber er konnte das Gesicht des Mannes nicht erkennen, obwohl er nur ein paar Meter entfernt stand. Nichts als ein Schatten in einem dunklen Torbogen. Wie lange mochte er dort schon gestanden haben? Hatte er ihn beobachtet?

»Wa...was meinen Sie?« Obwohl er das natürlich wusste.

»Das. Mit Ihnen. Und ihm.«

»Spielt das denn eine Rolle? Machen Sie doch voran, um Himmels willen! Geben Sie mir endlich meinen Schuss!«

»Alles zu seiner Zeit. Alles kommt in Ordnung, keine Sorge.« Die Stimme besaß diese nüchterne, kühle Ruhe. »Erzählen Sie mir, was geschehen ist. Ich ... wir müssen es wissen.«

»Es ... es war ein Unfall. Der Wagen ... wir haben Miranda zum Flughafen gebracht. Waren spät dran. Es ... es war meine Schuld. Zu schnell gefahren. Kurz vor Heathrow. Wir waren spät dran, verstehen Sie? Betrunken. Wir alle. Zumindest ein wenig. Ich meine, wir hatten es doch geschafft, nicht wahr? Hatten es durchgezogen! Direkt hinter dem Tunnel unter der Rollbahn bin ich bei Rot in den Kreisverkehr rein. Musste einem anderen Wagen ausweichen. Bin gegen die Leitplanke geknallt. Wir dachten, es wäre nichts passiert. Miranda – meine Güte, war die wütend! Hat herumgebrüllt. Sie wissen ja, wie sie war. Meinte, wir würden uns noch alle umbringen. Ich hab noch gedacht, sie macht Witze. Schnappt sich ihre Tasche, und weg war sie. Hat mich aber später angerufen und alles erklärt. Mir auch gesagt, dass sie sich um alles kümmern würde, obwohl wir es nicht wert seien. Aber wir wussten ja nicht, was sie vorhatte. Ehrlich ...«

»Schon gut. Weiter.«

»Also, ich hab ehrlich nicht gewusst, dass was passiert

war. Wir haben erst auf dem Rückweg angehalten, um uns das Ganze mal anzusehen. Auf der M 40, in einer Haltebucht. Es war seine Idee, nicht meine! Sei nicht blöd, hab ich gesagt, das ist gefährlich! Aber er meinte, es wäre noch viel gefährlicher, wenn wir es verlieren oder wenn es ausläuft. Also hat er den Behälter geöffnet. Nicht den aus Glas, nur die Metallhülle. Aber wir hatten nicht mehr an den flüssigen Stickstoff gedacht, wissen Sie. Das Zeug, um es kalt zu halten. Als er die Ampulle oben berührt hat, um zu sehen, ob der Verschluss in Ordnung ist, ist er mit dem Finger dran hängen geblieben und hat sich ein bisschen Haut abgerissen. Das hätte nicht passieren dürfen! Also der Verschluss, meine ich. Ein paar Stunden später hat es angefangen. Ich hätte es wissen müssen, als er mich angehustet hat. Hätte ihm aus dem Weg gehen müssen. Einfach aus dem gottverdammten Scheiß-Weg gehen müssen.«

Ein raues, keuchendes Schluchzen schüttelte ihn. Das Sprechen hatte ihn mehr angestrengt, als er erwartet hatte.

»Wo ist es jetzt?«

»Wo ist was?«

»Was glauben Sie wohl?«

»Herrgott noch mal! Ich habe keine Ahnung!«

»Sie müssen sich erinnern, George. Das war Teil der Abmachung.«

Wie Eiswasser kroch es ihm durch die Eingeweide, und langsam begriff er. Trotz des Feuers in seinen Adern gelang es Pirewski, einen kühlen Kopf zu bewahren. Wollte man ihn etwa ausbooten? War es das, was der Scheißkerl ihm sagen wollte?

»Schon gut, schon gut, ich kann es wieder finden! Aber jetzt geben Sie mir um Gottes willen das Medikament! Sie können sich nicht vorstellen, wie sich das anfühlt!«

Da war ein kurzes Zögern. Denn er hatte Recht. Der Mann in dem Torbogen konnte sich wirklich nicht vorstellen, wie es sich anfühlte. Und er war neugierig. Immerhin handelte es sich nicht um irgendeine Krankheit. Die Gestalt, die da so beklagenswert am Geländer hing, litt an einer Legende, einer tödlichen Legende. Und der Tod – so wurde es zumindest im Kino behauptet – besaß seinen eigenen Reiz.

»Na los, machen Sie schon, in Gottes Namen! Geben Sie es mir!«

Der Mann im Schatten lächelte. Aber auch, wenn es hell gewesen wäre, hätte man das Lächeln kaum erkennen können.

»Drehen Sie sich um. Halten Sie sich am Geländer fest, heben Sie den Mantel, und lassen Sie die Hosen runter.«

»Was?« Pirewski zögerte einen Augenblick. Dann verstand er. In den Arsch. Spritzen gaben sie einem immer in den Arsch. Trotzdem war er nervös, als er langsam den Worten Folge leistete. Er spürte, wie der Mann näher kam. Und wartete auf den Einstich.

Der Mann trat aus dem Torbogen und zog aus der Manteltasche, was er brauchte. Langsam ging er auf das zitternde, wankende, vornübergebeugte Wrack zu. Mit einer Hand hielt der Kranke sich am Geländer fest, mit der anderen hob er den Mantel über sein bleiches Hinterteil, das in der dunklen Gasse die einzige Fläche war, die ein wenig Licht reflektierte. Es war ein geradezu surrealistisches Bild.

»Einen Moment noch«, sagte der Mann, »es tut überhaupt nicht weh.«

Erst in allerletzter Sekunde, als hätte sein sechster Sinn ihn gewarnt, wandte Pirewski den Kopf und starrte entsetzt auf die Schreckensgestalt, die hinter ihm lauerte. Erschreckend fremdartig: Runde, glitzernde Augen quollen aus einer unglaublich weißen Haut, haarlos, glatt und dennoch grotesk knöchern. Wo der Mund hätte sein müssen, gähnte ein weißer, vergitterter Rachen. Der gepresste Schrei, den Pirewski ausstoßen wollte, blieb ihm in der gepeinigten Gurgel stecken, als der mit Eisen verstärkte Gummiknüppel sein Ziel verfehlte und ihm den Kehlkopf zerschmetterte. Ein zweiter Schlag, mit einem Fluch ausgeführt, machte alles wett, traf ihn tief im Nacken, zertrümmerte die Wirbel und durchtrennte das Rückgrat. Die mit Bedacht ausgestreckte linke Hand fing das Gewicht des zusammenbrechenden Körpers auf und ließ ihn auf das Pflaster gleiten, während die Rechte den finalen Schlag gegen den Schädel führte, präzise gegen die weiche Stelle zwischen Schläfe und Ohr. George Pirewski jedoch war schon längst nicht mehr in der Lage, die multiplen Blutungen in seinem Schädel zu registrieren.

Entschlossen und zügig durchsuchte Harald Hammerstein die Taschen des locker sitzenden Mantels. Sie waren leer, bis auf ein gebrauchtes, zusammengeknülltes Taschentuch, das er mit seinen Latex behandschuhten Fingern auf Armeslänge von sich hielt und hinter seiner Schutzmaske angewidert betrachtete. Mit einem schnellen Blick die Gasse hinauf und hinunter versicherte er sich, dass die Magpie Lane genau so leer war, wie man es an einem Winterabend im Dezember erwarten durfte.

Er hatte den Ort bewusst gewählt. Auch den Zeitpunkt. Er hatte gerade noch genug Zeit gehabt, zur University Church St. Mary the Virgin auf der Nordseite der High Street zu laufen und die 144 Stufen der Wendeltreppe zur Aussichtsplattform unterhalb der Turmspitze zu bewältigen. Von hier aus hatte er einen wunderbaren Blick auf die umliegenden Straßen und George Pirewski gehabt, wie dieser von der High Street aus in die Gasse gewankt war. Ohne einen Gedanken an die Schmerzen und die Angst des Mannes zu verschwenden, hatte er hier oben gewartet, bis er sicher sein konnte, dass Pirewski allein war und man ihm keine Falle gestellt hatte. Dann erst war er hinuntergestiegen, um den Auftrag hinter sich zu bringen.

Er betrachtete den Körper zu seinen Füßen. Gut. Es war kaum Blut zu sehen. Er hatte wirklich Glück gehabt. Als der Idiot sich umdrehte, hatte er schon befürchtet, er würde ihn am Kiefer erwischen und diesen zertrümmern, mit allen unangenehmen Folgen: Blut und Speichel überall. Aber so war George Pirewskis Leiche augenscheinlich unversehrt, genau wie er beabsichtigt hatte. Vielleicht sogar ein wenig zu unversehrt. Einer Eingebung folgend, griff er sich den Gummiknüppel und rammte dem Toten die sechzig Zentimeter lange Waffe bis gut zur Hälfte ins Rektum. Die Polizei würde es für ein homosexuelles Stelldichein halten, das fatal geendet hatte. Würde glauben, ein Stricher sei um sein Geld für geleistete Dienste geprellt worden. Oder annehmen, es sei wieder einmal das Werk eines Schwulenmörders. In jedem Fall würde es die lüsternen Fantasien der ermittelnden Beamten befriedigen. Ganz zu schweigen von den Medien. Und das war schon die halbe Miete.

Hammerstein zog sich in den Torbogen zurück, streifte Augen- und Mundschutz und schließlich die Kopfbedeckung ab, knüllte alles zusammen und verstaute es in einer schwarzen Tüte aus dickem Plastikmaterial, die er eigens zu diesem Zweck in die Manteltasche gesteckt hatte. Die Handschuhe zog er zuletzt aus, ganz vorsichtig und nur mit den Fingerspitzen, wobei er ausschließlich die äußersten Ränder der Öffnung berührte. Er schüttelte sich, als er den letzten Finger befreit hatte. Die Handschuhe wanderten zu den anderen Kleidungsstücken in die Tüte, die er versiegelte und in seiner geräumigen Tasche verstaute. Dann machte er sich eilig davon. Ganz plötzlich war ihm nach einem starken Drink zu Mute.

Kapitel Einunddreißig

John Radcliffe Hospital, Oxford; Montag, 22. Dezember, 16:30 Uhr

Der Plan war perfekt gewesen. Fast perfekt. Janet Southby, die am Empfang im JR2 saß, beendete ihre Schicht üblicherweise um halb fünf. Leider blieb ihr so kaum genügend Zeit, das *Westgate Centre* zu erreichen, wo sie ihre Weihnachtseinkäufe erledigen wollte. Aber Christine, die wie stets um drei gekommen war, hatte sich bereit erklärt, die Stellung eine Stunde länger zu halten und – vorausgesetzt, alles blieb ruhig – Janet früher gehen zu lassen. Das Letzte, was Janet daher an diesem Tag gebrauchen konnte, war so ein Mistkerl, der nichts als Umstände machte. Und der Mistkerl, der vor ihr stand, schien Weltmeister im Umständemachen.

Natürlich war er höflich; die Schlimmsten waren immer höflich. Aber eben auch hartnäckig. Ermüdend hartnäckig. Ein Chinese, oder vielleicht eher Japaner. Ziemlich teuer angezogen. Sie wünschte, sie könnte sich solche Klamotten für ihren Tim leisten. Scheiß-Ausländer! Zumindest waren Briten im Großen und Ganzen bereit, ein Nein als Antwort zu akzeptieren.

Sie war gerade dabei, dem unangenehmen Fragesteller zum dritten und, wie sie hoffte, letzten Mal zu erklären, kein Patient namens McCormack sei hier eingeliefert worden, und wenn der Computer ihn nicht finden könne, dann würde er, soweit es sie selbst und das Krankenhaus betraf, einfach nicht existieren, als die Türen aufgestoßen wurden und zwei aufgeregte junge Leute hereinstürmten, als suchten sie verzweifelt nach der Notaufnahme. Janet hatte insgeheim ein Stoßgebet zum Himmel gesandt, es möge irgendetwas passieren, um den Ausländer endlich loszuwerden. Ob dies allerdings die passende Antwort auf ihre Gebete war, bezweifelte sie stark.

Der Himmel begann bereits dunkel zu werden, als der Range Rover den Headington Hill erklomm. Nur mit Mühe hatte Daniel sich eingeredet, dass die dicken, blauschwarzen Haufenwolken, die über ihren Köpfen hingen, kein anderes Unheil verkündeten als die winterliche Abenddämmerung. Gefrierender Regen klatschte in dicken, schmutzig wässrigen Flocken auf die Windschutzscheibe. Während er so dasaß und auf das langweilige Grau des Rathauses und die gelbe Straßenbeleuchtung starrte, die in der schnell fallenden Dämmerung bereits flackernd zum Leben erwachte, wuchs seine Überzeugung, dass sie das Richtige taten: Sie mussten Redwhistle persönlich ihre ›Beweise‹ vorlegen und ihn von ihrem Verdacht überzeugen. Ungeachtet Govers Bedenken gegen Redwhistles Person, die mit ziemlicher Sicherheit nur auf den gekränkten Stolz eines eifersüchtigen Rivalen zurückzuführen waren, schien dies der einzige Weg zu sein, ernst genommen zu werden und endlich entsprechende Maßnahmen in die Wege zu leiten.

Redwhistle brauchte ihnen nur zu bestätigen, es sei nicht völlig von der Hand zu weisen, dass das Pestbakterium möglicherweise in einer Art Winterschlaf überlebt haben könnte, und die Medien würden ihnen die Türen einrennen. Therry bekäme ihren Exklusivbericht, und Daniel Warren hätte einen absolut fantastischen Aufhänger für seine Doktorarbeit. Die Wiederentdeckung des schwarzen Todes würde ihn schlagartig von einem Gelehrten zu einer Berühmtheit machen. Und vor allem, so rief er sich immer wieder in Erinnerung, vor allem würden sie natürlich viele Menschenleben retten.

Wenn auch nur die geringste Chance bestand, dass Atkins sich die Krankheit nicht im Iran geholt hatte, sondern mit einer Pestbakterien verseuchten Flohkolonie im tiefen Schlamm von Nether Ditchford in Berührung gekommen war, dann musste etwas unternommen werden – gleichgültig, ob die Flöhe die Jahrhunderte irgendwie überlebt oder sich in einer Art Schlafzustand befunden hatten, von dem die Wissenschaft noch nichts wusste. Es musste etwas geschehen, und zwar bald! Noch ehe die Bauarbeiten in Nether Ditchford nach der Feiertagspause wieder aufgenommen wurden.

Therry parkte den Range Rover vor der Entbindungsstation auf einem Parkplatz, der für werdende Mütter reserviert war. »Das ist einer der Vorteile, wenn man eine Frau ist«, meinte sie. Der kleine Garten wirkte Mitleid erregend; selbst die dünne Schneeschicht, die auf den leeren Blumenbeeten liegen blieb, sah schmutzig aus. Es gab zu viele Hunde, die Spuren jeglicher Art dort hinterließen. Der massive Klinikbau selbst, der kalt und weiß in der Dämmerung vor ihnen aufragte, vermittelte so viel Wärme und Gastfreundschaft wie ein Staatsgefängnis.

Daniels Plan – ein besseres Wort fiel ihm dafür nicht ein – war es, zuerst einmal Rajiv am Empfang ausrufen zu lassen. Wenn sie nur mit ihm würden reden können, und sei es bloß am Telefon, würden sie ihn bestimmt davon überzeugen können, sie seinem Vorgesetzten vorzustellen. Redwhistle würde ihnen gewiss eher Glauben schenken, wenn einer seiner besten Studenten sie bei ihm einführte. Es gab nur einen kleinen Webfehler in diesem Plan – zumindest hoffte er, dass es der Einzige war: Rajiv würde bei seinem Professor möglicherweise ungern seinen guten Ruf aufs Spiel setzen, nur um einem hergelaufenen kalifornischen Geschichtsstudenten ein Entree zu verschaffen. Was Rajiv tun würde, wenn er feststellte, dass Daniel obendrein noch eine Möchtegern-Lois-Lane von der örtlichen Zeitung mitgebracht hatte, daran mochte er gar nicht erst denken. Therrys Alternativ-Plan war jedoch nicht viel besser gewesen: Die Vorstellung, sich noch einmal als Arzt zu verkleiden, dieses Mal sogar gemeinsam mit Therry, jagte Daniel jetzt noch einen Schauer den Rücken hinunter.

Und dann sah es plötzlich so aus, als könnte ihre Aufgabe sehr viel leichter werden als angenommen. Gerade als Daniel und Therry durch das zweite Paar Doppeltüren schritten, kam eine Schwester den Flur entlanggestürzt. Sie versuchte einen großen Mann in einem Burberry-Trench einzuholen, der sich eilig und mit auf den Boden geheftetem Blick immer weiter von ihr und den Aufzügen entfernte. Daniel hielt die Luft an, als er den Namen hörte, mit dem sie ihn rief: »Dr. Redwhistle, Dr. Redwhistle, einen Augenblick bitte!«

Der große Mann blieb mit einem Ruck stehen, präzise wie ein Gardeoffizier bei der Parade, hob den Kopf und sah sich nach der Person um, die ihn gerufen hatte. Sein Gesichtsausdruck war finster, als käme ihm die Unterbrechung mehr als ungelegen. Daniel schluckte. Das also war Redwhistle. Er hatte ihn sofort wieder erkannt: Es war der hochgewachsene Facharzt, der, in sein Gespräch über Golfhandicaps vertieft, Daniel im Aufzug geringschätzig angesehen hatte.

Und wenn schon! Die Wahrscheinlichkeit, dass der Mann ihn wieder erkannte, war äußerst gering. Therry und er waren so weit gekommen – wenn sie jetzt klein beigaben, hatten sie gar nichts erreicht.

»Dr. Redwhistle!«, rief Daniel. Redwhistle, der nun erst recht verärgert schien, schickte die Schwester, die ihn zuerst gerufen hatte, mit barschen Worten dorthin zurück, wo sie hergekommen war. Dann wandte er sich Daniel zu und schenkte ihm einen Blick, der ansonsten wohl den Kakerlaken auf der Station vorbehalten war.

»Wer sind Sie? Und was wollen Sie?«

»Wir sind Freunde von Rajiv Mahendra«, stieß Daniel hervor. Therry stand jetzt dicht neben ihm. »Ich zumindest«, fügte er unnötigerweise hinzu. Die harten Gesichtszüge des Arztes schienen einen kurzen Augenblick lang weicher zu werden. »Wir müssen unbedingt mit Ihnen sprechen. Wir wissen, was da oben vor sich geht. Auf der fünften Etage.«

Redwhistles Miene wurde sofort wieder eisig. Er trat einen Schritt vor – nicht auf sie zu, sondern an ihnen vorbei in Richtung Ausgang.

»Ich weiß nicht, wovon Sie reden«, presste er zwischen zusammengebissenen Zähnen hervor, »aber wenn Sie Freunde von Dr. Mahendra sind ...«

»Dr. Redwhistle, Sie müssen uns zuhören!« Daniel griff nach dem Arm des Mannes, um ihn zurückzuhalten, was den Arzt ganz offensichtlich noch mehr verärgerte. »Hören Sie, wir wissen, dass es die Beulenpest ist«, flüsterte Daniel ihm aus dem Mundwinkel zu. Redwhistle hob die Augenbrauen und schürzte die Lippen. »Aber die Umstände sind anders, als Sie denken«, fuhr Daniel blindlings fort. »So einfach ist es nicht.«

Therry glaubte, deutliche Anzeichen von Hohn in den Augen des Arztes zu entdecken.

»Um Gottes willen, es ist der schwarze Tod, nicht wahr?«, fuhr Daniel hektisch fort. Die Empfangsschwester wandte den Kopf. Jetzt ruft sie gleich den Sicherheitsdienst, dachte Therry, oder zumindest einen Haufen muskelbepackter Pfleger. Schon kam ein asiatisch aussehender Mann aus der Wartehalle auf sie zu, obwohl er nicht gerade wie ein Krankenpfleger aussah. Sein dunkler Anzug wirkte teuer, sein Gesichtsausdruck undurchdringlich. Therry spürte, wie sein Blick, Röntgenstrahlen gleich, für einen kurzen Moment durch sie hindurchging, sie auszuziehen und zu durchleuchten schien, um sich gleich darauf wieder dem Streit zwischen dem berühmten Arzt und dem zerstreut aussehenden jungen Mann mit dem amerikanischen Akzent zuzuwenden.

»Daniel«, begann sie, »vielleicht sollten wir jetzt ...«

Aber Daniel hörte ihr nicht zu. »Es ist mir wirklich ernst, verstehen Sie? Es geht um die Baustelle in Nether Ditchford. Da kommt es her. Nicht aus dem Iran oder sonst wo! Es ist die Pest, die Pest von damals! Sie haben sie ausgegraben. Jedenfalls ist das ziemlich wahrscheinlich. Die Flöhe können nämlich überleben. Ich weiß, Sie wollen es nicht hören, aber Sie müssen ...«

Redwhistle war stehen geblieben und blickte sich rasch um, um festzustellen, wie viel Aufmerksamkeit Daniel erregt hatte. Er nickte der Schwester am Empfang kurz zu, was diese augenscheinlich beruhigte. Der Asiate im dunklen Anzug blieb plötzlich ein paar Meter von ihnen entfernt stehen und nestelte mit abgewandtem Gesicht an seiner Uhr herum, als wäre ihm gerade erst eingefallen, dass er sie noch auf die hiesige Zeitzone umstellen musste. Langsam und bedächtig pflückte Redwhistle Daniels Hand von seinem Arm.

»Junger Mann«, zischte er, wobei es ihm gelang, erstaunlich artikuliert zu klingen, »glauben Sie mir, ich weiß sehr wohl, wie ernst die Sache ist! Aber ich weiß auch, dass Sie nicht die geringste Ahnung haben, wovon Sie reden. Ich weiß zwar nicht, wer Sie sind, aber wenn Sie mir etwas zu sagen haben, dann machen Sie bitte einen Termin bei meiner Sekretärin! Und jetzt, wenn Sie gestatten ...«

»Nein! Warten Sie!« Langsam verzweifelte Daniel. »Sie haben mich nicht verstanden!«

»*Ich* habe *Sie* nicht verstanden? Ich fürchte eher, dass Sie *mich* nicht verstehen. Und jetzt lassen Sie mich in Ruhe!«

Die deutlich spürbare Verärgerung in seiner Stimme und seinem Blick ließ Daniel kurz zurückweichen. Und dies nutzte Redwhistle, um an Daniel und Therry vorbeizueilen und durch die Doppeltüren in die Dunkelheit draußen zu verschwinden. Seine Quälgeister folgten ihm hilflos.

»Warten Sie!«, rief Therry aufs Geratewohl. Ihre Stimme verlor sich im kalten Wind, der über den Parkplatz fegte.

»Hören Sie um Himmels willen zu!«, schrie Daniel und rannte los, obwohl er wenig Hoffnung hatte, dass seine Worte irgendeine Wirkung zeigen könnten. »Rajiv Mahendra kann für uns bürgen. Sie müssen uns zuhören!«

Redwhistle blieb so plötzlich stehen, dass Daniel ihn fast umgerannt hätte. Die Miene des Arztes war in der Dunkelheit und im peitschenden Schneeregen nur schwer zu erkennen.

»Tatsächlich? Nun, in diesem Fall muss ich Sie leider darüber informieren, dass Dr. Mahendra tot ist. Er wurde ebenfalls ein Opfer der Krankheit, über die Sie so viel zu wissen scheinen. Und wenn Sie wirklich seine Freunde wären, wie Sie behaupten ...«, er legte eine Pause ein, um die Grausamkeit seiner Worte noch zu verstärken, »... dann wäre Ihnen das wahrscheinlich bekannt.«

Daniel spürte, wie sein Kiefer nach unten klappte. »Wieso ...? Wie ...?«

Aber Redwhistle war fort. Therry konnte beide Männer beobachten: Daniel Warren blieb einfach mit hängenden Armen im Schneeregen stehen, eine schwarze Silhouette gegen die weiße Neonbeleuchtung des Parkplatzes. Er schien starr wie ein Kaninchen, das seinem herannahenden Schicksal ins Auge gesehen hat und nun nicht weiß, wie es reagieren soll. Dr. Simon Redwhistle entfernte sich zielstrebig und verschwand in einem niedrigen MG, der auf einem eigens für ihn reservierten Parkplatz stand. Er schlug die Autotür zu und erweckte den Motor zum Leben.

Als Therry Daniel schließlich die Hand auf den Arm legte, schien er es zunächst kaum zu bemerken. Er zitterte im kalten Wind. Auch die Graupelkörner, die gnadenlos sein

Gesicht peitschten, nahm er nicht wahr. Schließlich wandte sie den Kopf, um seinem Blick zu folgen: Er starrte den Rücklichtern von Redwhistles Auto hinterher. Gemeinsam sahen sie dem Wagen nach, der sich in den Kreisverkehr einordnete und schließlich den Hügel hinunter verschwand. Nichts blieb. Nur Wind und Graupelkörner, die sich allmählich in dicke, weiche Schneeflocken verwandelten.

Kapitel Zweiunddreißig

King's Arms, Oxford; Montag, 22. Dezember, 18:00 Uhr

Eine gute Stunde später bahnte Daniel sich in der ›Hinteren Bar‹ des *King's Arms* einen Weg zu dem Tisch, den er und Therry mittlerweile als ihren Stammplatz betrachteten, und setzte sich wortlos. Er wirkte wie jemand, dem man etwas Wertvolles genommen hat – und so fühlte er sich auch. Therry kümmerte sich um die Getränke.

Als sie zum Tisch kam, rieb er sich gerade mit beiden Händen das Gesicht. Sie stellte das Bierglas vor ihn hin. Er hob es an den Mund, nahm einen tiefen Schluck, stellte es ab, nur um es sofort noch einmal an die Lippen zu setzen und zu trinken.

»He, sachte, Mann!«

Daniel beachtete sie nicht, und so nahm sie selbst einen tiefen Zug. Eine Zeit lang saßen sie schweigend nebeneinander. In der Bar ringsum herrschte der übliche Lärmpegel. Das Leben ging weiter. Und es zerrte sie mit sich, ob sie wollten oder nicht.

»Ich wusste es nicht«, murmelte Daniel schließlich. »Ich wusste es tatsächlich nicht.«

Therry nickte nur. Sie wusste nicht genau, ob er mit ihr oder mit sich selbst sprach.

»Hast du gehört? Ich sagte, ich wusste es nicht.«

»Immer mit der Ruhe. Ich habe dich gehört. Ich habe dir auch zugehört.« Sie legte ihre Hand auf seine. »Was denn eigentlich, Dan – ich meine Daniel? Was hast du nicht gewusst?«

Sein Gesicht verzerrte sich. Die plötzlich hochsteigenden, heftigen Emotionen machten es unansehnlich, zu einer traurigen Maske ungeweinter Tränen.

»Dass das passieren würde. Dass er sterben würde. Er hätte nie wieder da reingehen dürfen. Er hätte da überhaupt nicht reingehen dürfen. Er hat es nur meinetwegen getan. Nur, weil ich den Mann sehen wollte.«

Therry schüttelte den Kopf.

»Was redest du denn da? Schließlich hat Rajiv als Erster die Pest diagnostiziert. Er war den Bakterien schon vorher ausgesetzt.«

»Stimmt schon, aber meinetwegen ist er noch mal reingegangen.«

»Meinst du nicht, dass er den Typ in jedem Fall behandelt hätte?«

Aber Daniel hörte ihr nicht zu.

»Du verstehst das nicht. Weißt du, ich musste einfach wissen, wie es aussieht. Ich musste ... ich musste einfach ...«

»Doch, ich verstehe sehr wohl.« Sie vermutete es zumindest. Voyeurismus ist schließlich ein wichtiger Bestandteil jeder Journalistenseele.

»Nein. Du verstehst nicht. Es ist nicht ... nicht das, was du denkst. Rajiv hat das zuerst auch gedacht. Er hielt mich für pervers. Dachte, ich wollte nur da rein, um einen Mann leiden zu sehen. Aber ich bin kein Perverser. Wirklich nicht.«

Therry zuckte innerlich mit den Schultern. Ein gewisser Grad an Perversität gehörte auch zu ihrem Job. Aber wenn Daniel meinte, ihr erklären zu müssen, dass er anders war – sollte er doch! Das alles änderte nichts an der Tatsache, dass er trotz allem in dieses Krankenzimmer gegangen war.

»Ich musste einfach wissen, wie es aussieht, weißt du. Wegen meiner Mutter.«

»Deiner Mutter, der Hexe?«

»Ja. Wegen meiner Mutter, der Hexe.« Für den Bruchteil einer Sekunde flackerte die Andeutung eines traurigen Lächelns über sein Gesicht. »Die Hexe, deren Zauberkraft nicht ausreichte.«

»Ich glaube, jetzt habe ich den Faden verloren.«

Er schüttelte den Kopf. »Nein, ich habe sie verloren. In New Mexico, vor fast sieben Jahren. Ich war noch ein Kind, ein Halbstarker. Fing eben erst an, zu verstehen, was sie mir die ganzen Jahre über beizubringen versucht hatte. Dann kam ein Anruf von einem Stammeshäuptling der Navajo.«

»Navajo? War deine Mutter Indianerin?«

Daniel schüttelte den Kopf. »Nein, aber sie hätten von ihr gehört, sagte er. Unten in den Reservaten an der Grenze zwischen Nevada und New Mexico. Was sagst du dazu? Sie hatten von meiner Mutter gehört! Hatten gehört, dass sie Menschen heilen könne und dass ihre Medizin besser wirke als die der normalen Ärzte. Ich vermute, sie hielten sie für eine Art Medizinfrau ...«

»Eine Wunderheilerin.«

»Irgend so was. Wahrscheinlich war sie das wirklich. Sie bräuchten Hilfe, sagten sie. Dringend. Unter ihrem Volk wüte eine Krankheit, der man nicht gewachsen sei.«

Therrys Augen wurden riesengroß. Sie ahnte fast, was jetzt kommen würde.

Daniel nickte nur, als wäre alles bereits gesagt.

»In Amerika?«

»Nun guck nicht so erstaunt! Das habe ich dir doch schon erzählt! Außer in Europa ist die Pest nie ganz erloschen. In den Staaten gibt es im Durchschnitt zirka zwölf Krankheitsfälle pro Jahr. Meistens sind es Jäger. Sie bekommen die Pest von den Flöhen der Streifenhörnchen und Präriehunde. Und zwar hauptsächlich im Südwesten. Wenn es überhaupt ein Gebiet in den USA mit relativ hohem Infektionsrisiko gibt, dann ist es das Navajo-Gebiet. Meistens sind es Einzelfälle in einer recht dünn besiedelten Gegend. Der Kranke stirbt entweder, oder er wird gesund, ohne jemand anderen zu infizieren.

Meine Mutter versuchte, dem Stammeshäuptling plausibel zu machen, dass sie nichts tun könne. Aber er drängte weiter. Er sagte, es wären drei junge Männer gestorben, eigentlich noch Kinder, alle etwa in meinem Alter. Ich war damals ungefähr vierzehn. Ich glaube, das gab für sie den Ausschlag. Sie sagte, sie könne es allenfalls versuchen. Es gäbe ein paar Möglichkeiten, die man früher in Europa noch nicht gekannt habe, Dinge, die wahrscheinlich nicht helfen würden, die man aber zumindest ausprobieren könne. Und wenn sie nicht wirkten, dann könne sie die Leute vielleicht dazu überreden, es doch mit der Schulmedizin zu probieren. Am selben Tag noch packte sie ihre Tasche. Vater und ich haben sie nie wieder gesehen.«

»O, Dan!« Therry drückte seine Hand sehr fest. Sie sah Tränen in seinen Augen.

»Es stellte sich heraus, dass die neuen Medikamente auch nicht besser wirkten als die alten. Dieser verdammten Krankheit ist auch heute noch nicht beizukommen. Sie ist immer da, sie liegt auf der Lauer. Und als Rajiv... ich musste es einfach tun ... ich musste dieser Plage ins Gesicht sehen, verstehst du? Nach dem Motto: Wer hat Angst vorm schwarzen Mann?« Er senkte den Blick. »Hab dem Pesttod in die Augen gestarrt und wohl als Erster geblinzelt.« Er vergrub das Gesicht in den Händen. »Und der gute alte Rajiv musste dafür bezahlen.«

»Scheiße!«

»Was?«

»So was passiert nun mal, verdammt. Dich trifft keine Schuld. Und das weißt du auch!«

»Therry!« Sie drehten sich beide um, als Therrys Name gerufen wurde. Im Durchgang zur ›Hinteren Bar‹ erkannte Therry einen etwas verwirrt dreinblickenden Jack Denton. Er hielt etwas in der Hand, das wie eine Fotokopie aussah, und kämpfte sich zu ihnen durch.

»Hier«, sagte er und gab es ihr. »Nachdem du mir am Telefon erzählt hast, wie sie ihn und dich behandelt haben, dachte ich, das hier würde dich vielleicht interessieren.«

Therry nahm das Blatt, überflog es, sah Jack mit großen, fragenden Augen an und begann, es noch einmal gründlich zu lesen.

»Henry hat es geschrieben. Stammt aber von Harkness«, erklärte Jack. »Hört, hört! Der Herausgeber spricht! Er hat ihm das Scheiß-Teil praktisch diktiert.«

»Wo platziert?«

»Was glaubst du wohl? Titelseite unten.«

Therry nickte. Das war Harkness' Lieblingsplatz für so genannte ›feinfühlige‹ Themen. Gerade wichtig genug, um nicht für banal oder langweilig gehalten zu werden, aber nicht reißerisch genug, um als Sensationsjournalismus bezeichnet werden zu können. Ausgewogenheit nannte er es. Rückgratlosigkeit nannte sie es. Vor allen Dingen jetzt.

Das Stück Papier, das Therry in der Hand hielt, war die Fotokopie der Korrekturfahne eines einzigen Artikels, und dieser war auch noch recht kurz. Für ein Blatt, das sich seiner gemäßigten Schlagzeilen rühmte, war die Botschaft geradezu sensationell, auch wenn sie sich mit dem unteren Teil der Titelseite begnügen musste. Therry seufzte und las mit ruhiger, monotoner Stimme vor:

»Seltene Tropenkrankheit fordert vier Todesopfer im JR2.
Wie ein Sprecher des John Radcliffe Hospital gestern mitteilte, sind drei Bauarbeiter und ein Assistenzarzt an den Folgen einer seltenen Seuche gestorben.
Die Bauarbeiter, die zuletzt im erst kürzlich erschlossenen Neubaugebiet von Nether Ditchford, nördlich von Oxon, beschäftigt waren, haben sich vermutlich bei einem beruflich bedingten Aufenthalt im Iran mit der Krankheit infiziert, bei der es sich den Angaben zufolge um eine Form von Lymphadenitis handelt. Der junge Assistenzarzt aus Indien war mit der Behandlung der drei Patienten betraut.«

»Wie bitte?«, platzte es aus Daniel heraus. »Er stammt aus Leicester! Er war nur ein einziges Mal in seinem Leben in Indien. Und das war, als ...« Er verstummte.

»Wie uns Dr. Simon Redwhistle, Lehrstuhlinhaber und Spezialist für Tropenmedizin an der Universität Oxford mitteilte, handelt es sich um isolierte Fälle, die weder für das medizinische Personal noch für die Patienten des Krankenhauses ein Risiko darstellen. Der Tod des Assistenzarztes wurde durch mangelnde Vorsichtsmaßnahmen verursacht, für die der junge Mann selbst verantwortlich war. Laut Professor Redwhistle lag der Grund in der Unerfahrenheit des Assistenzarztes. Wie alle jungen Ärzte stand er vorschriftsmäßig im Rahmen der geltenden Richtlinien des National Health Service unter Aufsicht.

›Vorfälle wie dieser‹, so Professor Redwhistle, ›zeigen uns, wie wichtig es ist, sich vor privaten und insbesondere berufsbedingten Auslandsreisen in Gebiete mit erhöhtem Infektionsrisiko genau zu informieren und sich nötigenfalls impfen zu lassen. In unserer mobilen, modernen Welt geschieht es immer wieder, dass Reisende sich im Ausland infizieren und noch vor Ende der Inkubationszeit zurückkehren. Ich kann nur immer wieder die Notwendigkeit betonen, sich vor einer Auslandsreise unbedingt bei den zuständigen Stellen medizinisch beraten zu lassen, zumal dann, wenn die Reise in Gebiete geht, die nicht unseren hygienischen Standards entsprechen.‹

Keines der Opfer stammte aus Oxford.«

»War's das?«

»Das war's«, sagte Jack und wartete auf Therrys Reaktion.

»Das war's wirklich«, meinte sie schließlich. »Der letzte Satz sagt einfach alles. Das ist genau die Welt unseres Mr.

Harkness: Kein Einheimischer, also nicht unser Problem! Ich frage mich nur ...«

»Was?«, wollte Jack wissen.

»Ich frage mich, wer da bei ihm die Fäden zieht.«

»Meinst du das ernst?«

»Keine Ahnung. Vielleicht. Jack, was weißt du über diesen Redwhistle?«

»Den Professor? Nicht viel. An der Uni gingen ein paar Gerüchte um, als er den Lehrstuhl bekam. Offensichtlich gab es da noch einen anderen Anwärter, der den Job schon so gut wie in der Tasche hatte. Und dann taucht Redwhistle auf und räumt einfach ab. Angeblich hatte er irgendwelche wichtigen wissenschaftlichen Forschungen vorzuweisen oder so. Dabei fällt mir ein, es gab da ein bisschen Unruhe, weil er wohl noch nicht einmal direkt von einem anderen wissenschaftlichen Institut kam. Das können aber auch einfach die üblichen Gemeinheiten gewesen sein. Du weißt ja, wie die alten Knacker sind, wenn ihr Hätschelbubi den Superjob nicht kriegt.«

»Hm, das frage ich mich gerade.«

»Wirklich, kleine Therry? Scheint dich ja echt zu interessieren, was zwischen den beiden Knaben so abgeht. Weißt du was? Ich hab da einen alten Kumpel in London, bei einer der überregionalen Zeitungen. Den könnt ich fragen, ob er der Sache mal ein bisschen auf den Grund gehen könnte. In den Archiven wühlen und so. Vielleicht gräbt er ja was Interessantes aus. Wär das was?«

»Würdest du das wirklich tun, Jack? Könnte natürlich auch Zeitverschwendung sein. Vielleicht hast du ja Recht, aber solche Sachen regen mich einfach auf! Du hättest mal sehen sollen, wie der Typ uns heute behandelt hat. Er hat Daniel einfach so an den Kopf geworfen, dass sein bester

Freund gerade gestorben ist. Als ginge es um ein Fußballergebnis.«

»Gut, Süße, ich seh zu, was ich für dich tun kann. Ich ruf gleich den alten Burke an. Kennst du Eamonn Burke?«

Therry schüttelte den Kopf. Daniel starrte die beiden so verständnislos an, als würden sie chinesisch reden.

»Na ja, war auch ziemlich lang vor deiner Zeit, wenn ich mich so ausdrücken darf. Er war gut; einer der Besten. Und dann war plötzlich der Wurm drin. Die Ehe ging in die Brüche. Ließ sich später mit irgendeinem deutschen Weibsstück ein. Auch das endete mit Tränen. Aber er mischt immer noch mit. Mal sehen, was er so zutage fördert. Möglicherweise nur heiße Luft, wie du schon gesagt hast. Na, wie wär's denn mit noch 'nem Bier, Leute? Die Sorgen ertränken, wie man so sagt.«

»Wie man so sagt.« Daniel leerte sein Glas in einem Zug und schob es nach vorn.

Therry sah ihn an. Seine hübschen, grünen Augen waren gerötet und glänzten noch immer verräterisch. Sie fragte sich, wie lange es wohl dauern mochte, ehe er das Glas seines Lebens wieder als halb voll betrachten würde.

Keiner von ihnen bemerkte den Mann, der halb versteckt hinter einer Ausgabe der *Times* auf einem Barhocker saß. Es hätte keines detektivischen Scharfsinns bedurft, um allein anhand seiner Kleidung und seines Benehmens festzustellen, dass er nicht unbedingt zum akademischen Stammpublikum des *King's Arms* gehörte.

Harald Hammerstein sah rasch auf seine Breitling und merkte sich, um welche Uhrzeit die kleine Gesellschaft vom Tisch aufstand und sich einen Weg durch den Mief des überfüllten Pubs in die scharfe kalte Nachtluft bahnte. In öffentlichen Pubs trifft man heutzutage wirklich außergewöhnliche Leute, dachte er. Und das zu einem Zeitpunkt, als er geglaubt hatte, die Situation sei vollkommen verfahren. Als er zum ersten Mal daran dachte, dass vielleicht die Zeit gekommen war – und nur vielleicht! – sich aus dem Geschäft zurückzuziehen. Da servierte ihm das Schicksal plötzlich ein Geschenk auf dem silbernen Tablett. Ein schlagender Beweis dafür, dass das Glück auf Seiten der Engel ist. Auch wenn es sich um Todesengel handelt.

Kapitel Dreiunddreißig

Nord-Oxford; Dienstag, 23. Dezember, 11:00 Uhr

Halt mal eben!«

»Was soll denn …?« Daniel Warren zuckte zusammen, als Therry nach seiner Hand griff und sie auf das Lenkrad legte. Erst ein paar Sekunden zuvor waren sie vom Wolvercote-Kreisel abgebogen. »Ich kann so nicht lenken. Verdammt noch mal, was soll denn …?«

»Nur geradeaus. Ganz kurz.«

Therry drehte sich im Fahrersitz nach hinten, streckte sich nach ihrer Fliegerjacke und wühlte die Taschen durch. Eine Sekunde später hatte sie ihr klingelndes Handy in der Rechten. Mit der Linken wischte sie Daniels Hand vom Lenkrad und korrigierte die Richtung gerade noch rechtzeitig, bevor der Wagen in ein entgegenkommendes Fahrzeug rauschte. Der erschrockene Fahrer hupte wütend.

»Ja!«, bellte sie ins Telefon. Aber sofort änderte sich ihr

Tonfall. »Ja, richtig. Von der *Oxford Post.* Nett, dass Sie anrufen. O ja, in der Weihnachtszeit ist es nicht so einfach. Aber manche von uns müssen eben arbeiten, oder?«

Daniel starrte sie an, ohne dabei ihre einhändigen Fahrkünste aus den Augen zu lassen. Ihr plötzlicher Wechsel in einen einschmeichelnden Tonfall amüsierte ihn.

»Ganz richtig«, bestätigte sie gerade mit einem hörbaren Lächeln in der Stimme. »Für eine Übersicht im Neuen Jahr.« Pause. »Aber sicher, äußerst positiv. Ein Geschenk für den Arbeitsmarkt. Unser Herausgeber glaubt an den Fortschritt. ›England modernisieren‹ und so.« Unwillkürlich musste Daniel lächeln. Das war wirklich Heuchelei auf professionellem Niveau.

Eine weitere Pause. Dann ein scharfes Einatmen und ein anerkennender leiser Pfiff. »Wirklich? Ein solcher Unterschied? Ja, also, ich denke schon. O ja, das sind sehr gute Neuigkeiten. Vor allem für die Bauern. Wenn es noch welche gibt ... Nein, nein, das war nur ein Scherz. Ich danke Ihnen recht herzlich für Ihre Hilfe ... Aber sicher doch, man wird Sie erwähnen.« Ende des Gesprächs.

»Ja!«, rief Therry triumphierend und ließ das Handy zuschnappen.

»Was denn?« Daniel war neugierig. »Erzählst du mir, worum es geht?«

»Klar.« Sie strahlte. »Mach ich. Ein Motiv. Darum geht es.«

»Ein Motiv?«

»Ein Motiv. Und sogar das Beste, das es gibt – nämlich Geld. Das waren *FDD Sawyers,* die Immobilienmakler, Zweigstelle Banbury. Ich habe heute Morgen dort angerufen, lange bevor du deinen Arsch vom Sofa hochgekriegt hast. Aber im Büro hat sich niemand gemeldet. Wegen

Weihnachten oder warum auch immer. Ich habe eine Nachricht auf dem Anrufbeantworter hinterlassen. Ehrlich gesagt, hätte ich nicht damit gerechnet, dass jemand zurückruft. Wahrscheinlich habe ich mal wieder die Allmacht der Presse und die Gier der Leute nach kostenloser Werbung unterschätzt.«

»Aber wozu ...?«

»... ich einen Immobilienmakler brauche? Um Grundstückspreise zu erfahren, wozu sonst? Erinnerst du dich an die alten Knacker im Pub? Sie haben erzählt, dass der eine Typ, der rausgerannt ist, ein kleines Vermögen gemacht hat.«

»Nicht so sehr klein, wenn ich mich recht entsinne.«

»Ganz genau. Und sie haben auch erzählt, dass die Preise seit seinem Deal noch weiter in die Höhe geschossen sind. Ich wollte wissen, um wie viel. Also habe ich bei Sawyers nachgefragt, was Ackerland heutzutage wert ist. Rat mal!«

Daniel hatte nicht die leiseste Ahnung.

»Nun, vor ein paar Jahren lag der Hektar noch bei fast 1.600,– Pfund. Aber nach dem ganzen Trubel um BSE, billige Fleischimporte und der allgemeinen Landwirtschaftskrise in England ist der Preis in den Keller gerutscht. Nach den Angaben von Sawyers liegt er heute zwischen 900,– und 1.000,– Pfund.«

»Na und?«

»Und was glaubst du wohl, was Bauland kostet?«

Daniel zuckte die Schultern. Er hasste Ratespiele.

»50.000? 100.000?« Sie merkte, dass sie keine Antwort bekommen würde. »Das hatte ich in etwa geschätzt. Als Obergrenze. Es ist so: Angesichts der heutigen – angeblichen – Wohnungsnot ist in einer Gegend, für die die Genehmigung zu dichter Bebauung erteilt wurde, dazu noch am Rande eines malerischen Dörfchens mit vergleichsweise guter Verkehrsanbindung – und das alles trifft auf Ditchford zu –, in einer solchen Gegend also ist das Land tatsächlich fast eine halbe Million wert. Pro Hektar, wohlgemerkt.«

Sie machte eine Pause, um ihren Worten Gewicht zu verleihen.

»Natürlich kalkulieren die Bauunternehmen obendrein noch einen fetten Profit ein. Das bedeutet, Riggs-Mill hat das Gelände in Nether Ditchford wahrscheinlich für 'n Appel und 'n Ei gekriegt. Und unser Bäuerlein muss sich verdammt verarscht vorgekommen sein.«

»Allerdings hat er noch ein ordentliches Stück Land zu verkaufen.«

»Richtig. Und sie wollen es unbedingt haben. Das bedeutet, dass beide Seiten ganz tief drinhängen. Ditchford in ein Milton Keynes von North Oxfordshire zu verwandeln, ist vielleicht ökologisch gesehen eine Katastrophe und bedeutet einen völlig überflüssigen Verlust an ohnehin schon viel zu rar gewordener unberührter Natur, aber es gibt ein paar Leute, die machen damit richtig, richtig Geld. Und dafür gehen die über Leichen.«

»Das meinst du doch nicht wörtlich, oder?«

»Tu ich das nicht?«

»Rajiv ...«

Daniel und Therry hatten den vorhergehenden Abend damit verbracht, seinen Kummer zu ertränken. Nach der Sperrstunde nahm sie ihn zu sich nach Hause mit, ohne recht zu wissen, was sie sich davon erhoffte. Der arme Kerl wirkte einfach so unglücklich. Außerdem war sie selbst auch nicht mehr ganz nüchtern. Sie kippten gemeinsam noch ein paar Gläser billigen Whiskey, und gerade, als es so aussah, als würden die Triebe langsam die Gefühle in den Hintergrund drängen und Lust den Sieg über Trauer davontragen – sackte er auf ihrem Sofa in sich zusammen und schlief ein. Nun, vielleicht ist es besser so, dachte sie bedauernd und deckte ihn mit der Gästedecke zu.

Den Entschluss, noch einmal nach Ditchford zu fahren – keiner von beiden wusste eigentlich, zu welchem Zweck – hatten sie am Vorabend gemeinsam gefasst, allerdings in einem so fortgeschrittenen Stadium, dass sich beide nicht mehr richtig daran erinnern konnten. Trotzdem setzten sie ihren einmal gefassten Entschluss in die Tat um. Irgendwie fanden sie es besser, als gar nichts zu tun.

»Rajiv war ein zufälliges Opfer. Ich will nur sagen, dass es Leute gibt, die einen großen Haufen Geld verlieren, wenn bei der Baulanderschließung etwas schief geht. Und so schnell jagt denen keiner Angst ein. Mit den ortsansässigen Projektgegnern und ein paar Umweltschutzgruppen sind sie ganz schön hart umgesprungen. Als sich da ein Hitzkopf vor einen der Bulldozer gelegt hat, hat nicht viel gefehlt, und die hätten ihn kaltblütig überrollt.«

»Du glaubst also, das alles sind nur Manöver, um die Sache zu vertuschen? Dass die wissen, was sie da ausgebuddelt haben, und jetzt nur hoffen ... ja, hoffen ...«

»Hoffen, dass sich alles von allein erledigt? Ja klar! Gibt es eine andere Erklärung?«

Therry schaltete in den zweiten Gang zurück, als sie von der A 3400 auf die Landstraße abbog, die nach Ditchford führte. Auf einer Wiese links von ihnen grasten ein paar Schafe mit langen krummen Hörnern, *›Jacob Long Horns‹*, schätzte Daniel, typisch englische Schafe. Sie ließen sich von dem Rover nicht aus der Ruhe bringen, als dieser über den Kamm eines niedrigen Hügels kam. Der

Horizont schien hier zu fallen, um schließlich zu den unregelmäßigen Kronen der Cotswold-Berge wieder anzusteigen. Ein paar kahle Bäume standen wie Schildwachen in einer langen Reihe, die vielleicht der Spur einer vor langer Zeit zerstörten Begrenzungshecke folgte.

»Hier ist es passiert.«

Sie erreichten den Rücken jenes Hügels, der den schönen Blick auf St. Peter's Alone gestattete. Ein dünner, grauer Nebelschleier hing wenige Meter hoch über dunklen Feldern. In den tiefen Spurrillen, die die Baumaschinen hinterlassen hatten, schimmerte weiß der letzte Rest von Raureif.

»Was ist hier passiert?«

»Hier wollten mich die Scheißkerle von der Straße drängen«, antwortete Therry und deutete mit den Daumen hinter sich. »Ich hatte genau oben auf dem Hügel angehalten, um mich noch mal umzusehen ...«

»Ich denke, es war dunkel!«

»Schon mal was vom Mond gehört? Gut, er war oft von Wolken verdeckt, aber es hat gereicht. Auf jeden Fall, glaube ich, bin ich da schon wieder langsam nüchtern geworden. Mir wurde klar, dass ich bloß meine Zeit verschwende, wenn ich hier draußen rumhänge und mir selber Leid tue, nur weil mir die verdammte Story durch die Lappen gegangen ist. Und dann ist dieses riesige, einäugige Ungeheuer auf mich zugekommen und – verdammte Scheiße!«

»Was ist los?«

»Mir ist gerade eingefallen, dass ich das Licht ausgemacht habe, als ich angehalten habe. Wegen der Atmosphäre, verstehst du? Ich glaube, ich habe es nicht wieder angemacht, als ich losgefahren bin.«

»Das heißt: Die konnten dich gar nicht sehen?«

»Scheint so.« Die Antwort kam widerstrebend.

»Vor allem, wenn sie es eilig hatten, wie wir vermuten. Du hast mir außerdem erzählt, dass nur ein Scheinwerfer funktioniert hat.«

»Das allein ist schon strafbar ...«

»Aber kein versuchter Mord.«

»Nein«, gab sie zähneknirschend zu.

Der Parkplatz vor dem Pub war leer bis auf einen Jaguar XJ6 älteren Baujahrs, der vermutlich dem Wirt gehörte. Daniel fand das Schild über dem Eingang längst nicht mehr ulkig: Der rattenähnliche Fuchs grinste höhnisch, die cartoonhaften Hunde waren einfach nur schlecht gezeichnet. Vielleicht lag es daran, dass das Schild sich heute nicht bewegte. Kein Windhauch regte sich, nur eisige Stille lag in der Luft.

Weder an der Bar noch auf den Sitzbänken mit den hohen Lehnen saßen Gäste. Ohne Feuer im Kamin sah der Pub viel unfreundlicher aus als am vergangenen Sonntag. Daniel räusperte sich. Der Wirt mit dem Backenbart tauchte aus dem Nebenzimmer auf und blickte ihn fragend an.

»Äh, hi«, sagte Daniel, plötzlich nervös. Therry war noch auf dem Parkplatz und suchte im Range Rover nach ihren Landkarten, den von allen Briten so geschätzten amtlichen topografischen Wunderwerken.

»Hallo«, sagte der Wirt. Einen Augenblick lang herrschte peinliche Stille; dann fiel Daniel ein, dass er etwas bestellen sollte. Er zeigte auf den Zapfhahn mit der Aufschrift *Hook Norton.*

»Davon bitte eins.«

»Von dem *Bitter*?«, fragte der Wirt, als zweifele er die Bestellung an.

»Ja bitte.« Er erinnerte sich wieder daran, dass der Wirt

Frank hieß, und überlegte, ob er den Namen benutzen durfte. Die Etikette in englischen Pubs war entsetzlich kompliziert.

»Ah, und ein Glas von dem bernsteinfarbenen Nektar für die junge Dame, wenn ich mich recht entsinne?«

Daniel drehte sich um und sah, dass Therry gerade hereinkam und den Wirt mit ihrem albernen Strahlelächeln bedachte. Oder vielleicht doch nicht so albern. Irgendetwas hatte jedenfalls die Stimmung des Wirts deutlich gehoben. Vielleicht mochte er hübsche Gesichter.

Frank stellte die Biergläser auf den Tresen, und Therry erklomm einen Barhocker. »Verdammt kalt draußen, nicht?«

»Das kann man wohl sagen, Miss. Letzte Nacht hatten wir minus zehn Grad. Arschkalt – Sie entschuldigen den Ausdruck.«

Therry lachte. Daniel grinste höflich.

»Bin überrascht, euch wieder hier zu sehen. Noch mal über die Häuser nachgedacht, was?«

Therry sah erst Daniel und dann Frank an.

»Bestimmt nicht. Nicht nach dem, was wir gehört haben.«

»Ach ja?« Frank nahm ein Bierglas und begann es zu polieren.

»Na ja, die Gerüchte eben. Die kursieren wahrscheinlich schon überall im Dorf, oder?«

»Und um was geht es?«

»Jetzt sagen Sie nicht, dass Sie es noch nicht gehört haben! Wissen Sie nicht, dass noch zwei weitere Bauarbeiter diese Krankheit bekommen haben? Und ein junges Paar daran gestorben ist? Ich hätte gedacht, die Leute hier würden sich ziemlich Sorgen deswegen machen.«

Frank stellte das Glas ab und ließ die Augen von Therry zu Daniel schweifen, ehe er seinen Blick ganz auf Therry heftete. Er lächelte nicht.

»Ich glaube, ich kann Ihnen nicht ganz folgen.«

Therry legte eine Ausgabe der *Oxford Post* vom selben Morgen auf den Tresen, so gefaltet, dass der Artikel über die Todesfälle sofort ins Auge stach. Frank las ihn langsam und zuckte dann mit den Schultern.

»Hören Sie mal, Miss! Ich hab keine Ahnung, was Sie wissen oder zu wissen glauben. Aber ich weiß nichts über irgendwelche Krankheiten. Und schon gar nichts über Lymphdingenskirchen. Ich weiß nur, dass ich, seit Sie und der da letzten Sonntag hier reingeschneit sind, nichts als Ärger wegen der verdammten Baugeschichte hab. Mag sein, dass ich selber schuld dran bin, weil ich die Klappe nicht halten konnte und Harry geärgert hab, aber seither haben wir hier jede Menge Krach! Also: Was mich angeht, so finde ich, je weniger darüber geredet wird, desto besser!«

»Was meinen Sie mit Krach? Etwa Streit? Mit Bauer Harry? Über die Baustelle?«

»Ich habe Ihnen doch gesagt, ich möchte nicht darüber reden!«

»Was war denn los? Es könnte wichtig sein.«

»Mein Laden hier ist auch wichtig. Ist so schon schwer genug. Auch ohne Leute, die Gruselgeschichten rumerzählen. Ganz zu schweigen davon, dass sich meine Stammgäste in die Haare kriegen und hier im Pub prügeln!«

»Es ist wegen der Pest, nicht wahr? Sie wissen es, ist doch so!«

»Scheiß auf die Pest! Es geht um Geld. Immer dasselbe! Es ist wegen Harry, der angibt wie sonst wer, weil er seine

Felder für den Bau von 'nem Haufen Häuser verkauft hat, die niemand sonst hier haben will. Er und Bob, das ist der Kerl, der das Komitee gegen die Erschließungsgesellschaft anführt (Therry erinnerte sich noch genau an den Mann mit Mütze und Wachsjacke, der so gut informiert war und sich anscheinend für ihre Fragen interessiert hatte), nun ja, die beiden hatten gestern Abend hier 'ne ordentliche Schlägerei. Beide sind rausgestürmt mit den Worten, nie wieder 'nen Fuß hier reinzusetzen! Genau das Richtige fürs Geschäft!«

»Worüber haben die beiden sich denn gestritten?«, hakte Therry nach. Daniel fürchtete, dass sie zu viel Druck auf Frank ausübte. »Verstehen Sie denn nicht, was hier vorgeht? Die vertuschen da vielleicht was, was zur Gefahr für alle in Ditchford werden könnte. Genau wie vor vielen hundert Jahren.«

Einen Augenblick sah Frank sie an, als überlege er, ob sie verrückt sei. Dann seufzte er. »Mag sein, Bob hat auch so was Ähnliches gesagt. Keine Ahnung. Harry wollte jedenfalls, dass er die Klappe hält. Meinte, er wäre nur eifersüchtig und würde an seiner Stelle Lone Meadow auch verkaufen. Wir alle würden in fünf Jahren oder so dankbar sein, wenn's Geschäft erst mal richtig brummt und die Pubs voller Gäste sind. Sein übliches Gewäsch eben. Und alles Unsinn! Niemand von uns ist auf Geld scharf, wenn wir dafür unsere Art zu leben aufgeben müssen! Außer Harry vielleicht. Aber der hat jetzt sicher schon das Geschäft seines Lebens gemacht. Vor höchstens 'ner halben Stunde hat er den Kerl, dem die ganze Gesellschaft gehört, hier von meinem Parkplatz abgeholt.«

»Was?«

»Ja, der Kerl bleibt über Nacht. Der Wagen da draußen

gehört ihm. Ich kann nicht sagen, dass ich glücklich drüber bin, aber Gast ist Gast. Und alles, was Recht ist: Mr. Martindale ist ein Gentleman.«

»Martindale?«

Frank grunzte, als hätte er den Namen eigentlich nicht nennen wollen.

»Wo sind sie hingefahren?«

»Haben sie mir nicht gesagt. Ich hab ja schon erzählt: Harry setzt nicht mal mehr den Fuß über meine Schwelle.«

»Aber Sie müssen doch irgendeine Vermutung haben.«

»Ich könnt mir vorstellen, dass sie zu Harry nach Hause gefahren sind. Ridge Farm. Ein großer Hof am Ende des Dorfes, an der Straße nach Banbury. Aber was hat das Ganze mit Ihnen zu tun?«, rief er verblüfft hinter Therry her, die bereits durch die Tür verschwand. Nicht weniger verwundert, stürzte Daniel seinen Rest Bier hinunter und folgte ihr.

Therry hatte den Motor des Range Rovers bereits angelassen, als Daniel aus dem Pub kam. Los, komm schon!, winkte sie ihm ungeduldig zu. Daniel schloss die Knebelknöpfe seines Dufflecoats und bewunderte dabei gleichzeitig die eleganten Linien des gepflegten Jaguars. Was auch immer man über Mr. Martindales Häuser denken mochte, sein guter Geschmack, was Autos betraf, war nicht zu bestreiten. Der Jaguar hatte die tiefgrüne Farbe, die man aus einem Grund, den Daniel wahrscheinlich nie verstehen würde, *British Racing Green* nannte.

Auf der Ablage hinter dem Rücksitz, gleich hinter den cremefarbenen Kopfstützen aus Rehleder, lag zusammengerollt ein fröhlich bunter Regenschirm. Die Heckscheibe selbst zierten zwei Aufkleber. Der eine zeigte eine Art kleiner Landkarte mit bedenklichen geografischen Korrekturen und legte wohl Zeugnis dafür ab, dass Mr. Martindale mit der Bewegung *»Britain out of Europe«* sympathisierte. Der andere, in Grün und Gold, harmonierte perfekt mit dem Lack des Jaguars und tat kund, dass Mr. Martindale Mitglied im *Oatshill Golf Club* war. Während Daniel in den Range Rover stieg, überlegte er krampfhaft, warum ihm der Name so merkwürdig vertraut vorkam.

Kapitel Vierunddreißig

Upper Ditchford, Oxfordshire; Dienstag,
23. Dezember, 13:45 Uhr

Schon wenige Minuten später entdeckten sie Ridge Farm, ein großes Gehöft, ungefähr eine halbe Meile außerhalb des Dorfes. Es lag ein gutes Stück von der Straße entfernt am Ende einer langen Zufahrt. Ein mitgenommener Mitsubishi Shogun war vor einem Tor geparkt, das auf den ersten Blick die klassische georgianische Architektur bloß zu imitieren schien. Bei näherem Hinsehen erkannte Therry allerdings, dass es tatsächlich georgianischen Ursprungs sein konnte. Hinter dem Haus befanden sich eine Ansammlung baufälliger Scheunen, etwas, das ein behelfsmäßiges Korn-Silo zu sein schien, und einige große, glänzende Dinger, die Daniels Neugier so lange fesselten, bis Therry sie als in schwarze Plastikfolie verpackte Heuballen identifizierte. Zwei Männer gingen vor der Scheune auf und ab. Vermutlich waren es Harry und Martindale.

Zweimal fuhren Daniel und Therry mit dem Range Rover rasch vorüber und prägten sich die Örtlichkeiten ein. Als Therry den Wagen ungefähr eine Meile vom Hof entfernt zum zweiten Mal wendete, meinte sie: »So, das reicht. Ich möchte nicht zu viel Aufmerksamkeit erregen.«

»Ich dachte, genau das hätten wir vor.«

»Spinnst du? Sollen wir vielleicht einfach da reinmarschieren und sagen: ›Hallo, Jungs, was macht der schwarze Tod‹?«

»Ich dachte, wir hätten uns darauf geeinigt, dass sie nichts davon wissen.«

»Jetzt spinnst du wirklich! Uns bleibt nur eine einzige Schlussfolgerung, nämlich dass sie sehr genau wissen, was passiert ist – und auch warum. Und dass sie jetzt ihr Möglichstes tun, alles zu vertuschen.«

»Aber das ergibt doch alles keinen Sinn! Ein solches Risiko können sie auf keinen Fall in Kauf nehmen! Sie müssen nach der Ursache der Krankheitsfälle suchen! Und unbedingt etwas dagegen unternehmen.«

»Was bestimmt nicht so einfach ist.«

Daniel schüttelte den Kopf. »Bestimmt nicht. Vor allem, wenn sie auch nur den Hauch einer Ahnung davon haben, mit was sie es zu tun haben. Sie bräuchten jemanden wie Gover, der sie berät.«

Und wer konnte das wohl sein? Plötzlich sah Daniel sich wieder in jenem Lift im Radcliffe stehen, schwitzend vor Angst, als Hochstapler entlarvt zu werden, neben ihm die Männer, die sich angeregt über Handicaps unterhalten hatten – Golfhandicaps, wie sich später herausstellte. Deshalb also war ihm der Name *Oatshill* so bekannt vorgekommen! Das war der Golfplatz gewesen, über den sie gesprochen hatten. Und einer der beiden Hobbygolfer war, wie er am gestrigen Nachmittag entdeckt hatte, kurz bevor ihm der Mistkerl die Nachricht von Rajivs Tod kaltblütig ins Gesicht geschleudert hatte: Dr. Simon Redwhistle. Allerdings ließ sich daraus, dass Redwhistle und dieser Martindale zufällig Mitglieder im gleichen Golfclub waren, nicht notwendig auf eine Verschwörung schließen. Bis eben wäre Daniel erstaunt gewesen, zu erfahren, dass die beiden einander überhaupt kannten. Jetzt dagegen fiel ihm die Vorstellung, dass es anders sein könnte, mit einem Male ausgesprochen schwer.

»Du musst nur zwei und zwei zusammenzählen«, sagte Therry und lenkte den Range Rover eine schmale Straße hinunter, vorbei an einem Warnschild, das ihnen mitteilte, die Straße sei ›ungeeignet für den Schwerverkehr‹. »Ein Grund mehr, herauszufinden, worüber zum Teufel die da drinnen reden.« Ungefähr fünfzig Meter weiter hielt sie an und wandte sich an Daniel: »Wärst du bitte so lieb, das Tor da vorne zu öffnen?«

»Was?«

»Das Tor! So ein großes Metallding mit Querstreben. Nun komm schon, Dan, ich bin sicher, so etwas gibt es auch in Amerika!«

»Ha, ha. Aber was willst du ...«

»Na, nun mach schon! Oder muss ich selber ran? Wir vergeuden hier wertvolle Zeit.«

Daniel tat wie geheißen und öffnete das breite Aluminiumtor. Er wollte es gerade wieder schließen, als Therry anhielt, sich aus dem Fahrerfenster lehnte und ihn daran hinderte.

»Nein, lass es lieber offen! Ich weiß, das entspricht nicht unbedingt den Gepflogenheiten auf dem Land. Aber man weiß ja nie – vielleicht müssen wir in aller Eile verschwinden.«

Daniel fragte sich noch immer, was sie eigentlich vorhatte, als er wieder auf den Beifahrersitz kletterte. Therry fummelte an einem kleinen Hebel neben der Gangschaltung herum. Er war Daniel schon früher aufgefallen, ohne dass er dessen Zweck hätte erraten können.

»Für eine kleinere Übersetzung«, beantwortete Therry seine unausgesprochene Frage. »Damit bekommt der Wagen eine bessere Traktion auf unebenem Gelände. Vielleicht brauchen wir das, wenn wir querfeldein fahren müssen.«

Daniel nickte, als hätte er jedes Wort verstanden.

Als er nach vorne blickte, ahnte er zumindest, was sie mit ›unebenem Gelände‹ gemeint hatte. Nicht nur, dass die Ackergrenze ein Gewirr aus tiefen, hart gefrorenen Traktorspuren war, nein, über den gesamten Acker zogen sich auch noch lange Wülste bergab. Das Ganze wirkte wie die Polsterung eines alten Möbelstückes, in einem riesigen Maßstab vergrößert. »Rain und Furche. Wie im Leitfaden für Landschaftsschutz, geradezu ein Musterbeispiel!«, murmelte er.

»Heißt das so? Also, ich weiß nur, dass es verdammt schwierig sein wird, da durchzufahren. Entweder haben wir gleich eine Freifahrt für die Achterbahn oder zirkeln uns in den perfekten Spagat. Je nachdem, wie wir die Sache angehen.«

»Ist dir klar, dass das hier vielleicht aus der Zeit des schwarzen Todes stammt?«

»Was? Dieses holprige Auf und Ab da?«

»Ja, klar. Es ist durch die mittelalterliche Form der Dreifelderwirtschaft entstanden. Ein Mann und ein Ochsengespann haben Jahr für Jahr, Jahrzehnt für Jahrzehnt, das gleiche Stück Land beackert. Schließlich haben sie im wahrsten Sinne des Wortes ihre Spuren in die Landschaft gegraben. Die meisten dieser alten Spuren stehen heute unter Landschaftsschutz. Was ein paar von euren gierigen Bauern nicht davon abhält, alles platt zu machen, wenn sie die Gelegenheit dazu haben.«

»Dann müssen wir also annehmen, dass unser Freund Harry nur noch keine Gelegenheit hatte.«

Daniels Kopf wurde hin und her geschleudert, als der Range Rover quer über die Furchen durch das Feld hoppelte. Insgeheim stellte Daniel sich die Frage, wo sie eigentlich hinwollten und ob es bei Nässe wohl noch schlimmer gewesen wäre. Das hier schien ihm genau der Untergrund, in dem Autos gerne stecken blieben. Kein Wunder, dass die Leute hier Allrad-Fahrzeuge bevorzugten. Sie fuhren direkt auf eine Brombeerhecke zu, die ebenfalls aussah, als wüchse sie schon seit Jahrhunderten an dieser Stelle. Als sie näher kamen, flog ein einsamer Fasanenhahn auf, der auf wundersame Weise den vorweihnachtlichen Jagdgesellschaften entkommen war; aber sofort verschwand er wieder im Dickicht. Noch ein glücklicher Überlebender. Therry brachte den Wagen ungefähr zwei Meter vor der Hecke in einer Furche zum Stehen.

»Das müsste reichen. Hier können sie uns unmöglich entdecken. Los, komm.«

Machtlos folgte Daniel ihr die Hecke entlang, bis sie an einen niedrigen Zauntritt gelangten, dessen Querbalken geborsten war. Die Hecke überwucherte ihn zu beiden Seiten.

»Schau mal«, sagte Therry.

Daniel schaute. Durch die stacheligen Zweige konnten sie ungefähr eine Viertelmeile entfernt die Giebelwand des Bauernhauses erkennen. Zwischen ihnen und dem Haus lagen die beiden Scheunen, das Silo und eine Weide mit Jersey-Rindern. Auch die beiden Männer blickten über die Felder. Ein Dritter hatte sich inzwischen zu ihnen gesellt. Daniel vermutete, dass sie von der Stelle, wo sie standen, einen ausgezeichneten Blick auf die Kirche und das Baugelände mit Melissas Container, dem Musterhaus und den Fahnenstangen mit den Wappenflaggen von Riggs-Mill haben mussten.

»Herr über das Land, so weit sein Auge reicht«, meinte Therry. Ihre Stimme drückte abgrundtiefe Verachtung aus.

»Wer von ihnen?«

Sie zuckte die Schultern. »Ich halte beide für ausgemachte Scheißkerle. Komm. Wir müssen näher ran.«

»Was? Bist du bescheuert? Sie werden uns entdecken!«

»Aber nicht doch. Du musst nur deinen Kopf unten halten. Bis zur Scheune geben uns die Heuballen Deckung, und dann kriechen wir so nah ran, wie es eben geht. Mit ein bisschen Glück schaffen wir es bis in Hörweite. Ihre Stimmen tragen weiter, als ihnen bewusst ist.«

»Was ist mit den Kühen?«, fragte Daniel und beäugte verzagt die großen Tiere. Zwei von ihnen waren in die Nähe der Hecke getrottet und zerrten mit mittelmäßigem Erfolg an ein paar Büscheln vertrockneten Grases.

»Zusätzliche Deckung«, verkündete Therry und schwang sich über den Zaun. Zum Schutz vor den Brombeerranken hielt sie sich einen Arm vor das Gesicht. »Bleib einfach ruhig und störe sie so wenig wie möglich. Das klappt schon! Wart's nur ab.« Doch plötzlich brach sie ihre eigene Regel, indem sie laut und vernehmlich »Scheiße!«, sagte und scharf einatmete.

»Alles in Ordnung?«, flüsterte Daniel kaum hörbar.

»Scheiß-Bauern!«

Daniel blickte nach unten und entdeckte den Stacheldraht, der um das untere Ende des Zauns gewunden war. Therry rieb sich den Knöchel. Der Stacheldraht hatte ihre Socke zerrissen und eine üble Schramme auf der Haut hinterlassen. »Na, egal«, brummte sie und nestelte ein ziemlich benutzt aussehendes Taschentuch aus ihrer Fliegerjacke. Notdürftig verband sie ihren Knöchel. »Los, bringen wir es hinter uns!«

Nicht zum ersten Mal während ihrer kurzen Bekanntschaft musste Daniel feststellen, dass Therry Moon sowohl eine unverbesserliche Optimistin als auch ziemlich verrückt war. Trotzdem folgte er ihr, so gut es eben ging.

Die hohen Brombeersträucher stachen zwar erbärmlich, boten aber eine ausgezeichnete Deckung, um über den Zaun zu klettern. Als einer der drei Männer auf dem Hof Richtung Dorf gestikulierte – wahrscheinlich, dachte Daniel bei sich, spricht er über den Pub und wettert über die Dorfbewohner, die die Vorteile nagelneuer Bungalows nicht zu schätzen wissen –, flitzten sie tief geduckt aus dem Schutz der Hecke hinter ein schwarzes Plastikungetüm von Heuballen. Falls die weidenden Kühe sich gestört fühlten, weil jemand in ihren Lebensraum eindrang, zeigten sie es zumindest nicht.

»Komm, wir trennen uns«, wisperte Therry. »Sie werden uns nicht so schnell bemerken, wenn wir uns nicht beide gleichzeitig bewegen. Ich gehe so nah wie möglich ans Haus heran.« Sie wies vage in die Richtung, die sie im Schutz der verpackten Heuballen einzuschlagen gedachte, um bis zum Silo vorzudringen. »Du schleichst dich zur Scheune. Und halt den Kopf unten, sobald du hinter dem nächsten Heuballen rauskommst.«

Und schon war sie fort. Geduckt rannte sie von Ballen zu Ballen. Schon nach wenigen Sekunden hatte er sie aus den Augen verloren.

Daniel seufzte, so leise er konnte. Die Sache gefiel ihm ganz und gar nicht. Räuber und Gendarm auf einem vereisten Acker in weniger als einer halben Meile Entfernung von einer pestverseuchten Baugrube zu spielen, entsprach nicht unbedingt seiner Vorstellung von gesundem Menschenverstand. Außerdem wurde es bereits dunkel. Obwohl, das war eigentlich gar nicht so schlecht, überlegte er. Man würde sie wenigstens nicht so schnell entdecken. So oder so glaubte er nicht daran, dass er oder Therry bis auf Hörweite an die Männer herankommen würde. Aber einen Versuch war es wert. Vielleicht.

Er spähte um den schwarzen Plastikballen herum und stellte fest, dass niemand in seine Richtung schaute. Tatsächlich sah es so aus, als ob die Männer miteinander stritten. Einer gestikulierte heftig. Natürlich! Er hätte sich denken können, wer der dritte Mann war. Niemand Geringeres als Dr. Simon Redwhistle.

Jetzt oder nie. Daniel ging in die Hocke und preschte ungefähr einen Meter weiter zum nächsten Ballen. Von dort aus würde er robben müssen. Das Ganze erinnerte ihn an die Geländespiele in den Sommerlagern am Lake Tahoe, wo seine Mutter ihn hingeschickt hatte, als sie es sich noch leisten konnten.

Der Boden war kalt und hart. Die eher grauen als grünen Grashalme gaben den scharfen Geruch eingetrockneter Kuhfladen ab. Die drei Männer standen immer noch mehr als zweihundert Meter entfernt. Vorausgesetzt, sie blieben ungefähr da, wo sie jetzt waren, konnte Daniel ungesehen höchstens bis zur Ecke der Scheune vordringen. Diese Scheune war genauso baufällig, wie sie von der Straße aus gewirkt hatte. Verrostete Wellblechstücke hingen an den Seiten bis ungefähr anderthalb Meter oberhalb des Bodens. Sie bot gerade ausreichend Schutz für ein paar unverpackte Heuballen (der herkömmlichen, rechteckigen Art, nicht dieser unförmigen schwarzen Plastikwalzen) und für einige uralt aussehende Landwirtschaftsutensilien, deren Zweck Daniel verschlossen blieb.

Wenn er sich unentdeckt bis dorthin vorpirschen konnte, bestand eine gewisse Chance, dass er zumindest Gesprächsfetzen würde aufschnappen können. Wenn die Männer allerdings weitergingen, würde Therry sich um sie kümmern müssen. Es war ja schließlich auch ihre Idee gewesen. Vielleicht jedoch, und nur vielleicht, würde er das ein oder andere Wort verstehen können, mit dem er sie festnageln konnte – der Himmel allein wusste, weswegen eigentlich. Mindestens grobe Fahrlässigkeit, möglicherweise sogar Anstiftung zum Mord. Irgendwer, das stand für Daniel fest, musste für Rajivs Tod bezahlen! Und wenn er nachweisen konnte, dass dieser Mistkäfer Redwhistle in kriminelle Machenschaften verwickelt war, umso besser.

Therry kam inzwischen gut voran. Dachte sie zumindest. Es war ziemlich leicht gewesen, über die Entfernung von etwa zweihundert Metern von einem schwarzen Heuballen zum nächsten zu huschen. Allerdings hatte sie mit der halbkreisförmigen Route höchstens die Hälfte der Distanz zu den Männern überbrückt. Selbst bei Windstille wie am heutigen Tag würde sie ihre Stimmen erst verstehen können, wenn sie noch mindestens ein paar Dutzend Meter näher an sie herankam. Unmöglich war das nicht. Eine lange Reihe Heuballen zog sich bis fast zum Silo, und neben dem Silo stand etwas, das sie für einen Viehtrog hielt.

Ein paar Minuten später war sie dicht am Ziel. Tief geduckt und ohne auf die durchdringende Kälte und den Uringestank zu achten, erreichte sie die Deckung des Troges. Befriedigt stellte sie fest, dass Harry und der Mann, der Martindale sein musste, sehr laut sprachen. Anscheinend stritten sie sich. Dann bellte ein Hund, einer der beiden drehte sich mit einem verärgerten Ruf um, und ihr rutschte das Herz in die Hose.

»He! Sie da! Bleiben Sie stehen, verdammt noch mal!«

Therrys erste Reaktion war, sich einfach in den stinkenden, gefrorenen Matsch fallen zu lassen. Die Rufe entfernten sich. Es war nicht sie gewesen, die man entdeckt hatte! O nein! Sie riskierte einen Blick. Was auch sonst? Natürlich Dan. Dan, der dösige Doktor phil. in spe. Er hatte es verbockt. Eigentlich hätte sie sich so etwas denken können. Warum hatte sie ihn auch mitgenommen? Sie kroch zur Vorderseite des Trogs, spähte um die Ecke und sah Martindale, der sich mit energischen Schritten schnell vorwärts bewegte. Harry war ihm mindestens ein halbes Dutzend Schritte voraus, schimpfte laut und schwang einen kräftigen Spazierstock. Das Spiel war aus. Dan hatte es vergeigt. Jetzt würden sie bestimmt nichts mehr zu hören bekommen. Sie konnte allenfalls noch darauf hoffen, dass er es schaffte, abzuhauen, bevor Harry seine verdammten Hunde von der Kette ließ.

Die Kühe waren schuld gewesen. Oder die Tatsache, dass es gar keine Kühe waren. Kaum hatte Daniel sich auf den Bauch niedergelassen, um wie eine Rothaut in den Schutz der Scheune zu robben, als er hinter sich schwere Tritte hörte und einen heißen Atem im Nacken spürte. Beinahe hätte er sich vor Angst in die Hose gemacht. Aber dann sah er sich doch erst einmal um. Und blickte genau in das verwunderte Auge eines neugierigen friesischen Ochsen.

Schlimmer war, dass der Kumpel des Rindviehs begann, Daniels Kehrseite zu beschnüffeln, während der erste Ochse beängstigend nah vor Daniels Kopf mit den Hufen scharte. Mit Tieren kannte Daniel sich nicht besonders gut aus. Seine Erfahrung mit Kühen beschränkte sich ausschließlich auf Anschauungsunterricht à la *Tausend Meilen Staub* mit Clint Eastwood und hin und wieder ein folienverpacktes Steak aus dem Supermarkt. Besorgt hatte er die Nachrichten über Rinderwahnsinn in England verfolgt, aber angeblich war ja jetzt alles wieder unter Kontrolle. Wie dem auch sei, eine halbe Tonne Gehacktes drohend über sich zu wissen, war eine für Daniel höchst beängstigende Erfahrung.

Eigentlich brauchte er nur laut zu werden oder sich abrupt zu bewegen. Mit Sicherheit würde das die Tiere verscheuchen. Genauso sicher würde er damit aber auch die Aufmerksamkeit der beiden Männer auf sich ziehen, die er belauschen wollte. Doch dann wurde ihm die Entscheidung abgenommen.

Ein schwarz-weißer Hund tauchte hinter einer Ecke der Scheune auf und wollte wissen, wofür sich der Ochse so sehr interessierte. Daniel erkannte ihn nur deshalb nicht als Border Collie, weil er in der Annahme groß geworden war, der klassische englische Hütehund sei jene Rasse, die immer in Reklamespots für Wandfarbe mitspielte. Gleich darauf hatte der Hund auch schon Daniels Witterung aufgenommen und bellte los. Der Ochse geriet in Panik, sein Kopf ruckte herum und versetzte Daniel dabei eher zufällig einen heftigen Stoß ins Hinterteil. Das riesige Vieh trat den Rückzug an, was der Hund zähnefletschend zu einem Vorstoß nutzte.

Daniel sah nur eine einzige Möglichkeit: Rückzug zum nächstgelegenen Heuballen. Noch gab er sich der Hoffnung hin, dass man ihn vielleicht noch nicht entdeckt hatte. Eine trügerische Hoffnung! Der Zuruf, stehen zu bleiben, erfolgte fast umgehend. Verdammte Scheiße! Wie dämlich bist du eigentlich? So eine dämliche Idee! Und diese dämliche Kuh Therry! Daniel drehte sich um und rannte los. Der verdammte Köter schnappte nach seinen Fersen. Daniel drehte hektisch den Kopf und sah, dass zwei der Männer auf ihn zukamen. Einer von ihnen rannte und hielt etwas vor sich. Er hoffte inständig, dass es kein Gewehr war. Vom Hörensagen wusste er, dass Bauern zu den wenigen Leuten in Großbritannien gehörten, die Gewehre besitzen durften.

Die Hecke war mindestens zweihundert Meter entfernt. Zu seiner Linken, ein gutes Stück näher, entdeckte er eine Steinmauer. Sie bot zwar Deckung, aber kein Fluchtauto auf der anderen Seite. Der Hund hatte ihn mittlerweile überholt, umkreiste ihn, kam mal von rechts, mal von links, als würde er eine Schafherde zusammentreiben wollen. Plötzlich sprang er vor und schnappte nach Daniels Knöchel. Au, verdammt! Daniel trat nach dem Hund und erwischte ihn. Das Tier jaulte auf – was seinen Besitzer ebenfalls erbost aufbrüllen ließ – und griff mit frischem Kampfgeist an.

Daniel änderte die Richtung und hastete auf die Mauer zu. Zumindest würde er dort den verdammten Hund abschütteln können. Aber was dann? So schnell wie möglich über das angrenzende Feld rennen. Hoffen, dass er sich nicht verlief. Dann irgendwie versuchen, zum Pub zurückzukommen. Verdammte Hacke! Er hatte nicht mehr an die Rinder gedacht! Drei oder vier von ihnen standen ihm genau im Weg. Sie schnauften und scharrten mit den Hufen, nervös von all dem hektischen Treiben. Daniel warf einen Blick zurück zur Hecke. Der bellende Hund. Der rennende Mann. Fast hatten sie ihn eingeholt.

»Bleiben Sie stehen! Ich warne Sie zum letzten Mal!« Das war nicht die Stimme eines Mannes, der sich Erklärungen anhören würde. Der sich ruhig mit den Beweggründen zweier hergelaufener Spinner auseinander setzen würde, die seine Hoffnung, ein Vermögen zu machen, mit einer haarsträubenden Geschichte über den schwarzen Tod zunichte machen wollten. Und sollte er tatsächlich Teil einer dunklen Verschwörung sein – wie weit würde er dann gehen?

Bloß noch ein paar Meter. Wenn nur das verfluchte Viehzeug aus dem Weg gehen würde! Und tatsächlich: Plötzlich stürmten die Ochsen davon.

Das Krachen spaltete die Stille der grauen Nachmittagsluft wie ein schriller Kopfschmerz. Daniel erwartete fast, zu Boden zu stürzen, erlegt von einem Luftgewehr oder einer Schrotflinte oder was man hier sonst so benutzte. Sein Bein weggerissen von einer Kingsize-Ladung Schrot. Er fand kaum Zeit, den Gedanken ›Himmel, die schießen auf mich!‹ zu Ende zu denken, da preschten die vier Ochsen los.

Geradewegs an ihm vorbei. Mit hoch erhobenen Köpfen. Schnaubend vor Wut. Für den Bruchteil einer Sekunde stand Daniel wie versteinert, dann rannte er um sein Leben. Er erreichte die Mauer innerhalb von Sekunden und hangelte sich mit letzter Kraft hinüber, landete hart auf der anderen Seite. Ziemlich mieser Stunt, dachte er noch, rappelte sich auf, zerschunden, am ganzen Körper grün und blau, und tastete dabei verzweifelt im gefrorenen Matsch nach seiner Brille. Er fand sie, als er darauf trat. Verfluchte Scheiße! Er packte sie mit einer Hand und rannte weiter. Ein hastiger Blick über die Schulter zeigte ihm nichts als ein verschwommenes Bild: grau, dunkelbraun, grün. Daniel hörte das enttäuschte Kläffen des Hundes auf der anderen Seite der Mauer, das Muhen von Rindern. Eine Gestalt, ein winkender Mann, kam der Mauer immer näher, rief den Hund zurück, hielt ihn davon ab, ebenfalls über die Mauer zu springen. Weiter weg konnte Daniel einen anderen Mann ausmachen, der irgendetwas brüllte. Ob es Ratschläge für seinen Verfolger waren oder der aufgeschreckten Viehherde galt, wusste Daniel nicht. Und interessierte ihn noch weniger.

Wohin jetzt? Geradeaus war schlecht. Damit würde er in ihrem Blickfeld bleiben. Und sich weiter vom rettenden Auto entfernen. Und vom Dorf. Aber zurück oder einen großen Kreis laufen kam gar nicht infrage. Er musste jetzt vor allem möglichst weit weg von diesen Spinnern. Er schlug einen Haken über den nächsten Acker, hielt auf eine Hecke zu, die vermutlich die Fortsetzung der Hecke war, durch die sie gekommen waren. Er hatte sie fast erreicht, als er wieder einen Schuss hörte. Und dann noch einen. Jetzt wurde es gefährlich.

Die Hecke war auch gefährlich. Es gab keinen Zauntritt oder eine andere erkennbare Möglichkeit, durch sie hindurchzukommen. Eine gut zwei Meter hohe Dornenbarriere, dicht genug, um Dornröschen noch ein paar hundert Jahre zu bewachen: Daniel blieb nichts anderes übrig, als an ihr entlangzurennen, Ausschau zu halten nach einer weniger dichten Stelle oder einer Art Durchlass, wo er ohne schlimmere Verletzungen auf die andere Seite gelangen konnte. Er wagte nicht einmal, sich umzudrehen und nachzuschauen, ob Harry ihn noch verfolgte oder ob er ihn von der Mauer aus aufs Korn nahm und versuchte, ihn mit einem Zufallstreffer zur Strecke zu bringen.

Daniel war inzwischen völlig außer Atem. Das hatte er nun davon, dass er stets die Bibliothek dem Sportstudio vorzog! Dann blieb er an einem Büschel dicht verflochtener Grashalme hängen und knickte mit dem Fuß um. Schmerz durchzuckte ihn. Wenigstens war die Hecke ein paar Schritte weiter zu Ende, wurde ersetzt von einem dünnen Drahtzaun, der keinen Meter hoch war. Dankbar hinkte Daniel darauf zu.

Er berührte den Draht und zog die Hand mit einem Aufschrei zurück, als der elektrische Impuls schmerzhaft seinen Arm hinaufschoss. Wieso, zum Teufel, verdrahteten diese Mistkerle die ganze verdammte Landschaft? Er glaubte, von Ferne Gelächter zu hören. Immer noch besser als Schüsse. Mit einem gewaltigen Schritt stieg er über den Zaun, ohne ihn zu berühren. Als er sein Körpergewicht auf den verletzten Knöchel verlagern musste, stöhnte er auf. Hinkend lief er weiter. Auch diesmal wagte er nicht, sich umzusehen, um zu überprüfen, ob er noch verfolgt wurde. Oder ob noch jemand auf ihn zielte. Falls sein Verfolger an der Mauer angehalten hatte, würde er ihn sowieso nicht mehr erkennen können. Falls er aber weiter hinter ihm her war, konnte es höchstens noch eine Frage von wenigen Minuten sein, ehe der kräftige Landmann einen untrainierten, hinkenden Akademiker eingeholt haben würde.

Auf dem Feld stand ein kleines Gebäude, ein Unterstand oder eine kleine Scheune. Daniel hielt darauf zu. Als Versteck war das Gebäude vielleicht in wenig zu offensichtlich. Wenn sie ihn ernsthaft suchten, würden sie bestimmt über kurz oder lang dort auftauchen. Doch vielleicht hatten sie ihn ja auch nur verscheuchen wollen. Er hätte ja auch ein Spaziergänger sein können, der sich abseits der öffentlichen Wege vergnügte. Dann allerdings war es eine verdammte Unverschämtheit, auf ihn zu schießen! Andererseits hatte ihn keiner der Schüsse auch nur gestreift. Vielleicht hatten sie absichtlich daneben geschossen, waren in Wirklichkeit gar nicht so schlechte Schützen? Und hieß das, sie hatten die Verfolgung aufgegeben? Egal, mit diesem Knöchel konnte er auf gar keinen Fall weiterlaufen.

Die Tür, ein mit Pappe abgedichtetes, verrostetes Stück Blech, stand halb offen und fiel fast aus ihren Angeln. Daniel blickte sich um, konnte aber niemanden hinter sich entdecken.

Er humpelte durch die Tür und blinzelte, um sich an die Dunkelheit zu gewöhnen. Wieder einmal verfluchte er sich dafür, dass er sich noch immer kein britisches Handy besorgt hatte. Damit hätte er jetzt Therry anrufen und sie bitten können, ihn hier abzuholen. Vorausgesetzt natürlich, dass sie es bis zum Auto geschafft hatte.

Daniel steckte die Hand in seine Manteltasche und tastete nach seiner Brille. Das Gestell war verbogen und eines der Kunststoffgläser gesprungen. Aber wenn er ein bisschen daran herumbog, würde er sie schon benutzen können. Zumindest vorläufig. Er tastete sich im Dunkeln vorwärts. Vielleicht konnte er sich irgendwo hinkauern oder verbergen. Nur für den Fall, dass sie doch noch hinter ihm her waren.

Er streckte die Hand aus und berührte menschliche Haut.

Kapitel Fünfunddreißig

Ridgeway Farm, Upper Ditchford, Oxfordshire; Dienstag, 23. Dezember, 16:03 Uhr

Daniel schrie auf. Nicht nur vor Schreck, sondern auch vor Schmerz. Seine Finger wurden fast im rechten Winkel zur Handfläche zurückgebogen, der Boden wurde ihm unter den Füßen weggerissen, und eine kräftige Hand krallte sich in seine Haare und drückte sein Gesicht in den Staub.

»Ssscht!«, mahnte eine männliche Stimme. Eindringlich.

Der unbekannte Angreifer lies seinen Kopf los. Daniel rückte seine verbogene Brille, so gut es eben ging, zurecht und blickte auf. Nachdem sich seine Augen allmählich an das Zwielicht gewöhnt hatten, wurde ihm bewusst, dass er einen wesentlichen Bestandteil seiner Nationalkultur bisher schmählich vernachlässigt hatte. Benny zum Beispiel, sein bester Kumpel in Berkeley, oder Greg, der den Yachtclub auf der anderen Seite der Bucht in Sausalito betrieb, hätten sicher sofort gewusst, mit was sie da konfrontiert waren. Sie hätten nicht nur Hersteller und Bezeichnung gekannt, sondern auch über das Kaliber und die Möglichkeit Bescheid gewusst, wie viel Schaden man mit der Waffe anrichten konnte, deren Mündung direkt auf Daniels Kopf zielte.

Für Daniel war es schlicht eine Schusswaffe. Und zwar eine dicke, mit einem riesigen Magazin, das aussah, als könne es Kugeln von der Größe eines Käfers abfeuern. Eines VW Käfers. Und dieses gefährliche Ding befand sich höchstens zwanzig Zentimeter von Daniels Kopf entfernt. Er wusste noch nicht einmal genau, ob er sich vor Angst in die Hose machen oder lieber zu beten anfangen sollte. Beim Betrachten seines Hosenlatzes musste er allerdings beschämt feststellen, dass er eine der beiden Möglichkeiten schon in die Tat umgesetzt hatte.

Der Mann mit der Waffe hockte unmittelbar neben ihm. Er trug englische Kleidung. Typisch englische Kleidung. Eine dunkelgrüne, gewachste Jacke mit Kordkragen, die am Hals offen stand und einen Blick auf das karierte Innenfutter gewährte. Genau die Sorte Jacke, die der Prince of Wales und seine beiden Söhne auf Zeitungsbildern zu tragen pflegten, wenn sie sich bei einem Jagdausflug fotografieren ließen. Bei der echten Landbevölkerung hatte Daniel bisher immer nur billige Fleece-Jacken gesehen.

Aber der Mann, der sich gerade Daniels schlammigen Handabdruck von der Wange rieb, würde trotz aller Bemühungen kaum für ein Mitglied des englischen Landadels gehalten werden. Dazu hätte man zuerst die Cotswolds irgendwo in die Nähe von Yokohama umsiedeln müssen. Der Mann, der auf seinen Absätzen wippte (brandneue Timberland Wanderschuhe), während er Daniel die Waffe vor die Nase hielt, war zweifelsohne Asiate, ziemlich sicher ein Japaner. Und er kam Daniel merkwürdig bekannt vor.

»Was machen Sie hier?«, fragte der Japaner überraschend sanft. Daniel wunderte sich darüber, dass er absolut keinen Akzent feststellen konnte, bis ihm bewusst wurde, dass er vermutlich sehr wohl einen hatte. Und für einen Engländer würde dieser haargenau so klingen wie Daniels eigener Akzent. Der Typ erinnerte ihn allerdings nicht im Geringsten an die japanisch stämmigen Amerikaner, die er kannte: an Hanji, der eine Sushi-Bar in Mill

Valley betrieb, an Nikki mit den glänzenden Jadeaugen und dem Ebenholzhaar, die in seinem Jahrgang in der High School gewesen war, oder an den übergewichtigen Tankwart, den alle nur Sumo-Joe nannten. Auch nicht an die Geschäftsleute in San Francisco oder die Touristengruppen, die sich an der Embarcadero an der Haltestelle der Cable Car drängten. Vor allen Dingen trug keiner von diesen eine Waffe bei sich.

Der Mann sah aus, als sei er um die vierzig, wirkte durchtrainiert und hatte harte Augen. Augen, so stellte Daniel erschrocken fest, die ihn das letzte Mal im Lesesaal der Science Library missbilligend angeblickt hatten. Eigentlich hätte Daniel *ihm* die Frage stellen müssen, was er hier zu suchen hatte.

»Spazieren gehen. Wir befinden uns hier doch in einem freien Land, oder?«

Der Mann machte keinerlei Anstalten, auf diese Frage einzugehen.

»Ich glaube, Sie sind gerannt. Vielleicht vor jemandem geflohen?«

Ja, klar, hätte Daniel beinahe gesagt. Er hatte doch sicher die Schüsse gehört, oder etwa nicht? Es sei denn – und dabei hätte er sich beinahe in die Zunge gebissen – es sei denn, der Typ hätte vielleicht selber geschossen. Aber warum sollte er ...?

»Haben Sie auf mich geschossen?«

Es würde Sinn machen, überlegte Daniel. Jedenfalls ansatzweise. Der Mann besaß eine Schusswaffe und konnte offensichtlich damit umgehen. Daniel hatte zwar angenommen, die Schüsse wären hinter ihm abgefeuert worden, aber stimmte das? Ganz sicher war er nicht.

»Ich habe nicht auf Sie geschossen. Es war eher als kleine Ablenkung für die beiden Männer gedacht, die Sie verfolgt haben. Auf dem Land löst sich immer wieder mal irgendwo ein Schuss aus einem Gewehr. Und ich war neugierig.«

Daniel wollte schon erklären, dass das alles ein großes Missverständnis sei. Aber in seiner Lage war es wohl ratsam, so vorsichtig wie möglich zu sein. Zumindest, solange ein Schießeisen auf seinen Kopf gerichtet war.

»Neugierig? Auf mich? Hätten Sie vielleicht etwas dagegen, dieses Ding da woanders hin zu richten?«

Der Mann betrachtete die Waffe in seiner rechten Hand, als habe er vollkommen vergessen, dass er sie im Anschlag hielt. Er wippte noch einmal auf den Fersen, stand dann auf und verstaute die Waffe in einer seiner Jackentaschen, als hätte er beschlossen, dass Daniel keine Bedrohung für ihn darstellte. Was leider absolut der Wahrheit entsprach.

Daniel machte Anstalten, sich zu erheben. Der Mann streckte eine Hand aus, als wolle er ihm behilflich sein. Doch schnell stellte sich heraus, dass das genaue Gegenteil der Fall war.

»Noch einen Augenblick, bitte«, sagte er, zog Daniel halb auf die Füße und beförderte ihn sofort mit einem wohl berechneten Stoß auf den Boden zurück, wo Daniel verblüfft auf seinem Allerwertesten sitzen blieb. »Wie heißen Sie, junger Mann? Und was suchen Sie hier?«

»Mein Name ist Daniel. Daniel Warren.« Fast fühlte er sich versucht, das Wörtchen ›Sir‹ hinzuzufügen. »Ich bin Student. In Oxford.«

»Was studieren Sie?«

»Geschichte.«

»Was wollten Sie hier? Warum haben Sie versucht, die

Gentlemen bei ihrem Gespräch zu belauschen, ohne von ihnen gesehen zu werden?«

Daniel wog seine Chancen ab, die richtige Antwort zu geben. Das Dumme war nur, dass er nicht die geringste Ahnung hatte, was der Mann hören wollte. Außerdem wusste er nicht, auf welcher Seite, wenn überhaupt auf einer, der Mann stand.

»Es geht um die Häuser«, sagte er schließlich. »Die in Ditchford. Sie bauen dort auf historischen Stätten. Viele Leute im Dorf sind dagegen. Ich versuche ihnen zu helfen.«

Volle zwei Minuten lang starrte der Mann ihn ausdruckslos an. Dann, als hätte er eine Entscheidung getroffen, legte er den Kopf leicht in den Nacken.

»So, versuchen Sie das? Nun, ich nehme an, es ist ganz natürlich, dass ein Geschichtsstudent daran interessiert ist, die Dinge zu erhalten, wie sie sind? Ist es das?«

»Mehr oder weniger.«

»Was denn mehr?«

»Ich schreibe gerade meine Doktorarbeit. Mit Augenmerk auf ein spezielles Thema. Den schwarzen Tod.« Daniel stoppte, weil er abwarten wollte, welche Reaktion seine Worte hervorriefen.

Der Mann sog durch geschlossene Zähne die Luft ein und machte ein Gesicht, als hätte er dabei etwas Ekliges eingeatmet.

»Wie viel wissen Sie? Ich meine, von dem, was hier vorgeht?«, fragte Daniel.

»Wie viel wissen *Sie*?«, erwiderte der Mann. »Das ist hier die Frage.«

In diesem Augenblick wurde Daniel schlagartig klar, mit wem er es zu tun hatte. Er hätte es viel früher erkennen müssen, und sei es nur aufgrund seiner Kinoerfahrungen. Das hier war ein echter Yakuza. Japanische Mafia. Die typisch englische Kleidung hatte ihn verwirrt, dabei hätte sie der beste Hinweis sein müssen: Sie war einfach sündhaft teuer. Mit dieser Erkenntnis stellte sich allerdings gleich das nächste Problem ein. In den Filmen, die Daniel kannte, war es meist nicht besonders vorteilhaft, in die Hände eines Yakuza zu fallen. Vor allem, wenn dieser glaubte, dass man zu viel wusste. Dabei wusste Daniel so wenig. Ironie des Schicksals.

Der Mann war zur Tür gegangen, zog ein Handy aus der Tasche, schien aber Schwierigkeiten mit dem Netz zu haben. Mit einem kurzen Blick zurück auf Daniel trat er vor die Scheune und konzentrierte sich einen Moment lang nur auf das Display seines Telefons. Schließlich drückte er ein paar Knöpfe und begann zu sprechen. Japanisch.

Das war Daniels Chance: Der Yakuza war bestimmt zwanzig Meter von der Tür entfernt, ziemlich beschäftigt und hatte ein Telefon statt einer Waffe in der Hand. Daniel tastete sich zur Tür, schlüpfte nach draußen ins Gras und rannte los, ohne auf die Schmerzen in seinem Knöchel zu achten.

Jeden Augenblick erwartete er einen ärgerlichen Schrei oder einen Schuss, der ihn ohne Vorwarnung niederstrecken würde. Aber nichts geschah. In der Ferne, viele Felder weiter, erkannte er ein Gebäude, das durchaus der Pub sein konnte. Er hievte sich mühsam über eine Steinmauer und humpelte tief geduckt an ihr entlang. Zum zweiten Mal an diesem Tag hinkte er um sein Leben!

Tat er das wirklich? Es gab nicht das geringste Anzeichen einer Verfolgung; weder rief man nach ihm noch wurde geschossen. Daniel konnte den Pub jetzt deutlich erkennen und wagte endlich, sich umzusehen. Eine stille Gestalt stand vor der Scheune und blickte möglicherweise in seine Richtung. Möglicherweise aber auch nicht. Daniel musste kurz über sich selbst lächeln: Wahrscheinlich, mein Lieber, bist du längst nicht so wichtig, wie du glaubst.

Während er über ein Tor mit fünf Streben auf die Straße kletterte, an der das *Fox and Hounds* lag, überlegte er, ob er überhaupt für irgendwen wichtig war. Der Pub war geschlossen. Mindestens noch eine Stunde lang. Alles lag im Dunkeln. Daniel blickte sich um, wollte das ganze Ausmaß seiner verfahrenen Situation erfassen. In diesem Moment flammte nicht allzu weit entfernt, neben dem Tor zum Kirchhof, ein Paar Autoscheinwerfer auf und blinkte ihn an. Therry Moon und ihr alter Range Rover hatten ihn doch nicht im Stich gelassen.

Kapitel Sechsunddreißig

Upper Ditchford, Oxfordshire; Dienstag, 23. Dezember, 18:10 Uhr

»Nett, dass du auch noch mal auftauchst«, knurrte Therry, als Daniel die Autotür öffnete. Das war nicht unbedingt die Begrüßung, die er erwartet hatte.

»Hör mal ...« Es klang ärgerlicher als beabsichtigt.

»Steig einfach nur ein, ja?«

Er knallte die Tür zu. Therry ließ den Motor aufheulen und wendete den Wagen um 180 Grad. Plötzlich wurde

Daniel sich eindringlich des Zustandes seiner Hose bewusst. Im Luftzug des Heizungsgebläses entstieg ihr ein unverkennbar beißender Geruch.

Wenn Therry diesen wahrnahm, ließ sie es sich jedenfalls nicht anmerken. Sie lehnte sich nach vorn und konzentrierte sich auf die Fahrspur, die die Autoscheinwerfer auf der schmalen, engen Straße vorgaben. Durch all die anderen Duftnoten im Auto konnte Daniel einen leichten Whiskeygeruch wahrnehmen.

»Bist du okay?«, fragte er. Zögernd fügte er hinzu: »Hast du etwas getrunken?«

»Was dagegen?«, fauchte sie ihn an. »Ich habe Kopfschmerzen. Das passiert schon mal. Manchmal kriegt man sie vom Trinken, und manchmal ist Trinken die beste Medizin. Wenn du auch was willst: in der Seitentasche ist ein Flachmann. Sag mal, wo hast du eigentlich die ganze Zeit gesteckt? Wohl Räuber und Gendarm gespielt, wie?«

Daniel atmete tief durch. »Willst du es wirklich wissen?«

»Also ehrlich gesagt«, blockte sie ihn ab, bevor er richtig loslegen konnte, »nicht unbedingt jetzt sofort, Dan. Das macht dir doch nichts aus, oder? Wir haben noch einige Meilen vor uns, und mit meiner Konzentration ist es im Augenblick nicht gerade zum Besten bestellt.« Sie bewies ihre Behauptung umgehend mit einigen wilden Lenkbewegungen, um irgendeinem Gegenstand auszuweichen, den Daniel nicht erkennen konnte.

»Warum hetzen wir so?«

»Wir fahren zurück nach Oxford, was glaubst du wohl?«

Das war nicht die Antwort auf seine Frage, dachte Daniel. »Klar, aber warum so schnell?«

Statt einer Antwort lehnte sich Therry zu ihm hinüber und schaltete das Autoradio ein. »Hör mal«, meinte sie.

Wenn er nicht das digitale Display erkannt hätte, wäre Daniel der Meinung gewesen, Therry habe den falschen Knopf gedrückt. Sie hörte im Auto normalerweise einen Lokalsender namens *FOX FM,* der fast ausschließlich Popmusik sendete. Und *FOX FM* trieb Daniel schon seit Wochen in den Wahnsinn, weil sein Zimmernachbar im College, ein Erstsemestler, ihn ständig eingeschaltet hatte. Den ganzen Tag lang drangen dämliche, immer gleiche Jingles, hirnloses Discjockey-Gequatsche und abgenudelte ›Weihnachts-Klassiker‹ durch die dünnen Wände. Das war wirklich genug, um jeglichen Versuch, in Weihnachtsstimmung zu kommen, zu vereiteln.

Jetzt schien es jedoch, als habe sich der Programmdirektor über Nacht eines Besseren besonnen. Die Musik war sanft und traurig-schön; eine Knabenstimme sang, nur von einem Chor und den leisen Klängen einer Kirchenorgel begleitet, das alte Weihnachtslied, das Daniels Mutter immer zu Tränen gerührt hatte: *›Stille Nacht‹*. Daniel fröstelte, als läge plötzlich etwas Düsteres in der ursprünglichen Schönheit der Musik; es war wie eine zarte, kleine Stimme, die aus der Wildnis drang. *Eine Stimme,* dachte er, *ward gehört zu Rama:* Rachel beweint ihre Kinder.

»In ein paar Minuten kommt die nächste Meldung«, sagte Therry. »Deine verdammte Pest hat sich selbstständig gemacht. Sie haben die Stadt komplett abgeriegelt.«

Kapitel Siebenunddreißig

A 3400, nördlich von Oxford; Dienstag, 23. Dezember, 18:15 Uhr

Es begann zu schneien. Der Schnee hatte sich bereits seit zwei Tagen angekündigt. Er hatte in der dicken Wolkendecke gelauert, die seit einiger Zeit über dem Land hing und bei Tage wie ein eintöniges graues Loch wirkte, bei Nacht wie eine erdrückende Bettdecke, mit der sich die Welt zudeckte. Als der Range Rover an den schweren Eisengittern des Blenheim Palace vorüberfuhr, rieselten die ersten Flocken auf die Windschutzscheibe und hinterließen ihre hübschen Kristallmuster, ehe die Gummilippe des Scheibenwischers sie beiseite schob. Doch langsam wurden es mehr und mehr. Therry sah sich gezwungen, den Scheibenwischer von ›Intervall‹ auf ›Regelmäßig‹ und schließlich auf ›Schnell‹ umzuschalten.

Beim Anblick der dicht treibenden Schneeflocken, die, von den Scheinwerfern hell erleuchtet, auf die Scheibe zuwirbelten, überkam Daniel plötzlich die bizarre Vorstellung, sich auf der Brücke der *Enterprise* in einer der frühen Episoden von *Star Trek* zu befinden. Therry saß nach vorn über das Lenkrad gebeugt und starrte angestrengt auf die Straße. Dabei kniff sie die Augen zusammen, als wolle sie verhindern, Schnee in die Augen zu bekommen. Von den letzten sechs Meilen hatten sie das meiste schweigend zurückgelegt. Daniel streckte die Hand aus, legte sie vorsichtig in Therrys Nacken und begann sie sanft zu massieren. Dabei spürte er deutlich ihre verspannten Muskeln. Sie warf ihm einen flüchtigen Blick zu, lächelte und konzentrierte sich wieder auf die Straße.

Daniel fühlte, dass sich ihre Laune gebessert hatte, und erzählte ihr von dem Japaner, der zuerst in der Bibliothek und am Nachmittag in Ditchford gewesen war. Dieses Mal mit einer Waffe. Daniel hatte mit einer Vollbremsung gerechnet, zumindest jedoch mit einem entgeisterten Blick. Stattdessen war es an ihm, sie entgeistert anzustarren.

»Hmm«, meinte sie nämlich, »ich habe ihn auch im Krankenhaus gesehen.«

»Was?«

»Na ja, vielleicht war er es ja auch gar nicht. Vielleicht klinge ich jetzt rassistisch, aber die meisten Japaner, die du hier in Oxford siehst, sind Touristen und besichtigen die Colleges. Klar, es sind auch ein paar Studenten darunter, aber bestimmt nicht viele Männer mittleren Alters, die kurz vor Weihnachten im Radcliffe dringende Nachforschungen anstellen.«

»Und was denkst du?«

»Ehrlich gesagt, weiß ich nicht, was ich denken soll.« Ihre Stimme klang müde. »Ich weiß nur, dass ich nicht mehr an Zufälle glaube.«

Sie passierten Yarnton. Früher einmal war es ein von Landwirtschaft geprägtes Dorf gewesen, aber in den letzten Jahrzehnten hatte es sich in eine reine Übernachtungs-Vorstadt für Oxford verwandelt. Entlang der zweispurigen Schnellstraße zog sich eine schier endlose Reihe völlig identischer Häuschen mit Tüllgardinen und georgianischen Säulen aus Plastik. Hier war die englische Landschaft weniger vergewaltigt als vielmehr in einen Keuschheitsgürtel gezwängt worden: Die Natur war etwas Schmutziges, das man am besten zudeckte und möglichst nicht mehr erwähnte.

Laut Straßenschild befanden sie sich nur noch fünf Meilen vom Stadtzentrum Oxfords entfernt. Ein erster Hinweis darauf, dass in der Stadt nicht alles beim Alten war, begegnete ihnen am ersten einer ganzen Serie von Kreisverkehren, die so charakteristisch für den City-Ring sind. Der Verkehr in die entgegengesetzte Richtung war dicht. Viele Fahrer blinkten sie an. Daniel fragte sich, was sie signalisieren wollten. Und plötzlich standen sie im Stau. Im Schneckentempo krochen sie um den ersten Kreisel und von dort zum nächsten, der in die Ringstraße einmündete und gleichzeitig Auffahrt zur A 40 war. Nach Osten ging es auf die Autobahn nach London, die westliche Straße führte zum alten Marktstädtchen Witney. Sie steckten hinter einem Lkw von ›Toys 'R' Us‹ fest und kamen kaum noch voran.

Die Weihnachtsmusik im Radio verstummte. Eine beunruhigende Stille folgte, dann ertönte eine nüchterne, sehr ruhige, männliche Stimme, die für Daniel wie die Stimme eines BBC-Sprechers in einem alten Kriegsfilm klang:

»Guten Abend, meine Damen und Herren. Wir unterbrechen die Sendungen aller lokalen Radiostationen für eine wichtige Durchsage. Laut Pressestelle der Stadtverwaltung Oxford ist heute Nachmittag vorübergehend der Ausnahmezustand über die Stadt verhängt worden. Die Innenstadt wurde auf bisher noch unbestimmte Zeit für den gesamten Verkehr gesperrt. Autofahrer mit Fahrziel Oxford sollten ihre Fahrt entweder unterbrechen oder die Stadt weiträumig umfahren. Es besteht kein Grund zur Panik. Bei der Absperrung der Innenstadt handelt es sich um eine reine Vorsichtsmaßnahme, im Rahmen derer jedoch keine Ausnahmen gestattet werden. Es wird dringend darum gebeten, den behördlichen Anordnungen Folge zu leisten und Polizei und Sicherheitskräfte nicht in ihrer Arbeit zu behindern.«

Anschließend wurden noch einmal genau alle Stadtteile verlesen, die vollständig abgeriegelt worden waren. Zu Daniels größtem Erstaunen waren die Wohngebiete im Osten der Stadt kaum betroffen. Weder Cowley, wo sich die Autofabrik befand, noch das berüchtigte Viertel Blackbird Leys standen auf der Liste. Soweit er es trotz seiner mangelhaften geografischen Kenntnisse über die Lage der äußeren Stadtbezirke verstanden hatte, umfasste die so genannte Kernzone die gesamte Innenstadt bis hin zum JR2 draußen in Headington. Eine Zone mit eingeschränkter Zugangsberechtigung erstreckte sich entlang der Banbury Road und der Woodstock Road. Die beiden aus viktorianischer Zeit stammenden Verkehrsadern befanden sich im Norden Oxfords. Der Punkt, an dem sie auf die Stadtumgehung trafen, lag nur noch wenige Meter von Therry und ihm entfernt.

»O-o«, sagte Therry, »jetzt geht's los!«

Als sie sich dem Kreisverkehr näherten, sahen sie eine lange Reihe Polizisten in reflektierenden Jacken, die die Einmündung zur Woodstock Road absperrten. Vor ihnen stand ein weißer Streifenwagen quer über der Straße. Von seinem Dach blitzten stumm die roten und blauen Signalleuchten in die Dunkelheit und warfen ihr Licht auf den Verkehr, der sich langsam auf sie zu bewegte. Die Fahrer der Autos gehorchten brav den Handzeichen der Beamten, setzten den Weg um den Kreisel fort und bogen schließlich entweder nach rechts Richtung Witney oder zurück nach Woodstock ab – oder wohin auch immer Leute sich wenden mochten, die sich plötzlich um ihren Bestimmungsort gebracht sahen.

Einige Autos parkten am Straßenrand. Daniel beobachtete, wie aus einem ein Mann ausstieg, der aussah, als wolle er sich mit den Polizisten anlegen. Fast gleichzeitig lösten sich zwei Beamte aus der Reihe. Der Mann ließ sich schnell überzeugen, wieder in seinen Wagen zu steigen. Offensichtlich widerstrebend fuhr er weiter nach Witney.

Daniel sah auch, dass hinter dem Polizeikordon ein rotweißes Band über die Straße gespannt war, genau, wie er es aus Krimis kannte. Die gesamte Innenstadt von Oxford war abgeriegelt wie der Schauplatz eines Mordes. Vielleicht war das Bild gar nicht so unzutreffend. Jenseits der Absperrung erkannte Daniel einige Gestalten, die keine reflektierenden Jacken trugen, sowie Rücklichter von ungefähr einem halben Dutzend Autos. Das hieß: Einige Wagen ließ man wohl offensichtlich doch durch.

Für sie schien das allerdings nicht zu gelten. »Weiterfahren!«, dröhnte die Stimme eines Polizisten unnatürlich scheppernd durch ein altmodisches, Batterie betriebenes Megafon. Große gelbe Schilder mit der Aufschrift ›Umleitung‹ und rote Schilder, auf denen ›Straßensperrung‹ stand, wurden vor dem quer geparkten Polizeifahrzeug aufgestellt – umfunktioniertes Baustellenmaterial.

Ohne Vorwarnung riss Therry den Range Rover heftig nach links, als hätte sie geträumt und nicht auf die Straßenschilder geachtet.

Erst unmittelbar vor dem wild mit dem Megafon fuchtelnden Polizisten kam sie mit quietschenden Reifen zum Stehen. Daniel musste sich mit den Armen abstützen, um nicht gegen die Windschutzscheibe zu krachen. Auch

Therry wurde nach vorn geschleudert. Sie hatte die Augen geschlossen, als wolle sie das zorngerötete Gesicht des Polizisten nicht sehen. Er gestikulierte heftig und bedeutete ihr, das Seitenfenster herunterzukurbeln. Daniel lehnte sich hinüber und tat es.

»Verdammt noch mal, was glauben Sie eigentlich, wo Sie hier sind? Sie hätten mich beinah überfahren!«

Daniel wollte gerade antworten, als Therry, ohne die Augen zu öffnen oder dem Beamten auch nur ihr Gesicht zuzuwenden, einfach sagte: »Verzeihung. Ich glaube, ich habe nicht richtig aufgepasst.«

Der Mann schluckte seinen Ärger hinunter und meinte schroff: »Schon in Ordnung. Aber hier können Sie nicht reinfahren, Miss! Das Stadtzentrum ist gesperrt.«

»Entschuldigen Sie, habe ich Sie gerade richtig verstanden? Sie können doch nicht einfach eine ganze Stadt dichtmachen!«

Der Polizist ließ den langen, leidgeprüften Seufzer eines Menschen vernehmen, der eine angeblich ›unmögliche Sache‹ zum hundertsten Male erklären musste.

»Ich fürchte, so ist es aber, Miss. Tut mir ausgesprochen Leid, aber Sie müssen umkehren.«

»Einen Augenblick, bitte, Officer!« Daniel wurde durch die Art, wie sie die Worte überbetonte, vorgewarnt. »Ich glaube, Sie haben mich nicht verstanden. Ich wohne in Oxford. Und ich werde nach Hause fahren!«

Aufsässig legte sie den ersten Gang ein. Der Polizist warf seinen Kollegen in der Reihe einen Blick zu. Einen Blick, den er offenkundig an diesem Nachmittag schon hatte einüben dürfen. Einen Blick, der deutlich sagte: ›Querulant‹. Augenblicklich traten zwei seiner Kollegen auf den Range Rover zu.

»Im Moment geht es wirklich nicht, Miss. Ich verstehe Ihre Situation nur allzu gut, aber wir haben strikte Anweisung, auch Anwohner auf keinen Fall in die Stadt zu lassen. Es ist zu Ihrem eigenen Besten.«

»Erzählen Sie mir nicht, was für mich das Beste ist! Ich sagte doch, ich bin auf dem Heimweg. Und jetzt schicken Sie bitte die beiden Clowns da weg!«

Die beiden Polizisten, die aus der Reihe getreten waren, bauten sich genau vor dem Stoßfänger des Range Rovers auf. Zwar konnte Daniel ihre Augen nicht sehen, denn sie hatten ihre Schirmmützen gegen das heftige Schneetreiben tief in die Stirn gezogen, doch ihre Haltung ließ darauf schließen, dass sie sich nicht so einfach würden herumkommandieren lassen.

»Das ist doch lächerlich!« Therry ließ den Motor drohend aufheulen. Die Männer vor dem Auto wichen keinen Millimeter von der Stelle. Der Polizist vor dem Seitenfenster seufzte aufgebracht.

»Tut mir wirklich Leid, Miss, aber ich lasse mich auf keine Diskussionen ein! Wenn Sie möchten, können Sie auf den Parkplatz des *Moat House Hotel* fahren. Dort steht jemand von der Einsatzzentrale in Bereitschaft. Im Hotel stehen auch Übernachtungsmöglichkeiten zur Verfügung. Mit ein bisschen Glück ist morgen alles vorbei, und Sie können nach Hause. Ist das ein Wort?«

Sie würden ziemlich viel Glück brauchen, dachte Daniel, sagte aber nichts. Rajiv hatte ihm erzählt, dass die von der Pest betroffenen Regionen in Indien oft bis zu sechs Wochen völlig von der Außenwelt isoliert wurden.

Therrys Stimme wurde laut und schrill: »Das ist eine Unverschämtheit! Ich bin Journalistin und bestehe auf meinem Recht, in mein Büro zu gehen! Ich muss schließlich wissen, was hier vorgeht.« Jetzt schrie sie fast. »Sie haben gar nicht die Befugnis, so etwas zu tun!«

»Das mag wohl sein, Miss. Aber *ich* habe sie schon.«

Die neue Stimme überraschte sowohl Therry als auch Daniel. Der Mann, der gerade gesprochen hatte, war bis ans Autofenster gekommen, ohne dass sie überhaupt etwas davon bemerkt hatten. Er war groß – vielleicht hielt er sich auch nur sehr gerade –, und er trug einen Dufflecoat und ein Barett.

»Wer sind *Sie* denn?« So leicht war Therry nicht einzuschüchtern.

Der Mann tippte mit einem Finger an das Barett. »Colonel Hesketh, Miss. Royal Army.«

Plötzlich verstand Daniel. Die dunklen Gestalten hinter dem Polizeikordon. Die Autos, die die gesperrte Woodstock Road hinunterfuhren.

»Seit drei Uhr heute Nachmittag«, sagte der hochgewachsene Soldat, als handele es sich um die normalste Sache der Welt, »steht Oxford unter Kriegsrecht.«

Kapitel Achtunddreißig

Wolvercote-Kreisverkehr, Oxford; Dienstag, 23. Dezember, 18:25 Uhr

Während sie den Polizeikordon hinter sich ließen und sich wieder in den Kreisverkehr einfädelten, blickte Daniel sich um. Der hochgewachsene Colonel war schon wieder hinter den Polizisten verschwunden. Nur nicht auffallen. Befehle erhalten. Befehle erteilen. Mehr nicht.

Der Verkehr kam nur langsam vorwärts, immer drei Autos nebeneinander. Daniel hatte sich ins Unvermeidliche gefügt. Sie würden zum Parkplatz des *Moat House* fahren. Das Hotel war ein einfallsloser grauer Kasten, der die direkt gegenüber gelegene, hell erleuchtete BP-Tankstelle als deutlich nettere Möglichkeit erscheinen ließ, um die Nacht zu verbringen. Wenn man von der Anzahl der auf dem Tankstellen-Rastplatz abgestellten Fahrzeuge ausging, hatten eine Menge anderer Leute wohl das gleiche Gefühl gehabt. Doch zu seiner Überraschung fuhr Therry sowohl am Hotel als auch an der Tankstelle vorbei.

Es ging ostwärts auf die A 40. Nach London? Aber auch an dieser Abzweigung fuhr Therry vorbei. Daniel stöhnte innerlich auf. Da Therry den ganzen Kreisverkehr umrundete und schon wieder Richtung Oxford und damit genau auf die nicht weichen wollende Reihe von Streifenbeamten zufuhr, fürchtete er schon, sie würde es noch einmal probieren wollen.

Aber das tat sie nicht. Sie hielt den Wagen auf der inneren Spur, bis sie an der abgeriegelten Woodstock Road und der Polizeisperre vorüber waren, und schlängelte sich dann rücksichtslos durch den langsam vorwärts schleichenden Verkehr auf die Außenspur zu einer wenig befahrenen Abzweigung, die zum Dorf Wolvercote führte.

»Wo fahren wir hin?«

»Was glaubst du wohl?«

»Wolvercote?«

»Genial!«

Ihrem Ton nach zu schließen, legte sie keinen Wert auf eine weitere Unterhaltung.

Der Dorfanger begann bereits ein paar hundert Meter hinter dem Kreisverkehr, jenseits einer buckligen Brücke. Dass Wolvercote als Dorf überlebt hatte, war einem glücklichen topografischen Zufall zu verdanken. Es war innerhalb des City-Ringes gefangen, aber vom großstädtischen Trubel durch ein Stück Gemeindeland getrennt, das Port Meadow hieß. Natürlich war auch Wolvercote nicht vollständig von einem tristen Vorstadtcharakter verschont geblieben, doch es bewahrte sich zumindest noch ein winziges Stück seiner dörflichen Identität. Daniel entdeckte ein paar Fertighäuser, aber nicht besonders viele. Nein, das Dorf hatte nicht völlig natürlich wachsen dürfen, eine Zwangsfütterung mit Steroiden war ihm jedoch erspart geblieben.

Am anderen Ende des Dorfangers warfen die Lampen, die das Schild über dem Eingang des *Red Lion* anstrahlten, freundliches Licht ins Dunkel, das sie willkommen zu heißen schien. Auf den zweiten Blick jedoch erwies sich die Tür als verrammelt und verriegelt, die Vorhänge waren zugezogen. Falls es dort drinnen menschliche Wärme gab, waren Therry und Daniel jedenfalls davon ausgeschlossen. Therry fuhr geradewegs am *Red Lion* vorbei. Sie kamen über eine weitere Buckelbrücke, die den zweiten Arm des Flusses überquerte, der seit jeher die natürliche Begrenzung des Dorfes bildete, und bogen auf den Parkplatz des *Trout Inn* ab.

Daniel kannte das *Trout* nur flüchtig. Es war ein Pub mit langer Geschichte, uriger Atmosphäre und einem Wehr, das den Fluss zu einem schäumenden Sturzbach verengte. Das *Trout* war eine Touristenattraktion, die sich als Landgasthof verkleidet hatte. Die Klientel bestand fast ausschließlich aus Touristen aus dem nahen Oxford. Die

Einheimischen bevorzugten das *Red Lion.* Trotzdem war nicht zu leugnen, dass der Gasthof auf eine sehr englische Weise kitschig-hübsch aussah. Zumindest hatte es Daniel so empfunden, als er im frühen Herbst mit Rajiv vom College aus nach Wolvercote hinaufgefahren war. Damals hatten sie auf der Terrasse des *Trout* in der Sonne gesessen und sich an Sandwichs mit Räucherlachs gütlich getan. Genüsslich hatten sie ein Ale geschlürft, dem zahmen Pfau zugesehen, der majestätisch über die Terrasse stolzierte, und dem Schwanenpaar, das heftig hatte paddeln müssen, um in der kräftigen Strömung an Ort und Stelle zu bleiben und die Brotkrumen aufzuschnappen, die japanische Touristen (trotz des Sonnenscheins in die ach so englischen Burberry-Regenmäntel gekleidet!) ihnen zuwarfen.

Heute allerdings war das *Trout* geschlossen. Ein frappierender Kontrast. Alles wirkte kalt und still. Lag es am Ausnahmezustand? Oder vielleicht an der Jahreszeit? Die meisten Gastwirte freuten sich auf Weihnachten, weil es dann viel zu verdienen gab. Aber auch im *Trout?* Vielleicht öffnete es erst später am Abend. Daniel sah auf die Uhr. Es war gerade erst kurz nach halb sieben. Auf dem Parkplatz stand nur ein weiteres Auto. Der Wirt? Das Flusswasser sah trüb aus und war mit schmutzig-weißem Schaum gesprenkelt. Es wirbelte schneller über das Wehr, als Daniel in Erinnerung hatte. Der Pfau und die Schwäne waren fort.

Die Wiesen von Port Meadow, eingeschlossen zwischen Stadt und Umgehungsstraße, erstreckten sich flach und leer bis zum Horizont. Das Gelände war seit ewigen Zeiten Gemeindeland; dies war bereits seit der Eisenzeit Gesetz, Tradition und Sitte. Irgendwo dort draußen, hatte Daniel erzählen hören, sollte es sogar eine Grabstätte aus der

Bronzezeit geben. Seit Jahrhunderten schon liefen Menschen über diese Wiesen, wenn sie von Wolvercote nach Oxford gingen. Wahrscheinlich bereits lange vor der Zeit des schwarzen Todes. Im 14. Jahrhundert mochte sich niemand etwas dabei gedacht haben, die weiten Niederungen auch im tiefsten Winter zu überqueren. Ganz besonders im Winter 1348–49 nicht. Daniel beschwor den Anblick verlorener Gestalten in Lumpen herauf, die sich durch den Schnee kämpften, um der in den Kreuzgängen und Hallen der Universitätsstadt wütenden Pest zu entkommen. Und plötzlich verstand er, warum Therry ihn hierher gebracht hatte.

»Na, komm schon!« Therry rüttelte ihn am Arm und öffnete die Tür. Ein eisiger Windstoß fegte ins warme Wageninnere. Dann sprang sie aus dem Auto.

»Moment noch«, sagte Daniel. Umständlich stülpte er sich die Kapuze seines Dufflecoats über den Kopf, während er vom hohen Trittbrett des Range Rovers auf den Parkplatz sprang.

»Du willst doch nicht etwa ...?« Obwohl er längst wusste, dass sie sehr wohl wollte. »Wohin gehen wir?«

»Wir gehen heim. Ich zumindest.«

»Aber ...«

»Aber was?« Die Hände in die Hüften gestemmt, drehte sie sich ruckartig zu ihm um, ganz wie sie es im Flur des Krankenhauses getan hatte. Der eiskalte Wind wehte ihr das aschblonde Haar aus der Stirn. In ihrem Gesicht stand die gleiche, verbissene Entschlossenheit; nur sah Therry jetzt müde und abgespannt aus. Als ob sie in zwei Tagen um zehn Jahre gealtert wäre.

»Aber warum brechen wir Gesetze, um in eine Stadt einzudringen, die wegen einer gefährlichen Krankheit unter Quarantäne steht?«

»Weil ich mein Kätzchen füttern muss. Weil es genau das ist, was uns menschlich macht.« Und als wäre es ihr gerade erst eingefallen, fügte sie hinzu: »Und außerdem bin ich Journalistin.«

Resigniert zuckte Daniel mit den Schultern. »Weißt du denn, wo wir lang müssen?«

»Hier lang«, kommandierte sie und wandte sich der düsteren Silhouette des *Trout* zu. Doch dann drehte sie sich noch einmal zu ihm um. Auf ihrem bleichen Gesicht lag der Anflug eines Lächelns. »Erster Stern rechts, und dann immer geradeaus bis zum Morgen.«

»Hoffentlich nicht«, meinte Daniel. Besorgt registrierte er den immer dichter werdenden Schneefall. Am Himmel war nicht der kleinste Stern zu entdecken. »Spielen wir jetzt Peter Pan und Wendy?«, fügte er hinzu.

»Kann schon sein«, antwortete Therry und hielt ihm ihre Hand hin. »So lange wir nicht die verlorenen Kinder sind.«

Ungefähr zwanzig Minuten, nachdem Therry und Daniel sich auf den Weg über Port Meadow gemacht hatten, saß Jack Denton im leeren Nachrichtenraum der *Oxford Post*. Neugierig klickte er das rotierende Umschlag-Icon seines E-Mail-Programms an. Wenigstens piepst das verdammte Ding endlich nicht mehr, dachte er erleichtert. Er war nicht besonders glücklich mit der neuen Technologie. Aber es war auch so schon schwierig genug, sich jenseits der fünfzig im Job zu halten, also würde er den Mistkerlen ganz gewiss nicht den Kündigungsgrund liefern, er käme mit den neuen Medien nicht zurecht.

Das Fenster mit der neuen E-Mail baute sich auf dem

Bildschirm auf. Er hatte drei neue Nachrichten. Eine war ein Weihnachtsgruß von seinem Neffen in Montreal. Die Nächste versicherte ihm, er könne eine Million Dollar bekommen, wenn er diese Mail an alle Leute in seinem Adressbuch schicken und gleichzeitig einen Dollar an den Obersten auf der Liste überweisen würde. Er klickte die Mail in den elektronischen Papierkorb. Der dritte Name im Nachrichtenfenster lautete <einstein@quickmail.co.uk>. Jack musste lächeln. Das war die selbstironische Mailadresse seines alten Freundes von der Fleet Street, Eamonn Burke. Na prima, dachte er. Das wenigstens könnte interessant werden.

Länger als eine halbe Stunde saß er vor dem Computer und las wie gebannt den Text, den Burke ihm geschickt hatte. Schließlich hob er den Kopf. Blicklos durchwanderten seine Augen den Raum, streiften John Harkness' abgeschlossenes Aquarium und blieben dort, am einzigen Fenster der gesamten Redaktion, hängen. Draußen fiel der Schnee dicht und heftig.

Dann erst wandte sich Jack wieder dem Bildschirm zu, ließ den Text bis zum Anfang zurückscrollen und ging ihn noch einmal im Schnelllauf durch. Schließlich fand er den Hinweis, den er gesucht hatte. Aus all den Informationen über Geoffrey Martindale stach eine ganz besonders hervor. Es war etwas, das ganz und gar nichts mit ihm und seinem Bauunternehmen zu tun hatte. Es betraf den Lehrstuhlinhaber für Tropenmedizin, einen gewissen Dr. Simon Redwhistle.

»Ach du meine Fresse«, flüsterte er. Dann griff er zum Telefon und begann zu wählen.

Das Zentrum von Oxford ist bemerkenswert leicht abzusperren. Der mittelalterliche Stadtkern, in dem sich die meisten Colleges sowie die Einkaufsstraßen Cornmarket und Westgate befinden, ist praktisch völlig in sich geschlossen. Die großen Privatgelände der reicheren Colleges – die weitläufigen Water Meadows von Magdalen im Osten und die Meadow von Christ Church, die sich südlich des Flusses erstreckt – bilden ebenso natürliche Grenzen wie die Bäche und anderen Wasserläufe.

Der flinke kleine Bach, der neben dem *Trout Inn* über das Wehr tobt, trägt an dieser Stelle noch den Namen der ägyptischen Gottheit Isis. Später verbreitert sich der Bach und heißt von da an Themse. Die junge Themse und ihr Hauptzufluss Cherwell schlängeln sich durch das Flachland rings um Oxford. Manchmal teilen sie sich in weitere Flüsschen, zum Beispiel den Hinksey und den Seacourt. Durch diese topografische Eigenart isolieren die Wasserläufe die langgestreckte Nord-Süd-Achse der mittelalterlichen Innenstadt und ihre aus viktorianischer Zeit stammenden Vororte.

Es war daher verhältnismäßig einfach gewesen, das gesamte Zentrum von Oxford ab zwei Uhr nachmittags abzusperren. Es dauerte weniger als eine Stunde, die Einheiten der Sicherheitskräfte an Ort und Stelle zu platzieren. Die von Polizei und Armee errichtete Straßensperre im *The Plain* genannten Kreisverkehr am Ostende der Magdalen Bridge war so wirksam wie das, was der Royalistischen Artillerie während des Bürgerkriegs in den Vierzigerjahren des 17. Jahrhunderts eingefallen war, um jeglichen Verkehr stadtein- und stadtauswärts zu verhindern: Damals hatte König Charles I., von den parlamentarischen Truppen belagert, Oxford zu seiner Hauptstadt erklärt.

Die Royalisten stationierten auf den Magdalen Water Meadows Kanonen, die sie auf die Brücke richteten. So machten sie das Vordringen der gegnerischen Truppen aus London unmöglich. Damals, nicht anders als 350 Jahre später, stellte die Brücke die einzige Verbindung zwischen dem Herzen der Stadt und ihren östlichen Vororten dar. Ähnlich effektiv erwiesen sich die von den Sicherheitskräften errichteten Straßensperren im Süden, auf der Folly Bridge kurz hinter Christ Church, und noch ein wenig weiter südlich am Hinksey-Kreisverkehr, wo man schon früh den ankommenden Verkehr ableiten wollte; das Gleiche galt für die Straßensperre im Westen auf der Brücke am Ende der Botley Road.

Nachdem Daniel Warren und Therry Moon von der Schnellstraße im Norden auf die Woodstock Road abgebogen waren, war Therry schnell klar geworden, dass es keinen Sinn hatte, die Stadt zu umfahren und es anderswo zu versuchen. Die Idee, es über Port Meadow zu versuchen, war ihr beim Abbiegen nach Wolvercote gekommen, und sie hielt es für eine wahre Erleuchtung. Hoffte sie zumindest. Auf jeden Fall hatten sie so die größten Chancen.

Da Therry in Jericho wohnte, verbrachte sie im Sommer ziemlich viel Zeit auf den ausgedehnten Wiesen von Port Meadow. Der Park war eines der wenigen Gelände, die den Großgrundbesitzern des 18. Jahrhunderts nicht in die Hände gefallen und eingezäunt worden waren. Port Meadow bildete die natürliche Begrenzung der Stadt nach Westen hin, von den Häusern durch die Eisenbahnlinie getrennt. Im Sommer war es eine herrliche Zwei-Pubs-Tour, vom *Trout* am Flussufer entlang über Fisher's Island zum *Perch* in Binsey. Doch im tiefen Winter und im eiskalten Nebel war der Weg düster und wenig einladend. Auf jeden Fall würde niemand auf zwei Leute achten, die im Dunkeln über Port Meadow liefen. Hoffte sie.

Kaum hatten sie das *Trout Inn* jedoch hinter sich gelassen, war Daniel überzeugt, dass Therrys Idee miserabel war. Damals, im Frühherbst, als er und Rajiv mit dem Auto hier gewesen waren, hatten sie sich, als sie die Türme Oxfords in der Ferne sahen, eine Weile versucht gefühlt, den Wagen stehen zu lassen und über Port Meadow in die Stadt zurückzulaufen. Aber jetzt, bei dichtem Schneefall und einer Sichtweite von gerade einmal ein paar Metern, erschien ihm der Weg ungefähr so reizvoll wie eine Wanderung durch die endlosen Steppen Sibiriens. Und obendrein versuchten sie auch noch, in den Gulag einzudringen, anstatt aus ihm zu fliehen. Erschwerend hinzu kam Daniels verstauchter Knöchel, der so sehr schmerzte, dass er bei jedem zweiten Schritt das Gesicht verzog.

»Alles in Ordnung mit dir?« Therry, die ein paar Schritte voraus war, blieb stehen und drehte sich um.

Daniel humpelte zu ihr, wischte sich Schneeflocken aus den Augen. »Na ja. Mein Knöchel tut verflucht weh.«

Therry seufzte. Daniel wusste nicht, ob aus Mitleid oder weil sie genervt war.

»Wieso bist du so sicher, dass wir nicht auch hier der Polizei in die Arme laufen?«

»Was denn, hier? Sieh dich doch mal um! Wenn überhaupt, dann dürfte ein Posten an der Eisenbahnbrücke stehen, wo es über die Walton Well Road nach Jericho geht. Aber es gibt noch eine kleine Brücke weiter nördlich. Von da kommt man in eine Schrebergartensiedlung, wo um diese Jahreszeit bestimmt niemand ist. Ich glaube kaum, dass da jemand aufpasst.«

Und ich glaube kaum, dass im Dunkeln und bei diesem

Schneetreiben überhaupt irgendwer irgendwas sieht, dachte Daniel. Wir auf jeden Fall nicht unseren Weg. Die Worte des alten Weihnachtsliedes kamen ihm ganz unvermittelt in den Sinn: »Tief im schwarzen Winter, eisig kalt der Wind, Erde hart wie Eisen, kein Wasser, das noch rinnt. Schnee auf Schnee fiel nieder, nichts andres weit und breit ...« Das passte viel eher zu den Julbräuchen, wie sie schon die alten Sachsen im ersten Jahrtausend gepflegt hatten, als zu einem christlichen Weihnachtsfest zu Beginn des dritten Jahrtausends. Jetzt jedoch, beim Anblick der öden, leeren Weite von Port Meadow, die sich allmählich in eine arktische Wüste verwandelte, schienen Daniel die Zeilen auf einmal gar nicht mehr so unangemessen.

Zu ihrer Linken, auf der anderen Flussseite, tauchte schemenhaft eine zerklüftete Ruine auf, die eindeutig einmal eine Kirche gewesen sein musste. Das Nonnenkloster von Godstow, vermutete er. Ein schauerlich romantisches Denkmal für die Scheidungsfreude Heinrichs VIII. Das bröckelnde Mauerwerk und die Überreste der hohen, gotischen Bögen sahen aus wie die Kulisse für einen Gruselfilm.

»Denk doch mal nach«, sagte Therry. »Sie sperren die Straßen. Und das war's auch schon. Selbst mit der Armee haben sie nicht genügend Leute, um einen kompletten Ring um ganz Oxford zu ziehen. Das hätte doch auch gar keinen Sinn! Was meinst du, wie viele Leute versuchen, in ein Quarantänegebiet *hineinzukommen?* Wenn überhaupt Polizei da ist, dann höchstens, um die Leute daran zu hindern, über Port Meadow aus der Stadt *herauszukommen.*«

»Darüber habe ich auch schon nachgedacht«, sagte Daniel. »Warum scheint hier eigentlich niemand Schwierigkeiten zu machen? Wieso versuchen nicht ganze Menschenmassen, aus der Stadt raus zu kommen? Wenn wir in Amerika wären, hätte es längst Krawalle gegeben.«

»Aber das hier ist nicht Amerika! Zumindest noch nicht ganz. Außerdem ist Weihnachten, und man hat den Leuten nur erklärt, sie sollen zu Hause bleiben. Das würden die allermeisten in den nächsten achtundvierzig Stunden sowieso tun. Gut, man hat den Zeitpunkt ein bisschen vorgezogen, aber glaub mir: Die Mehrzahl der Briten findet es erheblich einfacher, drinzubleiben, die Flimmerkiste einzuschalten und zu tun, was man ihnen sagt. Verhungern wird bestimmt niemand. Die meisten haben so viel für Weihnachten eingekauft, dass sie sich davon mühelos bis Februar ernähren könnten. Und jetzt komm endlich! Was willst du sonst machen? Die ganze Nacht hier draußen rumstehen? Wenn es wirklich so wehtut, kannst du dich auf mich stützen!«

Daniel folgte der Aufforderung, allerdings nur für ein, zwei Minuten. Schnell wurde ihm klar, dass sie unter ihm zusammenklappen würde, wenn er sie mit seinem ganzen Gewicht belastete. Ganz so zäh, wie Therry Moon sich gab, war sie nicht. Erstaunlicherweise beruhigte Daniel diese Schwäche. Nicht zuletzt, weil er sich selbst im Augenblick erschreckend schwach fühlte.

Etwa eine halbe Stunde marschierten sie wacker weiter. Das Wichtigste dabei war, sich auf einer geraden Linie fortzubewegen. Die größte Gefahr, das war Daniel nur allzu deutlich bewusst, bestand darin, bei dieser schlechten Sicht die Richtung zu verlieren und im Kreis zu laufen, ohne es zu merken. Erschrocken stellte er fest, dass er schon längst keine genaue Orientierung mehr hatte. Aber mit dem Fluss auf der einen und der Eisenbahnlinie auf der anderen Seite, die beide am südlichen Ende des

Parks aufeinander trafen, konnten sie sich kaum verirren. Das war zumindest Therrys Argument. In spätestens einer halben Stunde, so versicherte sie ihm, wären sie zu Hause.

Daniel war sich da nicht so sicher. Vor allem, als der Boden vor ihnen plötzlich bei jedem Schritt nachgab und Wellen warf. Irgendwie waren sie ans Flussufer gelangt. Nur dass es hier kein richtiges, befestigtes Ufer gab, sondern bloß Schlamm, wo die schneebedeckte Wiese allmählich in eiskaltes Wasser überging. Der Fluss war hier sehr breit. Viel breiter als am *Trout;* bestimmt fünfzehn, zwanzig Meter. Die Landschaft wirkte eher russisch als englisch. Der Don im Winter. Am anderen Ufer schienen sich große, spindeldürre Skelette gen Himmel zu recken, kahle Bäume mit Ästen wie vertrocknete Farne.

»Die Pappeln von Binsey!«, ärgerte sich Therry. »Scheiße! Wir sind viel zu weit nach Westen abgekommen!« Sie blickte in die dunkle, schneebedeckte Leere und erzitterte. Der anfänglich leichte Schneeschauer, der einen malerischen Schleier über die düstere Landschaft gelegt hatte, verwandelte sich mit zunehmender Geschwindigkeit in einen echten Schneesturm. Hart gefrorene Flocken peitschten ihnen ins Gesicht, von einem eisigen Wind getrieben, der vom Farmoor aus über den Fluss und den Great Wytham Wood fegte – J. R. R. Tolkiens berühmter Düsterwald, den er sich von seinem College-Zimmer in Merton aus erwandert hatte. Aber in einer solchen Nacht war Tolkien bestimmt nie unterwegs gewesen.

Sie schlugen eine Richtung vom Fluss weg ein und ließen damit den einzig möglichen Orientierungspunkt hinter sich. Vor ihnen im eisigen Nebel schienen sich plötzlich Schatten zu bewegen. Beinahe wäre Daniel in etwas Warmes, Dampfendes getreten, einen frischen Fladen Dung. Irgendwo in der undurchdringlichen Ferne konnte man einen leisen, tief klagenden, schauerlichen Laut hören. Als Daniel sich umwandte, erhaschte er gerade noch den Anblick eines großen, zotteligen Kopfes, der Schneeflocken abschüttelte.

»Aberdeen Angus«, erklärte Therry.

»Wer?«

In diesem Augenblick krachte es laut und scharf. Für den Bruchteil einer Sekunde glaubte Daniel, dass wieder jemand auf ihn schießen würde. Therry taumelte und ging zu Boden. Sie stürzte schwer. Und riss ihn mit sich. Für einen kurzen Moment, wirklich nur ganz kurz, lag er auf ihr. Sein Gesicht war nur ein paar Zentimeter von ihrem entfernt, und ihre wilden blonden Locken sahen auf dem weißen Schneeteppich ungewöhnlich dunkel aus. Zu einer anderen Zeit und unter anderen Umständen wäre es wirklich lustig gewesen, sich gemeinsam im Schnee zu wälzen, vielleicht sogar romantisch. Aber als Daniel in Therrys Augen blickte, sah er dort nur Schmerz und Wut. Auf sich selbst und die ganze Welt.

Daniel rappelte sich auf. Therry blieb im Schnee sitzen und rieb sich den Knöchel, hellrotes Blut drang durch den improvisierten Verband. Zwar deutete nichts in der gleichförmigen, unwirtlichen Umgebung darauf hin, aber offenbar waren sie auf ein Stück Marschland geraten. In den typisch englischen, meist verregneten Sommern ist sumpfiges Gelände besonders charakteristisch für Port Meadow. Aber in diesem völlig untypisch kalten englischen Winter war der Sumpf unter der Schneedecke zugefroren – oder war es zumindest gewesen, bis die Eisschicht unter Therrys Gewicht krachend geborsten war. Sie hatten schon

Glück gehabt, dass sie auf die trockenere Seite und nicht etwa ins eiskalte Wasser gefallen waren.

Mit einem Mal fühlte Daniel sich unendlich schuldig. Er hätte doch der Stärkere sein müssen! Er hätte Therry stützen müssen, nicht umgekehrt! Der wirbelnde Schnee wirkte plötzlich bedrohlich, als ob er düstere Geister berge, gespenstische Erscheinungen, die sie umzingelten, die immer wieder ihre Gestalt veränderten. Das Böse könne vielerlei Gestalt annehmen, hatte seine Mutter ihm erklärt. Es war ihm wenig glaubhaft erschienen, zumindest damals am Strand von Stinson, am Rand einer saftig grünen Landzunge von Marin, mit Blick auf den klaren blauen Pazifik, der friedlich über einen von der Sonne Kaliforniens gewärmten, goldenen Sand schwappte. Das Böse, hatte sie gesagt, lauere nicht nur in den düsteren Hinterhöfen von New York, wie man es so oft im Kino sehe. Auch nicht ausschließlich in den Herzen und Gedanken von Drogendealern, wie er es in der Schule gelernt habe. Das Böse könne sich überall verbergen: unter einem teuren Designeranzug ebenso wie unter einer Polizistenuniform. In der Seele einer Frau mit einem engelsgleichen Gesicht. Das Gute dürfe man nicht für selbstverständlich halten.

Die Welt war ein ständiges Schlachtfeld, die Menschen, Männer wie Frauen, nur Spielfiguren, einfache Fußsoldaten, selten jene, die das Kommando hatten. Krankheit war ebenso wenig Zufall wie Heilung. Denn auch die Natur verhielt sich nicht neutral. Es gab die Kräfte des Guten und die Kräfte des Bösen. Deshalb war er so empfänglich für das gewesen, was Therry vor zwei Tagen im Pub als Gewäsch eines alten Mannes abgetan hatte. Der Mann, der – und Daniel schauderte – Gogol gelesen hatte. Der Mann, der *Die toten Seelen* verstanden hatte. Über ihnen, im Nebel, in den schneebeladenen Wolken, die sich auf Port Meadow senkten, kreisten die toten Seelen. Sie beobachteten die Jagd. Daniel spürte, dass er und Therry die Jagdbeute waren. Auf dem Weg in die Falle.

Mit einem erschreckend lauten Krächzen tauchte eine Krähe aus dem Nebel vor ihnen auf, scheinbar aus dem Nichts, ließ sich ein paar Meter entfernt nieder und beäugte sie. Doch schnell flog sie wieder auf und war im selben Augenblick verschwunden. Therry krallte sich in Daniels Arm, und er zog sie hoch. Einen Augenblick lang hielt sie sich an ihm fest, fröstelte, als hätte auch sie die Bedrohung aus dem Nebel gespürt. Er legte den Arm um sie. Sie zitterte, trotz ihrer dicken Lederjacke.

»Komm jetzt, Kleine. Lehn dich ruhig an mich.«

Er lächelte auf sie hinunter, bemühte sich, Zuversicht auszustrahlen, die er selbst weiß Gott nicht empfand. Aber sie lächelte nicht zurück, sondern nickte nur. Als zehrte die schwarze Nacht ihren ganzen Kampfgeist auf. In ihren Augen glaubte Daniel Tränen glitzern zu sehen. Er schluckte hart, und sie gingen wieder los. Von jetzt an achteten sie peinlich genau darauf, wo sie hintraten. Doch der Schnee lag schon viel zu hoch, als dass man hätte feststellen können, was sich darunter verbarg. Ihre Fußspuren wurden im dichten Schneetreiben schnell zugeweht.

»Weit kann es nicht mehr sein«, sagte Therry leise, als sei sie sich selbst nicht mehr so ganz sicher. Aber dann deutete sie mit dem Finger nach vorn. Weit vor ihnen, ein kleines Stück links, erkannte Daniel eine leichte Veränderung in der Farbe des Himmels. Auch wenn dieser Himmel genauso eintönig, genauso schneeverhangen, genauso voller Schreckgespinste aus Daniels Fantasie war wie zuvor, schimmerte dort, tief über dem im Nebel verschwimmenden Horizont, die nächtliche Schwärze in einem kränklichen Gelb, das Daniel an einen Hepatitis-Patienten im Frühstadium denken ließ, aber eindeutiges Anzeichen für die Natriumdampflampen der Straßenbeleuchtung Oxfords war.

Sie humpelten darauf zu, ermutigt von der Gewissheit, dass die schauerliche, urzeitliche Leere der schneebedeckten Meadow schon bald der scharf umrissenen Grenze zur Zivilisation weichen müsse. Dass die grauen Ziegelmauern von Jericho die Schreckgespinste bannen würden.

Plötzlich schrillte ein helles Trillern aus dem Nichts. Lang anhaltend und unangenehm, bohrte sich dieser widernatürliche Klang durch Therrys und Daniels Gehörgänge hindurch in ihre Köpfe. Und ebenso plötzlich war alle Zuversicht wieder verflogen. Daniel ließ Therry los, wirbelte herum, spähte zitternd nach dem Dämon, der gewiss längst über ihnen war. Da wiederholte sich das Schrillen. Aber so Grauen erregend und furchtbar es auch klang – so peinlich vertraut war es plötzlich.

Therry blieb stehen, zog den Reißverschluss ihrer Fliegerjacke ein Stück auf und griff in die Innentasche.

»Telefon«, sagte sie.

Kapitel Neununddreißig

Port Meadow, Oxford; Dienstag, 23. Dezember, 19:20 Uhr

Therry, bist du's?«

»Jack? Verfluchte Scheiße!«

»Was? Na, vielen Dank auch! Du sagst aber nette Sachen zu jemandem, der sich den Arsch für dich aufreißt. Wo steckst du? Ist alles in Ordnung?«

Therry sah sich um. Daniel rieb die beschlagenen Gläser seiner demolierten Brille. Er sah nass und kalt aus.

»Uns geht es, äh, einigermaßen gut«, antwortete sie. Sie musste jetzt nicht ins Detail gehen. Dazu war später immer noch genug Zeit.

»Hör mal, es könnte schwierig werden, nach Oxford zurückzukommen.«

»Echt?«, fragte sie. Erzähl mir was Neues, dachte sie.

»Also, vielleicht weißt du es ja noch nicht, aber ich glaube ... also, das ist nichts Offizielles, verstehst du, zumindest bis jetzt noch nicht ... obwohl, es ist verdammt schwierig, irgendwen an die Strippe zu kriegen. Die Leitungen sind komplett dicht, auf jeden Fall ...« Therry hätte gerne etwas unternommen, damit er endlich auf den Punkt kam, wusste aber, wie sehr Jack es liebte, seine Enthüllungen hinauszuzögern. »Ich glaube, sie haben die Stadt unter Kriegsrecht gestellt!«

Therry seufzte. »Ich weiß«, erwiderte sie.

»Du weißt das? Woher denn? Hör mal, wo bist du denn eigentlich? Das hast du mir überhaupt noch nicht gesagt! Ich hab dir jede Menge zu berichten.«

»Ist doch egal, wo ich bin, Jack. Erzähl einfach weiter. Bitte. Wir frieren uns hier sonst zu Tode.«

»Ihr ...? Na gut, egal! Weißt du, ich hab doch meinen Kumpel in London auf deinen Doktor da angesetzt, den mit dem komischen Namen, der so gemein zu deinem Freund war.«

»Er ist nicht mein ...«, wollte Therry den Redeschwall schon unterbrechen, überlegte es sich dann aber anders. Es war die Mühe nicht wert.

»Was?«

»Nichts. Mach weiter«, sagte sie und stellte sich Jack vor, wie er den Kollegen zublinzelte, entzückt, endlich einmal – anzüglicher Rippenstoß! – in das Privatleben der kühlen Blonden ›eingedrungen‹ zu sein. Sie wäre überrascht gewesen, zu sehen, wie es in Wirklichkeit war; wie Jack alleine im Büro saß und auf die einzige Lichtquelle im Raum starrte: seinen Bildschirm.

»Ich weiß gar nicht, wo ich anfangen soll. Es ist so unheimlich viel.«

»Du könntest uns zuerst mal sagen, was zum Teufel eigentlich los ist.«

Am anderen Ende der Leitung wurde es einen Moment lang still. Jack sortierte seine Gedanken.

»Ja, klar. Natürlich. Es hat mindestens ein halbes Dutzend neue Fälle eurer mysteriösen Krankheit gegeben.«

»Das ist nichts Mysteriöses, Jack. Es ist ...«

»Ich weiß, ich weiß: Es ist der schwarze Tod.« Seine Stimme klang müde. »Schon möglich. Vielleicht ist er es ja wirklich. Zumindest nehmen sie es verdammt ernst.«

»Und was ist mit den neuen Fällen? Wer? Wie? Wann? Nun rück schon raus damit, Jack!«

»Zwei junge Leute sind wohl die Überträger gewesen.

Sie sind gerade von ’ner Party gekommen, da wurde dem Mädchen ganz komisch. Sie ist umgekippt, und als sie wieder zu sich kam, hat sie gehustet und gespuckt. Zwar hat man sie auf dem schnellsten Weg mit dem Krankenwagen ins JR2 gebracht, aber sie starb binnen weniger Stunden.«

»O Gott!«

»Genau. Widerlich! Der Typ, ihr Freund, bekam zuerst einen Schock und hat dann wohl dieselben Symptome gezeigt. Hat von einem alten Knacker erzählt, den sie auf der High Street getroffen haben. Er muss aus einer Toreinfahrt gekommen sein, hat sie um Geld angebettelt und dann angehustet. Die Behörden sind sofort in Fahrt gekommen. Alle Kids aus dem Haus, wo die beiden wohnten, sind in Quarantäne gesteckt worden. Bestätigt sind bisher vier Fälle. Patienten mit eindeutigen Symptomen. Aber ich kann dir sagen, den Leuten geht der Arsch auf Grundeis!«

»Und mich nennt der alte Harkness eine Panikmacherin!«

»Hör bloß auf! Der Alte ist völlig neben der Spur. Mit vollen Hosen nach Hause abgehauen. Er hat noch nicht mal die Themen für nächste Woche festgelegt. Wahrscheinlich fällt ihm wieder mal nichts anderes ein, als sein Feiertagsquiz unters Volk zu bringen.«

»Aber wie ...?«

»Ja, ich weiß schon. Wie kommt ein toter Mann im JR2 dazu, ein paar Nachtschwärmer auf der High Street vollzukotzen? Darf ich dich dran erinnern, dass das, was ich dir jetzt sage, noch nicht mal die überregionalen Blätter wissen? Und ich halte auch weiter dicht! Die Telefone haben ununterbrochen geklingelt. Ich musste teilweise die Hörer daneben legen! Aus dem Krankenhaussprecher ist nicht das Geringste rauszubekommen: Der stellt alle Anrufe zum selben ›Notfallbeauftragten‹ durch. Ein echtes Arschloch. Hört sich irgendwie militärisch an. Scheint mehr Erfahrung damit zu haben, Befehle zu erteilen, als Antworten zu geben. Aber ich hab da so meine eigene Theorie.«

»Echt?« Jack hatte immer eine eigene Theorie.

»Klar. Mein Kumpel bei der Polizei unten in St. Aldate's – das ist auch der, der mir von dem alten Knacker erzählt hat, der die Teenies angehustet hat – also, der sagt, dass das sicher der gleiche Typ war, den sie ziemlich übel zugerichtet auf der Magpie Lane gefunden haben. Der Constable, der zuständig für die Sache war, glaubte zuerst, es wäre ein Landstreicher, bis er den Krankenhauspyjama erkannt hat, der ihm um die Knöchel hing. Innerhalb von Minuten wimmelte der Ort von Leuten in weißen Plastikanzügen. Den Constable haben sie auch gleich mit weggeschafft.«

»Mann o Mann!«, entfuhr es Therry. Der andere Bauarbeiter! Einer von den beiden, die man in der Nacht eingeliefert hatte, in der sie, Therry, beinahe umgebracht worden wäre.

»Hör mal, Schätzchen, was geht da eigentlich vor? Du gräbst ein wildes Ammenmärchen über den schwarzen Tod für eine Story aus, und am nächsten Tag ist plötzlich alles blutige Realität! Na egal, jedenfalls versuche ich, dir zu helfen. Eigentlich bin ich heute nur in die Redaktion gekommen, um in meine E-Mails zu gucken, aber ich glaube, das war es wert. Hör dir das mal an.«

Typisch Jack. Erst ließ er in voller Absicht eine Bombe platzen, und dann fing er an zu faseln. Therry hörte, wie er tief Luft holte.

»Burke, du weißt schon, mein alter Kumpel von der Fleet Street, hat sich ein bisschen über unseren Freund

Martindale kundig gemacht. Viel war da nicht. Ihm gehören vier oder fünf Unternehmen, meistens Baubranche. Für sein Alter ist er ein ziemlicher Playboy. Hatte Kontakt zu ein paar von den weniger appetitlichen Typen der letzten Tory-Regierung. Das kannst du dir alles selbst ansehen. Ich habe die E-Mail an dich weitergeleitet. Du hast doch sicher dein Laptop mitgenommen, oder? Dann brauchst du nicht extra deswegen ins Büro zu kommen. Aber dann gibt es da noch etwas. Etwas viel Interessanteres, jedenfalls ist das meine Meinung ...«

Therry war kaum noch in der Lage, die Informationen zu verarbeiten. Sie konnte ja kaum glauben, was sie bisher gehört hatte. Das war definitiv eine Geschichte für eine der überregionalen Zeitungen, verdammt noch mal! Die Reporter würden sich darauf stürzen wie die Fliegen auf die Scheiße ... Aber wie denn?, fragte sie sich plötzlich. Die Stadt war abgeriegelt. Und zwar mindestens bis hinaus zum *Moat House*, außerhalb von Wolvercote. Das war ihre Chance! Alles, was sie tun musste, war die Story aus Oxford rauszubringen, und einer von den ganz Großen würde ihr ein Heidengeld dafür löhnen. Ihr vielleicht einen Job anbieten. Oder sogar ... In ihrem Kopf drehte sich alles. Sie begann heftig zu zittern.

»... und deswegen waren auch die anderen Anwärter auf den Job so sauer ...«

»Was?« Therry fiel auf, dass sie keine Ahnung hatte, wovon Jack eigentlich redete. Daniel machte ihr Zeichen, leiser zu sprechen. Die Eisenbahnlinie und die Häuser dahinter, die den Westrand der Stadt bildeten, konnten nicht mehr weit weg sein. Und sie wussten immer noch nicht, ob Polizei oder sogar Armee die Stadtgrenzen an dieser Stelle überwachten.

»Tut mir Leid, Jack«, hauchte Therry ins Telefon. »Ich muss aufhören. Was hast du gerade gesagt?«

»Ich habe gesagt, sie waren sauer, weil er ein Außenseiter war. Er hatte vorher einen Bürokratenjob bei der Regierung. Nichts zu tun mit Forschung, zumindest viel zu wenig für die Puristen.«

»Jack! Jack, halt mal eben die Luft an! Von wem redest du da?«

»Von wem? Therry, hast du mir überhaupt zugehört? Von diesem verflixten Simon Redwhistle natürlich! Deinem verrückten Wissenschaftler!«

»Jack, so Leid mir's tut – könntest du mir noch mal ganz kurz das Wichtigste wiederholen?«

»Nur eins ist wirklich wichtig. Wo er vorher gearbeitet hat. Unmittelbar vorher.«

»Und das war ...?«

»Und das war«, leierte Jack betont geduldig wie ein Erzengel, der einer etwas tauben Jungfrau Maria die Verkündigung wiederholen muss, die »›Defence Evaluation and Research Agency‹, üblicherweise DERA abgekürzt. Zumindest seit 1995. Und? Unter welchem Namen ist der Laden sonst noch bekannt?«

Die Frage machte Therry rasend. »Schon gut, schon gut, schon gut. Hör endlich auf, mich auf die Probe zu stellen. Das ist ...« Therry tat, als läge ihr die Antwort auf der Zunge. In Wirklichkeit hatte sie keine Ahnung, wer oder was DERA war.

»Meine Güte! Das ist Porton Down, dieses ultrageheime Testgelände im lieblichen Wiltshire, wo unsere allseits geschätzte Royal Army an ihren biologisch-chemischen Kampfstoffen bastelt!«

»Mein Gott!«, rief Therry.

»Das hab ich auch gedacht«, erwiderte Jack lakonisch. Plötzlich ging ein leichter Luftzug durch das leere Büro. Erstaunt wandte Jack den Kopf.

Daniel trat von einem Fuß auf den anderen, um sich wenigstens ein bisschen warm zu halten. Voller Ungeduld musterte er das bizarre Bild, das sich ihm bot: Da stand doch tatsächlich eine Frau wie versteinert inmitten eines Schneesturms und telefonierte! Es war völlig bescheuert, hier stehen zu bleiben, wo sich doch – vorausgesetzt, Therry hatte Recht – Wärme und Bequemlichkeit sozusagen in Reichweite befanden. Erleichtert sah er, dass sie ihr Handy zuklappte. Aber ihr Gesichtsausdruck war alles andere als beruhigend. Mit einer steilen Stirnfalte zwischen den Augenbrauen starrte sie irgendwo hinter ihn in das eisige Gestöber.

»Was ist los, Therry? Alles okay?«

»Was? 'Tschuldigung! Nein. Ich habe ziemliches Kopfweh. Es ist nur ...«

Sie starrte auf das Telefon in ihrer Hand, als sei etwas mit dem Gerät nicht in Ordnung.

Es war nicht nur die Information, die sie gerade von Jack bekommen hatte, so verwirrend und düster sie auch sein mochte. Da war noch etwas anderes: Er hatte seine Informationen über Rodwhistle mit einer Pointe enden lassen wollen wie einen guten Witz. Und dann einfach aufgelegt. In ihrem Kopf wirbelte alles durcheinander.

»Es ist nur ...«, begann sie noch einmal und brach erneut ab, weil sie beim besten Willen nicht in der Lage war, einen vernünftigen Gedanken zu fassen. »Ich weiß nicht. Aber irgendwie ... Da stimmt was nicht, ganz und gar nicht! Ich erzähl es dir später. Lass uns jetzt erst mal hier verschwinden.«

Allmählich ließ der Sturm nach. Der Schnee peitschte ihnen nicht mehr in die Gesichter. Stattdessen fiel er in dichten, weichen Flocken, wie Schnee auf einer Kinderzeichnung, weiße Schicht auf weiße Schicht. Mit dem Wind hatten sich Schneewehen gebildet, die an manchen Stellen bereits mehr als dreißig Zentimeter hoch waren. Daniel wurde plötzlich klar, dass sie von Glück reden konnten, ihre Wanderung über Port Meadow relativ früh am Abend begonnen zu haben. Wären sie jetzt noch da draußen, müssten sie durch richtig tiefen Schnee stapfen. In ein oder zwei Tagen würde die große Wiese voll von übermütigen Kindern sein, die jauchzend in die Schneewehen sprangen und einander mit Schneebällen bewarfen. Oder auch nicht. Die Wahrheit war, dass wahrscheinlich überhaupt niemand da sein würde. Weder heute noch morgen. Niemand würde es wagen, nach draußen zu gehen. Die Welt war nicht mehr sicher. Zumindest für eine gewisse Zeit.

Aus dem Augenwinkel nahm Daniel wahr, dass unversehens seltsame Gestalten auftauchten: grau und weiß gesprenkelt wie die Natur ringsumher. Nur ihre Bewegungen und ihr gedämpftes Schnauben verrieten sie. Schließlich schüttelte zuerst die eine, dann die andere heftig die wilde Mähne und stieß den Atem in einer weißen Wolke aus. Mythische Kreaturen, die sie in Sicherheit geleiten wollten.

Die Ponys von Port Meadow leben in Herden wie Wildpferde. Ihre Besitzer wohnen in Wolvercote und üben ihr Weiderecht aus, wie es bereits seit dem Mittelalter Brauch ist. Daniel hielt die Tiere für größer als herkömmliche Ponys und für viel schöner. Ungezähmt – freie Geister. Die guten Geister von Port Meadow. Auch Therry hatte die Ponys gesehen und blieb stehen. Mit den Gedanken war sie weit weg, aber ihre Augen waren wie die Daniels auf die beiden Tiere geheftet, die sie durch den still fallenden Schnee hindurch beobachteten.

Schließlich schnaubte das weiße Pony erneut und schüttelte die Mähne. Eine Wolke von Schnee stob auf, dann wandte es sich seinem gefleckten Gefährten zu und rieb seinen Kopf an dessen Hals. Das andere Pony tat es ihm nach, drängte sich näher heran und schüttelte ebenfalls den Kopf. Einen Augenblick lang befürchtete Daniel, sie würden miteinander kämpfen, doch dann begriff er, dass sie nur spielten und sich gegenseitig ihre Zuneigung bewiesen. Die menschlichen Eindringlinge hatten sie bereits als harmlos abgetan.

Pferde, so erinnerte Daniel sich, waren immun gegen das sich ansonsten unterschiedslos vermehrende Bakterium *Yersinia pestis*. Vielleicht konnten sie deswegen so sorglos spielen. Für sie war die Pest weit weniger gefährlich als der Schneesturm. Und irgendwann würde beides vorbei sein. Als Daniel den Tieren nachsah, die sich schließlich abwandten und durch den Schnee davon tänzelten, konnte er ihnen noch nicht einmal so etwas wie symbolischen Zynismus unterstellen. Sie waren Botschafter der Hoffnung, redete er sich ein und stellte fest, dass er das wirklich glaubte. Er wollte es glauben.

Therry holte auf und griff nach seiner Hand. »Sieh mal«, sagte sie ganz leise, als fürchte sie, Aufmerksamkeit zu erregen. »Die Brücke. Wir sind fast da.«

Daniel sah hin und entdeckte durch das nachlassende Schneegestöber hindurch kaum hundert Meter entfernt eine lange, schmale Holzbrücke, die sich elegant wie ein Langbogen aus dem Schnee erhob und im Dunkel verschwand. Wie ein Regenbogen, dachte er. Der Regenbogen, von dem die Wikinger glaubten, dass ihre Götter über ihn zur Erde gekommen seien.

»Wohin führt sie?«, fragte er.

»Aristotle Lane. Auf die andere Seite des Bahndamms. Über ein paar Schrebergärten und eine Baustelle. Sie kommt in einer Seitenstraße der Woodstock Road raus, nicht weit vom Ende der Walton Street ...«

»Jericho.«

»Yo!«

Er lächelte. So amerikanisch konnte sie sein!

»Worauf warten wir noch?«

Sie brauchten keine Minute, um die kleine Fußgängerbrücke zu erreichen. Sie war so schmal, dass kaum zwei Personen nebeneinander gehen konnten. Therry duckte sich und gab Daniel ein Zeichen, es ihr gleichzutun. Er verstand. Es war recht unwahrscheinlich, dass hier Polizei patrouillierte. Die einzigen regelmäßigen Benutzer der Aristotle Lane waren die Kleingärtner, und die waren selbst unter normalen Umständen im tiefsten Winter äußerst selten hier draußen. Aber man konnte nie wissen, ob nicht irgendein Beamter ganz besonders gründlich hatte sein wollen ...

Also duckte Therry sich bis zum Scheitelpunkt der steilen Brücke, von wo aus sie die andere Seite einsehen konnte. Sie wollte sich gerade aufrichten und Daniel zuwinken, ihr nachzukommen, als eine Gestalt in den Lichtkegel einer Laterne am Fuß der Brücke trat. Sofort duckte sie sich bis tief in die dicke Schneeschicht, die auf den Holzplanken der Brücke lag. Es war tatsächlich ein Polizist, allerdings offensichtlich allein. Er trug einen langen, regendichten Umhang, und zumindest im Augenblick schaute er nicht in ihre Richtung.

Therry bedeutete Daniel, näher zu kommen, und presste dabei einen Finger auf die Lippen. Die Frage war, ob der Polizist hier Dienst tat, um die Brücke zu bewachen, oder ob er nur bis hierhin geschlendert war, vom Hauptweg zur Port Meadow kommend, ein paar hundert Meter weiter südlich am Ende der großen Brücke an der Walton Well Road. Jedenfalls machte er keine Anstalten, wieder zu gehen. Sie beobachteten, wie er auf und ab schritt und dabei immer wieder den Lichtkegel der einsamen Laterne am Brückenkopf querte.

»Da gibt es nur eine Möglichkeit«, flüsterte Therry. »Wir müssen rennen.«

»Wie bitte? Du spinnst wohl? Mit meinem ...«

»Psst«, hauchte Therry und wartete, bis der Polizist beinahe die entfernteste Stelle seines Rundgangs erreicht hatte.

»Ich weiß ja«, flüsterte sie, so leise es eben ging. »Aber er kann uns nicht beiden folgen! Mit ein bisschen Glück bemerkt er uns nicht einmal. Bis jetzt hat er noch nicht ein einziges Mal zu uns herübergeschaut. Und außerdem: entweder rennen oder die halbe Nacht hier rumstehen! Und ich bin am Ende!«

Daniel nickte.

»Wir müssen nur bis ans Ende der Brücke kommen«, fuhr sie fort. »Anschließend verkrümeln wir uns in die Schrebergärten, durchqueren sie und kommen an der nächsten Straße raus. Wenn er allein ist, wird er uns kaum so weit verfolgen können.«

Daniel war nicht ganz überzeugt, aber er sah auch keine

andere Möglichkeit. Der Polizist hatte sich umgedreht und entfernte sich nun wieder.

»Okay«, murmelte Therry. »Los!«

Dicht hinter Therry rannte Daniel geduckt die steile Neigung der kleinen Brücke hinunter. Manchmal glitt er aus, fluchte im Stillen über seinen schmerzenden Knöchel. Glücklicherweise dämpfte der Schnee jegliches Geräusch, das sie verursachten. Am Fuße der Brücke hielten sie kurz, sahen, dass die Gestalt im Umhang noch immer nicht zu ihnen hinüberblickte, und schwangen sich über das Geländer in die Schrebergartensiedlung. Daniel landete unglücklich und konnte nur mit Mühe einen Schmerzenslaut unterdrücken, war aber sofort wieder unmittelbar hinter Therry. Geduckt schlichen sie zwischen merkwürdigem Grünzeug hindurch, das wie Miniaturbäumchen aussah. Erst nachdem er eines dieser ›Bäumchen‹ beinahe umgerannt hatte, erkannte Daniel, dass es erntefähiger Rosenkohl war. Na, eine Truthahnjagd passt da wohl jetzt perfekt dazu, dachte er gerade, als von der Straße her ein Ruf erscholl. Therry und Daniel ließen sich flach auf den Boden fallen und hielten den Atem an.

Jack Denton wusste sofort, dass etwas nicht stimmte, kaum dass er die Bewegung hinter sich wahrnahm – wie einen Hauch feuchter Luft im Nacken. Noch während er sich umdrehte, noch während sein Bürostuhl herumschwang, spürte er, wie ihm der Hörer aus der Hand genommen wurde, hörte er, wie er auf die Gabel zurückgelegt wurde. Eine geisterhaft weiße Hand, die nach Gummi roch, legte sich über seine Augen und seine Nase, presste sie zu.

Seine um Sauerstoff ringenden Lungen brachten keinen einzigen Protestlaut zu Stande, nur noch ersticktes, zusammenhangloses Grunzen, bis seine Kiefer auseinander gezwungen und ihm etwas von der Größe eines Tennisballs in den Mund gestopft wurde. Als Jack Denton die Augen wieder öffnen konnte, starrte er auf eine Gestalt hinter einer weißen Chirurgenmaske aus Latex, starrte auf den Finger, den die Gestalt über die Stelle hielt, wo sich vermutlich ihr Mund befand, starrte auf die großkalibrige Schusswaffe, die mitten auf Jacks Stirn zielte. Kein Tennisball, musste er sich eingestehen, nachdem er mühsam einen Blick auf das Ding geworfen hatte, das in seinem Mund steckte. Es war leuchtend rot und an einem dicken, schwarzen Gummigeschirr befestigt, das der Eindringling brutal an Jacks Kopf festgezurrt hatte. O ja, Jack wusste, was das war. Und es machte ihm fast mehr Angst als die Waffe vor seinem Gesicht. Er hatte so etwas schon in Pornoheften gesehen. Es war ein Knebel. Ein Knebel für rüde SM-Praktiken.

DRITTER TEIL

AUSBRUCH

(Tritt ein in den Schatten dieses roten Felsens)
Und ich werde dir etwas zeigen, das anders ist
Als dein Schatten, der am Morgen hinter dir herstreicht,
Oder dein Schatten, der sich abends erhebt, um dich zu berühren;
Ich zeige dir Angst in einer Hand voll Staub.

T. S. Eliot, *Das wüste Land*

Kapitel Vierzig

Nord-Oxford; Dienstag, 23. Dezember, 19:30 Uhr

Oxfords Gargoyles, die fratzenhaften Wasserspeier und christlichen Gegenstücke zu den indianischen Totempfählen, bewohnen nicht nur die steinernen Regenrinnen und die Zinnen der mittelalterlichen Colleges, wo sie Böses abhalten und vor Lasterhaftigkeit warnen sollen. Sie thronen auch an den Fassaden einiger recht extravaganter Häuser aus viktorianischer Zeit, wie man sie häufig an der Woodstock Road und der Banbury Road findet, sitzen hoch auf den Giebeln und zieren Ecken jener Schlösschen aus rotem Backstein, die einst als Wohnstatt für die Dons, die Collegedozenten, errichtet wurden, zu einer Zeit, als die akademische Laufbahn noch als solide genug galt, um ein anständiges Gehalt zu garantieren.

Das große Haus an der Ecke von Rawlinson Road und Woodstock Road ist – je nach Standpunkt – doppelt gesegnet oder verflucht. Hoch oben auf der Spitze des vordersten seiner drei roten Backsteingiebel kauert ein frech dreinblickender Gnom aus ähnlich rötlichem Sandstein, mit spitzen Ohren und bösartigem Grinsen. Er ist eine exakte Kopie des Lincoln-Teufelchens, des uralten Wasserspeiers, der von einer der Säulen in Oxfords herrlicher Kathedrale herabblickt, einer Säule nahe der Kanzel.

Abergläubische Menschen schreiben ihm alles mögliche Unheil der letzten Jahrhunderte zu.

Die meisten Leute, die das Haus regelmäßig betreten oder verlassen, wissen davon allerdings nichts.

Mit Sicherheit war auch Neal Faversham bei seinen beiden früheren Besuchen derlei nicht in den Sinn gekommen. Doch dieses Mal blickte er, während er den Schnee von den Schuhen abstreifte und seinem Begleiter bedeutete, ihm zu folgen, zufällig nach oben und erhaschte einen kurzen Blick auf den Gnom, der auf ihn herabgrinste. Es war nicht unbedingt die Art Omen, die er sich erhofft hatte.

Die meisten Bewohner des Hauses an der Rawlinson Road nahmen an, es gehöre zum Trinity College. Das nämlich war das College, das sie besuchten und über dessen Vermittlung sie die Zimmer bekommen hatten. Im Haus gab es acht Wohn- und Schlafräume, drei Bäder, eine große Gemeinschaftsküche und ein Fernsehzimmer im Erdgeschoss. Das alles beachteten Faversham und sein Begleiter nicht, ebenso wenig wie den einsamen Jungakademiker, der ihnen mit ungutem Gefühl hinterherschaute, als sie die Treppe hinaufstiegen.

Häufiges Kommen und Gehen war in diesem Haus nicht unüblich, wenngleich es, gerade zu dieser Uhrzeit, etwas durchaus Beunruhigendes haben konnte. Nur sechs der Zimmer waren ständig bewohnt. Die beiden anderen hielt das College üblicherweise für Austauschstudenten oder andere Hausgäste frei, die nicht im College selbst übernachten konnten. Das Haus in der Rawlinson Road war eine der so genannten Schenkungen an das College, allerdings mit sehr detaillierten Auflagen. Diese hatte ein ›altehrwürdiges Mitglied‹ von Trinity College genauestens ausformuliert, das heute in der Rechtsabteilung einer Regierungsbehörde in London beschäftigt war, die im Keller eines ganz bestimmten Gebäudes in Millbank untergebracht ist. Irgendwie war dieses Faktum mehr oder minder in Vergessenheit geraten. Nur nicht bei denen, die die Schlüssel zu den beiden nicht vermieteten Räumen besaßen.

Die allgemein übliche Vorstellung, ein ›sicheres Haus‹ müsse entweder leer stehen oder sehr abgeschieden gelegen sein, ist nichts weiter als der Triumph romantischer Einbildung über den gesunden Menschenverstand, ging es Faversham flüchtig durch den Kopf, während er die Tür zu dem Zimmer im obersten Stockwerk aufschloss.

»Bitte, setzen Sie sich doch!« Faversham wies auf ein paar elegant bezogene, wenn auch leicht verblichene Lehnsessel und ein Sofa, das aussah, als stamme es aus dem Habitat-Katalog des Jahres 1989. Was auch tatsächlich der Fall war.

»Möchten Sie etwas trinken? Ich könnte jetzt jedenfalls einen Drink gebrauchen. Ich glaube, wir haben einen ganz anständigen Scotch da.« In einem ehemaligen Schreibpult, das jetzt als Hausbar diente, fand sich eine Flasche Macallan. Zwölf Jahre alt. Der andere Mann, ein hochgewachsener, gut gebauter Afro-Amerikaner, schüttelte den Kopf, ließ sich aber genüsslich auf das Sofa fallen. Eine Staubwolke stieg empor, und er verzog das Gesicht.

»Also«, meinte Faversham, während er sich ein großzügig bemessenes Quantum eingoss und es pur, langsam nippend, genoss. »Das ist nicht ganz das Ergebnis, das wir erhofft hatten, nicht wahr?«

»Nicht wirklich«, antwortete der Mann auf dem Sofa mit breitem Südstaatenakzent. »Das ist schon mal klar! Eure Lage ist alles andere als rosig!«

Angesichts der vollständigen Sperrung der Innenstadt von Oxford, angesichts mindestens eines halben Dutzends verschiedener Bakterienstämme einer hoch infektiösen, tödlichen Seuche, angesichts eines John-Radcliffe-Hospitals, das in eine Quarantänestation verwandelt worden war, und angesichts eines frei herumlaufenden Mörders ist das noch sehr milde ausgedrückt, dachte Neal Faversham. Wer hatte eigentlich je behauptet, die Engländer seien die absoluten Meister des ›Understatements‹?

Es klopfte leise an der Tür. Faversham sah den Amerikaner an, blickte auf seine Uhr und meinte: »Pünktlich wie die Maurer.«

Er öffnete die Tür und musste ein Lächeln unterdrücken. Der Anblick war einfach zu drollig: ein Japaner mittleren Alters in einem flaschengrünen Wachsmantel mit Kordkragen – die perfekte Verkörperung des Klischees von einem englischen Gutsherrn, der gerade von der Jagd heimkehrt.

»Ah«, sagte der große Amerikaner und stand auf. »Neal, darf ich Ihnen meinen Kollegen Mujimo Takahashi vorstellen? Er leitet eine Spezialeinheit der Kommission für öffentliche Sicherheit in Japan.«

Takahashi verbeugte sich höflich. »Mr. Faversham. Schön, dich wieder einmal zu sehen, Jerry.« Er wandte sich an Faversham und erklärte: »Mr. Winner und ich haben in der Vergangenheit mehrfach zusammengearbeitet.

Bitte entschuldigen Sie meinen Aufzug«, fügte er hinzu. »Aber ich habe bis gerade eben– wie soll ich sagen? – Feldforschung betrieben.«

Faversham hob die Augenbrauen, besann sich dann aber wieder seiner Rolle als Gastgeber. »Nehmen Sie doch bitte Platz, Mr. Takahashi! Einen Schluck Whiskey vielleicht?«

»Das wäre äußerst zuvorkommend. Mit ein wenig Wasser, wenn möglich. Vielen Dank.«

Faversham goss mehrere Fingerbreit in ein Glas, fügte Wasser aus dem Wasserhahn des Waschbeckens in der Ecke hinzu und reichte es Takahashi, der den Reißverschluss seiner Barbour-Jacke geöffnet und es sich mehr schlecht als recht in einem der altertümlichen Sessel bequem gemacht hatte.

»Okay«, sagte Jerry Winner und ließ sich wieder auf das Sofa fallen. »Wie wäre es, wenn Sie uns jetzt ein wenig über die junge Lady aufklären würden? Oder sollte ich lieber ›Herzogin‹ sagen? Immerhin hat sie sich mit diesem Titel gern geschmückt.«

Faversham schnaubte. »Eher nicht. Obwohl Herzoginnen heutzutage auch nicht mehr das sind, was sie mal waren«, grummelte er. Er lehnte sich an den Schreibtisch und spielte mit seinem Whiskeyglas. »Ich denke, man könnte unsere Miranda als einen modernen Archetypus bezeichnen. Ein geradezu klassischer Fall«, fügte er für seinen ebenfalls Whiskey trinkenden Gast hinzu, der die höfliche Erklärung mit einem dankbaren Kopfnicken honorierte.

»Amanda Workington, um wenigstens jetzt ihren richtigen Namen zu benutzen, war ein intelligentes, hübsches Mädchen aus der Mittelschicht und lebte im Süden Londons. Sie war gut in der Schule. Hat Mathematik, Französisch, Deutsch und sogar Russisch belegt. Und Musikunterricht genommen. Mit den Jungs aus ihrer Gegend hatte sie nicht viel im Sinn. Um ehrlich zu sein, war sie wohl in dieser Hinsicht eher ein Spätzünder. Die Hälfte der Mäuschen aus ihrer Klasse hatten in dem Alter vermutlich schon mal hinter den Fahrradständern die Höschen runtergelassen. Amanda nicht. Ganz bestimmt nicht. Sie war ein nettes Kind und der ganze Stolz ihrer Mutter. Der Vater, ein Taxifahrer, hat das Zeitliche gesegnet, als sie zwölf war. Herzinfarkt auf der Stadtautobahn. Nur allzu verständlich.«

»Wie bitte?«

Faversham blickte auf. Seine beiden Zuhörer konnten ihm offenkundig nicht folgen.

»Tut mir Leid. Wegen des Verkehrs. Typisch Londoner Scherz. Kleine Abschweifung. Egal. Nein, was für Amanda eine Rolle gespielt hat, war möglicherweise das, was man das Kate-Moss-Syndrom nennen könnte. Sie sah einfach besser aus, als gut für sie war. Eines schönen Samstags geht sie mit ihrer Mutter zu *Miss Selfridge* und probiert ein paar Sommerklamotten an, als so ein schleimiger Typ vorbeikommt. Sagt, er sei Fotograf. Der übliche Quatsch.

Behauptet, sie hätte ein Gesicht, wie man es nur ein Mal unter Millionen findet. Unsere kleine Amanda ist völlig aufgedreht. Und ihre arme alte Mum findet es einfach nur wunderbar. Hätte es besser wissen müssen. Wahrscheinlich tut sie's jetzt.

Jedenfalls erklärt der Kerl ihnen, dass er in dem Mädchen sofort das Gesicht der Zukunft erkannt habe, und sagt, Amanda hätte seiner Ansicht nach das Zeug zum ersten Supermodel des einundzwanzigsten Jahrhunderts. Miss Millennium. Damals klang so was noch toll, erinnern Sie sich? Wollte ihr die Welt zu Füßen legen. Hat die Stolpersteine natürlich verschwiegen.«

»Bitte?«

Faversham schüttelte den Kopf. Er hatte sich nie jener Sprache befleißigen können, die von *Voice of America* als ›Special English‹ bezeichnet wurde: ohne alle Schnörkel.

»Egal. Jedenfalls endet es damit, dass er ihr seine Karte gibt. Tolle Adresse im West End. Und eine illustre Liste von Kundinnen. Von Naomi Campbell bis hin zu Kleopatra so ungefähr alles dabei. Komm einfach mal vorbei, sagt er. Wir machen ein Probe-Shooting. Tut wirklich nicht weh, Süße. Ha, ha, wie witzig!

Amanda hat natürlich keine Ahnung. Sie ist gerade erst fünfzehn, verdammt noch mal! Aber bei ihrer lieben Mum kann man in den Pupillen schon die Dollarzeichen sehen. Natürlich meint sie es gut. Die Kleine soll es mal besser haben und so.

Wie dem auch sei, Amanda geht also wirklich hin. Beim ersten Mal kommt Mum noch mit. Wartet im Foyer. Sehr hübsch und stinkvornehm. Topfpflanzen und so. Handsignierte Fotos von allen Schönen und Berühmten aus der Modebranche. Scheint zumindest so. Mum muss nämlich zugeben, dass sie nicht so ganz *up to date* ist, wer im Augenblick die Laufstege der Welt beherrscht. Aber zumindest sehen sie so aus. Ist ja auch logisch, oder?

Als Amanda wieder rauskommt, ist sie ein ganz anderes Mädchen. Sieht zwar noch aus wie vorher, aber doch irgendwie anders. Glänzende Augen, verstehen Sie? Zu Hause zeigt sie Mum die Fotos. Oder die Kontaktabzüge. Und da kommen der lieben alten Mumsie doch allmählich Zweifel. Denn die Bildchen sind ziemlich offenherzig. Amanda ist zwar nicht gerade splitterfasernackt, aber man sieht eine ganze Menge von ihr. Muss sich ein Model wirklich mit weit auseinander gespreizten Beinen zurücklehnen? Ihren Rock dabei im Schritt zusammenraffen? Und dann trägt sie dabei auch noch Kniestrümpfe – wo Amanda doch eigentlich eine eigens für diesen Zweck bei *Marks and Spencer* gekaufte Strumpfhose anhatte? Heikel, das Ganze!«

Er brach ab und reichte den beiden Männern ein Foto. Es war stark vergrößert und ganz offenkundig kein Abzug vom ursprünglichen Negativ. Jerry Winner betrachtete es, runzelte die Augenbrauen und gab es an Takahashi weiter, der einen tiefen Schluck aus seinem Whiskeyglas nahm und das Foto zur Seite legte. Allerdings nicht außerhalb seiner Sichtweite, wie Faversham feststellte.

»Aber vielleicht doch nicht heikel genug. Genau das ist das Problem. Da ist sie nun: Amanda, ganz begeistert von der schönen neuen Welt und all den tollen Leuten. ›Stell dich nicht so an, Mum. Das ist doch nur ein Verkaufsgag für den Rock.‹ Na ja, verkauft werden soll bestimmt was. Es gibt da draußen eine ganze Menge bedauernswerter Scheißkerle, die gutes Geld für das bezahlen, was die Kleine da zeigt. Aber das steht auf einem anderen Blatt. Denkt sie zumindest.«

»Schön und gut ... aber was bedeutet das für uns?«

»Ich bitte nochmals um Entschuldigung, aber ich komme sofort auf den Punkt. Trotz aller Einwände von Mrs. Workington geht Amanda noch ein paar Mal ins Studio. Eines Tages kommt sie zurück und plappert etwas von einem Vollzeitvertrag. Und um alle Befürchtungen zu zerstreuen, hat man ihr eine Hand voll Geld gegeben. Fünfhundert Pfund Sterling. Alles in Fünfzigern. So große Scheine kriegen die Leute in Croydon nicht oft in die Finger. Jedenfalls nicht, wenn sie einem ehrbaren Beruf nachgehen. Zwar räumt das Geld nicht alle Bedenken der Mutter aus, aber es hindert sie zumindest, der ganzen Geschichte ein für alle Mal einen Riegel vorzuschieben. Und das war ein Fehler.«

»Weil ...?«

»Weil die liebe Mum die süße Kleine vor ihrem nächsten

Ausflug in die Stadt zum letzten Mal zu Gesicht bekommt. Sechs Monate später kriegt sie eine Postkarte aus Deutschland, in der steht, sie solle sich keine Sorgen machen. Und etwas von einer Superchance. Und das war's. Jedenfalls für ihre Mutter. Wir wissen natürlich mehr.«

»Dem BND sei Dank, nehme ich an.«

»Ganz genau.« Der Einwurf ärgerte Faversham zwar, verwunderte ihn aber nicht. »Der Bundesnachrichtendienst hatte uns schon 1995 über eine Gruppe informiert, die ein neues Pferdchen laufen hätte. Schon erstaunlich, dass das Mädchen nicht ganz auf die schiefe Bahn geraten ist. Die Gruppe hatte ein Import-Export-Unternehmen aufgezogen und brachte minderjährige Mädchen aus dem Osten in Hamburg auf den Markt. Frischfleisch, vor allem aus der Ukraine und Weißrussland.«

»Frischfleisch?«

Faversham wandte sich Takahashi zu, der sein leeres Whiskeyglas abgestellt hatte. Der Engländer füllte es zum zweiten Mal, nahm das Foto mit dem aufreizend hingelümmelten Schulmädchen in die Hand, betrachtete es kurz und antwortete: »Der Sexmarkt mit Minderjährigen boomt, seit die Angst vor Aids den alten Knastbrüdern von der Reeperbahn und ihren zugehörigen Parasiten das Geschäft verhagelt.

Unsere Amanda hätte auch wie all die anderen enden können, nämlich als zugedröhntes menschliches Wrack, und das deutlich vor Erreichen des Wahlalters. Es stand auf Messers Schneide. Aber Amanda war etwas Besonderes. Sie ist dem Big Boss persönlich, dem alten Attila, ins Auge gefallen. Sie wurde nicht als Lockvogel für Kunden missbraucht, sondern avancierte direkt zur Königin des Harems. Natürlich war sie damals längst auf Drogen und spritzte Heroin wie die Supermodels. Aber niemand anderes durfte sie anfassen. Sie hatte sogar ihren eigenen Bodyguard. Den Besten der Besten. Unseren lieben Freund HH.«

»Heil Hitler.«

»Das ist nicht witzig! Und auch nicht angebracht, wie Sie sehr wohl wissen.«

Der Amerikaner zuckte die Schultern. »Wie auch immer«, brummte er.

Faversham hob ebenfalls die Achseln. Da behaupte noch einer, nur die Briten würden stets die Klischees bedienen, dachte er.

»Jedenfalls«, fuhr er fort, »werden Sie sich vorstellen können, wie stinksauer unser Freund war, als die Maus getürmt ist. Sie wissen ja selbst, in diesen Kreisen ist ein Bodyguard zugleich auch Gefängniswärter.«

»Das können Sie laut sagen!«

»In der Tat. 1998 tauchte Amanda wieder in England auf. Da war sie aber nicht mehr Amanda Workington, sondern die glamouröse Miranda von Taxenbach. Selbsternannte Waise einer obskuren Aristokratenfamilie aus Österreich. Ihr Englisch war perfekt – Überraschung! –, hatte aber den Hauch eines Akzents, gerade genug, um sexy zu wirken. Ein deutscher Diplomat, mit dem sie zu tun hatte – in wahrscheinlich mehr als einer Weise –, sagte, ihr Deutsch sei zwar perfekt gewesen, hätte sich aber viel mehr nach Hamburg als nach Wien angehört. Sie hätte es damit erklärt, dass sie in ihrer Jugend viel gereist sei.«

»Und wer hat für das neue Leben im Jetset bezahlt?«

»O, das überlasse ich ganz Ihrer Fantasie. Es ist durchaus möglich, dass ein Teil ihres Geldes vom alten Attila stammte. Ich glaube, er zeigt sich seinen Konkubinen gegenüber äußerst großzügig. Auf jeden Fall war es genug, um sich ein nettes kleines Kuschelnest in Islington zuzulegen. Heutzutage einer der besten Plätze, um sich einen *Sugar Daddy* mit 'nem netten, kleinen Regierungsjob zu angeln.«

»Ich dachte immer, die netten, kleinen Jobs in Ihrer Regierung gingen nur an nette Männer, die andere nette Männer mögen«, platzte der Amerikaner dazwischen. Faversham überhörte ihn geflissentlich.

»Auf jeden Fall wird sie zu den richtigen Partys eingeladen. Auf einer davon gerät Charlie Fletcher in ihre Fänge. Ein aufstrebender Jungpolitiker, gerade frisch zum Staatssekretär ernannt. Schon ein paar Tage später bumst sie ihn fast um den Verstand – und seinen Kumpel Geoffrey Martindale gleich auch noch. Reißt sich Denholm House, Martindales Landgut, unter den Nagel; kriegt 'nen schönen nagelneuen BMW Z3. Was Martindales Tochter absolut nicht in den Kram passt; sie ist die Einzige, die Miranda ums Verrecken nicht ausstehen kann.«

»So ist das Leben! Und Frauenherzen sind ein Massengrab«, ließ sich der Mann auf dem Sofa vernehmen.

»Da sagen Sie was!«, gab Faversham ihm inbrünstig Recht. Sein Verhältnis zum anderen Geschlecht war zurzeit nicht eben rosig. »Nach allem, was wir inzwischen wissen, ist wahrscheinlich Martindale ihre Zielperson gewesen, nicht der Herr Staatssekretär. Vorausgesetzt, wir liegen überhaupt richtig.«

»Daran zweifeln Sie noch?« Jerry Winners Stimme klang ungläubig.

»Ich will bloß offen für alle Möglichkeiten bleiben. Es liegt nämlich durchaus im Bereich des Vorstellbaren, dass sie wirklich nur raus aus dem Milieu wollte, die besagte Gruppe aus Hamburg aber mitbekommen hat, in welchen Kreisen Miranda mittlerweile und so überaus vorteilhaft fürs Geschäft verkehrte. Sie könnten wieder Kontakt mit ihr aufgenommen und sie um den ein oder anderen Gefallen gebeten haben.«

Der Amerikaner schüttelte den Kopf, um kundzutun, wie exzentrisch er die zweifellos charmante Naivität seines britischen Kollegen fand.

»Ich meine doch nur, dass so etwas möglich sein könnte. Mehr nicht. So, wie die Dinge gelaufen sind, sieht es immerhin nicht so aus, als ob sie auf die Forderungen eingegangen wäre, oder?«

»Schätze nicht.«

»Wie dem auch sei: Wenn Mr. Takahashi und seine Leute nicht gewesen wären, hätten wir wahrscheinlich wesentlich länger gebraucht, um das Puzzle zusammenzusetzen.«

»Bevor euer Mr. Atkins aufgetaucht und an einem Haufen schwarzer Beulen abgekratzt ist, wusstet ihr Jungs ja noch nicht einmal, dass ihr überhaupt ein Problem habt!«, warf der Amerikaner ein.

Der Japaner nickte leicht.

»Die Tatsache, dass das Mädchen Kontakt mit den Aum Shinri Kyo aufgenommen hat«, fuhr der Amerikaner fort, »ist für mich ein deutlicher Hinweis darauf, dass Ihre Ladyschaft es mit einem eigenen kleinen Geschäft probieren wollte. Und Mr. Hammersteins Eingreifen dürfte meine Theorie ja wohl bestätigen, finden Sie nicht?«

Das konnte Faversham nicht leugnen. »Aber bedeutet das auch, dass der Deal nur gescheitert ist, weil die Hamburger Gruppe sie als Erste gefunden hat?«

Die Frage war an Takahashi gegangen. »Wir haben die Aktivitäten der Sekte von Aum Shinri Kyo in den Vereinigten Staaten eine Zeit lang beobachtet«, begann dieser. Doch der Amerikaner demonstrierte aufs Deutlichste seinen Mangel an Manieren, was die beiden anderen allerdings kommentarlos hinnahmen, und unterbrach den Japaner, indem er die Frage selbst beantwortete:

»Wir denken, dass sie bei dem Geschäft irgendwas falsch angepackt hat. Und das wusste sie. Sie hat sich 'nen Schuss gesetzt, bevor unser Freund HH und seine Clowns zum Schuss kamen. Konnt's nicht lassen.«

»Was nicht lassen?«

»Was wohl? Die Jungs von der Pathologie haben die Gewebeproben förmlich von der Poolwand kratzen müssen, wie Sie sich vielleicht noch erinnern. Aber in dem, was sie dann gekriegt haben, war ausreichend Heroin, um eine ganze Kompanie vollzudröhnen.«

»Sie meinen, sie hat sich *selbst* umgebracht?« Angesichts der Fotos, die Faversham von Mirandas Überresten gesehen hatte, wäre er nie auf die Idee gekommen, sie könne Selbstmord begangen haben.

Der Amerikaner zuckte die Schultern. »Sagen wir mal, sie war ziemlich narkotisiert, als es passierte. Sie wusste vermutlich, dass die Jungs ihretwegen kommen würden, hat sie aber wohl kaum noch eintrudeln sehen.«

»Aber ... warum haben Sie denn ...?« Dann verstand er plötzlich.

»Weil sich zu genau diesem Zeitpunkt Mr. Takahashi an uns gewandt hat ...«

Der Japaner verneigte sich höflich.

»... und dann hatten wir innerhalb einer Stunde die komplette Gegend abgeriegelt: überall Typen in hübschen, weißen Schutzanzügen, die Plastiksäcke und Spatel schwingen.«

Favershams Gesicht spiegelte deutlich seine Abscheu wider. »Sie dachten ...«

»Wenn sie wirklich versucht hat, mit diesem Zeug zu handeln, könnte sie auch damit in Kontakt gekommen sein. Wir wollten kein Risiko eingehen.«

»Und?«

»Negativ. Ich denke, zweimal zu sterben hat ihr schon gereicht.«

Ohne nachzudenken, hatte Neal Faversham sein Whiskeyglas erneut gefüllt und ging nun zu dem kleinen Mansardenfester, das den Blick auf Schnee gepuderte Dächer und leere Straßen freigab. Er starrte auf die trüben gelben Lichtkegel auf dem Pflaster und überlegte, wie hoch das Risiko wohl war, das er einging. Und wie viele Leben er dabei aufs Spiel setzte.

Kapitel Einundvierzig

Jericho, Oxford; Dienstag, 23. Dezember, 19:40 Uhr

Police Constable James Carrington, einunddreißig Jahre alt, schämte sich zwar, es zuzugeben, aber er hatte Angst. Am meisten fürchtete er sich vor der Kleidung, die er trug. Immer wieder hatten sie ihm versichert, es bestehe nicht die geringste Gefahr – schon allein die ungewöhnliche Warnung hatte ihn verunsichert –, und die

Atemschutzmaske sei unter den gegebenen Umständen nur eine Vorsichtsmaßnahme. Zu seinem Leidwesen hatten sie sich kaum darüber ausgelassen, was denn die ›gegebenen Umstände‹ waren. Eine Krankheit, ziemlich ansteckend und möglicherweise auf dem Luftweg übertragbar. Detaillierte Fragen ergaben keine detaillierteren Antworten.

Jetzt stand er hier, am Ende einer dunklen Straße, am Rand der Stadt, in einem Schneesturm, in der kältesten Nacht des Jahres, und war maskiert wie ein Komparse aus dem *Phantom der Oper*. Er trug einen dicken Umhang und diese vermaledeite Maske, die seine Sicht einschränkte und ihn seinen eigenen Atem hören ließ, als stünde ständig jemand hinter ihm und atme ihm ins Genick. Das Ganze war unheimlich – verdammt unheimlich. Und er war allein. Natürlich standen die anderen Jungs nur ein paar hundert Meter entfernt in der Walton Well Road, und einer von ihnen würde ihn auch bald ablösen. Sie hatten Ablösungen in halbstündigem Rhythmus vereinbart. Aber den Sinn der ganzen Aktion verstand er trotzdem nicht. Man hatte ihnen erklärt, sie hätten die Leute fortzuschicken, ihnen klarzumachen, dass Port Meadow geschlossen sei, für den Fall, nahm er an, dass irgendwer auf die Idee käme, die Stadt auf diesem Weg zu verlassen. Tolle Idee! Wer hätte schon Lust, bei einem solchen Schneetreiben durch den Park zu wandern? Und wenn jemand es trotzdem täte? Was sollte er dann machen? Ihn mit seinem ausgestreckten Zeigefinger erschießen? Natürlich, man hatte ihnen gesagt, sie sollten sich über Funk melden, wenn es ein Problem gebe. In Wirklichkeit erwartete wahrscheinlich niemand, dass sie hier draußen eine Menschenseele zu Gesicht bekämen.

In Wirklichkeit hatte aber auch niemand die leiseste Ahnung, was zum Teufel sie eigentlich tun sollten. Es gab überhaupt keine Pläne für einen Notfall wie diesen. Hatte es nie gegeben. Die Anordnungen seien von ganz oben gekommen, hatten sie gesagt, mit diesem Geheimnistuer-Gesicht, das darauf schließen ließ, dass »ganz oben« ziemlich weit über ihnen war und noch viel weiter über ihm selbst.

Und dann war die Armee von Gott weiß woher aufgetaucht. Jedenfalls kein ihm bekanntes Regiment. Sie hatten sich benommen, als gehöre der ganze verdammte Laden ihnen, und dauernd aus irgendeinem komischen Handbuch für Zivilschutz zitiert. Hatten ihnen erklärt, was sie im Fall einer nuklearen Bedrohung oder eines Terroristenangriffs tun müssten und so. All die trägen Police Sergeants, sogar die verdammten Police Inspectors sollten plötzlich springen, bloß weil irgendwelche Armeeheinis Befehle brüllten! Und sie sprangen, oder nicht? Letztendlich zumindest. Und das machte die ganze Sache nur noch erschreckender. Auch wenn Constable Carrington sich redlich bemühte, rechtschaffen wütend zu werden, so wütend, dass all die anderen Überlegungen wie weggewischt wären, kam er zu keiner anderen Schlussfolgerung: Da ging etwas sehr, sehr Ernstes vor. Etwas, von dem nicht einmal »die da oben« wussten, wie sie es unter Kontrolle bringen sollten.

Und da plötzlich sah er es. Oder hörte es eigentlich. Genau als er unter der Straßenlaterne umdrehte, um wieder Richtung Brücke zu gehen. Eine Bewegung. Ein dumpfer Schlag und ein Rascheln. Von etwas, das sich auf der Brücke bewegte. Etwas, das sie vielleicht überquert hatte. Und zwar von der anderen Seite! Es kam in seine Richtung. Verdammtes Scheiß-Teil von Gasmaske! Ungeduldig wischte er den Schnee vom Visier. Tatsächlich!

»He da!«, schrie er. »Stehen bleiben!« Ganz so, wie er es von seinem normalen Dienst her gewohnt war, auch wenn sich nicht oft die Gelegenheit dazu ergab. Plötzlich erschienen ihm die Worte in dieser Situation jedoch völlig unangebracht. Daher fügte er hinzu: »Wer ist da?«

Aber da war nichts mehr. Nicht das geringste Geräusch. Nicht die kleinste Bewegung. Er fiel in einen gemäßigten Laufschritt. »Niemals auf etwas zurennen, was man nicht sieht, Kleiner«, hatte man ihm bei der Ausbildung eingebläut. Er griff nach seinem Funkgerät, doch dann zögerte er. Man muss sich ja nicht unbedingt blamieren, oder? Er wollte auf gar keinen Fall den Eindruck erwecken, er hätte schnell die Hosen voll. Vielleicht war es ja doch nur ein Fuchs gewesen. Allerdings ein ziemlich großer. Oder ein Dachs, der aus irgendwelchen Gründen seinen Winterschlaf unterbrochen hatte. Möglich.

Er hatte den Fuß der Brücke erreicht und blickte sich vorsichtig um. Auf der einen Seite waren die schicken, neuen Häuser. Hinter fast allen Fenstern brannte Licht, kein einziges stand offen, und überall waren die Vorhänge zugezogen, als könnten diese zusätzlichen Schutz vor der feindlichen Welt da draußen bieten. Auf der anderen Seite lagen, dunkel und verlassen, die Schrebergärten. Er ließ den Strahl seiner Taschenlampe über die Gärten gleiten, sah aber nur schneebedeckte Beete mit Wintergemüse und verdorrte Blumenstängel. In Erwartung der Baulanderschließung.

Dann suchte er den Schnee auf der Brücke nach Fußspuren ab und hoffte inständig, nur auf Abdrücke von Tieren zu stoßen. Nichts. Jedenfalls nichts Auffälliges. Der Schnee war ein bisschen aufgewühlt, als ob etwas – oder jemand – dort hinuntergerollt wäre. Carrington leuchtete mit seiner Lampe weiter die Brücke hinauf. Feste Seitenwände hatten die Holzplanken vor dem schlimmsten

Schneesturm geschützt, daher war die Schneedecke nur dünn. Und dort entdeckte er Spuren. Spuren, die ganz bestimmt nicht von einem Tier stammten. Obwohl er auf diese Entfernung nicht sicher hätte sagen können, ob es sich wirklich um Fußspuren handelte. Es konnte alles Mögliche sein.

Zum zweiten Mal holte Constable Carrington sein Funkgerät hervor. Diesmal hatte er keine Zweifel. Er ließ den hellen Strahl seiner Lampe noch einmal über die stillen Schrebergärten gleiten. Er schaltete das Funkgerät ein und gab den Kollegen auf der Walton Well das verabredete Zeichen. Die Stimme von Dick Ebert ertönte lauter, als ihm lieb war: »Was ist los, Jimmyboy? Gibt es Probleme?«

Er drehte am Lautstärkeregler und antwortete mit leiser, unsicherer Stimme:

»Ich weiß nicht, Dick. Aber vielleicht solltet ihr mal kurz herkommen und euch etwas ansehen. Möglicherweise brauchen wir Verstärkung.«

Kapitel Zweiundvierzig

Jericho, Oxford; Dienstag, 23. Dezember, 20:05 Uhr

Therry und Daniel humpelten in die Diele wie das letzte im Wettbewerb verbliebene Paar eines Tanzmarathons zurzeit der großen Depression. Völlig erschöpft ließen sie sich nebeneinander auf einen gestreiften Futon fallen.

»Und jetzt?«, fragte Daniel. Die Begegnung mit dem Polizisten auf der Brücke hatte ihn ziemlich mitgenommen, und er war mehr als nur ein bisschen wütend auf sich selbst. Vor allem aber auf Therry. Sich wie Schwerverbrecher zu benehmen – Herrgott noch mal! –, wenn man doch bloß nach Hause wollte! Zu ihr nach Hause. Wie auch immer. Jedenfalls hatten sie gegen Kriegsrecht verstoßen.

Therry antwortete nicht. Sie lag mit geschlossenen Augen flach auf dem Rücken. Ihre Katze hatte sich neben ihr zusammengerollt und schnurrte behaglich. Daniel streifte Schuh und Socke ab und untersuchte den schmerzenden Knöchel. Er war zwar geschwollen, aber weit weniger, als Daniel befürchtet hatte. So höllisch, wie der Knöchel auf den letzten hundert Metern im Park geschmerzt hatte, hätte er schwarz, blau und gelb verfärbt sein müssen. Im selben Augenblick stellte er in einem seiner seltenen Anfälle von gesundem Menschenverstand fest, dass er sich ziemlich egoistisch verhielt. Wie eigentlich immer.

»Kann ich irgendwas für dich tun?«, fragte er Therry.

»Hmm?« Ihre Stimme klang benommen, als wäre sie schon eingedöst. Ihr Gesicht hatte sich geradezu dramatisch verändert, fand Daniel. Das hier war nicht mehr das Gesicht der frechen Girl-Power-Reporterin, die er vor ein paar Tagen kennen gelernt hatte. Therry hatte tiefe Falten auf der Stirn. Falten, so schien es ihm, die sie weniger arrogant und viel interessanter aussehen ließen. Und sehr müde. Zumindest Letzteres verstand er nur allzu gut.

»Ich habe schreckliche Kopfschmerzen. Irgendwo im Bad müssen noch ein paar Paracetamol herumliegen. Bist du so lieb und bringst sie mir?«

Das Bad war nicht schwer zu finden. Befangen begann Daniel, Therrys Toilettenartikel zu durchsuchen. Als er den Spiegelschrank öffnete, fiel ihm ein hellblaues Plastikmäppchen entgegen. Es enthielt abgenutzte Lippenstifte, Make-up, ein Päckchen Tampons, eine Augenbrauenpinzette. Kein Paracetamol. Seit dem Tod seiner Mutter, stellte er dabei verwundert fest, hatte er nie wieder auf engem Raum mit einer Frau zusammengelebt. Es war merkwürdig, ja, geradezu voyeuristisch, im privaten Krimskrams eines anderen Menschen herumzuwühlen.

Er streckte den Kopf um die Ecke. »Ich kann sie nicht finden«, musste er zugeben.

»Hmm? O.« Therry hangelte sich auf die Beine und schubste ihn aus dem Weg. »Weil du nicht an der richtigen Stelle gesucht hast«, meinte sie und nahm eine flache Tablettenschachtel vom Oberteil des Spiegelschranks. Sie taumelte in die Küche, spülte ein paar Tabletten mit etwas Wasser hinunter und begann, eine Dose Katzenfutter zu öffnen. Das Geräusch lockte Tigger sofort in die Küche.

Plötzlich hielt Therry inne. Mit der halb offenen Dose in der Hand stand sie da, als hätte sie einen Schlag mitten ins Gesicht bekommen.

»Sag mir bitte, dass das alles nicht wahr ist, Daniel!«, bat sie leise.

»Ich wollte, ich könnte es.«

»Aber es ist wahr, wirklich da, oder? Es ist da draußen. Sie haben es losgelassen. Wir haben keine Ahnung, nicht wahr? Ich meine – keine Ahnung, was wir tun könnten. Du nicht, und ich nicht. Keiner. Niemand hat auch nur die leiseste Ahnung, welche Folgen das Ganze haben kann.«

Er sah ihr in die Augen, wusste aber keine Antwort. Er wusste noch nicht einmal genau, ob er ihre Fragen richtig verstanden hatte.

»Du wolltest mir noch etwas über diesen Ort erzählen, wo Redwhistle herkommt. Portadown.«

Therry lachte leise auf. Ein winziger Funke Humor, der half, die Stimmung aufzuhellen. Sie bückte sich und schob das Katzenfutter mit einer Gabel aus der Dose in einen Napf. »Portadown, das ist irgendwo in Nordirland. Porton Down – in zwei Worten – ist etwas ganz anderes. Wirklich etwas völlig anderes. Das Problem ist nur, dass es nicht in unser Schema passt. Überhaupt nicht. Wie würdet ihr Yankees sagen: Wir spielen auf dem falschen Spielfeld – und das schon die ganze Zeit. Porton Down ... Porton Down ...« Sie murmelte die Worte wie eine Zauberformel vor sich hin. Wie einen Fluch. Ein Mantra. Irgendetwas, das, einmal gesagt, den Hörer schnell in Bann schlug.

Daniel blickte sie nur verständnislos an.

»Hast du nie davon gehört?«

»Nie«, antwortete er. »Was ist denn das?«

»In den 50er Jahren war Porton Down einer der geheimsten Orte Großbritanniens. Noch geheimer als Aldermaston.«

Daniels Gesicht blieb ein Fragezeichen.

»Die britische Nuklearwaffen-Schmiede. Unser Los Alamos. Meine Güte, bringen sie euch Yankees eigentlich gar nichts über andere Länder bei?«

Daniel zuckte die Achseln. Er hatte noch nicht einmal gewusst, dass Großbritannien überhaupt über Atomwaffen verfügte.

»Aber Porton Down war etwas anderes. Da ging's um das wirklich abscheuliche Zeug. Aufgebaut wurde es während des Ersten Weltkriegs, angeblich nach den ersten deutschen Senfgasangriffen auf unsere Jungs in den Schützengräben. Wenn du mich fragst: Die Deutschen waren nur schneller. Wie dem auch sei, Porton Down wurde das Zentrum für die Produktion biologischer und chemischer Waffen.«

»Willst du etwa behaupten ...?«

Sie hielt eine Hand hoch. »Warte. Ich will damit gar nichts behaupten. Noch nicht. Aber, verdammt noch mal, der Gedanke ist gar nicht so abwegig. Die Forschungen an Biowaffen dauerten in Porton Down angeblich bis ungefähr 1957. Danach wurde die Arbeit an der Waffenentwicklung eingestellt – das heißt umgestellt auf Abwehr und Verteidigung. Sagen sie zumindest.«

»Wer sagt das?«

»MOD.«

Ein weiterer fragender Blick.

»Das *Ministry of Defence,* das Verteidigungsministerium. Für die arbeiten sie dort.«

»Und was willst du damit sagen?«

Sie zuckte die Schultern. »Keine Ahnung. Ich weiß es wirklich nicht. Ich bin völlig durcheinander, Daniel. Total verwirrt.«

Sie griff nach einer schwarzen Ledertasche unter dem Schreibtisch. Nachdem sie ein paar Sekunden am Verschluss herumgefummelt hatte, förderte sie ein halb durchsichtiges, orangefarbenes und weißes Etwas daraus zu Tage: einen Macintosh-Laptop.

»Wollen doch mal sehen, was Jack uns da für eine E-Mail geschickt hat.«

Noch während sie das sagte, fiel ihr ein, wie merkwürdig abrupt Jack das Telefongespräch beendet hatte. Natürlich hatte sie versucht, zurückzurufen, hatte aber nur den Anrufbeantworter an seinem Arbeitsplatz erreicht. Jack war ja nur für ein paar Minuten ins Büro gekommen; doch auch bei ihm zu Hause meldete sich nur der Anrufbeantworter. Leider war Jack einer der Letzten in ihrem Bekanntenkreis, der sich noch immer heftig gegen ein Handy wehrte.

»Na, dann wollen wir mal«, sagte sie, als sich das Fenster zu *Outlook Express* öffnete. Sie klickte den Posteingang an – und dann wartete sie. Ewigkeiten, wie sie meinte. Ihr Kopfweh war nicht besser geworden. Sie hoffte nur, dass es keine Migräne war, wie ihre Mutter sie hatte; Therry hatte einmal gehört, Migräne sei erblich. Gedankenverloren fuhr sie mit dem Finger über das Touchpad ihres Laptops. Warum war das Ding heute bloß so verdammt langsam? Im Posteingang warteten doch offensichtlich nur fünf E-Mails. Aber dann war es plötzlich geschafft. Sie klickte das Fenster an. Daniel sah ihr über die Schulter zu.

»Entschuldigung!«, meinte sie in gespieltem Ärger. »Liest du immer die Post anderer Leute?«

Peinlich berührt blickte er zur Seite.

»Mach dir nichts draus! Ist sowieso nur der übliche Scheiß.«

War es auch. Elektronische Weihnachtskarten von ein paar Freunden, die unbedingt mit der Beherrschung des neuen Mediums angeben wollten. Obwohl Therry den leisen Verdacht hatte, es sei vielleicht eher ein Versuch, zu sparen; und zwar nicht nur Portogeld. Hättest du gerne eine Karte, die du dir an die Wand hängen kannst? Dann druck sie dir gefälligst selber aus! Sie verschob die Weihnachtsgrüße in den Papierkorb.

Aber halt: Da war ja die Mail, nach der sie gesucht hatte. Jetzt wurde ihr auch klar, warum der Download so langsam gewesen war: Die von Jack weitergeleitete E-Mail seines ehemaligen Kollegen mit dem netten Username ›Einstein‹ war eine Mammutdatei mit 11,2 Megabyte komprimierter Daten. Therry fluchte leise. Einiges war Text, aber es gab auch noch einen Haufen angehängter Dateien. Als sie hineinklickte, stellte sie fest, dass es sich um Fotokopien alter Zeitungsausschnitte handelte. Trotz des bohrenden Schmerzes über ihrem linken Auge musste sie unwillkürlich lächeln: Jacks Schnüffler nutzte eine merkwürdige Kombination aus alter und neuer Technik für sich.

Die nächste halbe Stunde verbrachten Therry und Daniel damit, die eingescannten Zeitungsausschnitte zu überfliegen. Therry hatte beschlossen, dass es zu lange dauern würde, alles auszudrucken. Einige von ihnen konnte man getrost übergehen: kleine Artikel aus den Klatschmagazinen *Tatler* und *Hello!*. Ausgerechnet in diesen Blättern auf den langweiligen Vorstandsvorsitzenden einer Baugesellschaft zu stoßen, hatte Therry ganz und gar nicht erwartet. Bei genauerem Hinsehen war es allerdings auch nicht George Martindale, dem das Interesse galt. Es galt vielmehr dem etwas schräg aussehenden jungen Mann an seiner Seite, dessen Name mit Rt Hon Charles Fletcher, Member of Parliament, später Staatssekretär in der Major-Regierung, angegeben wurde. Die wichtigste Person auf den Fotos aber war immer eine hinreißende junge Frau mit süßem Schmollmund, langbeinig wie ein junges Fohlen. In den ersten Ausschnitten wurde ihr Name nicht genannt, wohl aber in einer etwas jüngeren Ausgabe von *Hello!*. ›Miranda Gräfin von Taxenbach, eine vielversprechende junge Dame aus dem europäischen Hochadel‹, lautete die Bildunterschrift. Bewundernswert, aber sicher nicht belastend. Außer vielleicht für Martindales Frau. Der einzige Hinweis auf eine Mrs. Martindale war ein kurzer Artikel über eine etwa zwei Jahre zurückliegende Geschwindigkeitsübertretung. Sie war in einer 30-Meilen-Zone 65 gefahren, was ihr zwei Monate Führerscheinentzug eingebracht hatte; in dem Artikel wurde sie als ›getrennt von ihrem Mann lebend‹ bezeichnet.

Bald schon langweilte Therry sich. Sie lehnte sich zurück und streichelte die Katze, während Daniel weiterlas. Wie Jack bereits festgestellt hatte, gab es eine Menge Material, aber nichts davon war wirklich fesselnd. Zumindest konnte es auf keinen Fall mit der Enthüllung konkurrieren, dass Simon Redwhistle unmittelbar aus Porton Down nach Oxford übergewechselt war. Am Ende der Mail stand ein geheimnisvoller Satz, ausschließlich in Kleinbuchstaben. Therry konnte sich beim besten Willen nicht entscheiden, ob er von Jack oder dessen Freund Burke stammte:

»prüfen was foe über cerberus sagt«

»Sagt dir das was?«, fragte sie Daniel.

»Gar nix. Merkwürdige Wortwahl! ›Foe‹ ist ein ziemlich altertümliches Wort für ›Gegner‹ oder ›Feind‹. Aber wer ist der ›Gegner‹? Martindale und seine Unternehmen?«

»Und wer oder was ist ›Cerberus‹? War das nicht was aus der Mythologie? Ein Monster oder so was?«

Daniel nickte. »Ein Hund«, antwortete er.

»Ein Hund? Und der hat Feinde? Das verstehen wir nicht, nicht wahr, Tigger?«, murmelte sie dem Kätzchen auf ihrem Schoß ins Fell.

»Na ja, nicht einfach irgendein Hund! Ein ziemlich scharfer Hund, mit drei Köpfen: Er hütet den Eingang zur Unterwelt.«

»Na toll! Also, wer war sein Gegner, und was hatte er über ihn zu sagen?«

Aber Daniel schüttelte den Kopf. »Sein Gegner war Theseus, schätze ich. Er tötete den Hund, um in die Unterwelt und wieder hinausgelangen zu können. Aber ich kann beim besten Willen keinen Zusammenhang mit Martindale erkennen.«

»Aber ich! Sieh dir das hier mal an!«

Sie wies auf einen Zeitungsausschnitt auf dem Bildschirm, den sie bisher kaum beachtet hatten; es waren einige Zeilen aus der Börsenkolumne der *Financial Times.* Therry las laut vor:

»Analysten haben den kürzlich erfolgten Kursaufschwung bei *Cerberus* offenbar nicht rechtzeitig zur Kenntnis genommen. Der vor einiger Zeit unter Druck geratene Konzern unter dem bestenfalls als ›schillernd‹ zu bezeichnenden Vorstandsvorsitzenden George Martindale hat sich einige äußerst lukrative Regierungsaufträge sichern können. Selbstverständlich hat die Tatsache, dass Martindale freundschaftliche Kontakte zu einer Reihe von Staatssekretären pflegt, insbesondere zu einem ganz bestimmten, bei der Vergabe der Aufträge keinerlei Rolle gespielt.«

»So etwas nennt man Sarkasmus«, stellte sie lakonisch fest. »Das können wir wirklich gut.«

»Das bedeutet also, *Cerberus* ist eine von Martindales Gesellschaften. Glaubst du, der Gegner könnte der Journalist sein, der das da geschrieben hat?«

»Kann schon sein. Haben sie eine eigene Website?«

»Die *Financial Times*?«

»Nein, du Pappnase! *Die* haben selbstverständlich eine! Ich meine *Cerberus.* Weißt du was, ich besorge uns erst einmal einen Drink. Ich weiß nicht, wie du dazu stehst, aber ich könnte jetzt einen ordentlichen Whiskey vertragen.«

»Klar doch. Obwohl ich mir nicht ganz sicher bin, ob du in deinem Zustand Alkohol trinken solltest.«

»O, mein Kindermädchen spricht! Hör mal, Dannyboy, die Sorge um meine Gesundheit darfst du getrost mir selbst überlassen! Whiskey ist angewandte Anästhesie.«

Therry verschwand in der Küche und kehrte mit zwei Whiskeygläsern zurück, in denen sich nach Daniels Ansicht genügend Flüssigkeit befand, um darauf bequem einen mittelgroßen Dampfer zu Wasser zu lassen. Er zeigte ihr, was er im Netz gefunden hatte.

»Cerberus«. Der Name stand in überdimensionalen Buchstaben auf dem Bildschirm, Silber auf blauem Grund, in einem Font aus Stahlträgern.

»Aha, ein Security-Unternehmen oder so was. Spezialfirma für Gefahrgutlagerung. Die Website hilft einem nicht gerade sehr viel weiter. Aber das sagt einem ja auch schon was. Hier heißt es, sie seien ein Dienstleistungsunternehmen auf Vertragsbasis. Wenn du was hast, auf das du aufpassen willst, vielleicht einen Tresor voller Diamanten oder so ...«

»Ja klar!« In diesem Augenblick kam ihr die Erleuchtung. »Das Zeichen war doch auf den Karnevalsuniformen dieser Muskelmänner auf der Baustelle!«

Daniel zuckte die Schultern. »Passt! Klar, dass Martindale bei Sicherheitsfragen seiner eigenen Firma den Vertrag zuschustert! Der gute Mr. Martindale macht in Synergie, wie man auf der Wall Street sagen würde.«

»Was meinst du damit?«

»Na ja, wenn man die etwas dürftigen Informationen auf dieser Website mal genauer betrachtet«, Daniel scrollte die Bildschirmansicht ein Stück weiter, »dann sind diese Schlägertypen von *Cerberus* keine normalen Sicherheitskräfte, die als bewaffnete Begleiter Geldtransporte bewachen. Die Spezialität der Firma besteht ›in Bau und Unterhalt von Sicherheitseinrichtungen‹. Ich glaube kaum, dass sie damit private Gefängnisse meinen, obwohl laut Homepage auch die ›Regierung Ihrer Majestät‹ zu den ›zufriedenen Kunden‹ zählt.«

Therry kratzte sich am Kopf. »Da ist noch was, aber ich komm einfach nicht drauf! Verfluchtes Kopfweh ... Mein Gott, wie lausig kalt ist das hier! Ich geh die Heizung höher drehen.«

Daniel schenkte ihr ein mitfühlendes Lächeln, bevor er sich wieder dem Bildschirm zuwandte.

»Viel mehr gibt das hier nicht her. Ich nehme an, wenn man ›Sicherheitseinrichtungen‹ verkauft, schreibt man nicht unbedingt dazu, wo diese sich befinden. Die Einzige, die erwähnt wird, befindet sich an einem Ort namens Sellafield ...«

»Klar, das ist es!«, platzte Therry heraus. »Sellafield! Das ist die Wiederaufbereitungsanlage oben in Cumbria! Die Typen haben also die ach so sichere Zwischenlagerstätte für Brennelemente gebaut! Hat damals einen Riesenwirbel verursacht. Niemand hat das Ding vor der eigenen Haustür haben wollen, noch nicht einmal die Leute, die in der Anlage gearbeitet haben. Die Umweltschützer sind allesamt auf die Barrikaden gegangen – *Greenpeace, Friends of the Earth* und wie sie alle heißen ... Halt! Lass mich mal ran!«

Daniel ließ sich von Therry beiseite schubsen und sah zu, wie sie mit flinken Fingern die Tastatur bearbeitete und ein neues Fenster im Browser öffnete.

»Was machst du da?«

»Ich suche! Alta Vista! Es ist nur so eine Idee. Ich versuche, *Cerberus* und *Friends of the Earth* zu verbinden. Da! Siehst du, was ich meine?«

Daniel blickte auf den Bildschirm und sah zunächst nur eine lange Liste von Einträgen. Aber plötzlich entdeckte er es auch: »*Cerberus:* FOE-Bericht über Aktivitäten, März 2000«.

»Wusste ich es doch!« Therry triumphierte. »Es heißt nicht ›foe‹, sondern F-O-E. Die Abkürzung für *Friends of the Earth*. Ich vermute, mit unserer Übersetzung ›Gegner‹ haben wir gar nicht so schlecht gelegen: Martindale betrachtet diese Leute bestimmt als Feinde! Schau dir das hier mal an!«

Cerberus war offenbar ein Lieblings-Angriffsziel der Umweltschützer. Auf dem Bildschirm erschien eine Hetzschrift gegen das Unternehmen, in der das Sellafield-Projekt verteufelt wurde, zusammen mit der gesamten politischen Linie der Regierung im Umgang mit Atommüll, die als »Vergraben-und-Vergessen«-Politik bezeichnet wurde. FOE listete sämtliche weiteren Einrichtungen auf, an denen *Cerberus* beteiligt war, und lieferte Fotos und Kurzbiografien von Martindale und anderen Verantwortlichen des Unternehmens.

Mit den Namen konnten weder Therry noch Daniel etwas anfangen. Die Männer sahen alle aus wie Mittelklasse-Geschäftsleute mittleren Alters und hatten nichtssagende Mittelklasse-Namen, dachte Therry. Trevor Hunt, Stephen Carbury, Michael McCormack, James Kirton – ganz normale langweilige Männer in langweiligen Anzügen, die sie aus dem Cyberspace heraus anlächelten, als handele es sich hier tatsächlich um Bewerbungsschreiben und nicht um die Verbrecherkartei einer Gruppe von Umweltaktivisten. Sie vermutete, dass *Friends of the Earth* irgendwie an interne Personalunterlagen der Unternehmensgruppe herangekommen war und den Text einfach ersetzt hatte.

»Warte mal!« Daniel fiel Therry in den Arm, um sie daran zu hindern, den Text auf dem Bildschirm weiter zu scrollen. »Das ist doch nicht zu fassen!«

»Was denn? Kennst du einen von den Typen?«

»So kann man das kaum nennen! Aber ich *erkenne* ihn! Gerade noch.«

Die Einschränkung war notwendig. Als Daniel Michael McCormack zum letzten Mal gesehen hatte, war er nicht der selbstzufriedene, Sicherheit ausstrahlende Geschäftsmann gewesen, der ihn jetzt vom Bildschirm anlächelte. Ganz und gar nicht. Der »Leiter der Baustellensicherung«, als den ihn der Computer vorstellte, hatte damals in einem Krankenhaus gelegen und mit dem Tod gekämpft. Und das Schild am Kopfende seines Bettes hatte ihn als einen Bauarbeiter ausgewiesen, als einen Bauarbeiter namens Charlie Atkins.

Kapitel Dreiundvierzig

Jericho, Oxford; Dienstag, 23. Dezember, 20:30 Uhr

Aber warum? Warum sollte er so etwas tun? Ich verstehe das einfach nicht!«

Daniel hob hilflos die Hände. Auch er konnte Therry keinen verständlichen Grund liefern, warum ein Mann aus dem Vorstand eines Unternehmens sich unmittelbar, bevor er mit einer lebensbedrohlichen Krankheit ins Krankenhaus eingeliefert wurde, als Bauarbeiter verkleidete. Außer natürlich ...

»Vielleicht hat er es nicht selbst getan.«

»Hmm?« Therry starrte ihn verständnislos an. Sie hatte ihren Whiskey schneller getrunken, als Daniel für bekömmlich hielt, und ihr Glas bereits wieder nachgefüllt. Daniel hatte seinen eigenen Drink kaum angerührt. Therry fuhr mit einer Hand an ihre Schläfe. Daniel hätte nicht sagen können, ob sie sich nur konzentrierte oder ob ihre Kopfschmerzen wieder schlimmer geworden waren.

»Ich meine, er hat es vielleicht nicht selbst getan. Immerhin hat jemand anders ihn ins Krankenhaus gebracht und der Schwester einen Namen genannt.«

»Aber seine Kleider? Sie hätten doch bestimmt ...«

»Seine Kleider habe ich nicht gesehen. Vielleicht hatte er einfache Freizeitsachen an. Vielleicht gibt es auch schick angezogene Bauarbeiter. Vielleicht interessiert man sich in Krankenhäusern nicht für die Ansprüche der Patienten an ihre Garderobe. Warum auch? Aber vielleicht hat ihn auch derjenige, der ihn eingeliefert hat, vorher umgezogen.«

»Aber warum?«

»Es gibt keinen triftigen Grund. Höchstens den, dass jemand unbedingt vermeiden wollte, die wahre Identität des Mannes preiszugeben.«

»Aber ... aber ... Die Spur hat uns doch trotzdem zur Baustelle geführt. Die Verbindung zur Pest, zu Nether Ditchford, zu Father Gray. Die ganze Geschichte ...«

»Genau!«

»Himmel, Dan, mein Kopf tut mir auch so schon weh genug! Was genau willst du mir sagen? Dass wir uns die ganze Geschichte mit der ausgegrabenen Pest nur aus den Fingern gesogen haben? Die Stadt wird praktisch belagert! Und was ist mit dem anderen Bauarbeiter, den sie eingeliefert haben? Die Jungs, die mich beinahe umgebracht hätten – oder auch nicht, oder was auch immer ... Das haben wir uns doch nicht alles nur eingebildet!«

»Nicht? Schau mal, wenn Redwhistle wirklich in Sachen Biowaffen für eure Regierung gearbeitet hat, wenn es eine Verbindung mit Martindale gibt und wenn Atkins oder besser McCormack – wie immer er auch heißen mag – etwas mit den Sicherheitseinrichtungen der Regierung zu tun hatte ... Also ich weiß nicht, aber dieser Zusammenhang gefällt mir ganz und gar nicht.«

»Okay, ich gebe zu, es klingt alles andere als gut. Aber wir sollten jetzt nicht übertreiben! Das letzte Mal hast du *mir* vorgeworfen, *ich* würde Verschwörungstheorien erfinden. Wir wissen doch, was hier vor sich geht. Wir haben es selbst gesehen. Die Sicherheitsleute! Die Ausschachtungsarbeiten! Die Ratten, verdammt noch mal, diese ekelhaften Ratten! Ich gebe ja zu, es klingt gruselig, dass Redwhistle ausgerechnet aus Porton Down kommt – aber denk dran, ich bin diejenige, die darauf gekommen ist.«

Das entsprach zwar nicht ganz den Tatsachen, dachte Daniel, sagte aber nichts.

»Aber es gibt absolut keine Verbindung zwischen ihm und Ditchford, und es gibt vor allem keinen Grund, Motive zu suchen, wo keine sind. Zumal wir das gar nicht nötig haben! Der Beweis liegt doch auf der Hand: Es ist Geld, Daniel! Das offensichtlichste Motiv der Welt. Das Baugelände ist ein Vermögen wert. Plötzlich stellt man fest, dass es ein ziemliches Problem mit einem wieder belebten Bakterium von vor über sechshundert Jahren gibt. Etwas, woran niemand gedacht hat. Weil alle wissenschaftlichen Erkenntnisse dagegen sprechen. Und plötzlich ist es zu spät.«

»Aber ...«

»Aber es ist prinzipiell möglich, das so etwas passiert. Und es *ist* passiert! Sie haben versucht, es zu vertuschen. Sie haben gehofft, mit ein, zwei, vielleicht drei Todesopfern davonzukommen, bevor jemand auf die Idee kommt, neugierige Fragen zu stellen. Aber jetzt ist ihnen die ganze Sache aus dem Ruder gelaufen. Ganz gewaltig aus dem Ruder gelaufen! Es wird eine Menge Ärger deswegen geben, eine öffentliche Untersuchung! Man wird wissen wollen, wie das passieren konnte und wer seinen Kopf dafür hinhalten muss! Und weißt du was? *Ich* werde es ihnen sagen! Vielleicht nicht in der verdammten *Oxford Post.* Bestimmt nicht! Aber vielleicht in der *Sunday Times* oder der *Daily Mail.* Das wird riesig, Daniel! Exklusiv! Das geht um die ganze Welt!«

»Ja, sicher, aber ...«

»Aber, aber, aber ...« Therry schob den Laptop weg und legte sich auf den Futon zurück. Ihr war kalt, ihr Kopf schmerzte, und sie war so müde, als hätte sie seit Tagen nicht geschlafen.

»Ja. Nein. Vielleicht. Ich weiß nicht.« Sie warf ihm einen vorsichtigen Blick zu und schenkte ihm sofort darauf ein kleines, klägliches Lächeln. Dann ließ sie den Kopf wieder nach hinten fallen. »Jetzt nicht. Ich kann nicht mehr. Ich bin viel zu kaputt, um noch irgendetwas aufzunehmen.«

Daniel sah, wie müde ihr Blick war. Beobachtete, wie ihre Lider langsam herabsanken und sie allmählich in den Schlaf hinüberdämmerte. Er war ebenfalls müde, aber als er ihr beim Einschlafen zusah, überkam ihn nicht etwa

Erschöpfung, sondern ein zutiefst friedliches Gefühl. Und ein gewisses, unerwartetes Gefühl der Zärtlichkeit.

Wenn er sich zwei Tage zuvor vorgestellt hätte, er würde neben ihr liegen, ganz nah auf demselben Bett, beide ein wenig angetrunken – es wäre ihm um nichts anderes gegangen als um die Befriedigung seiner Triebe. Aber das Gefühl, das ihn jetzt beherrschte, war menschlicher, weniger animalisch. Zu seiner eigenen Überraschung verspürte er nicht den Drang, sie zu besitzen. Es war vielmehr, als wäre er ein Teil von ihr und sie beide zusammen ein Teil der ganzen Welt – im Guten wie im Bösen. Unwillkürlich musste Daniel lächeln und stellte fest, dass es ein zufriedenes Lächeln war. Er streckte die Hand nach ihrem Gesicht aus. Allzu gern hätte er ihr die widerspenstigen Locken aus der Stirn gestrichen, aber er hielt sich zurück. Und dann – ganz leise und ganz schnell – beugte er sich über sie und küsste sie sanft auf die Lippen.

Sie öffnete die Augen. Verlegen und ein wenig erschreckt fuhr er zurück. Ihr Gesichtsausdruck war unergründlich. Aber er spürte ihren Arm in seinem Nacken, fühlte, wie sie sein Gesicht zu sich nach unten zog, wie ihr anderer Arm ihn umschlang und wie sie ihn eng an sich drückte. Fast noch bevor er merkte, was er da eigentlich tat, strich seine Hand schon zärtlich über ihren Körper. Sie erschauerte. Er war sicher, dass sie es genoss. Als er ihre beginnende Erregung spürte, wagte er sich weiter vor und begann sie langsam auszuziehen, zog ihr die Hose über die Hüften. Sorgsam achtete er dabei auf die Anspannung ihrer Muskeln, auf Anzeichen von Ablehnung.

Ihr Becken hob sich – wenn auch nur eine Spur – von der hart wattierten Unterlage des Futons. Ein eindeutiges Signal. Genau wie das leise Stöhnen, das sich ihrer Kehle entrang, und der sanfte, aber deutliche Druck ihres Arms um seinen Nacken. Mehr aber tat sie nicht, um ihn zu ermutigen, versuchte noch nicht einmal, die Jeans abzustreifen, als sie von den Schenkeln weiter hinunterglitt.

Daniels Fingerspitzen streichelten die weiche Haut ihrer Schenkel, verirrten sich auf ihren Venushügel und zeichneten Schmetterlingskurven auf die sanfte Wölbung ihres Unterleibs. Ihr Atem wurde schwerer. Es war fast, als sei sie eingeschlafen und träume, schoss es ihm in einem kurzen Augenblick des Selbstzweifels durch den Kopf. Mit der Zungenspitze kostete er das bittersüße Salz auf ihren Wangen und schlüpfte erst mit zwei, dann mit drei und vier Fingern unter das elastische Bündchen ihres Slips.

Im selben Augenblick schrie sie auf. Ihr Körper bäumte sich auf, ihre Beine pressten sich eng aneinander. Daniels Hand hielt inne wie ein ertappter Dieb im Lichtstrahl eines Suchscheinwerfers. Und er erstarrte bis ins Mark, als die feinen Nerven seiner Fingerspitzen ihre unerwartete Botschaft an sein Gehirn sendeten, das nur widerstrebend begreifen wollte.

Therry hatte die Augen jetzt weit aufgerissen. Ruckartig wich sie vor Daniel zurück, stützte sich auf die Ellbogen und starrte dorthin, wo auch er hinstarrte. Sie stand eindeutig unter Schock, doch dieser rührte nicht vom Anblick ihrer um die Waden schlackernden Jeans, ihres auf die Oberschenkel hinuntergeschobenen Slips und ihrer ungeschützten Nacktheit, alles eindeutige Zeichen unterbrochenen Geschlechtsverkehrs. Nein, es gab Zeichen, die sie – und Daniel – sehr viel mehr erschreckten: Dort, direkt neben den weichen Löckchen ihrer Scham, die Daniel sanft hatte streicheln wollen, um schließlich tief in ihre weiche

Wärme einzudringen, verlief die sanfte Rundung ihrer Leiste nicht nach innen, wie sie sollte, sondern wölbte sich nach außen. Sie war geschwollen, als lägen Eier darunter verborgen. Selbst im schwachen Licht der Lampe wirkten die Beulen blaugrau, ja, fast schon schwarz.

Therry kroch vom Bett, wankte schwerfällig ins Bad und erbrach sich ausgiebig in die Toilettenschüssel.

Kapitel Vierundvierzig

Magdalen College, Oxford; Dienstag,
23. Dezember, 20:30 Uhr

Einsam ging er durch die Dunkelheit. Den schmalen, gepflasterten Pfad entlang, der den Klosterhof durchquerte, in den weit offen stehenden, gotischen Rachen des Kreuzgangs. Er verspätete sich, was äußerst selten vorkam. Aber die Angelegenheit mit dem alten Journalisten hatte seine Zeit länger in Anspruch genommen, als er erwartet hatte. Trotzdem war es die Mühe wert gewesen.

Er interessierte sich weder für die hübsche junge Reporterin noch für ihren linkischen amerikanischen Freund. Sie hatten ihm jedoch die richtige Richtung gewiesen. Natürlich wäre es lediglich eine Frage der Zeit gewesen, ehe er selbst Professor Simon Redwhistle ausfindig gemacht hätte. Aber jede Abkürzung war ihm selbstverständlich herzlich willkommen.

Das galt allerdings nicht bei Besichtigungstouren. Der

Spaziergang von den Büroräumen der *Oxford Post* durch die leeren Straßen der Stadt hatte ihm ausnehmend zugesagt. Vom klassizistisch prachtvollen Radcliffe Square aus war er rechts abgebogen und unter der Seufzerbrücke hindurchgeschlendert, die allerdings ein eher armseliger Abklatsch ihres venezianischen Vorbildes war. Er war die lange, nur spärlich beleuchtete Straße entlang der fensterlosen Mauern von New College hinuntergegangen und dann in die Queens Lane eingebogen, wo sich die mittelalterlichen Zinnen von All Souls gegen den Nachthimmel abzeichneten.

Er freute sich auf eine musikalische Darbietung, die an diesem Abend in Magdalen Chapel stattfinden sollte. Eigentlich hätte man annehmen sollen, unter den gegebenen Umständen müsse eine solche Veranstaltung abgesagt werden, aber der Dean of Divinity hatte wohl beschlossen, dass es die Pflicht des Colleges sei, in Zeiten der Prüfung geistlichen Beistand zu gewähren. Die Musik war wirklich angemessen: In kleinstmöglicher Besetzung sollte Beethovens *Missa Solemnis* aufgeführt werden, eines von Harald Hammersteins Lieblingsstücken. Es wurde sowieso viel zu selten aufgeführt, und dann so gut wie nie ohne das umfangreiche Orchester, das der fast taube Komponist ursprünglich vorgesehen hatte. Laut Programmheft, das Hammerstein auf Dentons Schreibtisch gefunden hatte, würden die Chorknaben des Magdalen die Messe singen, und zwar einzig unterstützt von der wunderbaren Orgel der Magdalen Chapel sowie einem Streichquartett. Interessant, hatte er gedacht. Äußerst interessant.

Die Kapelle war nicht einmal halb voll. Hammerstein schlängelte sich durch die eisenbeschlagene Eichentür und suchte sich einen Stehplatz. Ein paar Leute sahen sich um, rückten von ihm ab und bedeckten ihre Münder. Höflich bat er sie mit einem Kopfnicken um Entschuldigung. Es erstaunte ihn, dass überhaupt jemand anwesend war.

Er drückte sich an der rückwärtigen Mauer entlang, den Blick stets auf den Chor gerichtet, bevor er sich umwandte, um das zu begutachten, von dem er wusste, dass es hier war. Etwa vier Meter über dem Eingang hing ein Gemälde, das fast die gesamte Breitseite der Magdalen Chapel einnahm: die einzig bekannte zeitgenössische Kopie von Leonardo da Vincis *Abendmahl*.

Selbstverständlich hatte er das Original gesehen, jenes Fresko, das die Wand des Refektoriums im Kloster Santa Maria delle Grazie in Mailand schmückte. Die hiesige Kopie verfügte zwar nicht über den Pinselstrich des Meisters, aber sie hatte seine Perspektive, seine Komposition und vor allem seine lebhaften Farben, unbeschadet von der Zeit und dem Ausbleichen ungeeigneter Pigmente auf porösem Gips. Im warmen Licht der Kerzen, die auf großen, eisernen Kandelabern brannten, sah er die Gestalt Christi im Kreise seiner Apostel, die selbst angesichts der Voraussage von Verrat und Tod doch nur an sich dachten. Vor allem jener eine, der sich protestierend über den Tisch lehnte, ganz in Grün, und der für Harald Hammerstein mehr als jeder andere die Beziehung der Menschheit zu ihrem Gott symbolisierte: Judas Ischariot.

Es war Judas gewesen, der das notwendige Opfer brachte, das zum Märtyrertod Jesu führte – und damit zum Wunder. Ohne Kreuzigung hätte es nie eine Auferstehung gegeben. Es war Judas, der verachtete Judas, und nicht etwa der falsche Prophet Petrus, der jenen Akt vollbracht hatte, der zur Gründung der Kirche führte. Und der den

Preis dafür bezahlen musste. War nicht das Bekenntnis des Judas das Erste und Größte gewesen?

Wie zur Illustration seiner Überlegungen erhoben sich die reinen, hellen Stimmen der Chorknaben in dem von Kerzen erhellten Kirchenschiff zur bewegendsten Stelle der Messe, dem *Miserere nobis:* Herr, erbarme dich unser. *Agnus Dei qui tollis peccata mundi;* das Lamm Gottes, das Opferlamm, immer wiederkehrendes Symbol der geheimen Offenbarung, das ›Lamm, das inmitten der Ältesten stand wie geschlachtet‹, das Pessach-Lamm, dessen Blut, auf den Türpfosten geschmiert, die Hausbewohner vor der Heimsuchung durch den Todesengel schützte. Hammerstein schloss die Augen. War nicht auch der Todesengel ein Engel des Herrn? Und tat dessen Willen?

Er wandte seinen Blick wieder dem großartigen Gemälde zu. Dieses Mal dachte er nicht darüber nach, was es zeigte, sondern darüber, was nicht zu sehen war. In der Szenerie fehlte die Metze, jene Dirne, die es gewagt hatte, den Sohn Gottes zu versuchen. Hammerstein empfand sie als Inbegriff arroganter, weiblicher Sexualität. Maria Magdalena. *Heilige* Maria Magdalena sogar. *Cherchez la femme,* fuhr es Hammerstein in der kerzenschimmernden Dunkelheit der Magdalen Chapel durch den Kopf. Er befand sich in einem architektonischen Kleinod des 15. Jahrhunderts, das einer jüdischen Nutte geweiht war! *La femme fatale.* Suchet, so werdet ihr finden. Harald Hammerstein hatte seine *femme* gefunden und dafür gesorgt, dass das Treffen *fatale* wurde. Mensch gewordenes Fleisch, bloßes Fleisch gewordener Mensch; die Wandlung des menschlichen Leibes durch Feuerkraft. Dies ist mein Leib, dies ist mein Blut. Tut dies zu meinem Gedächtnis. Die Erinnerung an den Anblick des Fleisches und des Blutes der schönen Miranda, über einen frisch gesprengten Rasen in Miami verspritzt, würde Harald ins Grab mitnehmen. Das war dein Lohn, Miranda. Gib dem Kaiser, was des Kaisers ist. Oder trage die Konsequenzen, Süße.

Wahrheit oder Konsequenz. Bald würde die Zeit der Entscheidung kommen. Er schlüpfte aus der Magdalen Chapel in die Dunkelheit des Kreuzgangs und erfreute sich an der Symmetrie der Deckengewölbe. Du bist und bleibst ein Tourist, Hammerstein, dachte er. Genau ihm gegenüber, am Ende des kleinen Bogengangs und jenseits von vier sorgfältig manikürten Rasenflächen, konfrontierte ihn die große klassizistische Fassade der New Buildings mit der klaren Linienführung der Aufklärung.

Er zählte die Fenster. Drei nach oben und dann das fünfte von links. Ein Doppelfenster, hatte man ihm gesagt. Durchgehende Räume. Fenster nach beiden Seiten hin. Auf der einen Seite der Ausblick auf den Great Tower, auf der anderen Seite der Blick auf einen Hain und grasende Rehe: eine ländliche Idylle, zumindest die Illusion davon. Hübsch. Sehr hübsch. Auf seine Art. Schnell ging er zur Kolonnade hinüber. Dabei achtete er darauf, immer auf dem Kiesweg zu bleiben. Der Raureif auf dem Rasen würde Fußabdrücke erkennen lassen.

Es gab insgesamt acht Treppenaufgänge, die in gleichen Abständen die Kolonnade unterteilten. Leise wie Shakespeares Luftgeist Ariel stieg er die Holztreppe hinauf und versuchte, jegliches Knarren zu vermeiden. Zwei Räume oder Zimmerfluchten auf jeder Etage. Drei Stockwerke mit hohen Decken und ein langer Mansardenflur, der unter dem Dach alle Treppenhäuser miteinander verband. Auch hier befanden sich Zimmer. Früher waren sie für die Dienerschaft gedacht, heute schienen sie, nach den witzigen

Stickern auf einigen Türen zu urteilen, von Studenten bewohnt zu sein. Auch die Gemeinschaftsbäder befanden sich hier. Sie waren (vermutlich seit der Zulassung weiblicher Studenten) in Kabinen aufgeteilt und hatten kleine, hinter einer Brustwehr verborgene Fenster, die Licht einließen, ohne die architektonischen Linien zu stören. Bei den Zimmern war es wahrscheinlich genauso, vermutete er. Aber eine der Kabinen würde fürs Erste genügen.

Er war nicht sicher, wie lange es dauern würde, ehe der Professor zurückkam. Wenn nicht heute Abend, dann sicher morgen. Und Harald Hammerstein verfügte über die wichtigste Fähigkeit gut ausgebildeter Jäger: Er konnte warten.

Durch das offene Fenster der winzigen Kabine konnte er der Musik des Requiems lauschen, das sich seinem Höhepunkt näherte. Es lag etwas unendlich Faszinierendes in der Kunst des Menschen, den einfachen Worten der Messe immer neue Formen zu verleihen. Worten, denen – zumindest für ihn – umso mehr Kraft innewohnten, als sie in Latein gesungen wurden. Die Vulgata, so hatte er immer empfunden, war für das vulgäre Volk. Die alten Worte waren in seine Seele geprägt, seit er als kleiner Junge andächtig zugesehen hatte, wie der Priester sich bei jedem *miserere nobis* gegen die Brust schlug. Er liebte das *dona nobis pacem* am Schluss: Gib uns deinen Frieden. Und dann natürlich das Requiem mit der leichten Abwandlung des Textes: *dona eis requiem, dona eis requiem sempiternam.* Gib ihnen Ruhe, gib ihnen die ewige Ruhe.

Kapitel Fünfundvierzig

Jericho, Oxford; Mittwoch, 24. Dezember, 9:00 Uhr

Am nächsten Tag schien die Sonne. Als wäre nichts geschehen. In dem kleinen Haus an der Cardigan Street schob Daniel Warren das Fenster nach oben, lehnte sich hinaus und erbrach sich.

Mit tränenden Augen sah er zum himmelblauen *Phoenix Picture Palace* hinüber, dessen Giebelfeld mit Zuckerguss überzogen war und aus dessen vereisten Regenrinnen rings um das kunterbunte Auf und Ab der Ziergiebel lange Eiszapfen wie Diamanten in der Sonne blitzten. Die bittere Galle, die von seinem Kinn troff, bildete einen auseinander laufenden, gelben Fleck auf dem funkelnden weißen Schnee unter ihm.

Er hatte einen widerlich sauren Geschmack im Mund. Die Gedanken in seinem Kopf waren ebenso aufgewühlt wie seine Eingeweide. Gedankenfetzen schwirrten zwischen geronnenen Gefühlen. Er hatte Fäulnis im tödlichsten Sinn berührt. Sein Begehren war zu Abscheu geworden und dann, im Entsetzen über seine instinktive Reaktion, zu Ekel vor sich selbst. Zum ersten Mal hatte er eine Vorstellung davon, was es bedeutete, wenn einem bis in die tiefste Seele hinein übel war.

Er drehte sich um und blickte auf die junge Frau, die zusammengerollt wie ein Embryo auf dem Futon lag. Das dichte, goldene Haar klebte matt und glanzlos an ihrer verschwitzten Stirn. Wie lange dauerte das schon? Wie lange hatte sie es mit sich herumgetragen? Ob sie überhaupt noch eine Chance hatte? War es seine Schuld? Er tastete in seiner Tasche herum und fand die restlichen Tetracyclin-Tabletten, die Rajiv ihm gegeben hatte. Die Tabletten, die ihm das Leben gerettet hatten. Bisher zumindest. Rajiv hatten sie nicht helfen können. Und jetzt also sie? Dieses verrückte Mädchen mit ihren Theorien über Verschwörung und Vertuschung. Die er mit all seinem Skeptizismus rundweg als Blödsinn abgetan hatte. Nur: Dieser Skeptizismus hatte sich nun als noch viel blödsinniger erwiesen.

Sie regte sich. Oder krümmte sie sich vor Schmerz? Er hatte das Bettzeug um sie herum festgestopft und war selbst im Sessel eingeschlafen. Wieder einmal hat mir das Schicksal einen grausamen Streich gespielt, dachte er.

Therry öffnete ein Auge und schloss es sofort wieder. Er überlegte, ob sie dabei war, die ganze Welt weit weg zu wünschen. So wie er.

»Wie fühlst du dich?«, fragte er und wünschte, es gäbe etwas anderes zu sagen.

»Wie tot«, antwortete sie. Erst dann fiel ihr auf, was sie da gesagt hatte. »O!« Unsicher hievte sie sich in eine eher sitzende Position, die Schultern gegen den niedrigen Kopfteil des Bettes gelehnt und die Decke eng um sich gezurrt. »Ich denke, das trifft es so ungefähr.«

Daniel rang um Worte, doch sein Gehirn war wie leergefegt.

»Lass es einfach. Versuch's gar nicht erst.« Sie zuckte die Schultern. Verlegen musste er zusehen, wie sich ihre Hand unter der Bettdecke bewegte und die intimen Körperteile abtastete, die Orte, an denen die Krankheit lauerte. Und wuchs.

»Wir ... wir müssen dich ins Krankenhaus bringen! Ich rufe einen Krankenwagen. Hätte ich schon längst tun sollen. Keine Ahnung, was wir uns da gedacht haben. Wahrscheinlich haben wir überhaupt nicht gedacht.«

»Warte!«, rief sie, als er nach dem Telefonhörer griff. »Tu es nicht!« Sie hielt inne, ein krampfartiger Schauder erfasste ihren ganzen Körper. Sie schloss die Augen.

Therry zwang sich, die Lider wieder zu öffnen, und sah Daniel an. Er gab eine jämmerliche Gestalt ab: dünn, übernächtigt, mit ungekämmtem Haar, die schmutzige Brille schief auf der Nase. Unter anderen Umständen hätte er komisch gewirkt. Aber ehe sie sich zu einem Lächeln zwingen konnte, flammte der Schmerz zwischen ihren Schläfen wieder auf, wurde stärker und stärker, als wäre ihr Kopf in einen samtbezogenen Schraubstock eingeklemmt. Kalter Schweiß tropfte aus jeder Pore und lief ihr in Strömen über den Leib. Eine Welle von Übelkeit überschwemmte sie, zum Teil ein Symptom der Krankheit, zum Teil aber auch psychische Reaktion auf das Gefühl in ihrem Körper. Nicht ihres eigenen Körpers, sondern dessen, was in ihm wuchs. Wie *Alien*-Eier.

Die Übelkeit der vergangenen Nacht überrollte sie wie eine Flutwelle. Sie fuhr zusammen, schwang sich so gut es ging aus dem Bett und torkelte ins Bad. Dabei schlang sie die Bettdecke fest um ihren Körper, weniger aus Schamhaftigkeit, wie sie feststellte, während sie sich über die Toilettenschüssel beugte, als vielmehr aus dem Wunsch heraus, ihren entstellten Körper zu verbergen. Daniel rannte hinter ihr her, stieß sinnlose Geräusche aus und hörte erst auf damit, als sie ihn anbrüllte. Er solle verschwinden. Sie endlich allein lassen. Sie käme schon zurecht, log sie ihn mit sich überschlagender Stimme an. Das Einzige, was sie wollte, war ihn loszuwerden. Er verstand und zog sich zurück.

Zehn Minuten später, die ihr wie ein Zehntel ihres Lebens erschienen – und wie viel davon mochte ihr noch bleiben? –, hatte sie sich wieder einigermaßen unter Kontrolle; trotz der bitteren Wahrheit, die der Badezimmerspiegel ihr zeigte. Sie stieß die Tür zum Schlafzimmer auf, erwartete fast, Daniel wie ein verzogenes Kind heulend auf dem Boden liegen zu sehen. Stattdessen saß er am Schreibtisch vor dem geöffneten Laptop.

»Ich ... ich musste irgendwas tun«, stammelte er.

Sie nickte nur. Sie zog die Decke enger um ihren Körper und stellte sich hinter ihn, schreckte dann aber wieder zurück.

»Ich sollte wohl besser Abstand halten.«

Instinktiv – wenigstens dieses eine Mal trog ihn sein Instinkt nicht, und er tat das Richtige – streckte er den Arm aus und nahm ihre Hand. Sie war kalt und feucht. Hätte er das schon früher merken müssen? Aber wie?

»Komm her. Stell dich nicht an. Ich bin entweder immun dagegen, oder diese komischen Pillen haben eine Art Schutzwirkung. So oder so ist es jetzt zu spät für halbherzige Maßnahmen.«

Sie nickte. Sogar ein kleines Lächeln gelang ihr.

»Diese Schweine!«, sagte sie.

»Alles ist meine Schuld«, sagte Daniel mit gesenktem Kopf und dumpfer Stimme. »Ich ... ich hatte Medikamente. Ich habe sie auch immer genommen. Ich habe einfach nicht daran gedacht, dass du sie auch brauchen könntest. Ist mir nicht mal in den Sinn gekommen. Ich glaube, ich habe die ganze Zeit nicht daran geglaubt, dass es wirklich echt ist. Du ... du musst dich bei mir angesteckt haben ... ich ... ich ...«

»Hör auf! So läuft das nicht. Du kannst überhaupt nicht

ansteckend sein, wenn du die Krankheit nicht selbst hast. Die einzige Möglichkeit ist, dass ich mich irgendwo anders angesteckt habe. Vielleicht in Ditchford. Die Ratten. Die Flöhe. Das ist der Beweis, dass sie wirklich die Überträger gewesen sein müssen. Der Beweis, den wir gesucht haben. Jetzt haben wir ihn gefunden. Wenn auch auf eine ziemlich beschissene Art und Weise.«

Wieder zitterte sie heftig. »Auf jeden Fall wird das eine Super-Story. – Wenn ich noch dazu komme, sie zu schreiben«, fügte sie nach längerem Schweigen hinzu.

Daniel sah zu ihr hoch und lächelte. Er hoffte inständig, dass es einigermaßen ermutigend wirkte. Zu gern hätte er ihr auch etwas Aufmunterndes gesagt, etwas, das sie ein wenig beruhigte. Dass sie nicht mit dem Schlimmsten rechnen müsse. Dass alles gut enden würde. Doch leider tat es das seiner Erfahrung nach nur in den seltensten Fällen.

Kapitel Sechsundvierzig

John Radcliffe Hospital, Oxford; Mittwoch, 24. Dezember, 10:00 Uhr

Stationsschwester Annie Craig streifte die Einmalhandschuhe von den Händen, lehnte sich gegen den glühend heißen Heizkörper an der Wand von Simon Redwhistles leerem Büro und tat etwas Unerhörtes: Sie zündete sich eine Zigarette an. Sie fühlte sich ausgelaugt, körperlich wie geistig. Sie war sich immer darüber im Klaren gewesen, dass der Pflegeberuf erhebliche Anforderungen an sie stellen würde. Von Beginn an war sie darauf vorbereitet, dem Tod ins Auge sehen zu müssen, menschliche Tragödien mitzuerleben. Aber nicht in diesem Ausmaß.

Die drei obersten Stockwerke des Krankenhauses standen mittlerweile unter strengster Quarantäne. Erreichbar waren diese Etagen nur noch mit zwei Aufzügen, die mit einem Spezialschlüssel bedient werden mussten. Alle nicht kritischen Patienten waren in andere Krankenhäuser außerhalb der Sperrzone verlegt worden. Alle Angehörigen des Pflegepersonals, die mit einem der Pestpatienten in Kontakt gekommen waren, durften das JR2 nicht mehr verlassen. Sie waren zwar alle mit einem Mittel geimpft worden, das angeblich einer Ansteckung vorbeugen sollte, aber niemand schien sich dessen hundertprozentig sicher zu sein. Vor allem, seit man sie angewiesen hatte, jeden Tag eine bestimmte Dosis Tetracyclin zu schlucken. Inzwischen war aus dem JR2 eine abgesperrte Insel inmitten eines Sperrgebiets geworden.

Die gesamte fünfte Etage diente jetzt als Notbehelfsquartier. Zwar war es nicht das erste Weihnachtsfest, das Annie Craig mit Arbeit im Krankenhaus verbrachte, aber es war mit Abstand das mit der wenigsten Festtagsstimmung. Und sie hoffte inständig, dass es nicht ihr letztes Weihnachten werden würde.

Wie viele Fälle gibt es wohl inzwischen?, überlegte sie. Über ein Dutzend Tote in weniger als vierundzwanzig Stunden. Noch nie war ihr eine Krankheit mit einer derart schnell eintretenden und beängstigend hohen Sterberate begegnet. Das erste Mädchen, das eingeliefert wurde, hatte geröchelt wie eine neunzigjährige Asthmakranke, die Haut bleich und fleckig, die geröteten Augen voller Tränen. Nach Aussage ihres Freundes waren nur vier Stunden vergangen, seit ein Betrunkener sie auf der Straße angeniest und sie mit Gott weiß was vollgespritzt hatte. Okay, mittlerweile wussten sie, was es war. Und zwar nur allzu gut. Das Mädchen war noch vor dem Abend gestorben. Und ihr Freund folgte ihr nicht viel später nach. Schwester Annie hätte so etwas kaum für möglich gehalten, wenn sie nicht selbst miterlebt hätte, wie aus dem quicklebendigen, kerngesunden Rajiv praktisch über Nacht eine kalte Leiche geworden war.

Miterleben zu müssen, wie Rajiv dieser Krankheit erlag, war die furchtbarste Erfahrung ihres ganzen Lebens gewesen. Sie wusste immer noch nicht genau, ob es daran lag, dass sie den Jungen gern gehabt hatte, oder an den entsetzlichen Symptomen und dem rasanten Fortschreiten der Krankheit. Oder vielleicht auch daran, dass sie durchaus die Nächste sein konnte.

Die Klinikleitung hatte das oberste Stockwerk zur Hochsicherheitszone erklärt. Ärzte und Schwestern betraten die Stationen nur in Schutzkleidung und mit Atemschutzgeräten. Das Luftfiltersystem des Krankenhauses war abgeschaltet worden, denn man wollte unbedingt vermeiden, dass Keime im Haus zirkulierten wie bei der Legionärskrankheit. Natürlich war es unmöglich, einzelne Stockwerke der Klinik wirklich hermetisch abzuriegeln. Aber man hatte zumindest alles versucht.

Der sechste Stock war Quarantäneschlafsaal. Dort hatte man die Männer und Frauen, die mit Infizierten in Kontakt gekommen waren, aber noch keine Symptome zeigten, in getrennten Räumen untergebracht. »Abflug-Lounge« hatte einer der jungen Pfleger die Etage getauft. Schwarzer Tod – schwarzer Humor.

Beim ersten Anzeichen von Atemproblemen wurde der Patient in die Liste der konkret Gefährdeten aufgenommen und auf eine Isolierstation ein Stockwerk höher verlegt. Erst nach dem vollständigen Ausbruch der Krankheit kam er auf die Station zu den anderen Sterbenden. Mittlerweile sprach man davon, dass das System von Isolierung und Therapie zu wirken beginne. Die Sterberate war »akzeptabel« und sank bereits. Trotzdem war sie immer noch erheblich höher, als Annie Craig es trotz all ihrer Erfahrung je für möglich gehalten hätte.

Die ganze Nacht hindurch waren die Krankenwagen im Einsatz gewesen. Noch bevor das erste Mädchen in die Leichenhalle gebracht worden war, hatte man alle Bewohner ihres Studentenwohnheims aufgesucht, viele von ihnen noch betrunken oder verkatert, und ihnen zehn Minuten gegeben, ihre Sachen zu packen. Es gab Streit, jede Menge Protestgeschrei und in einem Fall sogar eine Schlägerei mit einem Sanitäter. Erst als man ihnen erklärte, ihr Leben sei in ernsthafter Gefahr, waren einige bereit, freiwillig mitzukommen. Letzten Endes allerdings weigerte sich keiner wirklich. Was auch gut war, wie einer der Krankenwagenfahrer Annie erzählt hatte. Von Professor Redwhistle war die Anweisung gekommen, sich auf keinen Fall mit einem Nein abspeisen zu lassen. Und für den Fall, dass doch noch ein wenig mehr Nachdruck nötig gewesen wäre, warteten in diskretem Abstand einige Einsatzwagen der Polizei mit eingeschaltetem Blaulicht.

Vom gleichen Krankenwagenfahrer hatte Annie gehört, dass die Polizei die Leiche des »Patienten X« gefunden hatte, dem Mann, der aus der Klinik geflohen war. »X«, so ein Quatsch, hatte sie gedacht. Der Mann hatte Pirewski geheißen. Er war es gewesen, der sozusagen vor ihrer Nase entwischt war. Die Erinnerung an den Vorfall mündete unweigerlich in einen komplizierten Gedankengang über Verantwortung, dem sie lieber nicht bis ins Detail nachging. Es war nicht ihre Art, sich über eine Todesnachricht zu freuen, aber es fiel ihr schwer, speziell um diesen Kerl zu trauern. Den Grund für seine Flucht konnte sie beim besten Willen nicht verstehen. Aber die Folgen sah sie nur allzu deutlich vor sich.

Die, die da gestorben waren, waren beinahe noch Kinder gewesen. Sie hätten noch ihr ganzes Leben vor sich haben sollen. Stattdessen waren sie von einer grauenhaften Krankheit dahingerafft worden, die man seit Jahrhunderten für ausgerottet gehalten hatte. In Großbritannien zumindest. Der Professor und sein Gefolge schrieben zwar Lymphadingsbums in ihre Krankenberichte und sicher auch in die Vorträge, die sie später darüber halten würden – falls einer von ihnen überleben sollte –, aber die Symptome von Beulenpest waren kaum zu übersehen. Und obwohl der Ausdruck »schwarzer Tod« offiziell aus den hastig eingerichteten Stationen verbannt worden war, würde man den Mitarbeitern schon die Zungen herausreißen müssen, wollte man ihn auch aus der Kantine fernhalten. Sofern das Personal überhaupt Zeit hatte, um schnell einen Bissen hinunterzuschlingen.

Oder eine Zigarette zu rauchen, dachte sie. Komisch, nicht wahr?, hatte sie zu Mary Clarke gesagt, als sie nebeneinander an einem der Plastiktische auf die Plastikstühle sanken, komisch, dass selbst mitten in einer tödlichen Epidemie das Rauchverbot in der Klinik unantastbar bleibt. Als wäre das Lungenkrebsrisiko im Augenblick nicht ihre geringste Sorge!

Nur Redwhistle war bekennender Kettenraucher, schon

seit Jahren, und hatte darauf bestanden, dass sein Büro vom allgemeinen Rauchverbot ausgenommen werde. Sein ganzes Zimmer stank nach abgestandenem Rauch und war vermutlich der einzige Ort im gesamten Gebäude, wo eine entnervte Schwester ein paar Züge inhalieren konnte, ohne gleich entdeckt zu werden oder den Rauchalarm auszulösen. Annie zog gierig an ihrer *Benson and Hedges,* eine aus ihrem allerletzten Päckchen, mit dem sie äußerst sparsam umging. Natürlich gab es in der Klinik nicht einen einzigen Zigarettenautomaten. Nur eine Minute noch – dann würde sie sich wieder in den Kampf stürzen. Den Sterbenden beistehen.

In diesem Augenblick klingelte das Telefon. Annie schloss die Augen, bemühte sich vergeblich, das Geräusch einfach zu überhören. Noch ein weiteres Klingeln, und der Anrufbeantworter würde anspringen, während sie sich in den Flur verdrücken und so tun könnte, als sei sie nie im Zimmer gewesen. Aber Redwhistle war ein wichtiger Mann, und auch der Anruf könnte es sein. Und was hätte sie wohl getan, wenn sie das Klingeln von außen gehört hätte, auf ihrem Weg, den Flur entlang – wohl wissend, dass niemand im Büro war? Sie wäre hineingegangen und hätte abgenommen – das hätte sie getan. Oder? Jedenfalls tat sie es jetzt und hörte sich dabei fast wie ein Anrufbeantworter an:

»Büro Professor Redwhistle.«

Die Stimme am anderen Ende klang heiser und aufgeregt.

»Ist er da?«

»Wenn Sie den Professor meinen – er ist zurzeit sehr beschäftigt. Sie werden ...«

»Ich muss mit ihm reden. Sofort!«

»Tut mir Leid. Er ist bei einem Notfall. Sie müssen ...«

Die Stimme am anderen Ende der Leitung wurde plötzlich laut. Wütend, aber auch unsicher, gehemmt.

»Es ist wichtig! Sagen Sie ihm ... Sagen Sie ihm, hier ist der Freund von Rajiv Mahendra.«

Unwillkürlich hielt Annie den Atem an. »O, Sie sind ...?«, begann sie.

Doch ehe ihre Frage ganz heraus war, flog die Tür auf, und Redwhistle kam herein, begleitet von einem großen Mann in einem Blazer. In den letzten beiden Tagen hatte Annie diesen Mann schon zweimal mit Redwhistle zusammen gesehen – und das in einem angeblich für jeden Publikumsverkehr gesperrten Bereich. Der Professor wirkte völlig ausgelaugt, fand sie, so, wie er den Atemschutz vom Mund zog und sich mit der Hand über das zerfurchte Gesicht fuhr. Doch der Blick, mit dem er sie bedachte, als er sie mit dem Hörer in der Hand neben dem Schreibtisch stehen sah, erstickte jedes Gefühl von Sympathie sofort im Keim.

»Professor«, begann sie, wobei sie instinktiv den Hörer mit der Hand abdeckte. Aus einem unerfindlichen Grund flatterten plötzlich ihre Nerven. »Für Sie. Er sagt, es sei dringend.« Sie verzog das Gesicht in einer Gestik, die ›Was auch sonst?‹ ausdrücken sollte, und fügte hinzu: »Er behauptet, ein Freund von Rajiv zu sein ...«

Redwhistle hatte ihr den Hörer bereits aus der Hand genommen. »Danke, Schwester. Ich brauche Sie jetzt nicht mehr. Gehen Sie doch auf die 7c, da haben sie alle Hände voll zu tun!«

»Natürlich.«

Arschloch! Als ob sie nicht genau wüsste, wo sie gebraucht wurde! Auf jeder einzelnen Station! Jeder hier hatte alle Hände voll zu tun. Und mehr! Vielleicht sollte sich ja jeder einen dritten Arm wachsen lassen, dachte sie sarkastisch. Oder ein zweites Paar Beine, wenn wir schon dabei sind!

Sie drehte sich auf dem Absatz um und rauschte durch die Tür. Nur einen winzigen Moment lang war sie versucht, stehen zu bleiben, um wenigstens den Anfang des Telefonats mitzubekommen. Aber Redwhistle wartete, bis die Tür ins Schloss fiel, ehe er die Hand vom Hörer nahm und zu sprechen begann.

Am anderen Ende der Leitung, in dem kleinen Raum in Jericho, oben am Ende der Treppe, wo Therry Moon sich stumm in ihrem Bett hin und her wiegte, hatte Daniel Warren Mühe, seine Wut zu unterdrücken. Darüber, dass er zu warten gezwungen wurde. Darüber, dass er nichts als unverständliche, erstickt klingende Laute hörte. Dann war sie endlich da, die kalte, verbissene Stimme: »Simon Redwhistle.«

Daniel atmete tief ein. Am liebsten hätte er den Mann angebrüllt. Aber er wusste, dass das nicht die richtige Taktik war.

»Mein Name ist Daniel Warren. Der Freund von Rajiv Mahendra. Wir haben uns neulich kurz vor dem Krankenhaus getroffen.« Als Sie mir am liebsten ins Gesicht gespuckt hätten, fügte er im Stillen hinzu.

»Ich weiß, wer Sie sind«, kam die Antwort, unmittelbar, ohne ein Zögern, was Daniel überraschte.

»Wir wissen alles über Sie«, forderte er Redwhistle heraus.

»Wirklich?«

»Wir müssen reden. Uns treffen. Hier bei mir ist ein krankes Mädchen. Wirklich sehr krank. Und ... Sie sind schuld daran.« Die Worte waren Daniel herausgerutscht, ohne dass er darüber nachgedacht hätte. Es war eigentlich nicht das, was er hatte sagen wollen. Das, was er dachte, dass er hätte sagen müssen. »Ich glaube ... wir brauchen ...«, stammelte er.

»Schluss jetzt, Mr. Warren«, befahl Redwhistle barsch. »Die Leitungen hier sind nicht abhörsicher. Und ich denke, Sie wissen den Wert von Sicherheit zu schätzen.«

»Sicherheit? Ja, äh, nein – warten Sie, was wollen Sie ...?«

»Geben Sie mir Ihre Nummer! Ich rufe zurück. Innerhalb der nächsten fünf Minuten. Versprochen.«

»Was?« Daniels Gedanken rasten. Was für ein Spiel spielte der Kerl mit ihm? Es musste etwas für Therry getan werden, und zwar schnell. Konnte er dem Kerl überhaupt trauen? Würde er tatsächlich zurückrufen?

»Die Nummer, Mr. Warren. Nun machen Sie schon!«

Daniel diktierte Zahlen, die er von Therrys Telefon ablas. »Hören Sie, Redwhistle, Sie müssen unbedingt ...«

Aber was immer Simon Redwhistle zu tun hatte, er ließ es sich von einem Daniel Warren nicht vorschreiben. Die Leitung war tot.

Daniel starrte so ungläubig auf den Hörer, als bedeute das plötzliche Schweigen in der Leitung den kompletten Zusammenbruch der globalen Kommunikation. Aber schon Sekunden später erwachte die Technik in seiner Hand zu neuem Leben. Daniel drückte den grünen Abnahmeknopf und hörte Redwhistles unverkennbare Stimme; sie klang geringfügig undeutlicher als zuvor.

»Mr. Warren, ich glaube, wir sollten uns treffen.« Daniel

war jetzt völlig perplex. Das hätte eigentlich sein Text sein müssen.

»Wir wissen alles. Das habe ich Ihnen ja schon gesagt. Alles«, sagte er lahmer, als ihm lieb war.

»Richtig. Das sagten Sie bereits. Ich habe zwar keine Ahnung, was Sie damit meinen, aber ...«

»Alles über Sie. Über Porton Down«, platzte Daniel heraus und war sich im selben Augenblick darüber klar, dass er damit das Spiel aus der Hand gegeben hatte.

»Über Por...«

Daniel konnte ein Grinsen nicht unterdrücken, als er die Überraschung in der sonst so beherrschten Stimme des Professors hörte. Trotzdem war ihm klar, dass er zu weit vorgeprescht war. Das Überraschungsmoment bei einem Treffen von Angesicht zu Angesicht war nun dahin.

»Hören Sie, eins nach dem anderen, meinen Sie nicht? Sie sagten eben, Ihre Freundin sei krank. Haben Sie schon etwas unternommen?«

Daniel schluckte, dann sagte er Redwhistle die Wahrheit: »Nein, nichts. Bis jetzt. Wir wollten eigentlich ...« Den Krankenwagen rufen? Therry im Hinterhof begraben? Nur einfach dasitzen und Rotz und Wasser heulen? Was genau hatten sie eigentlich tun wollen?

»Wie kritisch ist ihr Zustand?«

»Sehr kritisch. Glaub ich.«

»Herrgottnochmal, tun Sie doch mal etwas anderes als nur glauben! Keucht sie? Hustet sie? Seit wann hat sie Schüttelfrost? Hat sie Kopfschmerzen?«

Daniel registrierte, wie er Therrys Symptome zu beschreiben begann, die Abfolge ihres Auftretens; wie er sich zu erinnern versuchte, wann Therry auf dem Weg über Port Meadow zum ersten Mal davon gesprochen hatte, dass sie fror; wann sie ihre Kopfschmerzen zum ersten Mal erwähnt hatte. Und er bemühte sich krampfhaft, das alles in einen zeitlichen Zusammenhang zu bringen.

Aber die ganze Zeit über brodelte es in ihm. Was zum Teufel tat er da eigentlich? Erwartete er ernsthaft Hilfe von dem Mann am anderen Ende der Leitung? Daniel war überzeugt, dass Simon Redwhistle nicht nur in eine betrügerische Immobilientransaktion verwickelt war, die sich nachträglich als Katastrophe entpuppt hatte und jetzt so gut wie möglich vertuscht werden musste. Hinter seiner Verbindung zu Geoffrey Martindale steckte noch etwas anderes. Irgendwie, und dessen war sich Daniel ganz sicher, war Redwhistle verantwortlich für den Ausbruch der Epidemie.

»He, warten Sie mal! Hören Sie«, begann er, obwohl er immer noch nicht genau wusste, was er eigentlich sagen wollte, »so läuft das nicht, so darf das nicht laufen! Sie sind doch schuld an allem. Sie allein. Und Sie wissen das, Sie wissen das genau! Wenn sie stirbt, dann verspreche ich Ihnen, wird die ganze Welt es erfahren!«

»Und wenn sie nicht stirbt?«

»Was soll das denn heißen? Sie Scheißkerl! Wollen Sie mich unter Druck setzen?«

Redwhistles Stimme war ernst, drängend.

»Machen Sie sich nicht lächerlich, Mann! Hören Sie mir einfach mal zu. Es gibt eine winzige Chance, dass ich das Leben des Mädchens retten kann.«

Kapitel Siebenundvierzig

Oxford, Stadtmitte; Mittwoch, 24. Dezember, 11:30 Uhr

Die Luft war kalt und unnatürlich still. In Daniel Warrens morbider Vorstellung schien sie wie der Atem zahlloser Leichen. Und aus den leeren weißen Straßen schienen nicht nur die Menschen und alle Geräusche evakuiert, sondern auch jegliche Erinnerung an diese. Alles wirkte wie in ein Leichentuch gehüllt.

Therry und Daniel irrten durch das unheimliche Vakuum, wild entschlossen, sich nicht bis zum letzten, schmerzlichen Augenblick zur Untätigkeit verdammen zu lassen. Wie Gespenster mit bleiernen Füßen schleppten sie sich, eng aneinander geklammert, vorwärts. Am Ende der Beaumont Street kamen sie am Schauspielhaus vorbei. Quer über dem Plakat, das das traditionelle Weihnachtsspiel ankündigte, klebte ein breiter, weißer Streifen mit der Aufschrift: ›Entfällt‹. Dieses Jahr würde *Rotkäppchen* ausfallen; der große, böse Wolf streunte draußen durch die Straßen. Unsichtbar, stumm und gierig nach Beute.

Selbst an der Kreuzung Beaumont Street und Cornmarket, wo sich normalerweise Fußgänger und Radfahrer einen täglich wiederkehrenden Kampf mit Abgas speienden Bussen lieferten, herrschte tiefste Stille. Totenstille. Ein rauer Schrei ließ sie beide zusammenfahren. Der Schrei einer Krähe. Das große, schwarze Geschöpf mit unruhig hin und her wandernden Ebenholzaugen saß mitten auf der schneebedeckten Straße wie auf einem winterlichen Feld und maß Therry und Daniel mit Geringschätzung im Blick. Kein Aas für den Speiseplan. Noch nicht.

Am Cornmarket sah es für die Vögel schon eher nach einer Mahlzeit aus. Auf den Stufen von St. Michael's hatte sich eine Schneewehe aufgetürmt und zeichnete die Linie zweier hingestreckter menschlicher Körper nach. Die Penner. Der Abschaum der Stadt, den man in der Gosse verrecken und auf dem Pflaster verrotten ließ. Bis die Vögel ihre Leichen zerpflückten? Oder die Ratten? Daniel erschauerte. Nichts zog Ratten so sehr an wie Leichen. Und nichts verbreitete Krankheiten schneller und wirksamer als eine umherwandernde Rattenhorde, jedes einzelne Tier seinerseits von einer wandernden Horde Flöhe befallen, jedes einzelne Exemplar seinerseits Überträger von *Yersinia pestis,* dem ältesten und tödlichsten Feind der Menschheit.

Er umklammerte Therry noch fester und überlegte, ob es nicht vielleicht doch ein Fehler gewesen war, loszugehen. Jeder Schritt verursachte ihr sichtlich Schmerzen. Die Art, wie sie versuchte, mit gespreizten Beinen zu gehen, geradezu watschelnd, wirkte tragisch und komisch zugleich. Krankheiten nehmen keine Rücksicht auf Menschenwürde. Waren die Penner tatsächlich tot oder nur sturzbetrunken? Daniel meinte, eine Bewegung gesehen zu haben. Und fuhr zusammen, als einer der Männer mit dem Grinsen eines Verdammten im Gesicht den Kopf hob. Ein widerlich lüsterner Blick aus einem ungepflegten, schneeverkrusteten Gesicht, die Zunge aus dem Mund hängend. Daniel schleifte Therry mit sich, um so schnell wie möglich wegzukommen – außer Sichtweite, außer Reichweite dieser Schreckensgestalt.

Er hörte etwas, das wie ein Lachen klang, aber ohne jeden Humor darin, und versuchte noch schneller zu flüchten. Erst als sie mehrere Meter entfernt waren, wagte er, einen Blick über die Schulter zu werfen. In seinen Ohren dröhnte Gelächter, gefolgt von etwas, das er unter anderen Umständen vielleicht für den grölenden Gesang von Betrunkenen gehalten hätte.

Beide Männer waren jetzt aufgestanden. Beide hatten eine Flasche in der Hand und lehnten sich aneinander. Wie Leprakranke. Mit den Flaschen fochten sie, wie Kinder mit Gummischwertern, eine Art Scheinkampf aus, bis das Glas zerbrach. Dabei johlten sie Worte aus einer anderen Zeit, die doch immer noch im Bewusstsein des Volkes verankert waren: »Her mit den Toten, her mit den Toten, her mit den Broten. Einen Penny für den toten Kerl. Billig zu haben, Mister, das Leben ist billig zu haben.« Ein abgebrochener Flaschenhals fegte über Daniels und Therrys Köpfe hinweg. Daniel duckte sich. Das Wurfgeschoss zerbarst an der ehrwürdigen Steinmauer der Bodleian Library. Therry verkrampfte sich in Daniels Armen. Fast musste er sie tragen. Aber wohin? Und warum? Hatte Redwhistle gelogen, als er davon gesprochen hatte, er könne sie vielleicht retten? Warum hätte er die Wahrheit sagen sollen?

Sie schleppten sich weiter. Über die absurd goldene Grandeur des Radcliffe Square mit seiner hohen Kuppel und den weiß betupften Zinnen vor einem blauen Himmel, der allmählich seine morgendliche Klarheit verlor und in konturloses Grau überging. Die alte New College Lane hinunter, an der historischen Scheune und den hohen Wehrmauern vorbei zur Queens Lane und von dort zur Longwall Street. Daniel hatte einen Schlüssel zu der kleinen Tür, die in das wuchtige Holztor eingelassen war. Sie wollten nicht mehr Aufmerksamkeit erregen, als unbedingt notwendig war.

Doch sie hatten ja keine Ahnung.

Daniel schloss das Törchen so leise wie möglich. Trotzdem schien das schwache Klicken durch die Longwall Street zu hallen, als hätte er laut gerufen. Doch falls jemand es gehört haben sollte, schien niemand bereit, darauf zu reagieren. So ist das wohl in Pestzeiten, dachte Daniel.

Ein Pfad führte vom St. Swithun's Quad am Wildpark vorbei zu einer großen Platane und weiter über die welken, gefrorenen Rasenflächen, die sich feierlich vor den New Buildings erstreckten. Dort drüben rechts befand sich Daniels Zimmer mitsamt dem Versprechen von Normalität: seinen Sachen, seiner kalifornischen Kleidung – all den Dingen aus einem anderen Leben. Und daneben war das Bibliotheksfenster, von dem aus er zugesehen hatte, wie der Schatten einer dunklen Wolke die Erde verschlang. Nur einen Tag, ehe er hatte erfahren müssen, dass so etwas wie Normalität eine reine Lüge war.

Er sah Therry an und drückte ihren Arm. Das alte Mauerwerk, das ihm immer als Sinnbild der Sicherheit erschienen war, weil es den Fortbestand der Vergangenheit garantierte, kam ihm nun plötzlich allzu vergänglich vor, der endgültige Verfall nur durch endlose Restaurierung hinausgeschoben.

Leise, als hätten sie Angst, entdeckt zu werden – und genau davor fürchtete Daniel sich tatsächlich, wenn er ehrlich war –, schlichen sie über das knirschende Gras auf den Säulengang zu. Irgendwo dort oben, in Zimmer 6 am Aufgang Nummer 3, wartete hinter geschlossenen Fensterläden ein Mann, der die Antworten kannte. Zumindest einige. Ein Mann, der, wenn Daniel sich nicht irrte, eine Menge auf dem Gewissen hatte.

Kapitel Achtundvierzig

Oxford; Mittwoch, 24. Dezember, 11:56 Uhr

Dr. Simon Redwhistle verließ das JR2 um die Mittagszeit, um die kurze Strecke zum Magdalen zu fahren. Neben ihm saß Neal Faversham. Vor dem Krankenhaus standen einsatzbereite Krankenwagen, mindestens ein Dutzend. Ein paar Männer vom Bereitschaftsdienst in Sanitätergrün kickten Steinchen durch den Schnee. Erstaunlich viele von ihnen rauchten. Die Glut ihrer Zigaretten war der einzige Hinweis auf Wärme in der klirrend kalten Luft.

Die Straßen, in denen sich normalerweise der Verkehr staute, waren still und leer. Redwhistles kleiner MG war das einzige Fahrzeug weit und breit, das sich bewegte. Hier und da, an wichtigen Kreuzungen, standen Land Rover der Polizei und hinter ihnen, höchst auffällig in ihren Tarnfarben, Fahrzeuge der Armee als deutlich sichtbare Rückendeckung. Die absolut unnötig war. Alle Haustüren blieben geschlossen, Vorhänge zugezogen, Rollläden heruntergelassen. Falls wirklich Panik herrschte, so zeigte man sie nicht. Dieser durchaus repräsentative Teil der englischen Bevölkerung hatte der Welt den Rücken zugekehrt und sich von stummen Ängsten und lärmenden Fernsehern betäuben lassen – doch diesmal war die Realitätsflucht vollends entschuldbar.

Faversham machte sich Sorgen. Die Chancen standen nicht so gut, wie ihm lieb gewesen wäre. Er spielte ein gewagtes Spiel, das sich ausschließlich auf Vermutungen gründete. Nämlich dass Hammerstein sich tatsächlich hier herumtrieb. Dass er wie vorhergesagt immer näher kam. Und dass die Falle über ihm zuschnappen würde. Favershams Männer jedenfalls waren bereit. Sie hielten Ausschau und warteten. Der Köder war ausgelegt.

Lange bevor Daniel Warren die New Buildings und den Aufgang Nummer 3 erreichte, hatte er sich bereits die schrecklichsten Szenarien aufs Lebhafteste ausgemalt. Therry Moon klammerte sich an ihm fest. Jede Bewegung verursachte ihr Schmerzen, und sie war kaum in der Lage, ein ständiges Wimmern zu unterdrücken. Mit Mühe bugsierte Daniel sie die Holztreppe hinauf. Jeder Schritt hallte laut unter ihren Füßen wider.

Gerade hatte er die dritte Etage erreicht und die Tür gefunden, über der Redwhistles Name weiß auf schwarzem Grund stand, da öffnete sich die Tür, als hätte man ihn erwartet.

»Bringen Sie sie rein«, sagte Redwhistle, als ginge es um eine Warenlieferung.

Im Zimmer befanden sich noch drei weitere Männer. Zwei von ihnen hatte Daniel nie zuvor gesehen: ein großer, jugendlich wirkender Schwarzer und ein Mann mittleren Alters, der wie ein Don aussah. Der Dritte, so erkannte Daniel mit wachsender Einsicht in das Unvermeidliche, war der Japaner, der ihm bei ihrem letzten Treffen in einer eiskalten Scheune eine Schusswaffe vor die Nase gehalten hatte.

»Wieso ...?«

»Vergessen Sie's«, meinte Redwhistle knapp. »Legen Sie das Mädchen dort hin. Auf die Chaiselongue.«

Daniel blinzelte verdutzt, ehe er feststellte, dass der Professor von einer Antiquität im französischen Empire-

Stil sprach. Zwar hatte Napoleon wohl nie darauf gesessen, aber Wellington vielleicht schon. Daniel sah sich um. Er registrierte den schäbigen College-Anstrich, der die exquisite Wandvertäfelung überdeckte, die antiken Uhren auf dem marmornen Kaminsims, deren Acht-Tage-Laufwerke aus Messing sich unter Glashauben drehten, und die dunklen Gevierte der Fenster, die sich auf den Wildpark drei Stockwerke tiefer öffneten. Wie so oft in den Unterkünften lediger Oxford-Dons vermittelte das prunkvolle Interieur eine unglaubwürdige Vornehmheit, die in diesem Falle durch die Reflexe im hochglanzpolierten Silber eines Spiegels aus dem 18. Jahrhundert über dem unbenutzten Kamin noch gesteigert wurde.

»Einen Augenblick. Das ist ... wie hat sie ...? Bei diesem Mädchen ist die Pest noch im Beulenstadium. Wie hat sie sich infiziert?«

»Vermutlich über Ratten. Rattenflöhe, draußen in Nether Ditchford ...« Daniels Stimme versagte, als er bemerkte, wie wenig seine Aussage mit den Vorwürfen zu tun hatte, die ihm auf der Zunge brannten.

»Reden Sie keinen Unsinn!«, schnitt Redwhistle ihm das Wort ab. »Was zum Teufel ist denn das?« Argwöhnisch betrachtete er den provisorischen Verband, den sich Therry um die Schnittwunde an ihrem Bein gewickelt hatte. Sie hatte ihn wechseln wollen, es in Anbetracht der Umstände aber wohl vergessen. Mit einer Schere zupfte Redwhistle behutsam daran herum.

»Mein Gott!«, platzte er heraus, als er den Stofffetzen mit der Schere beiseite gezogen hatte. »Wo um alles in der Welt haben Sie das denn her?«

Daniels Herz setzte einen Augenblick lang aus, als er den mittlerweile arg verschmutzten, Blut verschmierten und zerrissenen Mundschutz erkannte, den er bei seinem schicksalhaften Besuch am Krankenbett des Mannes getragen hatte, der angeblich Charlie Atkins hieß. Therry hatte ihm an diesem Tag die Maske vom Gesicht gezogen und achtlos in ihre Tasche gestopft. Und in eben dieser Tasche hatte sie in Ditchford das vergessene Stück Stoff wieder gefunden und es um ihr verletztes Bein gewickelt. Den Pesterreger um eine offene Wunde gewickelt. Ohne die geringste Ahnung, was sie da tat. Und Daniel hatte es noch nicht einmal bemerkt. Er musste sich am Tisch festhalten.

»Wie auch immer«, sagte Redwhistle. »Auf jeden Fall bedeutet es, dass ihre Chancen steigen. Lungenpest wäre erheblich schlimmer gewesen. Aber das hier wird ihr ziemlich sicher helfen.« Er krempelte ihren Ärmel hoch, tastete nach einer Vene und machte sich bereit, eine klare Lösung zu injizieren.

»Warten Sie!«, schrie Daniel. »Woher soll ich wissen, ob ich Ihnen trauen kann?«

»Haben Sie eine Alternative?«

Hilflos sah Daniel zu, wie die Spritze sich in Therrys Arm entleerte. Das Mädchen auf der antiken Chaiselongue zeigte mit keiner Regung, dass es den Einstich überhaupt gespürt hatte. Wie zerbrechlich sie wirkt, dachte Daniel und kniete sich neben sie. Er musste sich heftig auf die Unterlippe beißen. Wie zerbrechlich sind wir doch.

Der große Schwarze ging zu Daniel und legte ihm eine Hand auf die Schulter. »Keine Sorge, Kleiner. Unser Doc hier ist ein guter Mann. Er weiß genau, was er tut.«

Etwas Falscheres hätte er nicht sagen können. Mit einem Mal kochten Daniels Emotionen über. Er dachte an die Beulen in Therrys Leisten, an seine Mutter, die einsam und weit weg gestorben war, weil sie ebenfalls einen Pestkranken gepflegt hatte. Er dachte an Rajiv, der zusammengebrochen und im Dienst gestorben war. Und bei alledem spielten diese Leute hier Gott! Denn das hatten sie doch die ganze Zeit getan, oder? Oder nicht?

Wütend fuhr er herum und fegte die Hand des Amerikaners von seiner Schulter. Die Jacke des Mannes klaffte auf und ließ ein Pistolenhalfter sehen. Plötzlich wusste Daniel, was er zu tun hatte. Er trat dem Amerikaner so fest er konnte zwischen die Beine, und als der große Mann zurücktaumelte, griff Daniel hektisch nach der Waffe.

So weit kam er gar nicht. Ein heftiger Schlag gegen die Schläfe streckte ihn auf dem Teppich nieder und schleuderte ihm die Brille von der Nase. Mit heftig schmerzendem Schädel blinzelte er die verschwommene Gestalt an, die er für einen Akademiker gehalten hatte und die sich nun, nur wenige Zentimeter von seinem Gesicht entfernt, die Fingerknöchel rieb.

»Vergiss es, Jungchen!«, sagte der Mann in tadellosem Oxford-Englisch.

»Danke, Neal.« Der große Amerikaner rieb sich mit schmerzverzerrtem Gesicht die Weichteile, wie Daniel feststellte, während er vorsichtig nach seiner Brille tastete. »Aber geh nicht zu hart mit ihm um. Der Kleine ist ein bisschen sauer!«

»Ich bin mehr als ein bisschen sauer«, stieß Daniel hervor. Sollten sie ihn doch windelweich prügeln, genug war genug! »Ich will jetzt endlich ein paar Antworten«, versuchte er zu brüllen. Aber als die Worte aus seinem Mund kamen, klang es fast wie ein Schluchzen.

»Ja«, sagte Redwhistle. Er hatte sich wohlweislich aus den Handgreiflichkeiten herausgehalten. »Ich glaube, Sie haben ein Recht darauf. Wo sollen wir anfangen?«

Kapitel Neunundvierzig

Dach der New Buildings, Magdalen College, Oxford; Mittwoch, 24. Dezember, 12:25 Uhr

Er kroch tief gebückt über das Dach. Nicht etwa, weil er Höhenangst hatte oder sich vor dem Abrutschen fürchtete. Neben der regelmäßig einmal jährlich stattfindenden Wehrübung beim *Schützenverband*, der schweizerischen Armee, hatte seine Kindheit im Hochgebirge dafür gesorgt, dass er trittsicher wie eine Gämse war. Nein, Harald Hammerstein kroch über das Dach, weil er genau wusste, dass er ansonsten eine prächtige Zielscheibe abgeben würde.

Er hatte die Scharfschützen längst entdeckt. Mehr schlecht als recht getarnt, hockten sie in Verstecken, die nur sie für solche hielten: in den Schatten des Kreuzgangs, in den dunklen Ecken der Säulenhalle und hinter den Fenstern des Häuschens unten am Mühlbach, am Rand des College-Geländes. Er hatte mitgehört, wie sie über Funk schlecht verschlüsselte Nachrichten austauschten, und wusste, dass zwei von ihnen als Pförtner verkleidet im Torhaus am Eingang zur High Street saßen, obwohl das Haupttor des Colleges eigentlich verschlossen war.

Ihm war auch aufgefallen, dass sie nur sehr selten nach oben schauten. Trotzdem wäre es töricht gewesen, sich nur auf sein Glück zu verlassen. Selbstverständlich war das ganze Leben ein Glücksspiel. Aber immerhin war es ein Spiel, in dem man die Chancen kalkulieren, wenn auch nicht immer manipulieren konnte.

Es gab immer noch die Möglichkeit, dass er in eine Falle

tappte. Er war auch nicht hundertprozentig sicher, ob Redwhistle wirklich das hatte, wonach er suchte. Doch er war recht zuversichtlich, ihn zumindest dazu bringen zu können, ihm zu verraten, wo es sich befand.

Wichtig war einzig und allein, dass er wusste, dass man auf ihn wartete. Dass man nach ihm fahndete, ohne zu wissen, dass er sich längst mitten in ihrem Netz aufhielt. Das allein würde reichen, die Chancen zu seinen Gunsten zu beeinflussen. Immerhin hatte er seine Lebensversicherung griffbereit. Er sah auf die Uhr und warf einen prüfenden Blick gen Himmel. Das Wetter verschlechterte sich zusehends. Am Horizont zogen dunkle Wolken auf.

Jeder, der glaubte, er könne Harald Hammerstein so einfach in die Falle locken, gab sich Wunschträumen hin. Und diesmal waren sie besonders wild. Trotzdem würden sie das Gebäude nicht aus den Augen lassen. Es ist alles eine Frage der Schnelligkeit, dachte er, während er ein Kletterseil abrollte und an den Zinnen der Brüstung verankerte. Dank des Überraschungseffekts lag der Vorteil auf seiner Seite.

Kapitel Fünfzig

Magdalen College, Oxford; Mittwoch,
24. Dezember, 12:15 Uhr

Es ist nicht der schwarze Tod, oder?« Die Worte kamen Daniel nur mühsam über die Lippen.

»Das hängt davon ab, was Sie damit meinen.«

»Hören Sie endlich auf, Spielchen mit mir zu spielen! Sie

wissen ganz genau, was ich meine! Das ist kein Bakterium, das Hunderte von Jahren in einer Art Winterschlaf verbracht hat, oder?«

»Ich dachte, Dr. Gover hätte Ihnen bereits gesagt, dass so etwas unmöglich ist.«

»Doktor ...?« Du liebe Zeit! Wie lange beobachteten diese Leute sie schon?

»Es ist künstlich, oder? Eine von diesen gottverdammten biologischen Waffen, die eure verrückten Wissenschaftler in Porton Down zusammengeköchelt haben. Sind die Typen da vielleicht so was wie *›Men In Black‹*?« Daniel deutete so spöttisch wie möglich auf den Amerikaner und den professoral wirkenden Engländer, der ihn so unerwartet hart geschlagen hatte.

Redwhistle folgte seinem Blick, als suche er Bestätigung.

»Die beiden Gentlemen, deren Bekanntschaft Sie unbedingt in dieser recht körpernahen Art und Weise machen wollten, und Mr. Takahashi, den Sie, soweit ich informiert bin, bereits kennen gelernt haben, gehören den Geheimdiensten ihrer jeweiligen Länder an. Ich möchte hinzufügen, dass wir in einem Fall wie diesem wirklich glücklich über ihre Anwesenheit sein dürfen.«

Daniel probierte ein höhnisches Grinsen. »Und warum? Um eine beschissene, gottverdammte biologische Drecks-Waffe zu schützen?«

»Es handelt sich tatsächlich um eine Waffe.« Redwhistles Stimme klang so unerschütterlich wie eh und je. »Aber nicht um eine der unseren. Sie stammt von der anderen Seite.«

»Welcher anderen Seite?«

»Von den Russen. Im Prinzip hatten Sie gar nicht so

Unrecht mit Ihrer Vermutung über den schwarzen Tod. Diese kleine Scheußlichkeit ist näher damit verwandt als alles andere, was im letzten halben Jahrtausend über die Menschheit gekommen ist.«

»Aber man hat sie nicht ausgegraben. Sie haben doch gesagt, es wäre nicht ...«

»Ist es auch nicht. Das bedeutet aber nicht, dass keine enge Verwandtschaft besteht. Die schwarzen Ratten waren bei uns in Europa nur der Hauptüberträger. Aber die Pest stammt nicht von hier. Und es ist auch nicht Europa, wo sie nach wie vor heimisch ist.«

»Der Ferne Osten. China?«

»Nicht ganz. Aber die Chinesen sind genau wie wir daran interessiert, diese leidige Geschichte aus dem Weg zu räumen. Ich spreche von Sibirien. Vom sibirischen Murmeltier, um ganz genau zu sein. Auch das hat ihnen Dr. Gover bereits erzählt, soweit ich informiert bin. Vermutlich die weltgrößte Ansammlung potenzieller Überträger von Beulenpest-Erregern. Auf jeden Fall die fruchtbarste. Aus irgendeinem Grund erkranken die Murmeltiere seltener an der Pest als andere Spezies, das heißt also, die Bakterien dezimieren ihren wichtigsten Zwischenwirt nicht. Das ist fast einzigartig auf der Welt.«

»Und das bedeutet?«

»Das bedeutet, dass die Russen – damals noch die Sowjets – über ein gebrauchsfertiges, von der Natur eingerichtetes Rohstofflager verfügen. Alles Weitere, wie die Bakterien zu züchten und sie so zu vermehren, dass sie als Waffe nutzbar werden, ist letztendlich nur noch eine Frage der politischen Grundhaltung und eines moralischen Vakuums.«

»Aber was zum Teufel ...?«

»... hat es hier zu suchen? Nun, wir passen auf sie auf. Oder haben es zumindest getan. Nicht sehr erfolgreich, das muss ich zugeben. Sie dürfen mir ruhig glauben, dass ich darüber ebenso aufgebracht bin wie Sie.«

»Aber Sie haben in Porton Down gearbeitet. Dem Zentrum für Biowaffen!«

»Das stimmt zwar, aber ihr Amerikaner neigt dazu – tut mir Leid, Jerry –«, der große Amerikaner wischte die Bemerkung mit einer Handbewegung beiseite, »nicht die ganze Wahrheit zu sehen. Die DERA hat auch andere Aufgaben. Einige davon haben tatsächlich mit Verteidigung zu tun, was Sie wohl kaum überraschen wird. Und ja, es stimmt, ich habe mich tatsächlich mit der Beulenpest beschäftigt und ihr Potenzial als Biowaffe untersucht. Nicht, weil wir sie produziert hätten, sondern weil wir wussten, dass die anderen sie hatten. Wir haben an einem Impfstoff gearbeitet. Mit Erfolg, wie die Anwesenden hier dankbar bestätigen werden; allerdings gibt es diesen Impfstoff nur in sehr begrenzten Mengen. Auf Dauer und mit erheblich mehr Geldmitteln wäre es sicher möglich gewesen, in die Massenproduktion einzusteigen. Aber da war schon alles vorbei. Der Kalte Krieg war vorüber. Damit wurde es deutlich sinnvoller, die Bestände des ehemaligen Feindes aufzukaufen. Das war erheblich billiger, als ein Vermögen dafür auszugeben, uns vor einer Bedrohung zu schützen, die wir so ganz einfach vernichten konnten.«

»Wir haben ... Sie haben ... es *aufgekauft*?«

»Nicht wir. Sie, wenn man es genau nimmt. Jedenfalls Ihre Regierung. Washington. Meine hatte nicht genügend Geld. Unglücklicherweise hatte Ihre nicht genügend Mumm. Oder Integrität.«

»Mal langsam, Professor«, warf der Amerikaner ein.

»Aber ich verstehe immer noch nicht, warum das Zeug jetzt hier ist.«

»Aber ich.« Die Stimme klang ruhig, wenn auch schwach. Sie kam von dem Chaiselongue in der Ecke. Therry Moon hatte die Augen einen Spalt weit geöffnet.

»Wir dürfen die verdammte Gepäckaufbewahrung spielen, nicht wahr, Professor? Die Yankees haben das Zeug zwar gekauft, aber haben es sich mit dem Vernichten dann anders überlegt. Man weiß ja nie, ob der ekelhafte Biokram nicht noch einmal nützlich sein könnte. Umso besser, wenn er im Ausland aufbewahrt wird. Unter der Aufsicht einer einfältigen Regierung, die tut, was man ihr sagt, und wo Pressefreiheit keinen Vorrang vor einem Gesetz über Landesverrat und Gefährdung der äußeren Sicherheit hat, so ist es doch?«

Redwhistle wirkte peinlich berührt. »So *war* es während der Amtszeit der letzten Regierung.«

Daniel hörte ein Schnauben hinter sich, mehr hatte Therry nicht zu sagen. Aber jetzt setzte sich auch für ihn das Puzzle zusammen.

»*Cerberus.* Spezialfirma für Gefahrgutlagerung. Martindale.«

»In etwa«, bestätigte Redwhistle. »Geoffrey Martindale ist ein Vollidiot. Hätte er auch nur halb so viel Gehirnzellen übrig, wie er glaubt, Spermatozoen zu besitzen, wäre die Welt um einiges besser und sicherer. Ich fürchte nur, dafür bräuchten wir allerdings ein neues Programm zur Genforschung, da wir weder ein Gesetz gegen Leute seiner Couleur erlassen können noch gegen die Exzesse von deren hyperaktiver Libido.«

»Aber was hat das mit Ditchford zu tun? Mit der Baustelle? Den Aushubarbeiten am alten Friedhof?«

Hinten im Zimmer lachte der Amerikaner laut auf. Daniel hatte den Eindruck, dass auch Mr. Takahashis Augen verräterisch blitzten. Ansonsten saß der Japaner still und ruhig auf seinem Stuhl, als sei er lediglich ein geduldeter Zuschauer. Redwhistle hingegen war eindeutig aufgebracht.

»Vergessen Sie Ditchford! Es ist purer Zufall, dass eine von Martindales Gesellschaften ausgerechnet da baut. Beziehungsweise war es, bis er in seiner Panik den Einfall hatte, die Baustelle zu benutzen, um zu vertuschen, wo McCormack wirklich gearbeitet hat. Keiner von uns – noch nicht einmal ich selbst – wäre auf die Idee gekommen, dass irgendjemand eine völlig an den Haaren herbeigezogene Verbindung zu einem Friedhof aus dem 14. Jahrhundert herstellen und dabei der Wahrheit gefährlich nahe kommen würde.«

»Heißt das, Sie wussten gar nichts über Ditchford?« Daniel hatte keine Ahnung, ob er lachen oder weinen sollte.

Redwhistle seufzte. »Wir sind keine Historiker. Und es gibt keinen Zusammenhang. Oder nur einen sehr geringen. Wenn wir etwas geahnt hätten, hätten wir uns wahrscheinlich anders verhalten. Aber wir sind gar nicht erst auf den Gedanken gekommen. Amüsant, nicht wahr?«

Zum Totlachen, dachte Daniel.

»Aber wie kam es ... ich meine, was war mit Atkins? Oder besser: McCormack?«

»McCormack. O, ja!«, warf der Amerikaner naserümpfend ein.

Redwhistle seufzte und blickte fragend in die Runde, ob niemand von den anderen bereit wäre, das Wort zu übernehmen. Der Amerikaner studierte aufmerksam seine Schuhspitzen. Takahashi sah ihn interessiert an und wartete gespannt auf die Fortsetzung.

»Wir haben versucht, es ihnen zu erklären ...« Redwhistle deutete mit dem Kopf auf den Amerikaner. »... zumindest diejenigen von uns, die dagegen waren, das Zeug zu behalten. Wir haben den Amis gesagt, dass die Versuchung zu groß wäre. Dass es die Aufmerksamkeit anderer auf sich lenken könnte. So war es dann ja auch. Die wollten es zurückhaben.«

»Wer?«

»Die Russen.«

»Die russische Regierung?«

Redwhistle zuckte die Schultern. »Möglich. So, wie die Dinge dort heutzutage liegen, kann das von einem Wetterumschwung abhängen. So gut wie von allem anderen.«

»Wie bitte?«

»Der russische Untergrund. Die Mafia. Die alten Kommunisten. Nennen Sie es, wie Sie wollen! In diesem Fall hatte der ehemalige stellvertretende Verteidigungsminister die Hand im Spiel. In einschlägigen Kreisen wird er Attila genannt. Obwohl er weder Hunne noch ein Ungar ist. Er kannte nicht nur die Einzelheiten des Deals, sondern war obendrein der Meinung, es wäre kein fairer Preis bezahlt worden. Ich fürchte, die Russen haben eine etwas andere Vorstellung von der freien Marktwirtschaft, vor allem, wenn es um Second-Hand-Geschäfte geht. Anscheinend ist Eigentum immer noch Diebstahl. Allerdings nur dann, wenn es um ihr Eigentum geht, das irgendwann einmal den Besitzer gewechselt hat. Und auch wenn dafür ordnungsgemäß bezahlt wurde.

Jedenfalls haben sie versucht, es zurückzubekommen. Eine Frau namens Miranda war der Köder in der Falle.«

»Für Martindale?« Daniel konnte sich fast denken, was jetzt kommen würde.

»Für Martindale. Und den Staatssekretär. Für jeden, der ein süßes Früchtchen mochte und einigermaßen nützlich sein konnte. Theoretisch sollten diese Herren diejenigen sein, die in die Falle tappten.«

»Wieso theoretisch?«

»Weil Miranda andere Vorstellungen hatte. Sie war ein selbstbewusstes Mädchen, wissen Sie. Ihr stand der Sinn eher nach einem eigenen kleinen Geschäft. Vor allem, nachdem sich nicht Martindale, sondern McCormack als der wichtigere Mann herausstellte. Er hatte den leichtesten Zugang zu den Einrichtungen von *Cerberus*. Und sie mochte ihn. Wirklich.«

»Dann haben die beiden also die Erreger gestohlen?«

»Eine Ampulle haben sie gestohlen. Natürlich hatten sie keine Ahnung, wie man damit umgehen muss. Martindales Unternehmen ist wirklich ein Witz. Das haben wir schmerzlich erfahren müssen. Er hat den Vertrag nur bekommen, weil er ein enges Verhältnis mit dem ehemaligen Verteidigungsminister hatte – selbstverständlich nur im übertragenen Sinne, obwohl ich meine Hand dafür nicht ins Feuer legen würde. Seine Sicherheitstechnologie hat sich jedenfalls als ungefähr so erfolgreich wie seine Unterwäsche herausgestellt.

So viel wir wissen, hatte McCormack einen Unfall. Er hat sich durch einen winzigen Schnitt infiziert, ungefähr so wie Ihre kleine Freundin. Sie hatten nicht den leisesten Schimmer, mit was sie es da zu tun hatten. Glaubten wahrscheinlich, es sei eine Art flüssiges Gas. So ganz falsch lagen sie damit nicht. Die ursprüngliche Idee der Sowjets bestand nämlich darin, das Zeug in die Luft zu sprühen. Instant-Beulenpest – Sie brauchen nur einzuatmen! In einem Kriegsgebiet hätte das alle ungeschützten und nicht geimpften Personen innerhalb von vierundzwanzig Stunden getötet. Wir haben es hier nämlich mit einem besonders virulenten Stamm zu tun. Was allerdings niemand erwartet hatte, war, dass jeder, der damit in irgendeiner Weise in Kontakt kommt, die klassischen Beulenpestsymptome entwickelt.«

Daniel warf einen Blick auf Therry und fragte sich, wie viel sie von alledem mitbekam.

»Ja«, fuhr Redwhistle fort, »es ist äußerst bedauerlich, dass ihre junge Freundin sich angesteckt hat. Wenn sie allerdings die volle Dosis der pneumonischen Variante inhaliert hätte, wie die jungen Leute, die jetzt leider tot sind, dann hätte sie vermutlich nicht so lange durchgehalten. Sie selbst verdanken Ihr Leben dem schnellen Handeln des verstorbenen Dr. Mahendra, mehr noch, als Sie vermuten. Leider ist er mit sich selbst nicht so fürsorglich umgegangen, und das, obwohl er ständig direkten Kontakt mit den Erregern hatte.«

Daniel schloss die Augen. Das war typisch für diesen gutmütigen, hart arbeitenden Spinner: Er hatte schon immer mehr an andere als an sich selbst gedacht.

»Miranda wurde allerdings gierig. Ohne genau zu wissen, was sie da in der Hand hatte, versuchte sie, ihre alten Kumpel übers Ohr zu hauen. Ich habe den Verdacht, sie wollte einfach nicht wieder in deren Fänge geraten. Sie haben nämlich eine sehr eigenwillige Haltung Frauen gegenüber. Wie auch immer, die gute Miranda bemühte sich, das Zeug selbst zu verkaufen. Hat sich in Amerika umgesehen. Da drüben gibt es einen riesigen Markt für kleine, Tod bringende Päckchen, wissen Sie. Ihre erste Wahl fiel auf die Aum Shinri Kyo.«

Daniel blickte zu dem Mann namens Takahashi hinüber,

dem dritten Mitglied des unheiligen Dreigestirns von englischem, amerikanischem und japanischem Geheimdienst.

»Sind das die Leute, die Giftgas in der U-Bahn von Tokio freigesetzt haben?«

»Genau die«, antwortete Redwhistle. »Ich sagte ja schon, an Bedarf herrscht kein Mangel.«

»Und was ist dann passiert?«

»Sagen wir einfach mal, dass die Aum Shinri Kyo bereits intensiver beobachtet wurden, als sie ahnten. Die Dinge standen nicht gut für Miranda. Sie musste leider feststellen, dass der Deal nicht klappen würde, dass McCormack infiziert war, dass Mr. Takahashi sich an ihre Fersen geheftet hatte und, was noch schlimmer war, auch ihre früheren Kollegen.«

»Was ist mit ihr passiert?«

»Sie ist tot.«

»Ermordet?«

»So gut wie.«

»Das verstehe ich nicht.«

»Brauchen Sie auch nicht.«

»Wenn aber McCormack im Krankenhaus gestorben ist, wie sind die Bakterien weiter verbreitet worden?«

»Tja, wie? Gute Frage. McCormacks hiesiger Partner – ein Gentleman polnischer Abstammung, aber auch das braucht Sie nicht weiter zu interessieren – bekam es mit der Angst zu tun und wandte sich an die ursprünglichen Eigentümer, vielleicht, weil er hoffte, schnellen Profit machen zu können. Er hat sich sicher damit herauszureden versucht, dass er von Mirandas Plänen nichts wusste. Bedauerlicherweise war es da auch für ihn schon zu spät.«

»Wie meinen Sie das?«

»Ich meine, die Leute, mit denen er zu tun hatte, lassen

sich nicht gerne bei einem Geschäft abservieren. Dagegen servieren sie richtig gerne Menschen ab, wenn Sie verstehen, was ich meine. Sie sind es gewohnt, ihren Willen durchzusetzen.«

»Aber wer sind ›sie‹?«

»Wir vermuten, dass sich nur einer von ihnen hier in Oxford aufhält; der ist allerdings nicht auf die leichte Schulter zu nehmen. Ein wirklich gefährlicher Mann. Mit ziemlicher Sicherheit war er es, der Miranda umgebracht hat. Letzten Montag, mitten in Oxford, hat er McCormacks Komplizen beseitigt – leider nicht frühzeitig genug, um zu verhindern, dass dieser die Erreger weiterverbreiten konnte. Und ich fürchte, er ist auch verantwortlich für den Tod eines Journalisten-Kollegen Ihrer kleinen Freundin.«

Therry riss entsetzt die Augen auf. »Jack! Ich dachte ... am Telefon klang es so ... da war er im Büro.«

Der Mann, den sie Neal nannten, mischte sich ein. »Was haben Sie ihm erzählt?«

»Nichts. Er hat mir etwas erzählt ... über Sie.« Vorwurfsvoll starrte sie Redwhistle an. »Und dann habe ich gesagt ... also, ich habe ganz zum Schluss gesagt ... wir würden hierher kommen und Sie zur Rede stellen.«

»Und jetzt sind Sie da«, sagte Redwhistle, jedoch an Neal gewandt. »Das könnte bedeuten ...«

»Dass wir die richtigen Vorkehrungen getroffen haben.«

»Noch mal zum Mitschreiben«, platzte Daniel dazwischen. »Sie behaupten also, es handelt sich um eine russische Biowaffe, die aus echten Pestbakterienstämmen hergestellt ist, und dass die Amerikaner das Zeug von den Russen gekauft haben, die es aber jetzt wiederhaben wollen?«

»Im Großen und Ganzen: richtig«, nickte Faversham.

»Warum, um alles in der Welt? Wer würde denn eine solche Waffe benutzen? Außerdem ist doch das Risiko viel zu groß, dass so ein Zeug außer Kontrolle gerät. Stellen Sie sich mal vor, was so etwas unter der Zivilbevölkerung anrichten könnte!«

»Leider erliegen Sie hier einem Irrtum. Das ist es ja gerade! Es wurde zwar für den Einsatz auf dem Schlachtfeld entwickelt, aber sein ganzes Potenzial entfaltet es erst gegen die Zivilbevölkerung. Und das Schönste daran ist – im perversesten Sinne des Wortes –, dass es aus natürlichen Bakterienstämmen hergestellt ist. An der richtigen Stelle eingesetzt, könnte man wohl kaum beweisen, dass es sich nicht um eine auf natürlichem Wege entstandene Katastrophe handelt.«

»Aber wer könnte ...«

»Kommen Sie, Mr. Warren!« In Favershams Stimme klang leiser Hohn mit. »Können Sie sich wirklich kein Regime vorstellen, das es verschmerzen könnte, wenn in einem Unruhegebiet eine Krankheit ausbräche und die Bevölkerung dezimierte?«

»Mein Gott! Dann ist es also eine zum Genozid bestimmte Waffe?«

»Zumindest eröffnet sie solche Möglichkeiten.«

Vor Daniels geistigem Auge nahm das Unfassbare langsam Gestalt an. »Russen ... glauben Sie ... Tschetschenien?«

Der hochgewachsene Mann zuckte die Schultern. »Schon möglich. Vielleicht nicht unbedingt unter der derzeitigen russischen Regierung, aber wie Professor Redwhistle schon sehr richtig sagte: Dort drüben kommt es recht häufig darauf an, aus welcher Richtung gerade der Wind weht.«

Im wahrsten Sinne des Wortes, dachte Daniel entsetzt.

»Aber natürlich gibt es auch kurzfristig jede Menge infrage kommender Abnehmer. Wir haben allen Grund zu der Annahme, dass die letzten Interessenten im Auftrag bestimmter Kreise in Belgrad gehandelt haben.«

Daniel schloss die Augen. Das alles war nur allzu leicht vorstellbar.

»Ein Ausbruch des schwarzen Todes im Kosovo hätte eine Katastrophe dargestellt. Das Milosewic-Regime hätte sich dabei allerdings die Hände seelenruhig in Unschuld waschen können. Es wäre eine Katastrophe gewesen, die das bisher bestehende Neun-zu-eins-Verhältnis von albanischer zu serbischer Bevölkerungsgruppe ausgeglichen hätte. Separatismus wäre kein Thema mehr gewesen.

Natürlich wäre ein Schrei der Entrüstung um die ganze Welt gegangen, aber selbstverständlich hätte niemand den Serben einen ernsthaften Vorwurf machen können, wenn sie keine Flüchtlinge aus den betroffenen Gebieten bei sich hätten aufnehmen wollen. Schließlich ist, wie Sie ja selbst herausgefunden haben, der *cordon sanitaire* genau das, was die Weltgesundheitsorganisation in einem solchen Fall vorschreibt. Es fällt nicht besonders schwer, sich das selbstzufriedene Grinsen der Belgrader beim Anblick von Natosoldaten vorzustellen, die gezwungen gewesen wären, entsprechende Maßnahmen durchzuführen.

Aus Befreiern wären über Nacht Gefängniswarter geworden. Mit dem Befehl, scharf zu schießen.«

»Und dann sind da natürlich noch die Kurden im Norden des Irak ...«

In diesem Augenblick zerbarst das Fenster, und die Luft verwandelte sich mit einem Mal in beißenden, sengenden Rauch.

Kapitel Einundfünfzig

Magdalen College, Oxford; Mittwoch, 24. Dezember, 12:30 Uhr

Hustend und nach Luft ringend, kam Daniel wieder zu sich. Er lag mit dem Gesicht nach unten auf dem dicken chinesischen Teppich. Überall um ihn herum war schwarzer Rauch, und in seinen Ohren dröhnte es, als versuche jemand einen Pfahl in seinen Kopf zu rammen. Spiegelscherben, Holzsplinte und Gipssplitter wirbelten im Rauch durch den Raum. Furcht um sein Leben ließ Daniel sich noch tiefer auf den Boden pressen. Bis gestern hatte er sich niemals in der Nähe einer Schusswaffe aufgehalten, die abgefeuert wurde. Dennoch war ihm augenblicklich und ohne eine Spur von Zweifel klar, dass dieses Inferno nur von einem Maschinengewehr stammen konnte, dessen Mündung tödliches Blei spuckte. Innerhalb weniger Sekunden war aus dem eleganten Aufenthaltsraum aus dem 18. Jahrhundert ein Schlachtfeld des 21. Jahrhunderts geworden.

Daniel wunderte sich, dass er überhaupt noch lebte. Der Sessel, auf dem er eben noch gesessen hatte, lag mit den Beinen nach oben neben ihm. Der Mann, der wie ein Oxford-Don aussah, kauerte hinter der Armlehne des Sofas und durchforschte mit zusammengekniffenen Augen den dichten Rauch, eine Waffe im Anschlag. Ohne den Kopf zu heben, sah Daniel sich nach Therry um. Die Chaiselongue war leer, die Polster übersät mit Splittern und Scherben. Dahinter konnte er Beine erkennen, als wäre Therry auf der anderen Seite heruntergefallen. Ob sie lebte oder tot war, wusste er nicht. In der Ecke war eine Tür. Zentimeterweise schob Daniel sich auf sie zu.

Dann brach der Lärm plötzlich ab. Hallte in der Stille nach. Daniels Trommelfelle vibrierten unter den Druckwellen weiter. Im wirbelnden Rauch, der allmählich durch das zersplitterte Fenster in die eisige Winterluft draußen abzog, erhaschte Daniel einen Blick auf eine Gestalt: ein Umriss in Schwarz, mit einem konturenlosen weißen Gesicht. Surreal. Die Gestalt bewegte sich auf recht merkwürdige Weise, als sei sie verkrüppelt oder hätte ein paar Gliedmaßen zu viel. Dann begriff Daniel. Es waren nicht eine, sondern zwei Gestalten. Das Ding ohne Gesicht in Schwarz umklammerte den Hals einer Gestalt im Tweedanzug: Dr. Simon Redwhistle, dessen Kopf vom Lauf einer Automatik unter seinem Kinn nach oben verdreht wurde. Die andere Hand des Maskierten führte eine zweite Automatik an Redwhistles Körper vorbei, um augenblicklich Tod in alle Richtungen spucken zu können. In großen Dosen.

Der hochgewachsene Amerikaner hatte inzwischen die eigene Waffe gezückt, kauerte ebenfalls auf dem Boden und zielte auf die Erscheinung – oder vielmehr auf ihren menschlichen Schutzschild. Nur Takahashi, der bäuchlings auf dem Fußboden lag, schien unbewaffnet.

Die Gestalt flüsterte ihrer Geisel etwas ins Ohr. Daniel sah trotz all des Staubs, dass Redwhistle den Kopf schüttelte. Er sah auch, wie die Pistole unter seinem Kinn unsanft nach oben gestoßen wurde, so heftig, dass sie die weiche Haut von Redwhistles Gurgel zu durchdringen drohte, selbst ohne abgefeuert zu werden.

»Geben Sie auf, Hammerstein! Auch wenn Sie ihn umbringen – Sie kommen hier nicht mehr raus! Das gesamte College ist umstellt.«

Daniel spähte zu der Stelle hinüber, von der die Stimme gekommen war. Sie klang britisch, selbstsicher und autoritär. Doch der Mann, der Neal genannt worden war und nun hinter dem Sofa kauerte, schien trotz der Waffe in seiner Hand längst nicht mehr Herr der Lage. Meinte er das, was er sagte, wirklich ernst?

Der Eindringling jedenfalls machte nicht den Eindruck, als wolle er der Aufforderung nachkommen. Hinter der Maske drang ein Geräusch hervor, das nichts anderes als ein Lachen sein konnte.

»*Sie* sollten aufgeben!«, sagte er. Er artikulierte die Worte deutlich, trotz der dämpfenden Maske. »Wenn auch nur eine einzige Ihrer Witzblattfiguren durch diese Tür da kommt, sind alle hier drinnen tot, noch ehe sie sich die Füße abgetreten hat! Kapiert? Gut. Dann schalten Sie jetzt Ihr Funkgerät ein und geben es mir!«

Niemand im Raum rührte sich.

»*Keine* dummen Spielchen! Sie brauchen nicht so zu tun, als hätten Sie keinen Funkkontakt. Eine ganze Stunde lang habe ich Ihren Spinnern zugehört!«

Er ließ seinen Worten eine Salve aus dem MG folgen. Die Kugeln fegten dicht über ihre geduckten Köpfe hinweg und zerfetzten den Damastvorhang hinter ihnen. Wie viel Schuss pro Minute das Ding wohl schafft? Oder pro Sekunde? Daniel hatte einmal gehört, dass moderne Automatikwaffen ohne weiteres einen Menschen in zwei Teile zerlegen konnten. Das Mienenspiel des Mannes, der den Eindringling zum Aufgeben hatte überreden wollen, war alles andere als beruhigend. Was immer auch sein ursprünglicher Plan gewesen sein mochte, er war offensichtlich schief gelaufen.

Neal hob den linken Arm und sprach in seine Hemdmanschette. Daniel glaubte, das Wort ›Geiselnahme‹ zu verstehen.

»Und jetzt weg mit den Waffen! Ein bisschen plötzlich! Auf den Boden damit! Immer schön in die Mitte! Schnell!« Der Lauf der Automatik grub sich noch ein Stückchen tiefer in Redwhistles Kehle. Der Professor gab einen erstickten Laut von sich.

Erleichtert und erschrocken zugleich sah Daniel die beiden Handfeuerwaffen auf den mit Putzstücken übersäten chinesischen Teppich fallen.

Takahashi, der immer noch auf dem Boden lag, hob beide Hände zum Beweis, dass er nicht bewaffnet sei. Angesichts seiner Erfahrungen bei ihrem letzten Zusammentreffen war Daniel nicht unbedingt geneigt, der unschuldigen Geste Glauben zu schenken. Allerdings sah der Japaner nicht gerade glücklich aus, unbewaffnet erwischt worden zu sein. Eher verängstigt. Sehr verängstigt.

»Okay«, sagte der Mann mit der Maske. »Sie wissen, was ich will! Geben Sie es mir, und alles ist vorbei!«

»Das soll wohl ein Witz sein«, wagte der Amerikaner zu antworten. »Sie glauben doch wohl nicht allen Ernstes, dass wir Sie mit dem Fläschchen hier so einfach rausspazieren lassen! Der Flaschengeist ist nicht für Ihren Kunden bestimmt.«

»Gut. Sie ziehen es also vor, zu sterben.« Zur Betonung zerlegte ein kontrollierter Feuerstoß aus der Automatik die Sofabeine zu streichholzgroßen Splittern. Unmittelbar neben dem Kopf des Amerikaners.

»Das ist eine Patt-Situation«, rief Neal, »und das wissen Sie auch!«

»Nichts dergleichen«, kam die Antwort, scharf und ungeduldig. »Ich kann ihn hier und Sie alle innerhalb von zehn Sekunden töten und anschließend den Raum durchsuchen. Es macht mehr Dreck, ist weniger bequem und vielleicht eine Spur riskanter. Aber nur eine Spur. Und jetzt los! Sie da, auf die Beine! Hände über den Kopf.«

Die Automatik zuckte in Richtung des großen Amerikaners. Dieser stand langsam und vorsichtig auf, hob die Arme und führte sie hinter dem Kopf zusammen. Daniel sah, wie er eine winzige Bewegung zum Kragen hin machte. Dann ließ sich der Geheimdienstmann plötzlich fallen, den Arm weit ausgestreckt. Für den Bruchteil einer Sekunde glaubte Daniel, an der Fingerspitze einen kleinen Feuerstoß zu sehen. Und dann brachen Blitz und Donner gleichzeitig los. Instinktiv schloss Daniel die Augen, nur einen winzigen Moment. Den winzigen Moment, in dem Jerry Winners rechter Arm, seine Schulter und sein Kopf vom Körper abgetrennt wurden.

Daniel zitterte am ganzen Leib. Seine Hose fühlte sich plötzlich feucht und warm an, er würgte krampfhaft. Die Luft war stickig, rötlicher Sprühregen ging nieder. Es stank nach heißer Blutwurst, Kordit und Eingeweiden samt deren Inhalt. Hellrotes Blut floss stoßweise auf den Teppich, auf dem der verstümmelte Körper noch zuckte. Daneben lag ein winziges Ding, das völlig nutzlos und irgendwie lächerlich wirkte und wie eine Spielzeugpistole aus einem Knallbonbon aussah.

Neal schluckte hart. Sein Arm war von oben bis unten mit Blut besudelt. Daniel wusste nicht, ob es Favershams eigenes Blut oder das seines Kollegen war. Redwhistle, den Hals noch immer im unbarmherzigen Griff des maskierten Eindringlings, hatte sich kaum bewegt, ebenso wenig wie der Japaner, dessen Gesichtsfarbe zu einem ungesunden Grau verblasst war. Takahashis Augen folgten der noch rauchenden Mündung der Waffe, die sich nun, nach einer Drehung von wenigen Grad, auf ihn richtete.

»Sie sind dran, Samurai Sam!«

Takahashi stand auf. Langsam. Geradezu schmerzhaft langsam. Einen Augenblick lang befürchtete Daniel, dass nun auch der Japaner mit einer verborgenen Waffe oder einem asiatischen Kampfsport-Trick den Helden spielen würde. Doch Takahashi breitete die Arme weit aus und wies seine leeren Hände vor, während er sich Schritt für Schritt einem Stahlsafe näherte, der wie ein kleiner grauer Kühlschrank an der Wand neben dem großen Regency-Kamin stand. Ohne die Augen von dem Maskierten abzuwenden, die Erlaubnis für jeden Schritt abwartend, kniete er sich im Zeitlupentempo hin. Dabei achtete er peinlich darauf, den überall verstreut liegenden Glassplittern auszuweichen.

»Ganz langsam! Ich will Ihre Hände immer im Blick haben.« Der würgende Redwhistle – er weint, dachte Daniel – wurde unsanft zur Seite gezerrt, um dem Geiselnehmer die Sicht nicht zu versperren. Falls eine Waffe im Safe ist, fuhr es Daniel durch den Kopf.

»Ich ... ich ...« Der Japaner stotterte. »Ich ... kenne die Kombination nicht.«

»Sie«, schnauzte der Maskenmann in Redwhistles Ohr, »sagen Sie es ihm!«

Würde er es tun oder nicht? Sicher nicht! Doch noch während der Gedanke in seinem Hirn von einem Neuron zum nächsten sprang, kam Daniel zu dem Schluss, dass er, wäre er an Stelle des Professors, alles preisgegeben hätte, was dieser bösartige Scheißkerl von ihm wissen wollte. Er hätte alles getan, um dem Albtraum zu entrinnen. Auch wenn danach nur ein neuer begonnen hätte.

Der Druck der Waffe gegen Redwhistles Hals ließ ein

wenig nach. Der Professor versuchte, die bewaffnete Hand anzuspucken, aber aus seinem Mund kam nur ein dicker Schwall Speichel. Seine Brust hob und senkte sich heftig unter dem Jackett aus Harris-Tweed. Der Mann hyperventiliert, dachte Daniel. Und dann gab es eine Explosion.

Daniel sah hoch, erwartete geradezu, den Kopf des Professors in eine blutige Masse verwandelt zu sehen. Im ersten Augenblick schien ihm das auch tatsächlich der Fall zu sein. Der Kopf war zwar noch da, aber er hing blutbesudelt zur Seite. Doch dann rieselte weißer Gipsstaub von der Decke zu Boden, und Daniel begriff: Die Automatik war unmittelbar neben Redwhistles Kopf abgefeuert worden und hatte die untere Hälfte seines Ohres weggerissen. Der maskierte Mann beugte sich zum anderen Ohr und brüllte: »SAGEN SIE ES IHM!«

Auf seinem günstigen Beobachtungsposten – in einer Lache eigenen Urins, flach auf dem Boden ausgestreckt – wunderte Daniel sich nicht im Geringsten, dass Redwhistle tat, wie ihm befohlen wurde. Und Takahashi, der starr wie eine Wachsfigur gewartet hatte, drehte das Kombinationsschloss entsprechend. Die kleine Stahltür sprang auf, der Japaner erhob sich. In seiner Hand hielt er ein Behältnis, das für Daniel, der ihn aus der Froschperspektive vom anderen Ende des Zimmers aus und durch seine zersprungenen Brillengläser beobachtete, genau wie eine kleine Thermosflasche aussah. Sogar die metallene Hülle passte zu dem Bild. Der einzige Unterschied war ein gelbes Zeichen mit einem schwarzen Totenkopf und zwei gekreuzten Knochen darauf. Der Inhalt hätte ebenso gut Bilgewasser wie selbst gemachte Limonade sein können.

»Her damit! Hier zu mir! Auf den Boden. Genau da. Und jetzt zurück mit Ihnen.«

Takahashi tat wie geheißen.

Ohne den verletzten Redwhistle loszulassen und ohne die Uzi-Automatik auch nur eine Sekunde zu senken, öffnete Hammerstein mit Daumen und Mittelfinger die Reißverschlusstasche an seinem Hosenbein und entnahm ihr einen gepolsterten schwarzen Beutel. Um allerdings das Behältnis in den Beutel zu stecken, brauchte er eine freie Hand. Einen Augenblick lang blieb ihm nichts anderes übrig, als Redwhistle nur mit dem Arm festzuhalten, in dessen Hand er auch die Automatik hielt. Unter den gegebenen Umständen schätzte er den Risikofaktor allerdings als akzeptabel ein. Und wie immer hatte er Recht. Er steckte den kleinen Behälter, der in seinem schwarzen Beutel wie eine Grabbeigabe aussah, über seine Schulter hinweg in den ebenfalls gepolsterten Rucksack auf seinem Rücken. Mit dem Zeug waren schon genug dumme Fehler gemacht worden. Er würde keinen weiteren begehen.

Als er fertig war, packte er Redwhistle wieder am Hals und bedeutete Takahashi, sich zu Daniel zu begeben. Dann mussten sie beide rückwärts zur Schlafzimmertür kriechen, wo Therry lag. Oder gelegen hatte. Sie war fort, wie Daniel erst jetzt bemerkte. Die Schlafzimmertür stand einen Spalt offen. Vielleicht war Therry doch nicht getroffen worden und hatte es irgendwie geschafft, dem ganzen Chaos zu entkommen. Daniel schickte ein stummes Stoßgebet zum Himmel.

Wie ein vierbeiniges Ungeheuer stapfte Hammerstein, der Redwhistle noch immer im Würgegriff hielt, langsam vorwärts. Dabei mied er peinlichst die stinkenden menschlichen Überreste auf dem Teppich. Er scheuchte Faversham auf, ihm die Tür zum Treppenhaus zu öffnen.

»Sagen Sie ihnen, sie sollen sich zurückziehen«, befahl Hammerstein. »Und zwar bis ganz unten.«

Faversham gab den Befehl weiter. Durch den Schusswechsel alarmiert, standen draußen auf dem Treppenabsatz bewaffnete Männer, bereit zu schießen, die Gesichter hart und voller Wut darüber, dass es ihrer Beute tatsächlich gelungen war, sie zu überlisten. Fassungslos zogen sie sich zurück. Hammerstein schob sich an der Tür vorbei, ohne den Griff um den Hals seiner Geisel zu lockern oder die Automatik zu senken, rückte bis zur Treppe vor und zog sich langsam zurück. Nach oben.

Kaum hatten Favershams Männer begriffen, was da vor sich ging, huschten sie so leise wie möglich in den Treppenhäusern eins, zwei, vier, fünf und sechs nach oben. Zwar hatte Hammerstein ihnen zunächst einen Strich durch die Rechnung gemacht, aber jetzt schien er ihnen geradewegs in die Falle zu tappen. Alle Treppenhäuser waren im obersten Stockwerk durch einen Flur miteinander verbunden. Mit Ausnahme des Daches gab es kein Entrinnen. Und jeder Versuch, sich vom Dach abzuseilen, würde Hammerstein direkt in die Arme der Männer im Wildpark treiben. Wenn er überhaupt so weit kam. Die Scharfschützen im Wäldchen würden einen Mann, der sich eine Mauer hinunterließ, ebenso leicht treffen können wie ein Tonröhrchen an einer Kirmes-Schießbude. Wenn sie auf ihn vorbereitet waren. Und das waren sie. Jetzt hatten sie keine Entschuldigung mehr.

Innerhalb weniger Minuten nach den Schüssen in Redwhistles Zimmer hatten alle im obersten Korridor positionierten Scharfschützen den Ausgang des dritten Treppenhauses im Visier. Zumindest so gut sie es konnten, ohne in die direkte Schusslinie ihres potenziellen Opfers zu geraten. Redwhistle war ein wichtiger Mann, erklärte ihnen die Stimme in ihren Kopfhörern. Sein Leben sollte verschont werden – falls möglich.

Kapitel Zweiundfünfzig

Magdalen College, Oxford; Mittwoch, 24. Dezember, 12:40 Uhr

In dem Augenblick, in dem sich Harald Hammerstein rückwärts aus der Tür zwängte, rastete in Daniel Warren etwas aus. Zwar hatte er noch keine Vorstellung davon, was er tun würde, aber – verdammt noch mal! – er würde nicht zulassen, dass jemand Tausende von Menschen eben jenem Horror aussetzen würde, unter dem seine Mutter und Therry, die Menschen, die Daniel liebte, bereits gelitten hatten. Die winzige Pistole, die der Amerikaner bei seinem Versuch gezogen hatte, Hammerstein zu erledigen, lag noch immer neben der ausgestreckten Hand der Leiche. Daniel griff danach und rannte zur Tür.

»Halt!«, schrie Takahashi, als Daniel an ihm vorbei Richtung Treppenhaus stürzte. Den Rest hörte er nicht mehr. Niemand hörte noch irgendetwas außer dem regelmäßigen Wupp-Wupp-Wupp der Rotorblätter eines Hubschraubers.

Die dunklen Sturmwolken bedeckten inzwischen den ganzen Himmel und hatten den Tag zur Nacht gemacht. Die Maschine, die sich langsam auf das Dach des Gebäudes herabsenkte, war kein gewöhnlicher Hubschrauber, sondern eine der tödlichsten Waffen, die die moderne Kriegsführung hervorgebracht hatte: ein Mi-28 Kampfhubschrauber, Nato-Codename *Havoc,* der Schrecken von Afghanistan, ehemals Bestandteil der sowjetischen Luftstreitkräfte und nun einer der Bestseller aus Attilas ›Katalog‹. Man hatte ihn über Nacht auf niedrigster Flughöhe, manchmal nur fünfzehn Meter über dem Erdboden, unter dem Radar hindurch ins Land geflogen, über die dünn besiedelten walisischen Berge, stets ohne Beleuchtung und immer nur in kurzen Streckenabschnitten von maximal einer halben Stunde Flugzeit. Für Attila war es ein Risiko, den Hubschrauber einzusetzen, denn es gab bereits einen Käufer. Jemand in Irland brauchte das gute Stück, um »Zwischenfällen vorzubeugen«. Doch was hier in Oxford auf dem Spiel stand, war noch weit mehr wert als ein Mi-28. Außerdem musste selbst Attila zugeben, dass diese Art von Reklame einfach unbezahlbar war.

Professor Simon Redwhistle hätte leicht eines vorzeitigen Todes durch die Hand einer seiner Landsleute sterben können, hätte Neal Favershams Stoßtrupp nicht aus gut geschulten Leuten bestanden. Sie schlängelten sich gerade in der sechsten Etage der New Buildings von einer studentischen Schlafzimmertür zur nächsten auf den Aufgang des dritten Treppenhauses zu, als ihnen die völlig aufgelöste, blutende Gestalt des Professors genau vor die Gewehrmündungen gestoßen wurde.

»Nicht schießen! Nicht schießen!«, schrie er den beiden ersten Männern zu, die sich mit vorgehaltener Waffe auf ihn stürzten. Geschickt drängten sie ihn hinter sich, gingen in die Knie und perforierten die Reihe schmaler Toilettenkabinen, aus denen der Professor herausgestoßen worden war, mit Einschusslöchern.

»Nein, Nein! Um Himmels willen, hören Sie auf!«, schrie Redwhistle aufgeregt hinter ihnen. »Sie sollen nicht auf *ihn* schießen!«

Schnell nahm ein weiteres Dutzend Bewaffneter an jeder geeigneten Position des Treppenabsatzes Aufstellung.

»Er ist entkommen, Sir. Durch ein Toilettenfenster auf das Dach hinaufgeklettert.«

Diese Mitteilung quittierte der kommandierende Offizier mit einem ungehaltenen Blick, denn der ohrenbetäubende Rotorenlärm des Mi-28 nur wenige Meter über ihren Köpfen ließ Hammersteins Absichten nur allzu deutlich erahnen.

»HÖREN SIE MIR ZU?«, brüllte Redwhistle mit sich überschlagender Stimme, dankbar dafür, dass er jetzt zumindest eine Autoritätsperson vor sich hatte, an die er sich wenden konnte. »Auf den Mann da darf unter keinen Umständen geschossen werden. Dieser Wahnsinnige hat eine Ampulle mit hochvirulenter *Yersinia pestis* bei sich. Die Pest, mein Gott! Er hat sie aus dem Rucksack genommen und hält sie nun in Händen. Wenn er die Ampulle fallen lässt oder sie sonst wie beschädigt wird, dann wird das, was diese Stadt in den letzten Tagen erlebt hat, dagegen wie eine harmlose Grippewelle sein. Befehlen Sie Ihren Leuten, das Feuer einzustellen! Wir haben keine Alternative!«

In den Trümmern von Redwhistles Zimmer im dritten Stock verfolgten Noal Faversham und Mujimo Takahashi über ihre Kopfhörer die Ereignisse, berieten sich kurz und trafen eine Entscheidung. Jetzt gab es nur noch eine einzige Möglichkeit. Alle Männer in der obersten Etage wurden ins Erdgeschoss zurückbeordert. Auf seinem Weg nach oben huschte Daniel Warren an ihnen vorbei. Auf dem gesamten Gelände des Magdalen College lagen Neal Favershams plötzlich hilflos gewordene Krieger in Lauerstellung. Alle außer einem.

Auf dem Dach, im Schutz der Brüstung, wartete Harald Hammerstein, bis er sicher war, dass man Redwhistles Warnung befolgte. Der Mi-28, der in der Luft über ihm hing und auf ihn wartete, verfügte über genügend Feuerkraft, um bei Bedarf halb Oxford in Schutt und Asche zu legen. Sein wichtigster Trumpf aber war die Panzerung, die allem außer direktem Artilleriebeschuss standhalten konnte. Das Risiko von Heckenschützen hatte Hammerstein einkalkuliert. Er wusste, dass er ein gutes Ziel abgeben würde auf seinem kurzen Weg von der Brüstung zu dem herabgelassenen Seil, mit dessen Hilfe er in den schützenden Bauch des großen Ungeheuers zu entkommen gedachte. Doch so lange er im Besitz der Ampulle war und damit drohen konnte, sie fallen zu lassen, würde sicher niemand das Risiko eingehen, ihn niederzustrecken.

Sollte er sich täuschen, würde Attila ein Vermögen verlieren – und Hammerstein sein Leben, woran ihm letztendlich bedeutend mehr lag. Allerdings: Wenn er den Inhalt dieser speziellen Büchse der Pandora freisetzte, wäre mindestens die Hälfte der städtischen Bevölkerung innerhalb von zwei Tagen tot. Das machte achtzig-, vielleicht neunzigtausend Leben, die gegen ein Einziges, nämlich seines, in die Waagschale geworfen werden mussten. Hammerstein kannte die Leute, mit denen er es zu tun hatte. Deren Gedankengänge waren relativ leicht zu durchschauen. Außerdem hatten sie ein Problem mit Gegnern wie ihm, denn sie wussten, dass Leute wie er derartige Überlegungen einfach nicht anstellten. Die Vorstellung, Gleiches nur mit Gleichem zu vergelten, war ihm völlig fremd; nichts war so wirksam wie die Anwendung brutalster Gewalt.

Diese Erfahrung hatte er bereits in seinen Kindertagen im Tal von Grindelwald gemacht. Sein Klassenkamerad Kurt, der auf dem Platz neben ihm gesessen und ihn ständig gehänselt hatte, war eines Tages zu weit gegangen und hatte ihn mit dem spitzen Ende seines Zirkels gestochen. Der kleine Harald nahm ruhig, aber entschlossen seinen eigenen Zirkel aus dem Federmäppchen, um es ihm heimzuzahlen. Jedoch nicht mit gleicher Münze. Statt seinen Banknachbarn ebenfalls ins Bein zu pieksen, nagelte er mit einer Kraft, die ihn selbst überraschte, Kurts Zeigefinger am Pult fest.

Daraufhin hatte man ihn nach Hause geschickt und ihm den Besuch bei einem Psychotherapeuten empfohlen. Er erklärte seinen Eltern, den Lehrern und dem Arzt, er habe es nicht gewollt und auch nicht darüber nachgedacht. Sie glaubten ihm, weil es tatsächlich der Wahrheit entsprach. Doch auch wenn er vor dem Zwischenfall nicht darüber nachgedacht hatte, später tat er es umso intensiver. Und er lernte seine Lektion. Freunde hatte er nach dem Vorfall noch weniger als zuvor. Aber niemand wagte es mehr, ihn auf dem Schulhof zu hänseln. Merkwürdig, dachte er, als er vorsichtig den Kopf über die Brüstung hob, dass sich ihm in diesem Augenblick ausgerechnet diese eine Erinnerung aufdrängte.

Daniel Warren, verängstigt, aber entschlossen, hatte eben erst begriffen, dass Hammerstein sich durch eines der winzigen Fenster gequetscht hatte, die von den Toilettenkabinen auf das Dach führten. Daniel stand auf einem Toilettenbecken und spähte nervös nach draußen. Er hoffte, wenigstens einen einzigen Schuss anbringen zu können. Es musste funktionieren! Er lehnte sich aus dem Fenster, erkannte aus den Augenwinkeln die dunkel gekleidete Gestalt, die sich dem riesigen Ungetüm von Helikopter entgegenreckte. Und schoss.

Aufrecht und vom Wind umtost, stand Harald Hammerstein wie der dunkle, unbesiegbare Engel auf den Zinnen des Salomontempels. Seine Silhouette hob sich kaum von den dunklen Gewitterwolken im Hintergrund ab. Er genoss das Gefühl der Macht. Jener Macht, die er, verpackt in eine kleine Ampulle, in Händen hielt. Ihr Inhalt verlieh ihm die Kontrolle über Leben und Tod und war sogar noch mächtiger als die gewaltige Tötungsmaschine, die über seinem Kopf schwebte und auf sein Kommando wartete, ihn mit sich fortzunehmen. Der unerwartete Blitz hinter seinem Rücken lenkte ihn nur kurz ab. Nie würden sie es wagen! Schnell wich der Ärger über solche Unverschämtheit einem hämischen Lachen, als er aus den Augenwinkeln das verräterische Funkeln einer Kugel registrierte, die in mehr als zwei Metern Entfernung von der Steinbrüstung abprallte. Unfassbar, dachte er. Fast so unfassbar wie der kleine rote Punkt, der sich mit einem Mal auf der Ampulle abzeichnete. Ein winziger, glühender Punkt, ganz ähnlich der Markierung, die ein Laserfernrohr auf seinem Ziel ...

Die Explosion schleuderte Daniel brutal zurück. Er schlug hart mit dem Kopf gegen die Abflussrohre an der Wand. Unten, am Kreuzgang auf den Rasenflächen, wandten sich Köpfe in stummem Entsetzen dem apokalyptischen Feuerball zu, der hoch über ihnen in den Himmel wuchs. Hände wurden vor die Augen gerissen, um sie vor dem umherfliegenden Glas platzender Fensterscheiben zu schützen. Bleifassungen schmolzen, und der goldene Stein der Gebäude ringsum glühte in den Farben des brüllenden Feuers. Rotorblätter mähten nutzlos durch die flirrende Luft, als das Untier erschauerte und sich in seinem Innern ein zweites Inferno entfachte. Langsam kippte es seitwärts, strauchelte und krachte schließlich in die mittelalterliche Brüstung. Lodernde Wrackteile regneten auf die kahlen Bäume im Garten herab.

Kapitel Dreiundfünfzig

Magdalen College, Oxford; Mittwoch,
24. Dezember, 13:05 Uhr

Im zentralen Bogengang der Kolonnade stand Neal Faversham unter der großen Eisenlampe, rieb die kalten Hände gegeneinander und sah zu, wie die ersten Feuerwehrleute anrückten, um die lodernden Überreste des Havoc-Kampfhubschraubers zu löschen. Der gepflegte College-Rasen war mit rauchenden Trümmerstücken übersät, die gleichermaßen aus altem Mauerwerk und glühenden Metallsplittern bestanden. Sie versengten das Gras und zischten im herabnieselnden, typisch englischen Regen, der alles war, was die drohenden Gewitterwolken am Ende hervorgebracht hatten.

»Nicht gerade die effizienteste Art, unser kleines Problem zu lösen, Mr. Takahashi«, sagte er zu dem Mann, der neben ihm stand.

»Aber befriedigender als die Alternative. Darin stimmen Sie mir doch sicher zu.«

»Da mögen Sie Recht haben. Dennoch werden Sie gewiss verstehen, dass unter normalen Umständen eine derartige Einmischung in eine Operation auf britischem Boden ernste diplomatische Verwicklungen zur Folge hätte.«

»Gewiss. Aber bitte vergessen Sie nicht, dass wir auf Ihre Einladung hin hier sind. Außerdem ist es doch das Resultat, das zählt, nicht wahr?«

Faversham gab ein unverbindliches Grunzen von sich.

»Ich fürchte, ein gewisses Risiko, dass er der Falle, die wir ihm stellten, entkommen könnte, bestand immer«, fuhr Takahashi fort. »Die Aum Shinri Kyo waren zwar nicht seine direkten Auftraggeber, in Tokio war allerdings niemand bereit, das Risiko einzugehen, dass diese oder eine ähnlich fanatische Gruppierung in den Besitz der Bakterien gelangt. Daher schien es uns am sinnvollsten, die Ampullen auszutauschen. Ein nitroglycerinhaltiges Gemisch bot sich an. Selbst wenn er mit der Ampulle entkommen wäre, hätte das Ergebnis immer noch sehr befriedigend ausfallen können.«

Faversham rang sich ein Lächeln ab. »Es ist nur bedauerlich, dass Sie es nicht für nötig erachtet haben, uns vorab zu informieren – und wenn es nur kurz vorher gewesen wäre. Einige Ereignisse hätten dadurch vermieden werden können. Zum Beispiel wäre Jerry Winner nicht vor meinen Augen in Fetzen geschossen worden.«

»Und vor den meinen, vergessen Sie das bitte nicht. Es tut mir aufrichtig Leid. Mehr, als Sie glauben. Er war ein Freund. Wer konnte auch ahnen, dass er derart eigenmächtig handeln würde.«

»Ganz im Gegensatz zu Ihrem eigenmächtigen Handeln, wollen Sie damit sagen?«

Takahashi antwortete nicht.

»Wo ist die Ampulle jetzt, wenn ich fragen darf?«

»Sie wird gerade von unseren Leuten vernichtet. Das war doch von vornherein die Absicht sowohl Ihrer als auch der amerikanischen Regierung, wenn ich richtig informiert bin. Derart gefährliche Substanzen sollten niemals irgendwo gelagert werden. Noch nicht einmal, um sie vor jemandem in Sicherheit zu bringen.«

Faversham blickte dem Japaner geradewegs in die Augen. »Ich nehme doch an, wir können Ihnen trauen, Mr. Takahashi?«

Der Japaner hielt dem Blick stand, ohne auch nur einmal zu blinzeln. »Aber selbstverständlich. Vertrauen ist doch die Basis jeder guten Beziehung, habe ich Recht?«

»Durchaus, Mr. Takahashi. Durchaus.«

EPILOG

Datum: 24. März, 10:18:32 + 0000
An: Daniel Warren <djhwar@histsci.mit.edu>
Von: Therry Moon <moonshine@airwave.net>
Betr.: Alle unsre Gestern

Lieber Daniel (ich glaube, so sollte ich dich jetzt wirklich nennen; schließlich sind wir beide in der Löwengrube gelandet), – tut mir Leid, dass ich mich jetzt erst melde, aber wenn ich bedenke, wie viel Mühe es mich gekostet hat, deine E-Mail-Adresse ausfindig zu machen (hoffentlich ist sie es auch!), dann ist das nicht weiter verwunderlich, findest du nicht?

Vermutlich hat man dich angewiesen, keinen Kontakt mit mir aufzunehmen. Mir haben sie das Gleiche gesagt. Ich habe nur leider kein gutes Gedächtnis. Und du? Man hat mir erzählt, dass du ganz schön was abbekommen hast und dass du versucht hättest, den Helden zu spielen. Ich habe ihnen nicht geglaubt. Sorry.

So, wie es aussieht, haben wir beide ganz schön Glück gehabt, das Chaos im Magdalen zu überleben. Im Rückblick erscheint mir das Ganze eher wie ein Albtraum. Das ist sicher zum Teil dem Zeug zu verdanken, mit dem Redwhistle mich vollgepumpt hat.

Ich kann mich jedenfalls kaum erinnern, dass ich mich

über den Teppich zur Schlafzimmertür geschleppt habe – vielleicht war es wirklich nur reine Motorik, wie bei Kakerlaken, die einfach nicht sterben wollen, so heftig man auch auf ihnen herumtrampelt. Alles, woran ich mich erinnere, ist, dass ich selig auf einer antiken Chaiselongue eingeschlummert bin. Und etwas später habe ich dann irgendwann vor lauter Angst in einen Teppich gebissen, weil sich zwischen mir und einer Life-Vorstellung von *Terminator 2* bloß ein dünnes Stück Holz befand.

Ich war zwei Wochen im Krankenhaus. Aber wenigstens bin ich wieder rausgekommen. Dieses Glück hatten durchaus nicht all die armen Teufel, die mit mir zusammen dort waren. Ich war überrascht, dass du mich nicht besucht hast. Aber man hat mir erklärt, du seist ›nach Hause‹ gegangen.

Erst später habe ich erfahren, dass du es nicht ganz freiwillig getan hast. Es war sicher nicht angenehm, das Stipendium in Oxford zu verlieren. Aber ein Job als Dozent am MIT ist bestimmt ein gewisser Trost. Ich habe auch gehört, dass deine Abteilung von einem großen japanischen Unternehmen gesponsert wird.

Wahrscheinlich überrascht es dich nicht besonders, dass ich meine Träume vom großen Durchbruch an der Fleet Street aufgegeben habe. Ein Exklusivbericht verliert irgendwie seinen Reiz, wenn man feststellt, dass jemand anderes ihn diktiert. Man hat mir ziemlich deutlich zu verstehen gegeben, dass es nicht genügend Publikum für meine kleine Geschichte geben würde. Weißt du, auch wir haben hier so unsere Mittel und Wege, die Wahrheit zu unterdrücken.

Am heimtückischsten ist natürlich die Schere im Kopf. Redwhistle kam mich besuchen. Er hatte einen ziemlich roten Hals und einen dicken Verband an der Stelle, wo sein linkes Ohr gewesen ist. Er sah aus wie Vincent van Gogh, aber ich habe nichts gesagt, weil ich mir nicht ganz sicher war, ob er den Witz verstehen würde. Er hat jedenfalls keinen Zweifel daran gelassen, dass ich ihm einiges schuldig bin. Vermutlich hat er Recht. Ihm – und dir – habe ich mein Leben zu verdanken. Ich möchte dir für alles danken, was du für mich getan hast. Ich habe mich selbst in diese verdammte Geschichte hineinmanövriert. Dafür trägt niemand anderes die Schuld. Außer natürlich den verdammten Schweinehunden, die hinter der ganzen Sache stecken.

Außerdem hat man mich davon überzeugt – wie dich wahrscheinlich auch –, dass jede Art von Publicity eine bestimmte Art von Leuten dazu anregen könnte, etwas Ähnliches zu versuchen. Und nächstes Mal vielleicht mit Erfolg.

Nach offiziellen Angaben liegt die Zahl der Pestopfer bei zweiunddreißig. Auf jeden Fall weniger, als es im Kosovo oder im Irak gewesen wären. Oder in Tschetschenien. Mir scheint aber, die wahre Pest liegt irgendwo in der menschlichen Seele begraben. Der alte Knacker, der hier um die Ecke in Stratford gelebt hat, hat auch dazu einen schlauen Spruch gewusst: »Und alle unsre Gestern führten Narrn den Pfad des stäub'gen Tods.«

Ich werde jetzt erst mal auf Reisen gehen und mir die Welt ansehen, solange es noch etwas Sehenswertes gibt. Hier in England ist nicht mehr viel übrig davon. Wer weiß, vielleicht wären wir beide uns unter anderen Umständen etwas näher gekommen. Aber an den Umständen konnten wir nichts ändern.

Liebe Grüße, Therry
(mit ›h‹)

P. S. Wofür auch immer es gut sein mag: Ich bin tatsächlich noch einmal nach Ditchford gefahren. Die Bagger waren natürlich weg. Und alles andere auch. Das *Fox and Hounds* heißt jetzt *Jolly Tinker.* Die neuen Besitzer scheinen nicht viel für die Fuchsjagd übrig zu haben. Offenbar hat ihnen aber auch niemand die wahre Geschichte über *Tinker's Field* erzählt, das Feld des Kesselflickers. Die Kirche ist natürlich noch da, aber du würdest sie kaum wieder erkennen, denn sie liegt jetzt direkt neben einem Kreisverkehr. Die Verkehrsplaner haben sogar an einen Parkplatz gedacht. Bestimmt hat das dem Vikar gefallen, obwohl der Parkplatz leer war, als ich vorbeikam. Aber dafür habe ich den guten Father Grey in der Warteschlange von *McDonald's,* direkt gegenüber der Kirche gesehen. Er schien glücklich zu sein. Ich habe nicht angehalten. Das hätte ich einfach nicht ertragen.

Vielleicht wäre der schwarze Tod ja doch besser gewesen.

Anmerkung des Autors

Das Dorf Nether Ditchford ist frei erfunden. Allerdings nur der Name. Das Dorf steht für viele kleine Gemeinden im ländlichen England. Im Domesday Book sind eine Menge Dörfer aufgelistet, die den Namen Ditchford in der einen oder anderen Form trugen – Lower Ditchford, Ditchford Frary; sie lagen in den Cotswold-Gebieten in Oxfordshire, Gloucestershire und Warwickshire. In heutigen *Ordnance Survey Maps,* den britischen Generalkarten, ist ihr Name meist nur noch kursiv und in Klammern gedruckt. Die Pest, auch schwarzer Tod genannt, die im Spätjahr 1348 in England wütete, forderte einen schrecklichen Blutzoll. Exakte Statistiken gibt es kaum, was zum Teil auf das Ausmaß der Katastrophe zurückzuführen ist. Man geht heute davon aus, dass bis zu einem Drittel der Gesamtbevölkerung den Tod fand.

Im September 1999 informierte ein Regierungsexperte die damals tagende *British Veterinarians' Conference* über einen bemerkenswerten Anstieg der Population schwarzer Ratten im gesamten Land. Seinen Angaben zufolge, ging man davon aus, dass diese Ratten mit Frachtschiffen aus tropischen Ländern gekommen seien. Die Konferenzteilnehmer wurden darüber in Kenntnis gesetzt, dass aufgrund dieser Tatsache ein Wiederaufflammen der Beulenpest in Großbritannien durchaus im Bereich des Möglichen liege.

Wissenschaftler der DERA, der *Defence Evaluation and Research Agency* in Porton Down, die der britischen Regierung unterstellt ist, verbrachten viele Jahre mit der Entwicklung eines Impfstoffs gegen die Pest. Sie bestreiten jedoch nach wie vor, es habe je die Absicht bestanden, eine biologische Waffe auf der Grundlage des Beulenpest-Bakteriums zu entwickeln.

Im Juni 2000 erkrankten mehrere Kinder in Wladiwostok in Russland an den schwarzen Blattern, einer Krankheit, die bereits zwanzig Jahre zuvor von der Weltgesundheitsorganisation für ausgerottet erklärt worden war. Recherchen ergaben, dass die Kinder in Kontakt mit Ampullen gekommen waren, in denen das Virus ›für militärische Zwecke‹ aufbewahrt wurde. Die russischen Behörden verweigerten jeden Kommentar bezüglich der Sicherheitsverwahrung anderer, noch unter der Regierung der ehemaligen Sowjetunion hergestellter Biowaffen.